Le talentueux
M. Ripley

Patricia Highsmith

Le talentueux M. Ripley

Traduit de l'américain
par Jean Rosenthal

ÉDITIONS FRANCE LOISIRS

Titre original : THE TALENTED MR. RIPLEY

Cet ouvrage est paru initialement sous le titre *Monsieur Ripley*

Édition du Club France Loisirs,
avec l'autorisation des Éditions Calmann-Lévy

Éditions France Loisirs,
123, boulevard de Grenelle, Paris
www.franceloisirs.com

ISBN : 978-2-298-00666-7

1

Tom jeta un coup d'œil derrière lui et aperçut l'homme qui sortait de la Cage Verte et qui se dirigeait vers lui. Tom hâta le pas. Pas de doute, l'homme le suivait. Tom l'avait remarqué, cinq minutes plus tôt, qui le dévisageait attentivement depuis la table où il était assis : l'inconnu n'avait pas l'air tout à fait sûr, mais presque. Tom en tout cas lui avait trouvé l'air assez sûr pour avaler son verre rapidement, payer et s'en aller.

Au coin de la rue, Tom se pencha en avant et traversa précipitamment la Cinquième Avenue. Il était tout près de chez Raoul. Fallait-il prendre le risque d'entrer boire encore un verre ? Ne serait-ce pas tenter le sort ? Ou bien devrait-il pousser jusqu'à Park Avenue et essayer de semer son poursuivant à la faveur d'une porte cochère sombre ? Il entra chez Raoul.

Tout en s'approchant d'une place libre au comptoir, il regarda machinalement autour de lui pour voir s'il n'y avait personne de connaissance. Il y avait le gros type roux, dont il ne se rappelait jamais le nom, assis à une table avec une fille blonde. Le rouquin lui fit un petit salut et Tom y répondit en levant une main molle. Il glissa une jambe par-dessus un tabouret et se tourna vers la porte d'un air de défi, mais avec en même temps une désinvolture un peu trop marquée.

« Donnez-moi un gin and tonic », dit-il au barman.

Était-ce un homme comme ça qu'on mettrait à ses trousses ? Voyons... Il n'avait pas du tout l'air d'un policier, ni d'un détective. Il avait l'air d'un homme d'affaires, plutôt le genre père de famille, bien habillé, bien nourri, les tempes grisonnantes, avec quelque chose d'hésitant dans l'allure. Était-ce ce genre d'individu qu'on envoyait pour qu'il se mette à bavarder avec vous dans un bar, et puis, vlan !... la main sur l'épaule, l'autre exhibant un insigne de policier. *Tom Ripley, au nom de la loi, je vous arrête*. Tom guettait la porte.

Le voilà qui arrivait. L'homme parcourut des yeux le bar, aperçut Tom, et son regard aussitôt se détourna. Il ôta son chapeau de paille et s'installa au tournant du comptoir.

« Mon Dieu, que voulait-il ? Ce n'était sûrement pas un *inverti* », se répéta Tom ; son cerveau aux abois chercha le mot, puis le retrouva avec soulagement, comme si cette épithète pouvait le protéger : il aurait préféré que l'homme fût un inverti plutôt qu'un policier. À un inverti, il pouvait simplement dire : « Non, merci », en souriant, et s'éloigner. Tom se hissa plus confortablement sur son tabouret, prêt à affronter l'orage.

Il vit l'homme congédier d'un geste le barman, puis longer le comptoir pour s'approcher de lui. Ça y était ! Tom le regardait, pétrifié. « Ils ne me colleront pas plus de dix ans, se dit Tom. Peut-être quinze, mais avec la bonne conduite... » Au même instant, les lèvres de l'inconnu s'entrouvrirent, l'homme parla, et Tom éprouva soudain un regret lancinant.

« Je vous demande pardon, n'êtes-vous pas Tom Ripley ?

— Si.

— Je m'appelle Herbert Greenleaf. Je suis le père de Richard Greenleaf. » Tom était plus décontenancé par l'expression de son interlocuteur que si l'autre avait braqué sur lui le canon d'un revolver. Il arborait une expression affable, souffrante et engageante. « Vous êtes un ami de Richard, n'est-ce pas ? »

Ce nom lui disait quelque chose. Dickie Greenleaf. Un grand type blond. Il avait beaucoup d'argent, Tom s'en souvenait. « Oh, Dickie Greenleaf. Oui.

— En tout cas, vous connaissez Charles et Martha Schriever. Ce sont eux qui m'ont parlé de vous, qui m'ont dit que vous pourriez... heu... Si nous nous asseyions à une table ?

— Volontiers », fit Tom en prenant son verre. Il suivit jusqu'à une table inoccupée, au fond de la petite salle. « Encore un sursis, pensa-t-il. Je suis toujours libre ! » Personne n'allait l'arrêter. Il s'agissait d'autre chose. Peu importait quoi, ce n'était du moins pas de l'escroquerie, de l'usage de faux ni rien de tout cela. Peut-être Richard avait-il des ennuis. Peut-être M. Greenleaf avait-il besoin des lumières de Tom, de son concours. Tom savait exactement ce qu'il fallait dire à un père comme M. Greenleaf.

« Je n'étais pas tout à fait sûr que vous fussiez Tom Ripley, dit M. Greenleaf. Je crois que je ne vous ai vu qu'une fois. Vous n'étiez pas venu un jour à la maison avec Richard ?

— Il me semble que oui.

— Les Schriever m'ont donné votre signalement. Nous

sommes tous partis à votre recherche, parce que les Schriever avaient proposé de se retrouver chez eux. Quelqu'un leur a dit que vous alliez de temps en temps à la Cage Verte. C'est le premier soir où j'essaie de vous trouver, alors je crois que j'ai de la chance, dit-il en souriant. Je vous ai mis un mot la semaine dernière, mais vous ne l'avez peut-être pas reçu.

— Non, je ne l'ai pas reçu. » Marc ne lui faisait donc pas suivre son courrier, songea Tom. Le salaud. Peut-être avait-il là-bas un chèque de tante Dottie qui l'attendait. « J'ai déménagé il y a une huitaine de jours, précisa Tom.

— Oh ! c'est pour ça. D'ailleurs, je ne disais pas grand-chose dans cette lettre. Seulement que j'aimerais vous voir et bavarder avec vous. Les Schriever semblaient croire que vous connaissiez très bien Richard.

— Je me souviens de lui, en effet.

— Mais vous n'êtes pas en correspondance avec lui ? » Il avait l'air déçu.

« Ma foi non. Cela doit bien faire deux ans que je n'ai pas vu Dickie.

— Il est en Europe depuis deux ans. Les Schriever m'ont dit le plus grand bien de vous, et ils pensaient que vous pourriez peut-être avoir quelque influence sur Richard si vous lui écriviez. Je voudrais qu'il rentrât. Il a un certain nombre de responsabilités... mais, pour le moment, il ne tient aucun compte de tout ce que sa mère ou moi-même essayons de lui dire. »

Tom était de plus en plus interloqué. « Que vous ont dit au juste les Schriever ?

— Ils ont dit, sans doute exagéraient-ils un peu, que Richard et vous étiez très grands amis. Ils semblaient s'imaginer que vous correspondiez régulièrement. Vous comprenez, je ne connais plus guère les amis de Richard... »

Il regarda le verre de Tom ; il semblait avoir envie de lui offrir au moins une consommation, mais le verre de Tom était presque plein.

Tom se souvenait être allé à un cocktail chez les Schriever avec Dickie Greenleaf. Peut-être les Greenleaf étaient-ils plus liés que lui avec les Schriever, ce qui expliquerait tout, car il n'avait pas vu les Schriever plus de trois ou quatre fois dans sa vie. « Et la dernière fois, se dit Tom, c'était le soir où il avait rempli pour lui la déclaration d'impôts de Charley Schriever. » Charley était metteur en scène à la télévision, et il était complètement perdu au milieu de ses comptes de piges. Charley avait considéré Tom comme un génie parce que celui-ci avait calculé sa déclaration et était parvenu à un chiffre inférieur à celui qu'avait trouvé Charley – et cela le plus légalement du monde. Sans doute était-ce à cela qu'il devait cette recommandation de Charley. En le jugeant d'après le souvenir de cette soirée, Charley avait dû dire à M. Greenleaf que Tom était un garçon intelligent, plein de bon sens, scrupuleusement honnête et tout disposé à rendre service. Ce qui n'était pas tout à fait exact.

« Je ne pense pas que vous connaissiez quelqu'un d'autre dans l'entourage de Richard qui soit susceptible d'avoir un peu d'influence sur lui ? » demanda M. Greenleaf, tout penaud.

Il y avait bien Buddy Lankenau. Mais il ne voulait pas infliger à Buddy une corvée pareille. « Je ne vois malheureusement pas, dit Tom, en secouant la tête. Pourquoi Richard ne veut-il pas rentrer ?

— Il dit qu'il préfère vivre là-bas. Mais sa mère est très malade... Enfin, ce sont des histoires de famille. Je suis navré de vous ennuyer avec cela. » Il passa nerveusement la main sur ses cheveux gris bien peignés. « Il dit qu'il peint. Il n'y a pas de mal à cela, mais il n'a pas de talent. Il est par contre très doué pour le dessin de bateaux, pour peu qu'il veuille s'en donner la peine. » Il leva les yeux pour répondre au garçon qui venait prendre leurs commandes. « Un scotch and soda, s'il vous plaît. Un Dewar. Vous ne voulez rien ?

— Non, merci », dit Tom.

M. Greenleaf regarda Tom comme s'il voulait s'excuser : « Vous êtes le premier des amis de Richard qui accepte même de m'écouter. Ils me considèrent tous comme si j'essayais de me mêler de sa vie privée. »

Tom comprenait très bien. « Je ne demanderais pas mieux que de vous aider », dit-il poliment. Il se souvenait maintenant que l'argent de Dickie venait d'une société de constructions navales. Une affaire de petits voiliers. Sans doute son père voulait-il que Dickie rentrât pour reprendre la maison. Tom fit un vague sourire à l'intention de M. Greenleaf, puis vida son verre. Il était assis au bord de son fauteuil, prêt à lever le siège, mais le désappointement de son compagnon était presque palpable. « Où est-il en Europe ? demanda Tom qui s'en fichait éperdument.

— Dans une ville qui s'appelle Mongibello, au sud de Naples. Il n'y a même pas de bibliothèque là-bas, à ce qu'il me dit. Il partage son temps entre le voilier et la peinture. Il a acheté une maison. Richard a des revenus personnels, ce n'est pas énorme, mais ce doit être suffisant pour vivre en Italie. Chacun son goût, bien sûr, mais je ne vois vraiment pas ce qui l'attire là-bas. » M. Greenleaf sourit crânement. « Puis-je vous offrir quelque chose, M. Ripley ? » demanda-t-il quand le garçon revint avec son whisky.

Tom avait envie de s'en aller. Mais cela l'ennuyait de partir en laissant l'autre assis tout seul devant sa consommation. « Ma foi oui, volontiers, dit-il en tendant son verre vide au garçon.

— Charley Schriever m'a dit que vous étiez dans les assurances, commença courtoisement M. Greenleaf.

— J'étais en effet dans les assurances il y a quelque temps. Je... » Non, il n'allait pas dire qu'il travaillait aux contributions, pas maintenant. « Je suis pour l'instant au service comptabilité d'une agence de publicité.

— Ah oui ? »

Ils demeurèrent quelques instants silencieux. M. Greenleaf fixait sur Tom un regard avide, pathétique. Tom se demandait ce qu'il pourrait bien dire. Il regrettait déjà d'avoir accepté de prendre quelque chose.

« Au fait, quel âge a donc Dickie maintenant ? demanda-t-il.

— Il a vingt-cinq ans. »

« Comme moi », pensa Tom. Dickie ne devait pas s'embêter en Italie. Il avait de l'argent, une maison, un bateau. Pourquoi aurait-il envie de rentrer ? Le visage de Dickie se précisait peu à peu dans son souvenir : il avait un large sourire, des cheveux blonds aux boucles courtes, un air insouciant. Dickie avait de la chance. Que faisait-il, lui, Tom, à vingt-cinq ans ? Il vivait à la petite semaine. Sans compte en banque. Et voilà maintenant que pour la première fois de sa vie il en était à éviter la police. Il était doué pour les mathématiques. Pourquoi diable ne trouvait-on pas un moyen de le payer pour ça ? Tom se rendit compte que tous ses muscles étaient tendus, que la boîte d'allumettes qu'il tripotait entre ses doigts était complètement aplatie. Il en avait assez. Bon sang, il en avait assez, assez, assez ! Il aurait voulu se lever brusquement et s'en aller sans un mot. Il aurait voulu se retrouver tout seul au bar, comme tout à l'heure.

Il but une gorgée. « Je serai très heureux d'écrire à Dickie si vous me donnez son adresse, s'empressa-t-il de dire. Je pense qu'il se souviendra de moi. Nous avons passé un week-end ensemble chez des amis communs à Long Island, je m'en souviens. Dickie et moi étions allés ramasser des champignons, et tout le monde en avait mangé au petit déjeuner. » Tom sourit. « Deux garçons de la bande avaient été malades, et ce n'avait pas été un week-end très réussi. Mais je me rappelle que Dickie parlait déjà d'aller en Europe. Il a dû partir juste...

— Je me souviens ! dit M. Greenleaf. C'est le dernier week-end que Richard a passé ici. Je crois bien qu'il m'a parlé en effet des champignons. » Il eut un rire un peu forcé.

« Je suis également venu un certain nombre de fois chez vous, reprit Tom, qui commençait à s'échauffer. Dickie m'a montré des maquettes de bateaux posées sur une table dans sa chambre.

— Ce ne sont que des essais enfantins ! fit M. Greenleaf, radieux. Il ne vous a jamais montré ses maquettes de coques ? Ou ses dessins ? »

Dickie ne lui avait rien montré du tout, mais Tom répondit avec entrain : « Oui, bien sûr ! Des dessins à la plume. Il y en avait de magnifiques. » Tom ne les avait jamais vus, mais il se les représentait très bien maintenant, des dessins techniques, précis et détaillés, avec le nom de chaque écrou, de chaque boulon ; il s'imaginait Dickie souriant en train de les lui exhiber, et il aurait pu les décrire longuement pour le plus grand ravissement de M. Greenleaf, mais il se contint.

« Oui, Richard est très doué pour ce genre de choses, déclara M. Greenleaf d'un air satisfait.

— Je pense bien », renchérit Tom. Son ennui évoluait, suivant un processus que Tom connaissait bien. Il éprouvait parfois ces sentiments à des réceptions, mais le plus souvent quand il dînait avec quelqu'un qu'il n'avait jamais eu tellement envie de retrouver et que la soirée se prolongeait interminablement. Il savait qu'il était maintenant capable d'être d'une politesse délirante pendant peut-être encore une heure si c'était nécessaire, et puis que quelque chose exploserait en lui et le précipiterait vers la porte. « Je suis navré de ne pas être libre pour le moment, sinon j'aurais été ravi d'aller voir sur place si je pouvais persuader Richard moi-même. Peut-être en effet pourrais-je l'influencer, dit-il, simplement parce que M. Greenleaf avait envie qu'il le dît.

— Si vous croyez vraiment... enfin, je veux dire, je ne sais pas si vous envisagez ou non un voyage en Europe...

— Non, pas pour le moment.

— Richard a toujours subi l'influence de ses amis. Si vous-même ou si quelqu'un comme vous qui le connaisse pouvait avoir un congé, je serais même prêt à lui demander d'aller lui parler. Je crois que cela aurait plus de poids que si j'y allais moi-même. Je ne pense pas que vous puissiez obtenir un congé, M. Ripley ? »

Tom sursauta. Il prit un air songeur. Il y avait là une possibilité. Son instinct l'avait flairée et était en alerte avant même que son cerveau eût appréhendé la chose. Situation actuelle : néant. Il ferait d'ailleurs aussi bien de quitter New York dans les plus brefs délais. « Ce serait peut-être possible, dit-il prudemment, avec le même air réfléchi que s'il était en ce moment même en train d'examiner les milliers de petits liens qui pourraient le retenir.

— Si vous alliez là-bas, je serais trop heureux de prendre tous vos frais à ma charge, cela va sans dire. Pensez-vous vraiment que vous puissiez vous arranger ? Pour cet automne, par exemple ? »

On était déjà à la mi-septembre, Tom fixait la chevalière en or au blason presque effacé qui ornait le petit doigt de M. Greenleaf. « Je pense que oui. Je serai ravi de revoir Richard... surtout si vous croyez que je puisse être de quelque utilité.

— Mais oui ! Je suis sûr qu'il vous écouterait. Et puis le seul fait que vous ne le connaissiez pas très bien... Si vous lui expliquiez nettement pourquoi vous estimez qu'il devrait rentrer, il saurait bien que vous n'avez personnellement aucun intérêt à ce qu'il revienne. » M. Greenleaf se renversa dans son fauteuil, toisant Tom d'un regard bienveillant. « C'est drôle, figurez-vous, Jim Burke et sa femme – Jim, c'est mon associé – sont passés par Mongibello l'an dernier, au cours d'une croisière. Richard leur avait promis de rentrer pour l'hiver. L'hiver dernier, Jim y a renoncé. Quel garçon de vingt-cinq ans écoute un homme de soixante ans ou davantage ? Vous réussirez probablement là où nous avons tous échoué.

— Je l'espère, dit Tom modestement.

— Vous prendrez bien encore quelque chose ? Un bon cognac ? »

2

Il était plus de minuit quand Tom rentra chez lui. M. Greenleaf avait proposé de le déposer en taxi, mais Tom ne voulait pas lui faire voir où il habitait : dans un immeuble en grès sordide, entre la Troisième et la Deuxième Avenue, avec un panonceau CHAMBRES À LOUER qui se balançait au-dessus de la porte. Depuis deux semaines et demie, Tom habitait avec Bob Delancey, un garçon qu'il connaissait à peine, mais Bob avait été le seul des amis et connaissances qu'il avait à New York à lui proposer de l'héberger quand il s'était trouvé sans domicile. Tom n'avait jamais fait venir aucun de ses amis chez Bob et n'avait même donné à personne son adresse. Le principal avantage qu'il y avait à habiter chez Bob, c'était qu'il pouvait recevoir là son courrier adressé à George McAlpin avec le minimum de risques d'être découvert. Mais il y avait ces cabinets malodorants au bout du couloir qui ne fermaient pas, cette unique pièce crasseuse qui semblait avoir été occupée par mille locataires différents dont chacun avait laissé sa crasse propre sans jamais lever le petit doigt pour la nettoyer, ces piles mal équilibrées de numéros de *Vogue* et du *Harper's Bazaar*, et ces grandes coupes prétentieuses en verre fumé qu'on trouvait partout, pleines de bouts de ficelle, de crayons, de mégots et de fruits avariés. Bob était un décorateur-étalagiste installé à son compte, mais les seules commandes qu'il avait de temps en temps étaient pour des magasins d'antiquités de la Troisième Avenue, et un de ces antiquaires lui avait un jour donné ces coupes en paiement. Tom avait toujours été scandalisé de la saleté qui régnait chez Bob, il ne comprenait même pas qu'on pût vivre dans ces conditions, mais il savait qu'il ne resterait pas là longtemps. Et voilà maintenant qu'il avait rencontré M. Greenleaf. Tout finissait toujours par s'arranger. C'était la philosophie de Tom.

Avant de monter les marches du perron, Tom s'arrêta et regarda soigneusement d'un côté, puis de l'autre. Il ne vit rien qu'une vieille femme qui promenait son chien, et qu'un vieillard qui tournait en trottinant le coin de la Troisième Avenue. S'il y avait une sensation qu'il détestait, c'était bien celle d'être suivi, *par qui que ce fût*. Et depuis quelque temps il avait toujours cette impression. Il monta les marches en courant.

« Ça lui était bien égal, toute cette crasse, songea-t-il, tout en pénétrant dans le studio. Dès qu'il pourrait avoir son passeport, il s'embarquerait pour l'Europe, sans doute dans une cabine de première. Des domestiques lui apporteraient des choses quand il presserait un bouton ! Il s'habillerait pour le dîner, entrerait d'un pas nonchalant dans une vaste salle à manger, bavarderait avec ses voisins de table comme un gentleman ! Il pouvait se voter des félicitations ce soir, se dit-il. Il avait été parfait. M. Greenleaf n'avait sûrement pas eu l'impression de s'être fait extorquer une invitation à aller en Europe. Bien au contraire. C'était lui qui ne voulait pas laisser tomber M. Greenleaf. Il ferait tout son possible pour Dickie. M. Greenleaf était un type si convenable qu'il partait du principe que tous les gens étaient comme lui. Tom avait presque oublié qu'il existait des gens comme ça. »

Il ôta lentement son veston, dénoua sa cravate, surveillant chacun de ces mouvements comme si c'étaient les gestes d'un autre qu'il observait. C'était extraordinaire comme il se tenait plus droit maintenant, quel autre air il avait. C'était une des rares fois de sa vie où il se sentait content de lui. Il plongea une main dans la penderie encombrée de Bob et repoussa brutalement les cintres à droite et à gauche pour faire une place à son complet. Puis il passa dans la salle de bains. La vieille pomme de douche rouillée envoyait un jet contre le rideau de matière plastique et un autre jet décrivait une trajectoire capricieuse, si bien que prendre une douche était un exploit acrobatique, mais il aimait encore mieux ça que de s'asseoir dans la baignoire crasseuse.

Quand il s'éveilla le lendemain matin, Bob n'était pas là, et Tom vit en jetant un coup d'œil à son lit qu'il n'était pas rentré de la nuit. Tom se leva d'un bond et alluma le réchaud pour se faire du café. C'était aussi bien que Bob ne fût pas là justement ce matin. Il ne tenait pas à parler à Bob de ce voyage en Europe. Tout ce que cet abruti y verrait, ce serait la perspective d'un voyage à l'œil. Et sans doute Ed Martin aussi, et Bert Visser, et toutes les autres cloches qu'il connaissait. Il ne dirait rien à personne, et personne ne viendrait l'accompagner au bateau. Tom se mit à siffloter. Il était invité à dîner ce soir chez les Greenleaf, dans leur appartement de Park Avenue.

Un quart d'heure plus tard, après avoir pris sa douche, s'être rasé et avoir passé un costume et une cravate rayée qui, pensait-il, feraient bien sur sa photographie d'identité, Tom arpentait la pièce, une tasse de café noir à la main, attendant le courrier du matin. Il irait ensuite jusqu'à Radio City pour s'occuper de cette histoire de passeport. Et cet après-midi, que ferait-il ? Visiterait-il quelques expositions pour pouvoir en parler ce soir avec les Greenleaf ? Ferait-il quelques recherches sur la Société de constructions navales Burke-Greenleaf, pour donner à M. Greenleaf l'impression qu'il s'intéressait à son travail ?

Par la fenêtre ouverte, il entendit le claquement étouffé du volet de la boîte aux lettres, et il descendit l'escalier. Tom attendit que le facteur se fût éloigné pour prendre la lettre adressée à George McAlpin. Il la décacheta, et en tira un chèque de cent dix-neuf dollars cinquante-quatre *cents*, à l'ordre du receveur des contributions directes. Cette bonne vieille Mme Edith W. Superaugh. Elle avait payé sans un murmure, sans même qu'il eût à la relancer par téléphone. C'était un heureux présage. Il remonta chez Bob, déchira l'enveloppe de Mme Superaugh et en jeta les morceaux dans la poubelle.

Il rangea le chèque dans une grande enveloppe, dans la poche intérieure d'un de ses vestons accroché au fond de la penderie. Cela portait le total de ses chèques à mille huit cent soixante-trois dollars quatorze *cents*, calcula-t-il mentalement. Dommage qu'il ne puisse pas les encaisser. Ou qu'un idiot n'ait pas payé en espèces, ni fait un chèque à l'ordre de George McAlpin, mais ce n'était pas encore arrivé. Tom avait bien une carte d'encaisseur qu'il avait trouvée quelque part avec une date périmée qu'il pourrait essayer de falsifier, mais il craignait de ne pouvoir toucher les chèques, même avec une fausse procuration. Tout cela n'était donc en fait qu'une plaisanterie. Une excellente plaisanterie. Il ne volait d'argent à personne. Avant de partir pour l'Europe, il était décidé à détruire les chèques.

Il y avait encore sept noms sur sa liste. Ne devrait-il pas en essayer encore un durant les dix jours qui lui restaient avant de s'embarquer ? En rentrant chez lui, la veille au soir, après avoir quitté M. Greenleaf, il s'était dit que si Mme Superaugh et Carlos de Sevilla payaient, il s'en tiendrait là. M. de Sevilla n'avait pas encore payé – il avait besoin d'une bonne semonce par téléphone qui lui inspirerait une terreur salutaire – mais Mme Superaugh avait marché si facilement qu'il était tenté d'essayer encore un coup, un seul.

Tom tira de sa valise un carton mauve contenant du papier à lettres. Sous les feuilles de papier se trouvait une collection de divers formulaires imprimés qu'il avait pris au bureau des contributions, quand il y avait travaillé comme commis quelques semaines. Tout au fond, était rangée sa liste de clients éventuels : des gens soigneusement sélectionnés, qui habitaient le Bronx ou Brooklyn, et qui ne tiendraient sans doute pas à aller voir personnellement le percepteur, des artistes et des écrivains, des indépendants qui n'avaient pas de retenue à la source et qui gagnaient entre sept et douze mille dollars par an. Tom estimait que dans ces limites les gens avaient rarement recours aux bons soins d'un conseiller fiscal pour calculer leurs impôts, mais qu'ils gagnaient assez d'argent pour qu'on pût logiquement les accuser d'avoir fait une erreur de deux ou trois cents dollars dans leur déclaration. Il y avait William J. Slatterer, journaliste ; Philip Robillard, musicien ; Frieda Hœhn, dessinatrice de mode ; Joseph J. Gennari, photographe ; Frederick Reddington, artiste ; Francea Karnegis... Tom avait l'intuition que Reddington était le gibier rêvé. C'était un dessinateur de bandes illustrées. Il ne savait sans doute même pas exactement où il en était.

Tom prit deux formulaires intitulés AVIS D'ERREUR DE DÉCLARATION, glissa une feuille de papier carbone entre les deux et se mit à recopier rapidement les renseignements concernant Reddington et qui figuraient sur la liste sous son nom. Revenu : 11 250 $. À déduire : frais : 600 $. Crédit : néant. Sommes déjà versées : néant. Intérêt (il hésita un moment) : 2,16 $. Reste dû : 233,76 $. Puis il prit une feuille de papier à lettres à en-tête du bureau du receveur des contributions directes de Lexington Avenue, biffa de deux vigoureux traits de stylo l'adresse, et dactylographia dessous :

Cher Monsieur,

En raison de l'encombrement de nos bureaux de Lexington Avenue, vous voudrez bien envoyer votre réponse à l'adresse suivante :

Service des Rectifications.
À l'attention de George McAlpin
187 E, 57e Rue
New York 22, New York.
En vous remerciant à l'avance,
Pour le receveur,

Ralph F. Fischer.

Tom apposa un paraphe compliqué et illisible. Il rangea les autres formulaires au cas où Bob rentrerait sans crier gare, puis décrocha le téléphone. Il avait décidé d'avoir tout d'abord une petite conversation téléphonique avec M. Reddington. Il obtint par les renseignements le numéro de celui-ci et l'appela. M. Reddington était chez lui. Tom expliqua brièvement la situation et parut surpris que M. Reddington n'eût pas encore reçu l'avis lui notifiant qu'une erreur avait été commise dans sa déclaration.

« Cet avis a dû partir il y a quelques jours, dit Tom. Vous le recevrez certainement demain. Nous avons été un peu bousculés ces temps-ci.

— Mais j'ai payé mes impôts, dit à l'autre bout du fil la voix affolée de M. Reddington. Tout était...

— Ce sont des choses qui arrivent, vous savez, quand vos revenus ne comportent pas de retenue à la source. Nous avons examiné très attentivement vos revenus, M. Reddington. Nous ne nous sommes pas trompés. Et nous ne voudrions pas faire opposition sur la maison avec laquelle vous travaillez, ou sur votre compte chez votre agent, ni rien de tout cela... » Là il s'interrompit pour émettre un petit rire gloussant. Un petit rire de ce genre, amical et un peu complice, faisait généralement merveille. « ... mais nous y serons obligés si vous ne payez pas dans les quarante-huit heures. Je suis navré que l'avis ne vous soit pas encore parvenu. Comme je vous le disais, nous avons été un peu...

— Il n'y a personne à qui je puisse m'adresser si je viens à votre bureau ? demanda M. Reddington d'un ton anxieux. C'est que cela fait beaucoup d'argent !

— Mais si, naturellement. » Tom, dans ces moments-là, prenait toujours un ton paternel. Il avait l'air d'un brave vieux bonhomme d'une soixantaine d'années qui ferait montre de la même patience si M. Reddington venait, mais qui ne pourrait pas céder d'un *cent* malgré toutes les explications et les protestations de celui-ci. George McAlpin représentait le ministère des Finances, bien sûr. « Vous pouvez vous adresser à *moi*, si vous voulez, déclara Tom, mais je suis absolument sûr de ce que je vous dis, M. Reddington. Je ne pense qu'à vous épargner une perte de temps. Vous pouvez venir si vous y tenez, mais j'ai là tout votre dossier sous les yeux. »

Un silence. M. Reddington n'allait pas se mettre à discuter parce qu'il ne savait sans doute même pas par où commencer. Mais si M. Reddington se lançait dans des explications, Tom avait tout un discours sur le revenu net et le revenu brut, le solde dû déduction faite des acomptes provisionnels, l'intérêt à six pour cent l'an à compter du jour de mise en recouvrement, et la déduction autorisée du montant des impôts de l'an passé qu'il était capable de débiter d'une voix lente aussi irrésistible que la progression d'un tank Sherman. Personne jusqu'à ce jour n'avait insisté pour venir personnellement en entendre davantage. Et M. Reddington était déjà vaincu. Tom le devinait à son silence.

« Bon, fit M. Reddington, qui paraissait effondré. Je verrai l'avis quand je le recevrai demain.

— Parfait, M. Reddington », dit Tom. Puis il raccrocha.

Tom demeura quelques instants à rire doucement, les paumes de ses mains maigres pressées entre ses genoux. Puis il se leva d'un bond, rangea la machine à écrire de Bob, peigna soigneusement devant la glace ses cheveux brun clair et partit pour Radio City.

3

« Bonjour, Tom, mon garçon ! dit M. Greenleaf d'une voix qui promettait de bons apéritifs, un dîner de gourmet et une chambre pour la nuit au cas où il n'aurait pas le courage de rentrer. Emily, je te présente Tom Ripley !

— Je suis si heureuse de vous voir ! fit-elle avec chaleur.

— Mes hommages, madame. »

Elle était tout à fait comme il s'y attendait : blonde, plutôt grande et mince, avec l'air suffisamment cérémonieux pour qu'il conservât ses bonnes manières, mais avec en même temps cette espèce de cordialité sincère qu'avait M. Greenleaf. Celui-ci les emmena dans le living-room. Oui, Tom était déjà venu ici avec Dickie.

« M. Ripley est dans les assurances », annonça M. Greenleaf. « Il doit déjà avoir quelques verres dans le nez, se dit Tom, ou alors il est très nerveux, car je lui ai longuement décrit l'agence de publicité où j'ai dit que je travaillais. »

« Ce n'est pas un métier bien passionnant », dit Tom à Mme Greenleaf d'un ton modeste.

Une femme de chambre entra avec un plateau sur lequel étaient disposés des verres d'apéritif et des assiettes de sandwiches.

« M. Ripley est déjà venu, dit M. Greenleaf. Il est venu avec Richard.

— Ah ! vraiment ? Mais je ne crois pas vous avoir rencontré, dit-elle en souriant. Vous êtes de New York ?

— Non, je suis de Boston », dit Tom. C'était vrai.

Environ une demi-heure plus tard – et il était temps, songea Tom, car les Greenleaf avaient insisté pour lui faire boire un martini après l'autre – ils passèrent dans la salle à manger où une table était dressée pour trois convives, avec des bougies, de grandes serviettes bleu marine et un poulet froid en gelée. Mais il y avait d'abord du céleri rémoulade. Tom adorait cela et il le dit.

« Richard aussi ! s'écria Mme Greenleaf. Il a toujours aimé la façon dont l'accommode notre cuisinière. Quel dommage que vous ne puissiez pas lui en apporter un peu !

— J'en mettrai avec les chaussettes », dit Tom en souriant. Et Mme Greenleaf se mit à rire. Elle lui avait dit qu'elle aimerait lui confier pour Richard quelques paires de chaussettes de laine noires de chez Brooks, comme il les aimait.

La conversation était morne et le dîner somptueux. En réponse à une question de Mme Greenleaf, Tom lui dit qu'il travaillait pour une agence de publicité du nom de Rothenberg, Fleming and Barter. Quand il en reparla quelques instants plus tard, il fit exprès de dire Reddington, Fleming and Parker. M. Greenleaf ne parut même pas remarquer la différence. Tom à ce moment était seul avec M. Greenleaf dans le living-room, après le dîner.

« Avez-vous fait vos études à Boston ? demanda M. Greenleaf.

— Non, monsieur. J'ai passé quelque temps à Princeton,

puis je suis allé chez une autre de mes tantes à Denver et j'ai continué mes études à l'Université, là-bas. » Tom attendit, espérant que M. Greenleaf allait lui poser des questions sur Princeton, mais il n'en fit rien. Tom aurait pu discuter la méthode d'enseignement de l'histoire, l'ambiance des bals de fin de semaine, les tendances politiques des milieux estudiantins, n'importe quoi. Tom avait été très lié l'été dernier avec un jeune étudiant de Princeton qui ne parlait que de son collège, et Tom avait fini par lui arracher une foule de renseignements, prévoyant que cela pourrait un jour lui être utile. Tom avait raconté aux Greenleaf qu'il avait été élevé par sa tante Dottie, de Boston. Elle l'avait emmené à Denver quand il avait seize ans, et en fait il était seulement allé au lycée là-bas, mais il y avait chez sa tante Béa, à Denver, un pensionnaire, un jeune homme du nom de Don Mizell qui fréquentait l'Université du Colorado. Et Tom avait l'impression d'y être allé aussi.

« Vous n'avez pas de spécialité ? demanda M. Greenleaf.

— Je me partageais à peu près entre la comptabilité et la composition anglaise », répondit Tom en souriant, sachant pertinemment qu'une réponse aussi ennuyeuse ne pouvait engager personne à poursuivre la discussion sur ce terrain.

Mme Greenleaf revint avec un album de photographies, et Tom prit place à côté d'elle sur le divan, tandis qu'elle le feuilletait. Richard faisant ses premiers pas, Richard sur une abominable photo en couleurs jouant les petits lords Fauntleroy avec de longues boucles blondes. L'album ne commença à intéresser Tom que quand on en arriva aux pages où Richard avait seize ans environ ; il était long et mince, et ses boucles blondes poussaient plus dru. Il ne semblait guère avoir changé entre seize et vingt-trois ou vingt-quatre ans, époque à laquelle s'arrêtait l'album, et Tom fut frappé de retrouver à peu près identique le sourire joyeux et un peu naïf. Tom avait l'impression que Richard n'était pas très intelligent, ou bien alors il aimait se faire photographier la bouche fendue d'une oreille à l'autre parce qu'il se croyait mieux ainsi, ce qui n'était pas non plus la preuve d'une grande intelligence.

« Je ne les ai pas encore collées, celles-ci, dit Mme Greenleaf, en lui tendant un jeu de photos. Elles ont été prises en Europe. »

Elles étaient plus intéressantes : Dickie dans ce qui semblait être un café de Paris, Dickie sur une plage. Sur plusieurs de ces clichés, il avait l'air renfrogné.

« Tenez, voici Mongibello », dit Mme Greenleaf, en désignant une photo de Dickie en train de haler un canot sur le sable. On voyait au fond des montagnes rocailleuses, et une rangée de petites maisons blanches le long de la plage. « Et cette jeune fille, c'est la seule autre Américaine qui habite là-bas.

— Marge Sherwood », précisa M. Greenleaf. Il était assis à l'autre bout de la pièce, mais il était penché en avant, et suivait attentivement l'exhibition des photos.

La fille était en maillot de bain sur la plage, les bras croisés autour des genoux, l'air sain et sans façons, avec une courte tignasse blonde échevelée : le genre brave fille. Il y avait une bonne photo de Richard en short, assis sur le parapet d'une terrasse. Il souriait, mais ce n'était plus le même sourire, pensa Tom. Sur les photos d'Europe, Richard avait l'air plus grave.

Tom remarqua que Mme Greenleaf avait les yeux fixés sur le tapis devant elle. Il se souvint qu'à un moment pendant le dîner elle avait dit : « Comme je voudrais n'avoir jamais entendu parler de l'Europe ! » et M. Greenleaf lui avait lancé un coup d'œil inquiet, puis elle lui avait souri comme si ces sorties étaient chez elle chose coutumière. Maintenant, elle avait les larmes aux yeux. M. Greenleaf se levait pour s'approcher d'elle.

« Mme Greenleaf, dit doucement Tom, je tiens à ce que vous sachiez que je ferai tout pour décider Dickie à rentrer.

— Vous êtes gentil, mon petit Tom. »

Elle pressa la main de Tom.

« Emily, tu ne crois pas qu'il est temps que tu ailles te coucher ? » demanda M. Greenleaf en se penchant sur elle.

Tom se leva en même temps que Mme Greenleaf.

« J'espère que vous reviendrez nous voir avant de partir, Tom, dit-elle. Depuis le départ de Richard, nous n'avons plus que rarement de jeunes gens à la maison. Cela me manque.

— Je serai ravi de revenir », dit Tom.

M. Greenleaf sortit de la pièce avec elle. Tom resta debout, les mains le long du corps, la tête droite. Il se voyait dans un grand miroir au mur : de nouveau, il était le bon jeune homme honnête. Il détourna rapidement les yeux. Il avait raison d'agir ainsi, il se conduisait bien. Et pourtant, il avait des remords. Quand il avait dit, à l'instant, à Mme Greenleaf : « *Je ferai tout mon possible…* », ma foi, il le pensait. Il ne cherchait à duper personne.

Il sentit la sueur perler à son front et il essaya de se détendre. Pourquoi s'inquiéter ? Il avait été si bien ce soir ! Quand il avait parlé de tante Dottie et...

Tom tressaillit et tourna la tête vers la porte, mais elle était toujours fermée.

C'était le seul moment de la soirée où il s'était senti mal à l'aise, un peu comme s'il avait menti, et pourtant c'était à peu près la seule chose vraie qu'il eût dite : « *Mes parents sont morts quand j'étais tout petit. J'ai été élevé par ma tante à Boston.* »

M. Greenleaf entra dans la pièce. Sa silhouette parut osciller comme un mirage, grandir, grandir. Tom cligna des yeux, cet homme brusquement le terrorisait, et l'envie le prenait de l'attaquer avant d'être lui-même attaqué.

« Si nous goûtions un peu de cognac ? proposa M. Greenleaf en ouvrant un placard auprès de la cheminée. »

« C'est comme un film, se dit Tom. Dans une minute, la voix de M. Greenleaf ou de quelqu'un d'autre va dire : "Bon, *coupez* !" et je vais me retrouver chez Raoul avec mon verre de gin and tonic. Ou plutôt, non, à la Cage Verte. »

« Vous en avez assez ? demanda M. Greenleaf. Ne le buvez pas si vous n'en avez pas envie. »

Tom acquiesça d'un vague signe de tête, M. Greenleaf parut un peu surpris, puis emplit deux verres de cognac.

Tom sentait monter en lui une vague de peur. Il pensait à l'incident du *drugstore*, la semaine dernière ; c'était pourtant bien fini, et d'ailleurs en ce moment, il n'avait pas vraiment peur, il n'avait pas de raisons de s'affoler. Il y avait un *drugstore* de la Seconde Avenue dont il donnait le numéro de téléphone aux gens qui insistaient pour le rappeler au sujet de leur déclaration d'impôts. Il leur disait que c'était le numéro du service des rectifications où on ne pouvait le joindre que le mercredi et le vendredi entre trois heures et demie et quatre heures. À ces heures-là, Tom traînait aux abords de la cabine dans le drugstore, attendant que le téléphone sonnât. Quand le patron l'avait regardé d'un air méfiant la seconde fois qu'il se livrait à ce manège, Tom avait dit qu'il attendait un coup de fil de sa petite amie. Vendredi dernier, quand il avait décroché l'appareil, une voix d'homme avait déclaré : « Vous savez de quoi nous parlons, n'est-ce pas ? Nous savons où vous habitez, si vous voulez que nous venions chez vous... Si vous avez ce qu'il faut, nous avons ce que vous avez demandé. » La voix était insistante en même temps qu'évasive, et Tom avait été incapable de répondre. Alors l'autre avait repris : « Bon, eh bien ! nous venons tout de suite. À votre domicile. » Tom était sorti de la cabine, les jambes en coton, et puis il avait vu le patron du *drugstore* qui le regardait avec de grands yeux affolés, et il avait soudain compris ce que signifiait cette conversation : le patron du magasin vendait de la drogue, et il prenait Tom pour un policier venu l'espionner, *lui*. Tom avait éclaté de rire, et il était sorti en riant, d'un pas chancelant, car il avait encore les jambes coupées par l'émotion.

« Vous pensez à l'Europe ? » dit la voix de M. Greenleaf.

Tom prit le verre que lui tendait M. Greenleaf. « Oui, dit-il.

— J'espère que vous ferez un voyage agréable, Tom, et aussi que vous pourrez décider Richard. Emily vous aime bien, vous savez. Elle me l'a dit. Je n'ai même pas eu besoin de le lui demander. » M. Greenleaf faisait pivoter son verre de cognac entre ses doigts. « Ma femme a la leucémie, Tom.

— Oh. C'est très grave, non ?

— Oui. Elle n'en a peut-être pas pour un an.

— Je suis navré d'apprendre cela », dit Tom.

M. Greenleaf tira de sa poche une feuille de papier. « Je me suis procuré une liste des bateaux en partance. Je crois que la ligne de Cherbourg est la plus rapide et aussi la plus intéressante. Vous prendriez le train transatlantique jusqu'à Paris et de là un wagon-lit vous emmènerait à Rome par les Alpes et jusqu'à Naples.

— Ce serait parfait. » Cela commençait à le passionner.

« Il faudra que vous preniez un car de Naples pour aller jusqu'au village de Richard. Je lui écrirai... sans lui dire que vous venez de ma part, ajouta-t-il en souriant, mais je lui dirai que nous nous sommes rencontrés. Richard devrait pouvoir vous loger, mais, si pour une raison quelconque cela ne lui était pas possible, il y a des hôtels en ville. Je pense que Richard et vous sympathiserez. Maintenant, en ce qui concerne l'argent, commença M. Greenleaf avec un sourire paternel, je compte vous donner six cents dollars en chèques de voyage, indépendamment de votre billet aller-retour. Est-ce que cela vous convient ? Les six cents dollars devraient vous permettre de tenir près de deux mois, et si vous avez besoin d'autre argent, vous n'aurez qu'à me câbler, mon garçon. Vous n'avez pas l'air d'un jeune homme à jeter l'argent par les fenêtres.

— Six cents dollars me semblent amplement suffisants, monsieur. »

À mesure que le niveau descendait dans la bouteille de cognac, M. Greenleaf devenait de plus en plus gris et joyeux, et Tom de plus en plus taciturne et amer. Tom avait envie de s'en aller. Mais il avait envie aussi d'aller en Europe et il avait besoin de l'approbation de M. Greenleaf. Ces instants passés sur le divan étaient plus pénibles que le long moment qu'ils avaient passé au bar la veille et où il s'était si fort ennuyé, parce que ce soir il ne s'y faisait pas. À plusieurs reprises, Tom se leva, son verre à la main, et se dirigea vers la cheminée pour regagner ensuite sa place, et, quand il se regarda dans la glace, il vit qu'il avait les coins de la bouche crispés.

M. Greenleaf pérorait gaiement en évoquant le temps où il était allé à Paris avec Richard quand celui-ci avait dix ans. Ça n'avait pas le moindre intérêt. Tom pensait que s'il arrivait quelque chose avec la police d'ici dix jours, M. Greenleaf pourrait l'héberger. Il n'aurait qu'à raconter à M. Greenleaf qu'il avait sous-loué son appartement un peu précipitamment, ou une histoire comme ça, et il viendrait se terrer ici. Tom se sentait très mal à l'aise, presque physiquement malade.

« Monsieur Greenleaf, je crois qu'il faut que je parte.

— Déjà ? Mais je voulais vous montrer... Enfin, ça ne fait rien. Une autre fois. »

Tom savait qu'il aurait dû demander : « Me montrer quoi ? » et admirer patiemment ce que son hôte voulait lui faire voir, mais il en était incapable.

« Je tiens à ce que vous visitiez les chantiers, naturellement, dit M. Greenleaf, plein d'entrain. Quand pouvez-vous venir ? Vous n'êtes sans doute libre qu'à l'heure du déjeuner. Je pense qu'il faut que vous puissiez dire à Richard comment sont les chantiers aujourd'hui.

— Mais oui... je pourrais venir pendant mon heure de déjeuner.

— Passez-moi un coup de fil le jour qui vous conviendra, Tom. Vous avez ma carte avec mon numéro de téléphone personnel. Si vous me prévenez une demi-heure l'avance, j'enverrai quelqu'un vous prendre à votre bureau. Nous mangerons un sandwich tout en visitant le chantier, et puis je vous raccompagnerai en voiture.

— Entendu, je vous appellerai », dit Tom. Il avait l'impression qu'il allait s'évanouir s'il restait une minute de plus dans le hall à l'éclairage tamisé, mais M. Greenleaf recommençait à glousser et lui demandait s'il avait lu un certain livre de Henry James.

« Je dois vous avouer que non, dit Tom, pas celui-là.

— Oh, ça ne fait rien », dit M. Greenleaf en souriant.

Ils échangèrent une poignée de main, M. Greenleaf lui broyant les doigts interminablement, et puis ce fut fini. Mais, tout en se dirigeant vers l'ascenseur, Tom avait encore l'air attristé et effrayé. Il se cala dans le coin de la cabine, épuisé; mais il savait que dès qu'il serait arrivé en bas il ouvrirait toute grande la porte et qu'il s'en irait en courant, en courant jusque chez lui.

4

L'atmosphère de la ville devenait de plus en plus étrange à mesure que les jours s'écoulaient. On aurait dit que New York avait perdu quelque chose – sa réalité, son importance – et que la ville jouait la comédie rien que pour lui, une vaste comédie avec ses taxis, ses autobus et ses passants qui se hâtaient sur les trottoirs, ses écrans de télévision dans tous les bars de la Troisième Avenue, ses panneaux lumineux allumés même en plein jour devant les salles de cinéma, et le bruit de fond de ses milliers de klaxons et de voix humaines qui parlaient pour ne rien dire. C'était à croire que, quand samedi son bateau appareillerait, toute la ville de New York allait s'effondrer avec un bruit mat, comme un décor de carton sur une scène.

Ou alors peut-être avait-il peur. Il avait horreur de l'eau. Il n'avait jamais fait de voyage en mer, sauf pour aller de New York à La Nouvelle-Orléans et retour ; mais il travaillait alors sur un bananier et passait à peu près tout son temps dans les cales, sans presque se rendre compte qu'il était sur l'eau. Les premières fois qu'il était monté sur le pont, la vue de l'océan l'avait tout d'abord effrayé, puis cela l'avait rendu malade, et il s'était empressé de regagner les cales où, contrairement à ce que prétendaient les gens, il s'était senti mieux. Ses parents s'étaient noyés en rade de Boston, et Tom avait toujours pensé que ce drame était pour quelque chose dans son horreur de l'eau, car, aussi loin que remontaient ses souvenirs, il avait toujours eu peur de l'eau et il n'avait jamais appris à nager. Tom éprouvait une sensation bizarre au creux de l'estomac en pensant que, dans moins d'une semaine, il aurait des milliers de mètres d'eau sous les pieds, et qu'il serait sans doute obligé de regarder la mer la plupart du temps, car à bord des transatlantiques, les passagers passaient de longues heures sur le pont. Et c'était particulièrement mal porté, lui semblait-il, d'avoir le mal de mer. Il n'avait jamais eu le mal de mer, mais il s'était plus d'une fois trouvé au bord de la nausée ces jours-ci, rien qu'en pensant au voyage jusqu'à Cherbourg.

Il avait annoncé à Bob Delancey qu'il partait dans une semaine, mais il n'avait pas dit où il allait. Bob, d'ailleurs, n'avait pas eu l'air intéressé. Ils ne se voyaient guère. Tom était allé chez Marc Priminger, dans la Quarante-Cinquième Rue – il avait encore les clefs de l'appartement – pour prendre deux ou trois choses qu'il avait oubliées ; il avait choisi une heure où il pensait que Marc ne serait pas là, mais Marc était justement rentré avec Joël, son nouveau colocataire, un grand jeune homme dégingandé qui travaillait dans une maison d'édition ; et, en l'honneur de Joël, Marc avait joué les grands et les magnanimes, alors que si Joël n'avait pas été là, Marc l'aurait accablé d'injures que même un matelot portugais aurait hésité à employer. Marc (son vrai nom, par-dessus le marché, c'était Marcellus) était un horrible petit bonhomme qui avait des revenus et la manie de secourir les jeunes gens souffrant de difficultés financières momentanées en les hébergeant dans sa maison de deux étages où il y avait trois chambres ; il prenait alors un ton de dieu bienveillant pour leur dire ce qu'ils pouvaient faire et ne pas faire dans la maison, et pour leur prodiguer les conseils sur la façon de mener leur existence ou leur carrière, des conseils généralement déplorables. Tom avait passé là trois mois, et, comme pendant presque la moitié du temps Marc était en Floride, il avait eu la maison pour lui tout seul ; mais quand Marc était rentré et avait fait des histoires pour quelques malheureux verres cassés en gourmandant Tom comme s'il était Dieu le Père en personne, Tom s'était mis suffisamment en colère pour lui faire front et pour riposter. Sur quoi Marc l'avait flanqué dehors, après lui avoir extorqué soixante-trois dollars pour les verres cassés. Le vieux grippe-sou ! « Il aurait dû être une vieille fille, pensa Tom, dirigeant un pensionnat. » Tom regrettait vivement d'avoir jamais fait la connaissance de Marc Priminger, et plus tôt il aurait oublié les yeux stupides et porcins de Marc Priminger, sa mâchoire massive, ses mains affreuses avec les bagues voyantes (ces mains qu'il brandissait sans cesse, en distribuant ses ordres à la ronde), mieux cela vaudrait.

La seule personne de ses relations à laquelle il se sentait d'humeur à parler de son voyage en Europe, c'était Cléo, et il alla la voir le jeudi qui précéda son départ. Cléo Dobelle était une grande fille mince et brune qui pouvait avoir entre vingt-trois et trente ans – Tom n'en savait rien –, qui vivait chez ses parents à Gracie Square et qui faisait un peu de peinture, un tout petit peu, en vérité, puisqu'elle peignait sur de minuscules morceaux d'ivoire pas plus gros que des timbres-poste qu'il fallait regarder à la loupe ; Cléo, d'ailleurs, se servait d'une loupe pour travailler. « Mais pensez comme c'est commode de pouvoir emporter *toutes* mes œuvres dans une boîte à cigares ! Les autres peintres ont besoin de pièces entières pour entreposer leurs toiles ! » disait Cléo. Elle avait son appartement avec cuisine et salle de bains personnelles, au fond de celui de ses parents ; il y faisait toujours sombre, car les fenêtres donnaient sur une courette envahie d'arbres qui masquaient la lumière. Cléo avait toujours la lumière allumée, un éclairage tamisé qui donnait à sa demeure une ambiance nocturne, quelle que fût l'heure du jour. Sauf le soir où il l'avait rencontrée, Tom n'avait jamais vu Cléo qu'en pantalons de velours très ajustés de différentes couleurs, qu'elle portait avec des chemises de soie à rayures vives. Ils avaient sympathisé dès le premier soir, quand Cléo l'avait invité à dîner chez elle le lendemain. C'était toujours Cléo qui l'invitait chez elle, et jamais l'idée ne leur était venue qu'il pourrait l'emmener dîner dehors ou bien au théâtre, ni qu'il fît rien de ce qu'on pouvait ordinairement attendre d'un jeune homme : elle ne s'attendait pas à ce qu'il lui apportât des fleurs, un livre ou des bonbons quand il venait dîner, encore que Tom lui offrît parfois un petit cadeau, car cela lui faisait si grand plaisir. Cléo était la seule personne à qui il pût dire qu'il partait pour l'Europe et pourquoi. Il lui raconta tout.

Cléo fut enthousiasmée, comme il l'avait deviné. Ses lèvres rouges esquissèrent un sourire dans son long visage pâle et elle battit des mains sur les jambes de son pantalon de velours en s'écriant : « *Tom-mie !* Mais c'est merveilleux ! On dirait du Shakespeare ! »

C'était exactement ce que pensait Tom. Et c'était pour cela qu'il avait besoin d'en parler à quelqu'un.

Cléo fut aux petits soins toute la soirée, lui demandant s'il avait ceci et cela, des Kleenex et des pastilles pour la gorge et des chaussettes de laine parce que l'automne en Europe était généralement pluvieux, et s'il s'était fait vacciner. Tom assura qu'il se sentait prêt.

« Surtout, ne m'accompagne pas au bateau, Cléo. Je ne veux pas qu'on m'accompagne.

— Bien sûr que non ! dit Cléo, qui comprenait fort bien. Oh ! Tommie, je trouve ça si drôle ! Tu m'écriras tout ce qui se passe avec Dickie ? Tu es la seule personne que je connaisse qui soit jamais allée en Europe pour une raison *précise*. »

Il lui raconta sa visite aux chantiers de M. Greenleaf à Long Island, les kilomètres et les kilomètres de tables avec des machines fabriquant des pièces métalliques étincelantes, vernissant et polissant du bois, les cales sèches avec des armatures de bateau de toutes tailles, et il lui répéta pour l'impressionner quelques-uns des termes qu'avait employés M. Greenleaf : hiloires, plats-bords, carlingues. Il décrivit le second dîner chez les Greenleaf, au cours duquel M. Greenleaf lui avait offert une montre-bracelet. Il la montra à Cléo ; ce n'était pas une montre fabuleusement chère, mais quand même une très bonne marque et exactement le modèle que Tom aurait choisi lui-même : un cadran blanc avec des chiffres romains noirs, un boîtier en or très simple, et un bracelet en crocodile.

« Tout ça parce que j'avais dit quelques jours plus tôt dans la conversation que je n'avais pas de montre, dit Tom. Il m'a vraiment adopté. » Et Cléo aussi était la seule personne à qui il pût dire cela.

Elle soupira. « Ah ! les hommes ! Vous avez toutes les chances. Il ne pourrait jamais rien arriver de pareil à une femme. Les hommes sont libres ! »

Tom sourit. Il avait souvent le sentiment que c'était juste le contraire. « Est-ce que ce ne seraient pas les côtes d'agneau qui brûleraient ? »

Cléo se leva en poussant un cri.

Après le dîner, elle lui montra cinq ou six de ses dernières œuvres, des portraits dans le genre romantique d'un jeune homme qu'ils connaissaient, en chemise blanche à col ouvert, et trois paysages de jungle imaginaires faits d'après la vue qu'elle avait sur les arbres devant sa fenêtre. Tom trouva que le pelage des petits singes était extraordinairement bien rendu. Cléo avait une série de pinceaux avec un seul poil, et encore ceux-ci comportaient-ils toute une gamme, du relativement gros à l'ultra-fin. Ils burent presque deux bouteilles de médoc de la cave des parents de Cléo, et Tom était si ensommeillé qu'il aurait volontiers passé la nuit là, couché sur le plancher (ils avaient souvent dormi côte à côte sur les deux grandes peaux d'ours devant la cheminée, et c'était aussi ce qu'il y avait de merveilleux avec Cléo, elle ne s'attendait jamais à ce qu'il lui fît la cour). Mais, à minuit moins le quart, Tom se mit debout et prit congé.

« Alors, je ne te reverrai pas ? dit Cléo d'un ton triste sur le seuil.

— Oh ! je devrais être de retour d'ici six semaines », dit Tom, bien qu'il n'en crût pas un mot.

Il se pencha soudain et planta un baiser fraternel sur la joue ivoirine de Cléo. « Tu me manqueras, Cléo. »

Elle lui pressa l'épaule, le seul contact physique qu'il se souvînt avoir jamais eu avec elle. « Tu me manqueras aussi », dit-elle.

Le lendemain matin, il alla faire chez Brooks les emplettes dont l'avait chargé Mme Greenleaf, une douzaine de paires de chaussettes de laine noires et un peignoir. Mme Greenleaf n'avait pas donné d'indications quant à la couleur du peignoir. Elle laissait le choix à Tom, avait-elle dit. Il choisit donc une robe de chambre en flanelle rouge sombre avec une ceinture bleu marine et des parements assortis. Ce n'était pas le plus beau peignoir du rayon, de l'avis de Tom, mais c'était, lui semblait-il, exactement ce qu'aurait pris Richard. Il fit mettre la robe de chambre et les chaussettes sur le compte des Greenleaf. Il aperçut une chemise de sport en grosse toile avec des boutons de bois qui lui plaisait beaucoup ; il aurait très bien pu la faire mettre aussi sur le compte des Greenleaf, mais il n'en fit rien. Il la paya de sa poche.

5

Le matin de son départ, le matin qu'il avait attendu avec une si joyeuse impatience, commença fort mal. Tom suivit le steward jusqu'à sa cabine en se félicitant de la fermeté dont il avait fait preuve avec Bob : il avait catégoriquement refusé qu'on l'accompagnât jusqu'au bateau, et ses recommandations avaient été suivies. Il venait de pénétrer dans la cabine quand un cri sauvage retentit.

« Où est le champagne, Tom ? Alors, on attend !

— Mes enfants, quelle turne ! Tu ne pouvais pas demander quelque chose de convenable ?

— Tommie, tu m'emmènes, dis ? » Cette question posée par la petite amie d'Ed Martin, une fille dont Tom ne pouvait même supporter la vue.

Ils étaient tous là, pour la plupart des crétins que fréquentait Bob, vautrés sur son lit, sur le plancher, partout. Bob savait que Tom s'embarquait pour l'Europe, mais Tom ne l'aurait jamais cru capable d'une chose pareille. Il lui fallut toute sa maîtrise de soi pour dire d'un ton glacial : « Il n'y a pas de champagne. » Il essaya de leur faire bon accueil, de sourire, alors qu'il avait envie d'éclater en sanglots comme un gosse. Il foudroya Bob du regard, mais celui-ci était déjà à moitié ivre, de Dieu sait quoi. Tom se dit, pour se justifier, qu'il était très tolérant, mais que c'était une des choses qu'il ne pouvait pas admettre : ce genre de surprise bruyante, cette cohue, ces crétins vulgaires qu'il avait cru laisser derrière lui en franchissant la coupée, et qui jonchaient la cabine même où il allait passer les cinq jours à venir !

Tom s'approcha de Paul Hubbard, le seul personnage respectable qui se trouvait là, et s'assit auprès de lui sur le petit divan encastré dans la cloison. « Bonjour, Paul, dit-il d'une voix unie. Je suis navré de toute cette pagaïe.

— Bah ! fit Paul, railleur. Combien de temps restes-tu absent ?... Hé ! Tom, qu'est-ce qui se passe ? Tu es malade ? »

C'était affreux. Cela continua un long moment, le chahut, les rires, et les filles qui tâtaient le lit et qui inspectaient la lunette des cabinets. Dieu merci, les Greenleaf n'étaient pas venus l'accompagner ! M. Greenleaf avait dû se rendre à La Nouvelle-Orléans pour affaires, et Mme Greenleaf, quand Tom l'avait appelée ce matin pour lui faire ses adieux, avait dit qu'elle ne se sentait pas assez bien pour venir jusqu'au bateau.

Pour finir, Bob brandit une bouteille de whisky, et ils se mirent tous à boire dans les deux seuls verres qu'on avait trouvés dans la salle de bains, jusqu'au moment où un steward arriva avec un plateau chargé de verres. Tom refusa de trinquer. Il transpirait si abondamment qu'il ôta sa veste pour ne pas la froisser. Bob s'approcha et lui fourra un verre dans la main, et Tom comprit que Bob ne plaisantait pas tout à fait, et il savait pourquoi : il avait accepté l'hospitalité de Bob pendant un mois, et il pourrait au moins faire bonne figure, mais Tom en était aussi incapable que si son visage eût été de granit. Et s'ils le détestaient tous après cela, qu'est-ce que ça pouvait bien lui faire ?

« Je peux m'installer là, Tommie » ! reprit la fille qui était décidée à s'installer n'importe où et à partir avec lui. Elle s'était fourrée dans un étroit placard grand comme un réduit à balais.

« Je voudrais bien voir Tom pris avec une fille dans sa chambre ! » dit Ed Martin en riant.

Tom le regarda d'un air mauvais. « Sortons d'ici et allons prendre un peu l'air », murmura-t-il à Paul.

Les autres faisaient un tel tapage que personne ne les vit sortir. Ils allèrent s'accouder à la lisse, près de la poupe. Il faisait un temps couvert, et la ville, sur leur droite, paraissait déjà une côte grise et lointaine aperçue de très loin en mer... mais il y avait toujours ces salauds dans sa cabine.

« Qu'est-ce que tu deviens ? demanda Paul. Ed m'a téléphoné pour me dire que tu partais. Ça fait des semaines que je ne t'ai pas vu. »

Paul était un de ceux qui croyaient qu'il travaillait à l'Associated Press. Tom inventa une mirifique histoire de reportage qu'on lui avait confié. « Peut-être au Moyen-Orient », déclarat-il. Il dit cela d'un ton très confidentiel. « J'ai fait pas mal de travail de nuit ces temps-ci, reprit Tom, c'est pour ça qu'on ne m'a pas beaucoup vu. C'est gentil de ta part d'être venu me dire au revoir.

— Je n'avais pas de cours ce matin. » Paul ôta la pipe de sa bouche et sourit. « Oh ! ça ne m'aurait sans doute pas empêché de venir. C'est une excuse classique ! »

Tom sourit. Paul était professeur de musique dans une école de filles de New York ; il faisait cela pour gagner sa vie, mais il préférait composer durant ses heures de loisir. Tom ne pouvait se rappeler dans quelles circonstances il avait fait la connaissance de Paul, mais il se souvenait être allé déjeuner à son appartement de Riverside Drive un dimanche avec d'autres gens ; Paul avait joué quelques-unes de ses compositions au piano, et Tom les avait vivement appréciées. « Est-ce que je peux t'offrir quelque chose ? Voyons si nous pouvons trouver le bar », dit Tom.

Mais au même instant, un steward passa en frappant sur un gong et en criant : « Les visiteurs à terre, s'il vous plaît ! Tous les visiteurs à terre !

— C'est pour moi », dit Paul.

Ils échangèrent une poignée de main, se tapotèrent mutuellement l'épaule, et se promirent de s'envoyer des cartes postales. Puis Paul s'en alla.

« Les copains de Bob resteraient sans doute jusqu'à la dernière minute, pensa-t-il ; il faudrait probablement les expulser de vive force. » Tom tourna soudain les talons et grimpa quatre à quatre un escalier presque aussi raide qu'une échelle. Arrivé en haut, il se trouva devant une pancarte CLASSE CABINE SEULEMENT, accrochée à une chaîne, mais il enjamba la chaîne et s'avança sur le pont. « On ne verrait sûrement pas d'inconvénient à ce qu'un passager de première classe pénétrât sur le pont des secondes », se dit-il. Il ne pouvait se faire à l'idée de revoir la bande de Bob. Il avait payé un demi-mois de loyer à Bob et lui avait fait cadeau d'une chemise encore bonne et d'une cravate. Que voulait-il de plus ?

Le navire avait déjà appareillé quand Tom osa redescendre dans sa cabine. Il ouvrit la porte avec précaution. La cabine était vide. Le couvre-pied bleu n'avait pas un pli. Les cendriers étaient propres. Il ne restait plus trace du passage de ses visiteurs. Tom se détendit et sourit. Ça, c'était du service ! Les vieilles traditions de la Cunard Line, la marine anglaise, et tout ça ! Il aperçut une grande corbeille de fruits posée sur le plancher près de son lit. Il s'empara avidement de la petite enveloppe blanche épinglée à la corbeille. Sur la carte qu'elle contenait, il lut :

Bon voyage, Tom. Tous nos bons vœux vous accompagnent.
Emily et Herbert Greenleaf.

La corbeille avait une grande anse et était entièrement enveloppée de Cellophane jaune : il y avait des pommes et des poires, du raisin, deux tablettes de chocolat et quelques petites bouteilles de liqueur. Tom n'avait jamais reçu ce genre de cadeaux d'adieu. Pour lui, ç'avait toujours été de ces choses qu'on voit dans les vitrines des magasins de luxe et des fleuristes, à des prix exorbitants, et qui vous faisaient rire. Et voilà maintenant qu'il avait les larmes aux yeux ; brusquement, il se prit la tête à deux mains et se mit à sangloter.

6

Il se sentait d'humeur paisible et bienveillante, mais absolument pas sociable. Il voulait avoir le temps de penser, et n'avait envie de se lier avec personne sur le bateau, personne ; cela ne l'empêchait pas, d'ailleurs, lorsqu'il rencontrait des gens qui mangeaient à la même table que lui, de les saluer aimablement et de leur sourire. À bord du bateau, il commença à jouer un rôle, celui du jeune homme sérieux, qui s'en va faire un travail sérieux. Il se montrait courtois, à l'aise, bien élevé et préoccupé.

Il eut envie soudain d'une casquette, et il en acheta une à la chemiserie du bord, une casquette gris-bleu classique, en douce laine anglaise. Il pouvait rabattre la visière sur presque tout son visage quand il voulait dormir sur son transat, ou en tout cas avoir l'air de dormir. Il se dit que la casquette était, de toutes les coiffures, celle qui offrait les possibilités les plus diverses, et il se demanda pourquoi il n'avait encore jamais pensé à en porter une. Suivant la façon dont il la mettait, il pouvait passer pour un gentleman farmer, un homme du milieu, un Anglais, un Français ou un pur excentrique Américain. Tom s'amusa avec sa casquette dans sa cabine, devant la glace. Il avait toujours pensé que son visage était le plus inexpressif qui fût, le plus facile à oublier, avec un rien de servile qu'il ne comprenait pas, et quelque chose d'effrayé aussi qu'il n'avait jamais réussi à effacer. Un vrai visage de conformiste. Mais la casquette changeait tout. Elle lui donnait un air de campagne, de campagne du style Greenwich, Connecticut. Il était maintenant un jeune homme avec des revenus, frais émoulu de Princeton, peut-être. Il acheta une pipe pour aller avec la casquette.

Il commençait une vie nouvelle. Adieu à tous les médiocres qu'il avait fréquentés et qu'il avait laissés le fréquenter depuis trois ans à New York. Il se sentait comme il imaginait que devaient se sentir des immigrants lorsqu'ils laissaient tout derrière eux dans quelque pays étranger, leurs amis, leurs relations et leurs erreurs passées, et qu'ils partaient pour l'Amérique. Il recommençait à zéro ! Quoi que Dickie décidât de faire, lui-même s'acquitterait consciencieusement de sa tâche, et M. Greenleaf le saurait et en éprouverait du respect pour lui. Peut-être ne reviendrait-il pas en Amérique, une fois l'argent de M. Greenleaf dépensé. Il pourrait trouver un travail intéressant dans un hôtel, par exemple, où l'on aurait besoin de quelqu'un d'intelligent et présentant bien, qui parle l'anglais. Ou encore, il pourrait devenir représentant pour une firme européenne et voyager à travers le monde entier. Ou alors, il rencontrerait quelqu'un qui avait besoin d'un garçon comme lui, capable de conduire une voiture, sachant manier les chiffres, et susceptible de tenir compagnie à une grand-mère ou de faire danser la jeune fille de la maison. Il avait des talents multiples, et le monde était grand ! Il se jura qu'une fois qu'il aurait trouvé une situation il la garderait. Patience et persévérance ! Toujours plus haut et en avant !

« Est-ce que vous avez *The Ambassador* de Henry James ? » demanda Tom à l'officier qui s'occupait de la bibliothèque des premières classes. Le livre ne se trouvait pas sur les rayons.

« Non, monsieur, je regrette, mais nous ne l'avons pas », dit l'officier.

Tom fut déçu. C'était de ce livre-là que M. Greenleaf lui avait parlé, en lui demandant s'il l'avait lu. Tom se sentait obligé de le lire. Il se rendit à la bibliothèque des secondes classes. Là, il trouva le livre sur les rayons, mais lorsqu'il voulut le faire inscrire pour l'emporter et qu'il donna le numéro de sa cabine, l'employé lui dit qu'il regrettait, mais que les passagers des premières n'avaient pas le droit de prendre des livres à la bibliothèque des secondes. Tom s'en doutait un peu. Il remit docilement le livre en place, bien qu'il eût pu facilement, très facilement, le glisser d'un geste vif sous sa veste en passant devant le rayon.

Le matin, il faisait plusieurs fois le tour du pont, mais très lentement, de sorte que les gens qui s'essoufflaient à faire leur marche matinale le dépassaient toujours deux ou trois fois avant qu'il eût fait un seul tour ; après quoi, il s'installait sur son transat pour prendre du bouillon et réfléchir encore à sa destinée. Après le déjeuner, il traînait dans sa cabine, jouissant de l'intimité et du confort, et ne faisant absolument rien. Parfois, il s'installait dans le salon de correspondance, et il y écrivait avec application, sur le papier à en-tête du bateau, des lettres à Marc Priminger, à Cléo, aux Greenleaf. La lettre adressée aux Greenleaf commençait par une formule de politesse et des remerciements pour la corbeille de fruits, ainsi que pour les conditions confortables dans lesquelles ils faisaient voyager Tom ; mais Tom s'amusa à ajouter un paragraphe imaginaire postdaté où il racontait qu'il avait retrouvé Dickie, qu'il vivait avec lui dans sa maison de Mongibello, qu'il persuadait lentement mais sûrement Dickie de rentrer chez lui, qu'ils allaient se baigner, pêcher, prendre des verres dans les cafés ; il se laissa tellement emporter par son sujet qu'il continua ainsi pendant huit ou dix pages, sachant qu'il n'enverrait jamais la lettre, ce qui fit d'ailleurs qu'il ajouta que Dickie ne s'était pas amouraché de Marge (du caractère de qui il fit une analyse complète), de sorte que ce n'était pas Marge qui retenait Dickie, malgré ce que croyait Mme Greenleaf, etc., jusqu'à ce que la table fût couverte de feuilles de papier et que les premiers coups de cloche se missent à sonner pour le dîner.

Un autre après-midi, il fit un mot poli pour tante Dottie :

> *Chère Tante* (appellation qu'il lui donnait rarement dans une lettre et jamais face à face),
>
> *Comme tu le vois d'après le papier à lettres, je vogue sur l'océan. Une offre de travail inattendue que je ne peux pas t'expliquer maintenant. J'ai été obligé de partir assez vite, de sorte que je n'ai pas pu passer à Boston et je le regrette, car il s'écoulera peut-être des mois ou même des années avant que je revienne.*
>
> *Je voulais simplement que tu ne t'inquiètes pas et que tu ne m'envoies plus de chèques. Merci beaucoup pour le dernier que j'ai reçu il y a un mois environ. Je ne pense pas que tu en aies envoyé d'autre depuis. Je vais bien et je suis très heureux.*
>
> *Je t'embrasse*
>
> *Tom.*

Inutile de lui envoyer des vœux de bonne santé. Elle se portait comme un charme. Il ajouta :

P.-S. – Je ne sais absolument pas quelle sera mon adresse, c'est pourquoi je ne peux pas t'en donner.

La lettre faite, il se sentit mieux, car il avait désormais coupé tous les ponts avec elle. Il n'aurait pas besoin de lui dire où il était, par la suite. Finies, les lettres pleines de questions faussement compatissantes, les comparaisons sournoises entre lui et son père, les chèques minables portant des sommes étranges dans le genre de six dollars quarante-huit *cents* et douze dollars quatre-vingt-quinze *cents*, comme si c'était ce qui lui restait après avoir payé ses factures, ou comme si elle était allée se faire rembourser quelque chose dans un magasin, et qu'elle lui laissait l'argent, comme une aumône. Si l'on pensait à ce que tante Dottie aurait pu lui envoyer, étant donné ses revenus, ces chèques étaient une insulte. Elle ne cessait de dire que l'éducation de Tom lui avait coûté plus que le père de celui-ci n'avait laissé en assurance, et c'était peut-être vrai, mais est-ce qu'elle avait besoin de le lui lancer tout le temps à la figure ? Est-ce que quelqu'un qui avait un tant soit peu de cœur lançait tout le temps une chose pareille à la figure d'un enfant ? Des tas de tantes et même d'étrangères élevaient des enfants pour rien, et étaient ravies de le faire.

Après avoir terminé sa lettre à tante Dottie, il alla marcher sur le pont, pour se changer les idées. Il était toujours de mauvaise humeur après lui avoir écrit. Cela l'agaçait d'avoir à être poli avec elle. Pourtant, jusqu'à maintenant il avait toujours voulu la tenir au courant de l'endroit où il se trouvait, parce qu'il avait besoin de ses chèques minables.

Il avait écrit des tas de lettres à tante Dottie pour l'informer de ses changements d'adresse. Mais il n'avait plus besoin de son argent maintenant. Il ferait en sorte de ne plus dépendre de cet argent, jamais.

Il se rappela soudain un jour d'été, il avait alors douze ans, où il était allé se promener en voiture avec sa tante Dottie et une amie de celle-ci, et où ils s'étaient trouvés pris dans un encombrement terrible sur la route. Il faisait très chaud ce jour-là, et tante Dottie avait envoyé Tom avec la Thermos chercher de l'eau glacée dans une station-service ; or, les voitures s'étaient soudain mises en branle. Il se rappelait avoir couru entre d'énormes voitures, qui avançaient, toujours sur le point d'atteindre la portière de la voiture de tante Dottie, mais n'y parvenant jamais tout à fait, car elle continuait à avancer aussi vite qu'elle pouvait, ne tenant pas à attendre Tom une minute, et lui criant tout le temps : « Allons, viens, allons, viens, tortue ! » par la vitre. Quand enfin il avait réussi à rejoindre la voiture et à y remonter, tante Dottie, voyant les larmes de déception et de colère qui inondaient le visage de Tom, avait dit gaiement à son amie : « C'est une fillette ! C'est une vraie fillette ! Tout le portrait de son père ! » C'était étonnant qu'il se fût si bien tiré d'un traitement pareil. Et puis qu'est-ce qui permettait à tante Dottie de penser que son père avait été une fillette ? se demanda-t-il. Est-ce qu'elle pouvait, est-ce qu'elle avait jamais cité un seul fait à l'appui de ses dires ? Non.

Allongé dans son transat, fortifié moralement par le luxe qui l'entourait et intérieurement par l'abondance d'une nourriture bien cuisinée, il essaya d'examiner son passé d'un œil objectif. Les quatre dernières années avaient été pour la plus grande partie gâchées, c'était incontestable.

Elles avaient consisté en une série d'emplois passagers, coupés de longues et périlleuses périodes où Tom n'avait pas d'emploi du tout, où par conséquent il était démoralisé parce qu'il n'avait pas d'argent, et où il se liait avec des gens stupides pour ne pas être seul, ou parce que pour un temps ils avaient quelque chose à lui offrir, comme ç'avait été le cas de Marc Priminger. Toutes choses dont il n'avait pas lieu d'être fier, étant donné qu'il était venu à New York avec de si hautes aspirations. Il voulait être acteur, bien qu'à vingt ans il n'eût aucune idée des difficultés à surmonter pour y parvenir, ni de la formation, ni même du talent indispensables. Il avait cru qu'il possédait le talent nécessaire, et qu'il n'aurait qu'à se présenter à un producteur et à lui montrer quelques-uns de ses monologues originaux – par exemple, Mme Roosevelt écrivant *Ma journée* après une visite dans un hôpital pour filles mères –, mais les trois premières rebuffades qu'il avait essuyées avaient détruit en lui tout courage et tout espoir. Il n'avait pas de réserve d'argent, c'est pourquoi il avait accepté ce poste sur le bananier, qui au moins l'avait éloigné de New York. Il avait eu peur que tante Dottie ne demandât à la police de le rechercher à New York ; il n'avait pourtant rien fait de mal à Boston, sinon qu'il s'était enfui pour faire seul son chemin dans le monde comme des millions de jeunes gens l'avaient fait avant lui.

Sa grande erreur, ç'avait été de ne jamais s'accrocher à une place, se dit-il, comme cet emploi de comptable dans ce grand magasin qui aurait pu le mener à quelque chose s'il n'avait pas été tellement découragé par la lenteur de l'avancement dans les grands magasins. Mais il estimait que tante Dottie était responsable, dans une certaine mesure, de son manque de persévérance : jamais, quand il était plus jeune, elle ne le félicitait de garder une place... comme cette tournée de distribution de journaux quand il avait treize ans. Le journal lui avait donné une médaille d'argent pour « Sa Courtoisie, Son Zèle et Son Honnêteté ». Il avait l'impression d'évoquer le passé de quelqu'un d'autre quand il se revoyait tel qu'il était alors, un galopin maigre et pleurnichard, perpétuellement enrhumé, et qui malgré cela s'était vu décerner une médaille pour sa courtoisie, son zèle et son honnêteté. Tante Dottie détestait le voir enrhumé ; elle prenait son propre mouchoir et arrachait presque le nez de Tom pour le moucher.

Tom se tortilla sur sa chaise à ce souvenir, mais il se tortilla avec élégance, en veillant à ne pas défaire le pli de son pantalon.

Il se rappela le vœu qu'il avait fait, dès l'âge de huit ans, de fuir tante Dottie, les scènes violentes qu'il avait imaginées : tante Dottie essayant de le retenir dans la maison, et lui la frappant de ses poings, la jetant par terre et l'étranglant, et finalement arrachant la grosse broche qu'elle portait sur sa robe pour la lui enfoncer un million de fois dans la gorge. Il s'était enfui à dix-sept ans et avait été ramené, et il avait recommencé à vingt ans, et cette fois il avait réussi. Sa naïveté d'alors était étonnante et pitoyable, il ne savait rien des choses de ce monde, c'était comme s'il avait passé tant de temps à haïr tante Dottie et à chercher comment lui échapper, qu'il n'avait plus eu assez de temps pour apprendre à devenir adulte. Il se rappela ce qu'il avait ressenti quand on l'avait renvoyé du dépôt où il travaillait, le premier mois après son arrivée à New York. Il avait gardé cet emploi moins de deux semaines, parce qu'il n'était pas assez fort pour soulever des caisses d'oranges huit heures par jour, mais il avait fait de son mieux et il s'était épuisé pour garder cet emploi ; et il se rappelait que lorsqu'on l'avait renvoyé, il avait trouvé cela horriblement injuste. Il se rappela avoir décidé alors que le monde était plein de Simon Legree, et qu'il fallait être un animal, aussi fort que les gorilles qui travaillaient avec lui au dépôt, ou alors mourir de faim. Il se rappela que, tout de suite après, il avait volé un pain sur le comptoir d'un magasin de comestibles, et qu'il était rentré chez lui et l'avait dévoré, avec le sentiment que le monde lui devait ce pain, et même davantage.

« M. Ripley ? » L'une des Anglaises qui était assise sur le divan du salon avec lui l'autre jour, à l'heure du thé, se penchait vers lui. « Voulez-vous venir faire un bridge avec nous dans la salle de jeu ? Nous commençons dans un quart d'heure environ. »

Tom se redressa poliment dans son transat. « Merci beaucoup, mais je préfère rester dehors. D'ailleurs, je ne suis pas très bon joueur.

— Oh ! nous non plus ! Tant pis, ce sera pour une autre fois. » Elle sourit et s'éloigna.

Tom se rencogna dans son transat, tira sa casquette sur ses yeux et croisa les mains sur son ventre. Il savait que son attitude distante provoquait quelques commentaires parmi les passagers. Il n'avait dansé avec aucune des filles idiotes qui ne cessaient de le regarder avec des yeux pleins d'espoir et qui ricanaient pendant les bals qui avaient lieu tous les soirs après dîner. Il imaginait les questions que se posaient les passagers à son sujet. « Est-ce qu'il est américain ? Je *crois*, mais il ne se comporte pas comme un américain, vous ne trouvez pas ? La plupart des Américains sont si *bruyants*.

Il est terriblement sérieux, vous ne trouvez pas ? et il ne peut pas avoir plus de vingt-trois ans. Il doit avoir quelque chose de très important en tête. »

Eh oui, il avait quelque chose de très important en tête. Le présent et l'avenir de Tom Ripley.

7

Paris ne fut pour lui rien de plus que la vision fugitive, par une fenêtre de gare, d'une façade de café éclairée, avec une tente striée par la pluie, des tables à la terrasse et des plantes en caisses, comme une illustration d'affiche de tourisme ; à part cela, une série de quais interminables le long desquels il suivit de petits porteurs vêtus de bleu et chargés de ses bagages, et enfin le sleeping qui devait l'amener jusqu'à Rome. Il se dit qu'il pourrait revenir à Paris une autre fois. Il avait hâte d'arriver à Mongibello.

Lorsqu'il se réveilla le lendemain matin, il était en Italie. Quelque chose de très agréable arriva ce matin-là. Tom regardait le paysage par la vitre, quand il entendit des Italiens qui se trouvaient devant son compartiment dire quelque chose où il y avait le mot « Pisa ». Une ville passait de l'autre côté du train. Tom alla dans le couloir pour mieux la voir, et il chercha automatiquement la tour penchée, bien qu'il ne fût pas du tout certain que la ville en question était Pise, ou que la tour serait même visible du train, mais elle était là : une grosse colonne blanche, émergeant des maisons crayeuses et basses qui formaient le reste de la ville, et *penchée*, penchée suivant un angle que Tom n'aurait pas cru possible ! Il avait toujours été persuadé qu'on exagérait l'inclinaison de la tour penchée de Pise. Ce qu'il vit lui parut un présage favorable, le signe que l'Italie allait lui apporter tout ce qu'il en attendait, et que tout allait bien se passer entre lui et Dickie,

Il arriva à Naples en fin d'après-midi, et le premier car pour Mongibello partait le lendemain matin à onze heures. Un garçon d'environ seize ans en chemise et pantalon sales et chaussé de chaussures militaires américaines s'accrocha à Tom à la gare, alors qu'il changeait de l'argent, lui offrant Dieu savait quoi, des filles peut-être, ou de la drogue, et, en dépit des protestations de Tom, monta dans le taxi avec lui et dit au chauffeur où aller, sans cesser de baragouiner, le doigt levé, comme pour dire qu'il allait tout arranger, faites-moi confiance. Tom se résigna et se renfonça dans un coin, les bras croisés et le visage maussade ; finalement le taxi s'arrêta devant un grand hôtel qui faisait face à la baie. L'allure imposante de cet hôtel aurait effrayé Tom si ce n'avait pas été M. Greenleaf qui payait la note.

« *Santa Lucia !* » dit le garçon d'un ton triomphant, en désignant la mer.

Tom acquiesça. Après tout, ce garçon semblait plein de bonnes intentions. Tom paya le chauffeur et donna un billet de cent lires au garçon, ce qui revenait à seize *cents* et quelques, pourboire convenable pour l'Italie, d'après ce que Tom avait lu sur le bateau dans un article sur l'Italie ; voyant que le garçon paraissait outré, il lui donna un second billet de cent lires, et voyant qu'il continuait à avoir l'air scandalisé, il lui fit signe de s'éloigner et entra dans l'hôtel derrière les chasseurs qui avaient déjà pris ses bagages.

Tom dîna ce soir-là dans un restaurant au bord de l'eau appelé Zi' Térésa que lui avait recommandé le directeur de l'hôtel qui parlait l'anglais. Il eut du mal à commander ce qu'il voulait, et il se retrouva avec pour commencer des poulpes minuscules, aussi agressivement violets que s'ils avaient été cuits dans l'encre qui avait servi à écrire le menu. Il goûta le bout d'un tentacule, et la consistance, semblable à celle du cartilage, lui souleva le cœur. Il ne fut pas plus heureux avec le second plat, une assiette de poissons frits de diverses sortes. Le troisième plat, dont il était sûr que ce serait un dessert, s'avéra être... deux poissons de teinte rougeâtre. Ah ! Naples ! Peu importait la cuisine. Le vin avait rendu Tom un peu gris. Au loin, à sa gauche, une lune aux trois quarts pleine glissait par-dessus le sommet déchiqueté du mont Vésuve. Tom regardait ce spectacle calmement, comme s'il l'avait déjà vu mille fois. Là-bas, après le coin de terre, au-delà du Vésuve, se trouvait le village de Richard.

Tom monta dans le car le lendemain matin à onze heures. La route suivait la côte et passait par de petites villes où ils s'arrêtèrent : Torre del Greco, Torre Annunciata, Castellammare, Sorrente. Tom écoutait avidement les noms des villes qu'annonçait le chauffeur. Après Sorrente, la route était une gorge étroite percée dans les falaises que Tom avait vues sur les photos chez les Greenleaf. Il apercevait, par-ci par-là, des villages en bas, au bord de l'eau, des maisons pareilles à des miettes de pain blanc, des points qui étaient les têtes de gens nageant près du rivage. Tom vit, en plein milieu de la route, un gros bloc de pierre qui s'était visiblement détaché de la falaise. Le chauffeur donna un coup de volant négligent pour l'éviter.

« *Mongibello !* »

Tom se leva d'un bond et tira sa valise du filet. Il avait une autre valise sur le toit, et le contrôleur du car la lui descendit. Après quoi, le car poursuivit son chemin, et Tom se retrouva seul au bord de la route, ses valises à ses pieds. Il y avait des maisons au-dessus de lui, éparpillées sur le flanc de la montagne, et des maisons en bas, leurs toits de tuile se découpant sur la mer bleue. Tom entra dans une petite maison qui se trouvait de l'autre côté de la route et dont la façade portait l'inscription : POSTA. Il demanda à l'homme derrière le guichet où se trouvait la maison de Richard Greenleaf. Sans y penser, il avait parlé en anglais, mais l'autre parut le comprendre, car il sortit et, du seuil, désigna la route par où Tom était venu en car, et donna en italien des instructions explicites sur la façon d'arriver où Tom voulait aller.

« *Sempre sinistra, sinistra !* »

Tom le remercia, et demanda s'il pouvait laisser ses deux valises dans le bureau de poste pour l'instant, ce que l'autre parut comprendre aussi, car il aida Tom à porter les valises à l'intérieur.

Tom dut encore demander à deux personnes où se trouvait la maison de Richard Greenleaf, mais tout le monde semblait la connaître, et la troisième personne put même la lui montrer du doigt : c'était une grande maison à un étage avec une grille de fer sur la route et une terrasse qui surplombait le bord de la falaise. Tom appuya sur la sonnette de la grille. Une Italienne sortit de la maison, en s'essuyant les mains sur son tablier.

« M. Greenleaf ? » demanda Tom, plein d'espoir.

La femme lui fit une longue et souriante réponse en italien et désigna la mer, en bas.

Tom acquiesça. « *Grazie*. »

Devait-il descendre sur la plage tel qu'il était, ou alors se mettre carrément en slip de bain ? Ou bien devait-il attendre l'heure du thé ou de l'apéritif ? Ou encore essayer de téléphoner d'abord à Dickie ? Il n'avait pas emporté de slip de bain, et il en aurait certainement besoin d'un ici. Il entra dans l'une des petites boutiques voisines du bureau de poste, car il avait vu des chemises et des shorts dans la vitrine minuscule ; après avoir essayé plusieurs shorts qui ne lui allaient pas, ou en tout cas pas assez bien pour servir de slip de bain, il acheta une chose noir et jaune à peine plus grande qu'un bout de cravate. Il enveloppa soigneusement ses vêtements dans son imperméable, et sortit sur le pas de la porte pieds nus. Il recula d'un bond. Les cailloux de la chaussée étaient chauds comme des charbons ardents.

« Chaussures ? Sandales ? » demanda-t-il au marchand.

Celui-ci ne vendait pas de chaussures.

Tom remit ses propres chaussures et se dirigea vers le bureau de poste, avec l'intention de laisser ses vêtements avec ses valises, mais la porte du bureau de poste était fermée à clef. On le lui avait bien dit, qu'en Europe certains établissements fermaient quelquefois de midi à quatre heures. Il se résigna et s'engagea sur un chemin de pierres qui menait, pensait-il, à la plage. Il descendit une douzaine de marches de pierre, un second chemin bordé de boutiques et de maisons, d'autres marches, et finalement arriva sur un large trottoir, légèrement surélevé par rapport à la plage, et où se trouvaient quelques cafés et un restaurant avec des tables dehors. De jeunes Italiens à la peau bronzée, assis sur des bancs de bois au bord du trottoir, toisèrent Tom de haut en bas quand il passa. Il se sentit horriblement gêné à cause de ses grosses chaussures marron et de sa peau d'une blancheur de craie. Il n'était pas allé sur une plage de l'été. Il avait horreur de la mer. Un chemin de planches traversait la moitié de la plage, et Tom se rendit compte qu'on devait affreusement se brûler les pieds à marcher dessus, car tout le monde était allongé sur une serviette ou quelque chose, mais il ôta quand même ses chaussures et resta un moment sur les planches brûlantes, à examiner d'un œil calme les groupes de gens qui se trouvaient autour de lui. Il n'y avait là personne qui ressemblât à Richard, et les vagues de chaleur qui brouillaient la vision empêchaient Tom de distinguer les gens qui étaient très loin de lui. Il mit un pied sur le sable et le retira. Puis il prit une profonde inspiration, franchit au pas de course le reste des planches, fila sur le sable et enfin plongea ses pieds dans les quelques centimètres d'eau merveilleusement fraîche du rivage. Alors, il commença à marcher.

À une centaine de mètres de lui, Tom le vit... Cela ne pouvait être que Dickie, bien qu'il fût très bronzé et que ses cheveux blonds ondulés fussent plus clairs que Tom ne se les rappelait. Dickie était avec Marge.

« Dickie Greenleaf ? » demanda Tom en souriant.

Dickie leva les yeux : « Oui.

— Je suis Tom Ripley. Nous nous sommes rencontrés aux États-Unis il y a quelques années. Vous vous rappelez ? »

Le visage de Dickie demeura sans expression.

« Je crois que votre père m'a dit qu'il allait vous écrire une lettre à mon sujet.

— Ah ! oui », s'exclama Dickie, se touchant le front, comme s'il se trouvait stupide d'avoir oublié. Il se leva. « Tom, *comment* déjà ?

— Ripley.

— Voici Marge Sherwood, dit-il. Marge, Tom Ripley.

— Comment allez-vous ? dit Tom.

— Comment allez-vous ?

— Pour combien de temps êtes-vous ici ? demanda Dickie.

— Je ne sais pas encore, dit Tom. Je viens d'arriver. Il va falloir que je voie le pays. »

Dickie le regardait, lui, d'un œil que Tom ne trouva pas tellement approbateur. Dickie avait les bras croisés, et ses pieds bruns étaient fermement plantés dans le sable brûlant qui ne semblait pas le gêner du tout. Tom avait refourré ses pieds dans ses chaussures.

« Vous allez prendre une maison ? demanda Dickie.

— Je ne sais pas, dit Tom d'un ton indécis, comme si l'idée de prendre une maison ne lui était jamais venue.

— C'est le bon moment de prendre une maison, si vous en cherchez une pour l'hiver, dit la jeune fille. Les touristes d'été sont presque tous partis. Et quelques Américains de plus ici l'hiver seraient les bienvenus. »

Dickie ne dit rien. Il s'était rassis sur la grande serviette auprès de la jeune fille, et Tom sentait qu'il comptait que lui-même allait maintenant dire au revoir et s'en aller. Tom resta là, se sentant pâle et nu comme au jour de sa naissance. Il avait horreur des slips de bain. Celui qu'il portait était très révélateur. Tom réussit à extraire son paquet de cigarettes de sa veste, à l'intérieur de son imperméable, et le tendit à Dickie et à la jeune fille. Dick en prit une, et Tom la lui alluma avec son briquet.

« Vous n'avez pas l'air de vous souvenir m'avoir rencontré à New York, dit Tom.

— À vrai dire, non, fit Dickie. Où nous sommes-nous vus ?

— Je crois... Est-ce que ce n'était pas chez Buddy Lankenau ? » Ce n'était pas là, mais il savait que Dickie connaissait Buddy Lankenau, et que Buddy était un garçon très respectable.

« Ah ! fit Dickie d'un ton vague. J'espère que vous m'excuserez. J'ai très mauvaise mémoire, en ce moment, pour ce qui concerne l'Amérique.

— Ça, oui, dit Marge, venant au secours de Tom. Et ça empire tous les jours. Quand êtes-vous arrivé ici, Tom ?

— Il y a environ une heure. J'ai laissé mes valises au bureau de poste. » Il rit.

« Vous ne voulez pas vous asseoir ? Voilà une autre serviette. » Elle étendit une serviette blanche plus petite auprès d'elle sur le sable.

Tom l'accepta avec gratitude.

« Je vais me tremper pour me rafraîchir, annonça Dickie, en se levant.

— Moi aussi ! dit Marge. Vous venez, Tom ? »

Tom les suivit. Dickie et la jeune fille allèrent assez loin – tous deux semblaient être d'excellents nageurs – et Tom resta près du rivage et ressortit de l'eau beaucoup plus vite. Quand Dickie et la jeune fille revinrent vers les serviettes, Dickie demanda, comme s'il y avait été poussé par la jeune fille : « Nous partons. Voulez-vous venir déjeuner à la maison avec nous ?

— Mais volontiers. Merci beaucoup. »

Tom les aida à rassembler les serviettes, les lunettes de soleil, les journaux italiens.

Tom crut qu'ils n'arriveraient jamais. Dickie et Marge passèrent devant lui ; ils montaient les interminables escaliers de pierre d'un pas lent et régulier, par deux marches à la fois. Le soleil avait affaibli Tom. En terrain plat, il sentait trembler les muscles de ses jambes. Il avait déjà les épaules toutes rouges, et il avait mis sa chemise pour se protéger des rayons du soleil, mais il sentait la brûlure du soleil à travers ses cheveux, et cela lui donnait le vertige et la nausée.

« Vous avez du mal ? lui demanda Marge, pas essoufflée du tout. Vous vous y ferez, si vous restez ici. Vous auriez dû voir ce que c'était pendant la vague de chaleur, en juillet. »

Tom n'avait pas assez de souffle pour répondre quoi que ce fût.

Un quart d'heure après, il se sentit mieux. Il avait pris une douche fraîche, et il était assis dans un confortable fauteuil en osier sur la terrasse de Dickie, avec un whisky à la main. Ainsi que le lui avait suggéré Marge, il avait remis son slip de bain, avec sa chemise par-dessus. Pendant qu'il était sous la douche, la table avait été dressée pour trois couverts, sur la terrasse, et Marge était maintenant dans la cuisine où elle parlait en italien à la bonne. Tom se demanda si Marge habitait là. La maison était certainement assez grande. Il y avait assez peu de meubles, pour autant que Tom pouvait voir, et ce qu'il y avait était un mélange agréable d'italien ancien et d'américain bohème. Dans le couloir, Tom avait vu deux dessins originaux de Picasso.

Marge sortit sur la terrasse avec son martini. « Voilà ma maison là-bas. » Elle la montra du doigt. « Vous voyez ?

Celle qui a l'air carrée et qui a un toit plus sombre que celui des maisons juste à côté. »

Il était absolument impossible de distinguer la maison des autres, mais Tom prétendit qu'il l'avait vue. « Vous êtes ici depuis longtemps ?

— Un an. J'ai passé ici tout l'hiver dernier, et quel hiver ! Il a plu tous les jours sauf un pendant trois mois !

— Vraiment ?

— Um-hm. » Marge sirotait son martini et contemplait son petit village d'un air satisfait. Elle avait remis son maillot de bain, elle aussi, un maillot couleur tomate, et elle portait une chemise à raies par-dessus. Tom se dit qu'elle n'était pas laide, et qu'elle était même bien bâtie, pour quelqu'un qui aimait le genre solide. Personnellement, il n'aimait pas ça.

« Je crois que Dickie a un bateau, dit Tom.

— Oui, le *Pipi*. C'est le diminutif de *Pipistrello*. Vous voulez le voir ? »

Elle désigna du doigt un autre quelque chose d'indiscernable sur la petite jetée qu'ils voyaient du coin de la terrasse. Les bateaux se ressemblaient tous beaucoup, mais Marge dit que celui de Dickie était plus grand et qu'il avait deux mâts.

Dickie sortit et se versa un cocktail de la cruche posée sur la table. Il portait un pantalon de toile blanche mal repassé et une chemise de toile terre cuite de la couleur de sa peau. « Je suis désolé, mais il n'y a pas de glace. Je n'ai pas de réfrigérateur. »

Tom sourit. « Je vous ai apporté un peignoir de bain. Votre mère a dit que vous en aviez demandé un. Et aussi des chaussettes.

— Vous connaissez ma mère ?

— J'ai rencontré votre père par hasard juste avant de quitter New York, et il m'a invité à dîner chez vous.

— Ah ? Et comment était ma mère ?

— Elle était levée ce soir-là. Mais je crois qu'elle se fatigue facilement. »

Dickie acquiesça : « J'ai eu une lettre cette semaine disant qu'elle allait un peu mieux. En tout cas, il n'y a pas d'aggravation marquée pour l'instant, n'est-ce pas ?

— Je ne pense pas. Je crois que votre père était plus inquiet il y a quelques semaines. » Tom hésita. « Il est aussi un peu inquiet parce que vous ne rentrez pas.

— Herbert est toujours inquiet pour quelque chose », fit Dickie.

Marge et la bonne arrivèrent de la cuisine, portant un plat de spaghettis fumants, une grande coupe pleine de salade, et une corbeille avec du pain. Dickie et Marge se mirent à parler des travaux d'agrandissement qu'on faisait dans un restaurant de la plage. Le propriétaire élargissait la terrasse pour que les gens eussent la place de danser. Ils en discutèrent en détail, lentement, comme les habitants d'une petite ville s'intéressent aux plus infimes changements qui se produisent dans le voisinage. Tom ne pouvait pas participer à la conversation. Il passa son temps à examiner les bagues de Dickie. Il les aimait bien toutes les deux : une grande pierre rectangulaire verte sertie dans de l'or au troisième doigt de la main droite, et, au petit doigt de l'autre main, une chevalière, plus grande et plus ornée que celle que portait M. Greenleaf. Tom vit que Dickie avait de longues mains osseuses, un peu comme les siennes.

« À propos, votre père m'a fait visiter les chantiers Burke-Greenleaf avant mon départ, dit Tom. Il m'a dit qu'il avait fait un tas de changements depuis la dernière fois que vous les aviez vus. J'ai été très impressionné.

— Je suppose qu'il vous a aussi offert une situation. Il est toujours à l'affût de jeunes gens pleins de promesses. » Dickie fit tourner plusieurs fois sa fourchette sur elle-même, et fourra dans sa bouche le tas bien net de spaghettis ainsi formé.

« Non, il ne m'en a pas offert. » Tom eut l'impression que ce déjeuner n'aurait pas pu plus mal tourner. M. Greenleaf avait-il écrit à Dickie que Tom venait lui faire la leçon afin de l'inciter à rentrer chez lui ? Ou est-ce que Dickie était simplement de mauvaise humeur ? En tout cas, Dickie avait bien changé depuis la dernière fois que Tom l'avait vu.

Dickie apporta un percolateur brillant d'environ cinquante centimètres de haut, et le brancha à une prise sur la terrasse. Quelques instants plus tard, il y avait quatre petites tasses de café préparées, et Marge en porta une à la cuisine pour la bonne.

« À quel hôtel êtes-vous descendu ? » demanda Marge à Tom.

Tom sourit. « Je n'en ai pas encore trouvé. Lequel me conseillez-vous ?

— Le meilleur, c'est le Miramare. C'est du même côté que chez Giorgio. Chez Giorgio, c'est l'unique autre hôtel, mais...

— Il paraît que chez Giorgio il y a des *pulci* dans les lits, coupa Dickie.

— Autrement dit des puces. Le Giorgio est bon marché, dit Marge gravement, mais le service est...

— Inexistant, compléta Dickie.

— En ce cas, je vais essayer le Miramare, dit Tom, se levant. Il faut que je m'en aille. »

Ni l'un ni l'autre ne le pressèrent de rester. Dickie l'accompagna jusqu'à la grille. Marge ne partait pas encore. Tom se demanda si Dickie et Marge avaient une liaison, une de ces vieilles liaisons *faute de mieux*[1] qui ne sautaient pas forcément aux yeux des étrangers, parce que aucun des deux intéressés n'était très enthousiaste. Tom se dit que Marge était amoureuse de Dickie, mais qu'elle était aussi indifférente à Dickie qu'aurait pu l'être la bonne italienne quinquagénaire si elle s'était trouvée là.

« J'aimerais voir quelques-uns de vos tableaux un jour, dit Tom à Dickie.

— Mais oui. Je pense que nous nous verrons, si vous restez dans les parages. »

Tom eut l'impression qu'il n'avait ajouté cela que parce qu'il se souvenait que Tom lui avait apporté le peignoir de bain et les chaussettes.

« Ce déjeuner était très bon. Au revoir, Dickie.

— Au revoir. »

La grille de fer se referma avec un bruit retentissant.

1. En français dans le texte original.

8

Tom prit une chambre au Miramare. Il ne réussit à faire monter ses valises du bureau de poste qu'à quatre heures, et il eut tout juste la force de suspendre son plus beau complet avant de s'affaler sur le lit. Les voix de quelques jeunes garçons qui parlaient sous sa fenêtre montaient jusqu'à lui, aussi distinctes que si l'on avait parlé dans sa chambre même, et le rire insolent et sec d'un des garçons, un rire qui revenait sans cesse, fit se crisper Tom d'agacement. Il les imaginait discutant de la visite qu'il venait de faire au Signor Greenleaf, et échafaudant des hypothèses peu flatteuses sur ce qui allait se passer maintenant.

Que faisait-il ici ? Il n'avait pas d'amis dans ce pays et il n'en parlait pas la langue. Et s'il tombait malade ? Qui le soignerait ?

Tom se leva, sachant qu'il allait être malade, mais il ne se hâta pas, car il savait à quel moment exact il allait être malade et qu'il aurait le temps d'arriver jusqu'à la salle de bains. Dans la salle de bains, il rendit son déjeuner et aussi, lui sembla-t-il, le poisson de Naples. Il retourna dans son lit et s'endormit immédiatement.

Lorsqu'il se réveilla, encore étourdi et les jambes en coton, le soleil brillait toujours et la nouvelle montre de Tom marquait cinq heures et demie. Il alla jusqu'à une fenêtre et regarda dehors, cherchant automatiquement la grande maison de Dickie et sa terrasse en saillie parmi les maisons rouge et blanc parsemées sur la hauteur devant lui. Il trouva la grosse balustrade rougeâtre de la terrasse. Est-ce que Marge était toujours là ? Est-ce qu'ils parlaient de lui ? Il entendit un rire monter parmi le vacarme sourd de la rue, un rire tendu et sonore et aussi américain que si ç'avait été une phrase en américain. Il vit un instant Dickie et Marge traverser un espace dégagé entre les maisons sur la grande route. Ils tournèrent le coin, et Tom alla jusqu'à la fenêtre d'angle de sa chambre pour mieux les voir. Il y avait une ruelle longeant le côté de l'hôtel juste sous la fenêtre, et Dickie et Marge s'y engagèrent, Dickie portant son pantalon blanc et sa chemise de toile terre cuite, Marge une jupe et un corsage. « Elle a dû rentrer chez elle, se dit Tom. Ou alors, elle avait des vêtements chez Dickie. » Dickie eut une conversation avec un Italien sur la petite jetée de bois, il lui donna de l'argent, et l'Italien porta la main à sa casquette, puis détacha le bateau de la jetée. Tom regarda Dickie aider Marge à monter dans le bateau. La voile blanche commençait à s'enfoncer dans la mer. Tom entendit Marge rire et Dickie crier quelque chose en italien dans la direction de la jetée. Tom comprit qu'il les voyait vivre une de leurs journées types : la sieste après un déjeuner tardif, probablement, puis une promenade dans le bateau de Dick au coucher du soleil. Après cela, l'apéritif dans un des cafés de la plage. Ils passaient tranquillement une journée tout à fait ordinaire, comme si lui-même n'existait pas.

Pourquoi Dickie aurait-il envie d'aller retrouver le métro, les taxis, les cols amidonnés et un travail de neuf heures à cinq heures ? Ou même une voiture conduite par un chauffeur et des vacances en Floride et dans le Maine ? Ce n'était pas aussi drôle que d'aller se promener en bateau à voile dans de vieux vêtements, et de n'avoir à répondre à personne de son emploi du temps, et d'avoir sa maison à soi avec une bonne d'humeur égale qui s'occupait probablement de tout. Et de l'argent par-dessus le marché pour voyager, si le désir vous en prenait. Tom envia Dick et fut saisi, en pensant à lui, d'une violente sensation de jalousie en même temps qu'il s'apitoyait sur son propre sort.

Il songea que le père de Dickie avait dû dire dans sa lettre exactement tout ce qui pourrait rendre Tom antipathique à Dickie. Comme ç'aurait été mieux s'il s'était simplement assis dans un des cafés de la plage et s'il avait fait la connaissance de Dickie par hasard ! S'il avait commencé comme ça, il aurait probablement pu finir un jour par persuader Dickie de rentrer chez lui, mais étant donné les circonstances, c'était inutile. Tom se maudit d'avoir été aussi maladroit et dénué d'humour aujourd'hui. Rien de ce qu'il prenait terriblement au sérieux ne réussissait jamais. Il s'en était aperçu depuis des années déjà.

Il décida de laisser passer quelques jours. La première chose à faire, de toute façon, c'était d'amener Dickie à le trouver sympathique. C'était la chose à quoi il tenait plus que tout au monde.

9

Tom laissa passer trois jours. Le quatrième jour, vers midi, il descendit sur la plage ; il trouva Dickie seul, au même endroit où il l'avait vu pour la première fois, devant les rochers gris qui commençaient à l'intérieur des terres et s'étendaient en travers de la plage.

« Bonjour ! s'écria Tom. Où est Marge ?

— Bonjour. Elle travaille probablement un peu plus tard. Elle va descendre.

— Elle travaille ?

— Elle est écrivain.

— Ah ! »

Dick tirait sur la cigarette italienne qu'il avait au coin de la bouche. « Où étiez-vous passé ? J'ai pensé que vous étiez parti.

— J'étais malade, dit Tom d'un ton détaché, en lançant sa serviette roulée sur la table, mais pas trop près de la serviette de Dickie.

— Oh ! la banale indigestion ?

— J'ai été entre la vie et la salle de bains, dit Tom en souriant. Mais ça va tout à fait bien maintenant. » En réalité, il s'était même senti trop faible pour quitter son hôtel, mais il avait rampé tout autour du plancher de sa chambre, en suivant les taches de soleil qui entraient par ses fenêtres, afin de ne pas être aussi blanc la prochaine fois qu'il descendrait sur la plage. Ce qui restait de ses faibles forces, il l'avait dépensé à étudier un manuel de conversation italien qu'il avait acheté dans le hall de l'hôtel.

Tom alla jusqu'à l'eau, y entra d'un pas assuré jusqu'à la taille, puis s'arrêta, il s'envoya de l'eau sur les épaules. Il se baissa jusqu'à ce que l'eau lui arrivât au menton, se laissa flotter un peu, puis ressortit lentement.

« Puis-je vous inviter à prendre un verre à l'hôtel avant que vous remontiez chez vous ? proposa-t-il à Dickie. Et Marge aussi, si elle vient. Je voudrais quand même vous donner votre peignoir et vos chaussettes.

— Ah ! oui. Merci beaucoup. Je prendrai volontiers un verre. Il retourna à son journal italien.

Tom s'étendit sur sa serviette. Il entendit l'horloge du village sonner une heure.

« Marge n'a pas l'air de venir, fit Dickie. Je crois que je vais m'en aller. »

Tom se leva. Ils allèrent jusqu'au Miramare ; ils ne se dirent pratiquement rien, sinon que Tom invita Dickie à déjeuner avec lui, et que Dickie refusa parce que, dit-il, sa bonne lui avait déjà préparé un déjeuner. Ils montèrent dans la chambre de Tom, et Dickie essaya le peignoir et tint les chaussettes contre ses pieds nus. Peignoir et chaussettes étaient de la bonne taille, et, comme Tom l'avait prévu, Dickie se montra extrêmement content du peignoir.

« Il y a encore ça, dit Tom, sortant d'un tiroir de commode

un paquet carré enveloppé d'un papier de pharmacie. Votre mère vous envoie aussi des gouttes pour le nez. »

Dickie sourit. « Je n'en ai plus besoin. C'était pour ma sinusite. Mais je vais vous en débarrasser. »

« Maintenant, Dickie avait tout, se dit Tom, tout ce que lui-même avait à lui offrir. » Il allait sûrement refuser l'invitation à prendre un verre. Tom le suivit jusqu'à la porte :

« Vous savez, votre père est très inquiet de voir que vous ne rentrez pas. Il m'a demandé de vous semoncer, ce que je ne ferai pas, bien entendu, mais il faudra quand même que je lui dise quelque chose. J'ai promis de lui écrire. »

Dick se retourna, la main sur le bouton de la porte. « Je ne sais pas ce que mon père croit que je fais ici... s'il s'imagine que je bois comme un trou ou quoi. J'irai probablement en avion là-bas cet hiver pour quelques jours, mais je n'ai pas l'intention d'y rester. Je suis plus heureux ici. Si je retournais vivre là-bas, mon père me harcèlerait pour que je travaille aux chantiers Burke-Greenleaf. Je ne pourrais sûrement pas peindre. Il se trouve que j'aime peindre, et je crois que c'est à moi de décider de la façon dont je passe ma vie.

— Je comprends. Mais il a dit qu'il n'essayerait pas de vous faire travailler chez lui si vous reveniez, à moins que vous n'ayez envie d'entrer au bureau de dessin, car il m'a dit que vous aimiez cela.

— Oui... mon père et moi en avons déjà discuté. Merci quand même, Tom, de m'avoir apporté ce message et ces vêtements. C'était très gentil de votre part. »

Dick tendit la main.

Tom n'aurait pas pu se forcer à prendre cette main. Il était au bord même de l'échec, échec en ce qui concernait M. Greenleaf, et échec avec Dickie.

« Je crois que j'ai encore une chose à vous dire, fit Tom en souriant. C'est que votre père m'a envoyé ici spécialement pour vous demander de rentrer.

— Comment cela ? fit Dickie en fronçant les sourcils. Il vous a payé le voyage ?

— Oui. » C'était sa dernière chance, la seule qui lui restait d'amuser Dickie ou de l'écœurer, de le faire éclater de rire ou s'en aller, dégoûté, en claquant la porte. Mais ce fut le sourire qui apparut, les longs coins de la bouche se relevèrent, comme Tom se rappelait avoir vu sourire Dickie.

« Il vous a payé le voyage ! Eh bien, ça alors ! Il commence à être désespéré, on dirait. » Dickie referma la porte.

« Il m'a abordé dans un bar à New York, dit Tom. Je lui ai dit que je n'étais pas intimement lié avec vous, mais il a affirmé que je pourrais faire quelque chose si je venais ici. Alors, je lui ai dit que j'essayerais.

— Comment a-t-il fait votre connaissance ?

— Par les Schriever. Et pourtant, je les connais à peine, ces Schriever ! Rien à faire, j'étais votre ami, et je pouvais vous rendre un grand service. »

Ils rirent tous les deux.

« Je ne veux pas que vous pensiez que je suis quelqu'un qui a essayé de profiter de votre père, dit Tom. J'espère trouver bientôt une situation en Europe, et je pourrai un jour rembourser le prix du voyage. Il m'a acheté un billet aller et retour.

— Oh ! ne vous en faites pas pour ça ! Ça passera dans les frais généraux de Burke-Greenleaf. J'imagine papa vous abordant à l'intérieur d'un bar. Quel bar était-ce ?

— Chez Raoul. Il me suivait depuis la Cage Verte. »

Tom chercha sur le visage de Dickie un signe indiquant

que celui-ci se souvenait de la Cage Verte, un bar très fréquenté, mais ce nom ne parut rien évoquer à Dickie.

Ils prirent un verre ensemble en bas, au bar de l'hôtel. Ils burent à la santé d'Herbert Richard Greenleaf.

« Je viens de penser que c'était dimanche aujourd'hui, fit Dickie. Marge est allée à l'église. Mais vous devriez venir déjeuner avec nous. Il y a toujours du poulet au menu le dimanche. Vous savez, c'est la vieille coutume américaine, du poulet le dimanche. »

Dickie voulut passer devant la maison de Marge pour voir si elle était encore là. Ils montèrent des marches de pierre qui longeaient un grand mur, traversèrent un bout du jardin de quelqu'un, et montèrent d'autres marches. La maison de Marge était une bâtisse assez délabrée, sans étage, avec un jardin non entretenu d'un côté, deux seaux et un tuyau d'arrosage encombrant le chemin qui menait à la porte, la touche féminine étant représentée par le maillot de bain couleur tomate de Marge et un soutien-gorge pendus sur le rebord d'une fenêtre par laquelle Tom aperçut une table en désordre avec une machine à écrire dessus.

« Salut ! dit Marge, ouvrant la porte. Bonjour, Tom ! Où avez-vous été tout ce temps ? »

Elle leur proposa de prendre quelque chose, mais s'aperçut qu'il ne restait qu'un fond de gin dans sa bouteille de Gilbey's.

« Ça ne fait rien, nous allons chez moi », déclara Dickie. Il se promenait à travers la chambre à coucher living-room de Marge avec l'air de quelqu'un qui est habitué aux lieux, comme s'il vivait là la moitié du temps. Il se pencha sur un pot de fleurs dans lequel poussait une petite plante, et toucha sa feuille délicatement avec son index. « Tom a quelque chose de drôle à vous dire, fit-il. Dites-le-lui, Tom. »

Tom prit son souffle et commença. Il y mit beaucoup de drôlerie, et Marge s'esclaffa comme quelqu'un qui n'avait rien entendu de drôle depuis des années. « Quand je l'ai vu entrer chez Raoul derrière moi, j'étais prêt à sauter par la fenêtre des toilettes ! » Sa langue continuait à s'agiter presque indépendamment de son cerveau. Son cerveau évaluait jusqu'à quel point ses actions montaient auprès de Dickie et de Marge. Il le voyait sur leurs visages.

La montée jusqu'à la maison de Dickie ne lui parut pas moitié aussi longue qu'avant. Une délicieuse odeur de poulet en train de rôtir arrivait jusqu'à la terrasse. Dickie prépara des martinis. Tom prit une douche, puis Dickie en fit autant et, en revenant, il se versa à boire, comme la première fois, mais l'atmosphère maintenant était totalement différente.

Dickie s'assit dans un fauteuil d'osier et passa les jambes par-dessus l'un des dossiers. « Racontez-moi encore des choses, dit-il en souriant. Quel genre de travail faites-vous ? Vous avez dit que vous alliez peut-être prendre une situation.

— Pourquoi ? Vous avez une situation à m'offrir ?

— Sûrement pas, non.

— Oh ! je suis capable de faire un tas de choses : d'être valet de chambre, *baby-sitter*, comptable, je suis malheureusement très doué pour les chiffres. Aussi ivre que je sois, je suis toujours capable de voir qu'un maître d'hôtel me roule sur l'addition. Je peux contrefaire une signature, piloter un hélicoptère, jouer aux dés, me faire passer pour pratiquement n'importe qui, cuisiner... et tenir tout seul la scène dans une boîte de nuit quand l'animateur de la maison est malade. Dois-je continuer ? » Tom était penché en avant, et comptait sur ses doigts. Il aurait très bien pu continuer.

« Tenir tout seul la scène en faisant quoi ? demanda Dickie.

— Eh bien... » Tom se leva d'un bond. « Ceci par exemple. »

Il se plaça avec une main sur la hanche, un pied en avant. « Voici Lady Assburden essayant le métro américain. Elle n'est jamais descendue dans celui de Londres, mais elle veut ramener chez elle des souvenirs d'Amérique. » Tom mima toute la scène, cherchant une pièce de monnaie, s'apercevant qu'elle n'entrait pas dans la fente, achetant un jeton, se demandant par quel escalier il fallait descendre, s'affolant devant le bruit et la longueur du voyage dans la rame express, se demandant de nouveau comment sortir de là (à ce moment Marge arriva, et Dickie lui expliqua qu'il s'agissait d'une Anglaise dans le métro, mais Marge ne parut pas comprendre et demanda : « Quoi ? »), entrant par une porte qui ne pouvait être que celle des toilettes pour messieurs, étant donnée l'horreur que l'Anglaise manifesta, horreur qui alla croissant jusqu'au moment où l'Anglaise s'évanouit. Tom s'évanouit avec grâce sur la balustrade de la terrasse.

« Merveilleux ! » s'écria Dickie, en battant des mains.

Marge ne riait pas. Elle avait l'air un peu déconcertée. Ni l'un ni l'autre des jeunes gens ne se donnèrent la peine de lui fournir des explications. Tom se dit que, de toute façon, elle ne devait pas être sensible à ce genre d'humour-là.

Tom avala une gorgée de son martini ; il était extrêmement content de lui. « Je vous en ferai un autre un jour, dit-il à Marge, mais c'était surtout pour faire savoir à Dickie qu'il pouvait en faire un autre.

— Le déjeuner est prêt ? demanda Dickie à la jeune fille. Je meurs de faim.

— J'attends que ces satanés artichauts soient cuits. Vous connaissez la grande plaque du fourneau. Il n'y a pratiquement pas moyen de faire bouillir quelque chose dessus. » Elle sourit à Tom. « Dickie est très vieux jeu pour certaines choses, Tom, les choses dont *lui* n'a pas à s'occuper. Il n'y a toujours qu'un vieux fourneau à bois ici, et Dickie refuse d'acheter un réfrigérateur, ou même une glacière.

— C'est une des raisons pour lesquelles j'ai fui l'Amérique, fit Dickie. Ces choses-là sont une perte d'argent dans un pays où il y a tant de domestiques. Que ferait Ermelinda pour s'occuper si elle pouvait préparer un repas en une demi-heure ? » Il se leva. « Venez dans la maison, Tom, je vais vous montrer quelques-uns de mes tableaux. »

Tom suivit Dickie dans la grande pièce qu'il avait vue plusieurs fois en allant à la douche et en revenant ; la pièce où il y avait un long divan sous les deux fenêtres, et un grand chevalet au milieu. « Ça, c'est un portrait de Marge auquel je suis en train de travailler. » Dickie désigna le tableau appuyé sur le chevalet.

« Ah », dit Tom d'un ton intéressé. À son avis, et aux yeux probablement de n'importe qui, ce n'était pas bon. L'enthousiasme débordant du sourire était un peu exagéré. La peau de Marge était aussi rouge que celle d'une Indienne. Si Marge n'avait pas été la seule fille dans le pays à avoir les cheveux blonds, Tom n'aurait trouvé aucune ressemblance dans le tableau.

« Et ça... ce sont des paysages », déclara Dickie, avec un

rire qui allait au-devant des critiques ; mais Dickie avait visiblement envie quand même d'entendre Tom lui faire des compliments sur ses tableaux, car il en était manifestement très fier. Ils étaient tous violents, faits à la hâte, et d'une similitude monotone. Dans presque tous on retrouvait la combinaison terre cuite et bleu électrique, des toits et des montagnes terre cuite et des mers d'un bleu électrique éclatant. C'était ce même bleu que Dickie avait mis aussi dans les yeux de Marge.

« Ma tentative surréaliste », fit Dickie, appuyant une autre toile contre son genou.

Tom tressaillit d'une honte presque personnelle. C'était encore Marge, sans aucun doute, bien qu'elle eût de longs cheveux aux mèches pareilles à des serpents ; mais ce qui était pire que tout, c'est qu'elle avait deux horizons dans les yeux, une vue miniature des maisons et des montagnes de Mongibello dans un œil, et dans l'autre la plage avec plein de petits personnages rouges. « Oui, ça me plaît », dit Tom. M. Greenleaf avait raison. « Mais cela occupait Dickie, se dit Tom, cela lui épargnait les histoires, tout comme cela occupait des milliers de peintres amateurs médiocres à travers l'Amérique. » Il regrettait seulement que Dickie appartînt à cette catégorie-là de peintres, car il eût aimé que Dickie fût bien plus que cela.

« Je ne révolutionnerai jamais le monde avec ma peinture, fit Dickie, mais elle me procure beaucoup de plaisir.

— Oui. »

Tom voulait oublier ces tableaux, et oublier que Dickie peignait. « Est-ce que je peux voir le reste de la maison ?

— Bien sûr ! Vous n'avez pas encore vu le salon, n'est-ce pas ? »

Dickie ouvrit une porte du couloir qui donnait sur une très grande pièce contenant une cheminée, des divans, des rayonnages de livres, et avec des fenêtres sur trois côtés : l'une donnait sur la terrasse, les deux autres respectivement sur le pays derrière la maison et sur le jardin de devant. Dickie expliqua qu'il n'utilisait pas cette pièce en été parce qu'il la gardait pour changer de décor l'hiver. Tom se dit que c'était plus un bureau bibliothèque qu'un living-room. Cette pièce le surprit. Pour lui, Dickie était un jeune homme pas particulièrement cérébral, et qui passait sans doute la plus grande part de son temps à jouer. Peut-être se trompait-il. Mais il ne se trompait pas en pensant que pour le moment Dickie s'ennuyait et qu'il avait besoin de quelqu'un qui lui montrât comment s'amuser.

« Et en haut, qu'est-ce qu'il y a ? » demanda Tom.

En haut, c'était décevant. La chambre à coucher de Dickie, qui occupait le coin de la maison au-dessus de la terrasse, était sévère et nue : un lit, une commode, et un rocking-chair, qui paraissaient perdus et sans rapport les uns avec les autres dans tout cet espace ; le lit était très étroit, à peine plus large qu'un lit d'une personne. Les trois autres pièces du premier étage n'étaient même pas meublées, ou du moins pas complètement. Dans l'une d'elles, il n'y avait que du bois coupé et un tas de chutes de toiles. Nulle part, en tout cas, il n'y avait trace de Marge, et encore moins dans la chambre à coucher de Dickie qu'ailleurs.

« Que diriez-vous de venir à Naples avec moi un jour ? demanda Tom. Je n'ai pas pu en voir grand-chose en venant.

— Entendu, fit Dickie. Marge et moi y allons samedi après-midi. Nous y dînons presque tous les samedis soir, et nous nous offrons un taxi ou une *carrozza* pour revenir. Venez avec nous.

— Je pensais y aller le jour, ou dans la semaine pour pouvoir visiter un peu plus, dit Tom, espérant éviter que Marge ne fît partie de l'excursion. Vous peignez donc toute la journée ?

— Non. Il y a un car à midi le lundi, le mercredi et le vendredi. Nous pourrions y aller demain, si vous en avez envie.

— Parfait », dit Tom.

Il n'était pas encore sûr, cependant, que Marge ne serait pas invitée à venir aussi. « Est-ce que Marge est catholique ? demanda-t-il en descendant l'escalier.

— Par vengeance ! Elle a été convertie il y a environ six mois par un Italien dont elle était follement amoureuse. Ce que cet homme pouvait parler ! Il est resté ici quelques mois, pour se remettre d'un accident de ski. Marge se console d'avoir perdu Eduardo en embrassant sa religion.

— Je pensais qu'elle était amoureuse de vous.

— De moi ? Allons donc ! »

Lorsqu'ils arrivèrent sur la terrasse, le déjeuner était prêt. Il y avait même des biscuits chauds avec du beurre, faits par Marge.

« Connaissez-vous Vic Simmons, à New York ? » demanda Tom à Dickie.

Vic réunissait chez lui à New York beaucoup d'artistes, d'écrivains et de danseurs, mais Dickie n'avait jamais entendu parler de lui. Tom l'interrogea sur deux ou trois autres personnes, mais également sans succès.

Tom espérait que Marge allait partir après le café, mais elle n'en fit rien. Lorsqu'elle quitta la terrasse pour un moment, Tom dit : « Puis-je vous inviter à dîner à mon hôtel ce soir ?

— Merci. À quelle heure ?

— Sept heures et demie, si vous voulez ? Comme ça, nous aurons un peu de temps pour des cocktails... Après tout, c'est sur l'argent de votre père », ajouta Tom en souriant.

Dickie rit. « Entendu, des cocktails et une bouteille de bon vin. Marge ! » Marge venait de revenir. « Nous dînons au Miramare ce soir, invités par Greenleaf *père* ! »

Ainsi donc, Marge allait venir aussi, et Tom n'y pouvait rien. Après tout, c'était l'argent du père de Dickie.

Le dîner ce soir-là fut agréable, mais la présence de Marge empêcha Tom de parler de tout ce dont il aurait aimé parler, et il n'eut même pas envie de se montrer spirituel devant Marge. Celle-ci connaissait des gens dans la salle à manger et, après le dîner, elle s'excusa et partit s'installer à une autre table avec son café.

« Combien de temps allez-vous rester ici ? demanda Dickie.

— Oh ! au moins une semaine, je pense, répondit Tom.

— Parce que... » Dickie avait les pommettes un peu rouges. Le chianti l'avait mis de bonne humeur. « Si vous devez rester ici un peu plus longtemps, pourquoi ne venez-vous pas habiter avec moi ? Ce n'est pas la peine de rester à l'hôtel, à moins que vous ne préfériez cela.

— Merci beaucoup, dit Tom.

— Il y a un lit dans la chambre de bonne que vous n'avez pas vue. Ermelinda ne dort pas là. Je suis sûr que nous pourrons nous arranger avec les meubles qu'il y a un peu partout dans la maison, si cela vous dit.

— Bien sûr que cela me dit. À propos, votre père m'a donné six cents dollars pour mes frais, et il m'en reste environ cinq cents. Je pense que nous devrions nous en servir pour nous amuser un peu tous les deux, vous ne croyez pas ?

— Cinq cents dollars ! s'exclama Dickie, comme s'il n'avait jamais vu tant d'argent à la fois de sa vie. Il y a de quoi nous acheter une petite voiture ! »

Cette idée de voiture ne disait rien à Tom. Ce n'était pas là ce qu'il entendait par s'amuser. Il avait envie d'aller à Paris en avion. Il vit que Marge revenait.

Le lendemain matin, il s'installa chez Dickie.

Dickie et Ermelinda avaient placé une armoire et deux fauteuils dans une des chambres du premier, et Dickie avait fixé quelques reproductions de portraits en mosaïque de la cathédrale Saint-Marc sur les murs, avec des punaises. Tom aida Dickie à monter l'étroit lit de fer de la chambre de bonne. Ils eurent fini avant midi. Ils étaient un peu étourdis par le *frascati* qu'ils avaient bu tout en travaillant.

« Est-ce que nous allons toujours à Naples ? demanda Tom.

— Bien sûr. » Dickie regarda sa montre. « Il n'est que midi moins le quart. Nous avons le temps d'attraper le car de midi. »

Ils ne prirent rien d'autre avec eux que leurs vestes et le carnet de chèques de voyage de Tom. Le car arrivait juste au moment où ils parvinrent au bureau de poste. Tom et Dickie demeurèrent près de la portière, attendant que les gens fussent descendus ; puis Dickie se hissa dans la voiture, et se trouva nez à nez avec un jeune homme roux à la chemise de sport très voyante, un Américain.

« Dickie !

— Freddie ! s'écria Dickie. Qu'est-ce que tu fais ici ?

— Je suis venu te voir. Toi et les Cecchis. Ils me logent pour quelques jours.

— *Ch'elegante !* Je vais à Naples avec un ami. Tom ? »

Dickie fit signe à Tom de venir et présenta les deux jeunes gens l'un à l'autre.

L'Américain s'appelait Freddie Miles. Tom le trouva hideux. Il avait horreur des cheveux roux, surtout ce genre de rouge carotte accompagné d'une peau blanche et de taches de rousseur. Freddie avait de grands yeux brun-roux, qui semblaient se balader dans sa tête comme s'il louchait ; ou peut-être était-il de ces gens qui ne regardent jamais en face ceux à qui ils parlent. Il était également trop gras. Tom se détourna de lui, attendant que Dickie eût terminé sa conversation. Il remarqua qu'ils retardaient le départ du car. Dickie et Freddie parlaient ski, ils se promettaient de se rencontrer en décembre dans une ville dont Tom n'avait jamais entendu le nom.

« On sera à peu près quinze à Cortina le 2, dit Freddie. Une bande formidable comme l'année dernière ! Et on restera trois semaines, si l'argent ne s'épuise pas avant.

— Si nous ne nous épuisons pas avant, fit Dickie. À ce soir, Fred ! »

Tom monta dans le car après Dickie. Il n'y avait pas de places assises, et ils se trouvèrent coincés entre un homme maigre en sueur qui puait et deux vieilles paysannes qui puaient encore davantage. Juste au moment où ils quittaient le village, Dickie se rappela que Marge allait venir déjeuner comme d'habitude, parce que la veille ils avaient pensé que le déménagement de Tom les forcerait à annuler le voyage à Naples. Dickie cria au chauffeur d'arrêter. Le car s'arrêta dans un crissement de freins et avec une embardée qui fit perdre l'équilibre à tous les passagers qui étaient debout ; Dickie passa la tête par une vitre et cria : « *Gin Gino !* »

Un petit garçon accourut pour prendre le billet de cent lires que lui tendait Dickie. Dickie lui dit quelque chose en italien, et le petit garçon dit : « *Subito, Signor !* » et partit comme une flèche.

Dickie remercia le chauffeur, et le car repartit. « Je lui ai demandé de dire à Marge que nous serions de retour ce soir, mais probablement tard, expliqua Dickie.

— Bien. »

Le car les déposa sur une grande place encombrée de Naples, et ils se trouvèrent subitement entourés de charrettes à bras chargées de raisins, de figues, de pâtisseries et de pastèques, ainsi que de jeunes gens hurlants, brandissant des stylos et des jouets mécaniques. Les gens s'écartaient devant Dickie.

« Je connais un endroit bien pour déjeuner, fit Dickie. Une vraie pizzeria napolitaine. Vous aimez la pizza ?

— Oui. »

La pizzeria était en haut d'une rue trop étroite et trop escarpée pour les voitures. Un rideau de perles masquait le seuil, une carafe de vin était posée sur chaque table, et il n'y avait que six tables en tout dans la maison ; c'était le genre d'endroit où on pouvait rester pendant des heures à boire du vin sans être dérangé. Ils y demeurèrent jusqu'à cinq heures, puis Dickie déclara qu'il était temps d'aller à la Galleria. Il s'excusa de ne pas emmener Tom au musée d'Art, qui possédait des Vinci et des El Greco, mais ils pourraient le visiter une autre fois, dit-il. Dickie avait passé la plus grande partie de l'après-midi à parler de Freddie Miles, sujet que Tom avait trouvé aussi dénué d'intérêt que le visage de Freddie. Freddie était le fils d'un Américain propriétaire d'une chaîne d'hôtels, et il était auteur dramatique, ou du moins se prétendait tel, se dit Tom, puisqu'il n'avait écrit que deux pièces, et qu'aucune d'elles n'était allée jusqu'à Broadway. Freddie possédait une maison à Cagnes-sur-Mer, et Dickie avait séjourné plusieurs semaines chez lui, avant de venir en Italie.

« Voilà ce que j'aime, déclara Dickie d'un ton satisfait, lorsqu'ils furent à la Galleria, m'asseoir et regarder les gens passer. Ça change la façon de voir la vie. Les Anglo-Saxons commettent une grande erreur en ne regardant pas les gens d'une terrasse de café. »

Tom acquiesça. Il avait déjà entendu ça. Il attendait de Dickie quelque chose de profond et d'original. Dickie était beau. Il se distinguait du commun avec son long visage aux traits fins, son regard vif et intelligent, la fierté de son allure, quoi qu'il portât en guise de vêtements. Pour l'instant, il portait des sandales usées et un pantalon blanc assez taché, mais il était là comme si la Galleria lui appartenait, bavardant en italien avec le garçon quand celui-ci leur apporta leurs *espressos*.

« *Ciao !* cria-t-il à un jeune Italien qui passait.

— *Ciao*, Dickie !

— C'est lui qui change les *traveller's checks* de Marge le samedi », expliqua Dickie à Tom.

Un Italien bien vêtu salua Dickie en lui serrant chaudement la main et s'assit à leur table. Tom écouta leur conversation en italien, comprenant un mot par-ci par-là. Il commençait à se sentir fatigué.

« Vous voulez aller à Rome ? lui demanda Dickie brusquement.

— Bien sûr, dit Tom. Maintenant ? » Il se leva, cherchant de l'argent pour payer les petits tickets que le garçon avait glissés sous leurs tasses de café.

L'Italien avait une longue Cadillac grise, avec des stores aux vitres, un avertisseur à quatre tonalités, et une radio qui hurlait mais que Dickie et lui semblaient ravis d'avoir dominée en criant. Ils arrivèrent dans la banlieue de Rome au bout de deux heures environ. Tom se redressa sur son siège quand ils passèrent dans la Via Appia, surtout pour lui faire plaisir, expliqua l'Italien à Tom, puisqu'il ne l'avait pas encore vue. La route était défoncée par endroits. C'étaient des endroits où on avait laissé à nu les dalles romaines d'origine pour montrer aux gens ce que c'était que de voyager sur les routes romaines, expliqua l'Italien. Les champs plats, à gauche et à droite, paraissaient sinistres à la lumière du crépuscule, « on aurait dit un vieux cimetière, pensa Tom, avec juste quelques tombeaux et des ruines de tombeaux encore debout ». L'Italien les laissa au milieu d'une rue de Rome et leur dit au revoir très rapidement.

« Il est pressé, expliqua Dickie. Il faut qu'il voie son amie et qu'il s'en aille avant que le mari rentre, c'est-à-dire avant onze heures. Voilà le music-hall que je cherchais. Venez. »

Ils prirent des billets pour la représentation du soir. Il leur restait une heure avant le lever du rideau ; ils se rendirent à la Via Veneto, s'installèrent à la terrasse d'un café et commandèrent des *americanos*. Tom remarqua que Dickie ne connaissait personne à Rome, ou en tout cas personne parmi les gens qui passèrent devant eux, et ils en virent passer des centaines, Italiens et Américains, devant leur table.

Tom comprit très peu de chose à la représentation du music-hall, mais il fit de son mieux. Dickie proposa de partir avant la fin. Ils prirent un *carrozza* et firent un tour en ville ; les fontaines succédèrent aux fontaines, puis ce fut le Forum, puis le tour du Colisée. La lune était levée. Tom avait encore un peu sommeil, mais cet engourdissement, sous lequel il y avait l'excitation d'être à Rome pour la première fois, le rendait d'une humeur réceptive et douce. Dickie et lui étaient calés sur le siège du *carrozza,* chacun ayant un pied chaussé d'une sandale appuyé sur un genou, et Tom avait l'impression, quand il regardait la jambe de Dickie et son pied appuyé sur son genou, tout près de lui, de se regarder dans une glace. Ils étaient de la même grandeur tous les deux, et à peu près de la même corpulence, Dickie étant peut-être un peu plus lourd, et ils portaient des peignoirs de la même taille, des chaussettes de la même pointure, et probablement aussi des chemises de la même taille.

Dickie alla même jusqu'à dire : « Merci, M. Greenleaf », lorsque Tom paya le conducteur du *carrozza.* Ce qui donna à Tom une sensation bizarre.

Ils étaient de meilleure humeur encore à une heure du matin, lorsqu'ils eurent absorbé une bouteille et demie de vin à eux deux au dîner. Ils marchaient en se tenant par les épaules, et en chantant, et, arrivés à un coin sombre, ils entrèrent sans savoir comment en collision avec une fille qu'ils firent tomber par terre. Ils la relevèrent, en s'excusant, et lui proposèrent de la ramener chez elle. Elle protesta, ils insistèrent, chacun la tenant d'un côté. Elle dit qu'elle avait un trolleybus à prendre. Dickie ne voulut pas en entendre parler. Il fit signe à un taxi. Dickie et Tom s'assirent très correctement sur les sièges pliants, les bras repliés comme deux laquais, et Dickie parla à la fille et la fit rire. Tom comprit presque tout ce que Dickie disait. Ils aidèrent la fille à descendre dans une petite rue qui leur donna l'impression d'être revenus à Naples, et elle dit : « *Grazie tante !* » et leur serra la main à tous les deux, puis disparut sous une porte complètement noire.

« Vous avez entendu ? demanda Dickie. Elle a dit que nous étions les Américains les plus gentils qu'elle eût jamais rencontrés.

— Vous savez ce que la plupart des Américains galetteux auraient fait dans le même cas : ils l'auraient violée, dit Tom.

— Voyons, où sommes-nous ? » demanda Dickie, faisant un demi-tour sur lui-même.

Ni l'un ni l'autre n'avaient la moindre idée de l'endroit où ils se trouvaient. Ils marchèrent pendant plusieurs centaines de mètres sans trouver de pancarte ni de nom de rue qui leur fût familier. Ils urinèrent contre un mur sombre, puis continuèrent leur chemin.

« Quand le jour se lèvera, nous verrons où nous sommes », fit Dickie gaiement. Il regarda sa montre. « Encore deux heures, pas plus.

— Bien.

— Ça vaut la peine de raccompagner une jolie fille, non ? demanda Dickie, en vacillant un peu sur ses jambes.

— Bien sûr. J'aime bien les filles, protesta Tom. Mais c'est aussi bien que Marge ne soit pas avec nous ce soir. On n'aurait jamais pu raccompagner cette fille si Marge avait été là.

— Oh, je ne sais pas, fit Dickie d'un ton pensif, regardant ses pieds qui s'emmêlaient. Marge n'est pas...

— Ce que je veux seulement dire, c'est que si Marge était là on se préoccuperait d'un hôtel pour la nuit. On y *serait*, dans ce foutu hôtel, probablement. On ne visiterait pas la moitié de Rome !

— Ça, c'est vrai ! »

Dickie passa un bras autour de l'épaule de Tom.

Dickie lui secoua l'épaule, brutalement. Tom essaya de se dégager et de saisir la main de Dickie. « Dicki... ie ! » Tom ouvrit les yeux et se trouva nez à nez avec un policier.

Tom se dressa sur son séant. Il était dans un parc. C'était l'aube. Dickie était assis dans l'herbe à côté de lui, et il parlait très calmement en italien au policier. Tom se tâta pour chercher le renflement que formait son carnet de chèques de voyage. Ceux-ci étaient toujours dans sa poche.

« *Passaporti !* » leur cria de nouveau le policier, et de nouveau Dickie se lança dans son explication du même ton calme.

Tom savait exactement ce que Dickie était en train de dire. Il était en train de dire qu'ils étaient américains, et qu'ils n'avaient pas leurs passeports sur eux parce qu'ils étaient seulement sortis faire une petite promenade et regarder les étoiles. Tom fut pris d'une violente envie de rire. Il se leva, en chancelant, et se mit à épousseter ses vêtements. Dickie était debout, lui aussi, et ils commencèrent à s'éloigner tous les deux, bien que le policier continuât à vociférer. Dickie lui répondit quelque chose d'un ton courtois, quelque chose qui devait être une explication. En tout cas, le policier ne les suivait pas.

« Nous avons plutôt l'air de clochards », fit Dickie.

Tom acquiesça. Il avait un long accroc à son pantalon, probablement à l'endroit où il était tombé. Tous deux avaient leurs vêtements fripés, tachés d'herbe et crasseux de poussière et de transpiration, mais, pour le moment, ils grelottaient de froid. Ils entrèrent dans le premier café qu'ils trouvèrent sur leur chemin, prirent un *caffe latte* et des croissants, puis plusieurs cognacs italiens qui avaient un goût affreux mais qui les réchauffèrent. Après quoi, ils se mirent à rire. Ils étaient encore ivres.

À onze heures, ils étaient à Naples, juste à temps pour prendre le car de Mongibello. C'était merveilleux de penser qu'ils retourneraient à Rome, un jour où ils seraient plus présentables, et qu'ils visiteraient tous les musées où ils n'étaient pas allés ; et c'était merveilleux aussi de penser que, cet après-midi, ils allaient rester allongés sur la plage de Mongibello, à se rôtir au soleil. Ils prirent une douche chez Dickie, puis tombèrent sur leurs lits respectifs et dormirent jusque vers quatre heures, heure où Marge les réveilla. Marge reprocha à Dickie de ne pas lui avoir envoyé un télégramme disant qu'il passait la nuit à Rome.

« Ça m'est égal que vous y passiez la nuit, mais je pensais que vous étiez à Naples, et à Naples il peut arriver n'importe quoi.

— Ah-h », fit Dickie avec une nonchalance affectée, tout en lançant un coup d'œil dans la direction de Tom. Il était occupé à leur préparer des Bloody Marys à tous les trois.

Tom garda un silence chargé de mystère. Il n'allait rien raconter à Marge de ce qu'ils avaient fait. Qu'elle s'imagine ce qu'elle voudrait. Dickie avait bien fait comprendre qu'ils s'étaient beaucoup amusés. Tom remarqua que Marge considérait d'un air désapprobateur la gueule de bois de Dickie, son visage non rasé et le verre qu'il était en train de boire. Il y avait quelque chose dans les yeux de Marge, quand elle était très sérieuse, qui lui donnait un air sage et vieux en dépit des vêtements simplets qu'elle portait, de ses cheveux balayés par le vent et de son apparence générale de cheftaine de boy-scouts. En ce moment, elle avait l'air d'une mère ou d'une sœur aînée : l'antique désapprobation des femmes devant le jeu destructeur des petits garçons et des hommes. Ou alors était-ce de la jalousie ? Elle paraissait comprendre que Dickie s'était lié plus intimement avec lui, Tom, simplement parce qu'il était un homme, en vingt-quatre heures, qu'il n'aurait jamais pu le faire avec elle, qu'il l'aimât ou non, et il ne l'aimait pas. Au bout d'un certain temps, elle se détendit et elle abandonna son expression sévère. Dickie laissa Tom avec Marge sur la terrasse. Tom l'interrogea sur le livre qu'elle était en train d'écrire. Elle lui dit qu'il s'agissait d'un livre sur Mongibello, avec des photographies qu'elle avait prises elle-même. Elle lui dit qu'elle venait de l'Ohio, et lui montra une photo qu'elle portait dans son portefeuille, de la maison de sa famille. « Une baraque, dit-elle en souriant, mais c'était *la maison*. » Elle prononça l'adjectif « délabré », ce qui amusa Tom, car c'était le mot dont elle se servait pour décrire des gens ivres, et qu'elle avait dit quelques instants seulement plus tôt à Dickie : « Vous avez l'air complètement "délabré !" » Tom pensa que la façon de parler de Marge était abominable, tant par le choix des mots que par la prononciation. Il essaya d'être particulièrement gentil avec elle. Il avait l'impression qu'il pouvait se le permettre. Il l'accompagna jusqu'à la grille, et ils se dirent au revoir aimablement, mais pas plus l'un que l'autre ne parlèrent de se retrouver plus tard dans la journée ou le lendemain. Cela ne faisait aucun doute, Marge en voulait un peu à Dickie.

10

Pendant trois ou quatre jours, ils virent assez peu Marge, sauf à la plage, et elle leur manifestait à l'un comme à l'autre une certaine froideur. Tom remarqua que Dickie était ennuyé, mais pas assez toutefois pour rechercher un tête-à-tête avec Marge : il ne l'avait en effet pas vue seule depuis que Tom était venu s'installer dans la maison. Tom n'avait pas quitté Dickie d'une semelle depuis son arrivée.

Pour en finir, Tom, désireux de montrer qu'il comprenait le jeu de Marge, déclara à Dickie qu'elle lui semblait se comporter de façon bizarre.

« Oh ! elle est lunatique, fit Dickie. Elle est peut-être en plein travail. Elle n'aime voir personne quand elle est lancée. »

« Les relations entre Dickie et Marge étaient évidemment ce qu'il avait supposé depuis le début, songea Tom. Marge tenait bien plus à Dickie que celui-ci ne tenait à elle. »

Tom, en tout cas, amusait Dickie. Il avait une foule d'histoires drôles à lui raconter sur des gens qu'il connaissait à New York, les unes authentiques, les autres inventées de toutes pièces. Ils allaient chaque jour faire une promenade dans le bateau de Dickie. Il n'était plus question du départ de Tom. Dickie aimait manifestement sa compagnie. Tom ne gênait pas Dickie quand celui-ci voulait peindre, et il était toujours prêt à abandonner ce qu'il était en train de faire pour aller marcher avec lui, ou faire une promenade en mer, ou simplement rester assis à bavarder. Dickie semblait également ravi de voir Tom se mettre sérieusement à l'italien et passer deux heures chaque jour à étudier sa grammaire et son manuel de conversation.

Tom écrivit à M. Greenleaf qu'il passait quelques jours avec Dickie ; Dickie, précisa-t-il, parlait de prendre l'avion pour venir cet hiver passer quelque temps à New York, et sans doute d'ici là pourrait-il le persuader de rester plus longtemps. Cette lettre sonnait beaucoup mieux, maintenant qu'il habitait chez Dickie, que sa première lettre dans laquelle il disait qu'il était descendu dans un hôtel de Mongibello. Tom ajoutait que, quand il n'aurait plus d'argent, il comptait se chercher une situation, peut-être dans un des hôtels du village ; simple petite phrase glissée en passant qui avait le double avantage de rappeler à M. Greenleaf que six cents dollars n'étaient pas une réserve inépuisable et aussi qu'il était un jeune homme parfaitement prêt à travailler pour gagner sa vie. Tom tenait à faire partager ce sentiment à Dickie ; aussi lui donna-t-il la lettre à lire avant de la cacheter.

Une autre semaine s'écoula, une semaine de beau temps et de journées d'agréables flâneries : le plus grand effort physique auquel avait à se livrer Tom, c'était d'escalader chaque après-midi les marches de pierre pour remonter de la plage, et son plus grand effort mental consistait à essayer de parler avec Fausto, le jeune Italien de vingt-trois ans que Dickie avait trouvé au village et engagé pour donner trois fois par semaine des leçons d'italien à Tom.

Un jour, ils allèrent jusqu'à Capri dans le bateau de Dickie. Capri était juste assez loin pour ne pas être visible de Mongibello. Tom était très excité, mais Dickie était dans un de ses jours sombres, et refusa de s'enthousiasmer pour rien. Il eut une discussion avec le gardien du quai où ils amarrèrent le *Pipistrello*. Il ne voulut même pas faire un tour dans les ravissantes petites rues qui de la *piazza* partaient dans toutes les directions. Ils s'assirent à un café sur la place et burent des Fernet-Branca, puis Dickie insista pour rentrer avant la nuit ; Tom pourtant aurait volontiers payé leur note d'hôtel si Dickie avait accepté de passer la nuit à Capri. Mais Tom se dit qu'il aurait sans doute l'occasion d'y revenir et décida d'oublier cette journée.

Il reçut une lettre de M. Greenleaf, qui avait croisé la sienne. M. Greenleaf répétait ses arguments en faveur du retour de Dickie, souhaitait bonne chance à Tom et demandait une prompte réponse. Une fois de plus, Tom prit consciencieusement la plume et répondit. La lettre de M. Greenleaf était d'un ton si froidement officiel – « on aurait dit qu'il s'enquérait de l'expédition d'un stock de pièces de bateau », pensa Tom – qu'il n'éprouva aucun mal à répondre sur le même ton. Tom était un peu gris quand il rédigea sa missive : c'était après le déjeuner, et le vin l'enivrait toujours un peu à cette heure-là, sensation délicieuse qu'il pouvait aussitôt combattre en avalant deux *espressos* et en faisant quelques pas, ou prolonger au contraire grâce à un autre verre de vin qu'il buvait à petits coups tout au long de l'après-midi. Tom s'amusa à glisser dans sa lettre une note d'espoir. Il écrivit, reprenant le style même de M. Greenleaf :

> *... Si je ne me trompe, Richard hésite à passer encore un hiver ici. Comme je vous l'ai promis, je ferai tout mon possible pour l'en dissuader et peut-être – mais cela peut demander jusqu'à Noël – parviendrai-je à le convaincre de rester définitivement aux États-Unis quand il repartira.*

Tom souriait en écrivant ces lignes, car Dickie et lui parlaient de faire cet hiver une croisière dans les îles grecques, et Dickie avait renoncé à son projet de prendre l'avion pour aller passer ne fût-ce que quelques jours chez lui, à moins que d'ici là l'état de santé de sa mère ne se fût sérieusement aggravé. Ils envisageaient aussi de passer à Majorque janvier et février, les plus mauvais mois à Mongibello. Et Marge ne les accompagnerait pas, Tom en était sûr. Dickie et lui ne lui faisaient jamais de place dans leurs projets de voyages quand ils en discutaient ; Dickie, cependant, avait commis l'erreur de lui laisser entendre qu'ils iraient peut-être en croisière quelque part cet hiver. Dickie était si peu capable de garder le secret sur quoi que ce fût ! Et maintenant, bien que Tom le sût fermement décidé à partir sans elle, Dickie se montrait plus prévenant que jamais avec Marge, justement parce qu'il se rendait compte qu'elle allait se trouver très seule à Mongibello et que ce n'était vraiment pas gentil de leur part de ne pas l'inviter. Dickie et Tom s'efforcèrent de dissimuler la chose en lui faisant comprendre qu'ils voyageraient dans les conditions les plus économiques et les moins confortables, empruntant les caboteurs, dormant sur le pont avec les paysans, et que tout cela ne serait pas bien commode pour une femme. Mais Marge semblait pourtant très triste, et Dickie essayait de la consoler en l'invitant souvent maintenant à déjeuner ou à dîner. Il prenait parfois la main de Marge en remontant de la plage, bien que Marge ne la lui abandonnât pas toujours. Elle se libérait parfois au bout de quelques secondes, mais Tom avait l'impression qu'elle mourait pourtant d'envie qu'on lui tînt la main.

Et quand ils lui demandèrent de les accompagner à Herculanum, elle refusa.

« Je crois que je vais plutôt rester à la maison. Amusez-vous bien tous les deux, dit-elle en s'efforçant d'arborer un sourire joyeux.

— Bah ! si elle ne veut pas, elle ne veut pas », dit Tom à Dickie. Puis il s'éloigna avec tact, pour laisser à Dickie et à Marge la possibilité de bavarder seuls sur la terrasse s'ils en avaient envie.

Tom s'assit sur le rebord de la fenêtre dans l'atelier de Dickie et laissa son regard errer jusqu'à la mer, croisant sur sa poitrine ses bras brunis par le soleil. Il adorait regarder la Méditerranée en imaginant que Dickie et lui s'en allaient naviguer où bon leur semblait. Tanger, Sofia, Le Caire, Sébastopol... Tom pensait que d'ici à ce qu'il eût épuisé ses fonds, Dickie se serait sans doute si attaché à lui, il serait si habitué à sa présence qu'il trouverait tout naturel de continuer à lui offrir l'hospitalité. Dickie et lui pourraient facilement vivre sur les cinq cents dollars que touchait chaque mois Dickie. De la terrasse, il entendait le ton implorant de Dickie, et Marge qui répondait par monosyllabes. Puis il entendit la porte de la cour claquer. Marge était partie. Elle devait pourtant rester déjeuner. Tom se leva et alla rejoindre Dickie sur la terrasse.

« Elle n'était pas contente ? demanda-t-il.

— Non. Elle doit se sentir un peu abandonnée.

— Nous avons pourtant tout fait pour qu'elle vienne.

— Il n'y a pas que ça. » Dickie arpentait la terrasse de long en large. « Elle dit maintenant qu'elle ne veut même pas aller à Cortina avec moi.

— Oh ! elle changera sans doute d'avis là-dessus d'ici décembre.

— J'en doute », fit Dickie.

Tom se dit que c'était sans doute parce qu'il allait à Cortina aussi. Dickie le lui avait demandé la semaine dernière. Freddie Miles n'était plus là quand ils étaient revenus de leur voyage à Rome : il avait dû partir brusquement pour Londres, leur avait dit Marge. Mais Dickie avait dit qu'il écrirait à Freddie qu'il amenait un ami. « Vous ne voulez pas que je parte, Dickie ? demanda Tom, certain que Dickie ne voulait pas le voir partir. J'ai l'impression de vous gêner, Marge et vous.

— Bien sûr que non, voyons ! Nous gêner en quoi ?

— Oh ! de son point de vue à elle.

— Pas du tout. Seulement, je trouve que je lui dois quelque chose. Et je n'ai pas été très gentil avec elle ces temps derniers. *Nous* n'avons pas été très gentils. »

Tom savait ce qu'il voulait dire par là : Marge et lui s'étaient tenu compagnie durant les longs mois de l'hiver dernier, quand ils étaient les seuls Américains du village, et Dickie estimait qu'il ne devrait pas la négliger maintenant sous prétexte qu'il y avait quelqu'un d'autre. « Et si je lui parlais, moi, de venir à Cortina, proposa Tom.

— Alors, elle ne viendra sûrement pas », conclut Dickie sèchement. Et il rentra dans la maison.

Tom l'entendit dire à Ermelinda de ne pas servir le

déjeuner tout de suite parce qu'il n'était pas encore prêt. Bien que la conversation eût lieu en italien, Tom comprenait que Dickie disait qu'*il* n'était pas prêt, du ton d'un maître de maison. Dickie revint sur la terrasse, protégeant son briquet de sa main pour essayer d'allumer sa cigarette. Il avait un magnifique briquet en argent, mais qui ne s'allumait pas au moindre souffle de brise. Tom finit par lui tendre son briquet, un gros instrument laid et efficace comme un ustensile militaire. Tom allait lui proposer de boire quelque chose, mais il se retint : il n'était pas chez lui, bien qu'il eût payé de sa poche les trois bouteilles de Gilbey qui se trouvaient dans la cuisine.

« Il est deux heures passées, dit Tom. Vous voulez que nous allions faire un tour jusqu'à la poste ? » Tantôt Luigi ouvrait le bureau de poste à deux heures et demie, tantôt ce n'était pas avant quatre heures, on ne pouvait jamais savoir.

Ils descendirent la colline en silence. « Qu'est-ce que Marge avait bien pu dire sur son compte ? » se demanda Tom. Le brusque poids de la culpabilité fit perler la sueur au front de Tom ; c'était un sentiment de culpabilité imprécis mais qui n'en était pas moins vif, comme si Marge avait raconté à Dickie que Tom avait volé quelque chose ou qu'il avait commis Dieu sait quel honteux forfait. Dickie ne se conduirait pas comme ça simplement parce que Marge l'avait rembarré, se dit Tom. Dickie descendait la pente de ce pas nonchalant que Tom avait inconsciemment adopté aussi. Mais il avait la tête basse et les mains enfoncées dans les poches de son short. Il ne sortit de son mutisme que pour saluer Luigi et le remercier de la lettre que l'autre lui remettait. Tom n'avait pas de courrier. La lettre de Dickie émanait d'une banque de Naples ; c'était une feuille imprimée sur laquelle Tom vit, dactylographié, au milieu d'une large colonne : $ 500,00. Dickie fourra négligemment le papier dans sa poche et jeta l'enveloppe dans une corbeille. « Ce devait être, se dit Tom, l'avis mensuel annonçant à Dickie que son argent était arrivé. Dickie avait expliqué que sa banque virait chaque mois l'argent sur un établissement de Naples. » Ils continuèrent à descendre la pente, et Tom en conclut qu'ils allaient prendre la grande rue jusqu'à l'endroit où elle contournait la falaise de l'autre côté du village, comme ils l'avaient fait souvent, mais Dickie s'arrêta au pied des marches qui menaient à la maison de Marge.

« J'ai envie de monter voir Marge, annonça Dickie. Je n'en ai pas pour longtemps, mais ce n'est pas la peine que vous attendiez.

— Entendu, dit Tom, soudain désolé. » Il regarda Dickie grimper les premières marches taillées dans Je rocher, puis il tourna brusquement les talons et repartit vers la maison.

À mi-chemin, il s'arrêta; l'envie le prit un instant de descendre boire un verre chez Giorgio (mais les martinis de Giorgio étaient épouvantables), puis aussi de remonter chez Marge et, sous prétexte de lui faire ses excuses, de soulager sa colère en les surprenant et en les ennuyant tous les deux. Il avait tout à coup l'impression qu'en ce moment même Dickie la serrait dans ses bras, ou du moins la touchait, et il était partagé entre le désir de voir cela et le dégoût que lui inspirait l'idée d'être témoin d'un pareil spectacle. Il fit demi-tour et revint jusqu'à la grille de Marge. Il la referma soigneusement derrière lui, mais la maison surplombait de si haut la porte d'entrée que Marge n'avait sûrement pas pu l'entendre, puis il escalada les marches deux par deux. Une fois parvenu presque en haut, il ralentit le pas. Il allait dire :

« Écoutez, Marge, je suis navré si c'est vraiment moi qui suis responsable de toute cette tension. Nous vous avons demandé de nous accompagner aujourd'hui et nous comptons sur vous. Je compte sur vous. »

Tom s'arrêta en apercevant la fenêtre de Marge : Dickie avait passé un bras autour de la taille de la jeune fille. Dickie l'embrassait, il couvrait ses joues de petits baisers tout en lui souriant. Ils n'étaient qu'à cinq mètres de lui, mais par rapport à l'éclatante lumière du dehors, la pièce semblait baigner dans l'ombre et il devait écarquiller les yeux pour y voir quelque chose. Marge levait la tête vers Dickie, d'un air d'extase éperdue, et ce qui dégoûtait Tom, c'était qu'il savait que Dickie n'était pas sincère, qu'il avait seulement recours à cette solution facile et peu honorable pour sauvegarder son amitié avec Marge. Ce qui le dégoûtait, c'était la grosse masse de ses fesses sous la jupe paysanne, juste au-dessous du bras de Dickie passé autour de sa taille. Dickie !... Tom n'aurait vraiment pas cru Dickie capable de ça !

Il tourna les talons et descendit les marches en courant, réprimant son envie de crier. Il claqua violemment la grille. Il courut tout le long du chemin jusqu'à la maison et arriva hors d'haleine pour s'appuyer au parapet aussitôt entré. Il s'assit sur le divan dans l'atelier de Dickie, abasourdi, l'esprit vide. Ce baiser... cela n'avait pas l'air d'un premier baiser. Il s'approcha du chevalet de Dickie, évitant inconsciemment de regarder la mauvaise toile qui se trouvait dessus, il s'empara du grattoir posé sur la palette et le lança violemment par la fenêtre : il le vit décrire une longue trajectoire et disparaître du côté de la mer. Il prit sur la table de Dickie des gommes, des plumes, des estompes, des bouts de fusain, de pastel, et les lança un par un aux quatre coins de la pièce ou par les fenêtres. Il avait la curieuse impression que son cerveau conservait tout son calme et sa logique, que c'était son corps qui n'obéissait plus à son contrôle. Il se précipita sur la terrasse avec l'idée de sauter sur le rebord et d'improviser une danse ou de se mettre sur la tête, mais le vide de l'autre côté du parapet le retint.

Il passa dans la chambre de Dickie et l'arpenta quelques instants, les mains dans les poches. Il se demanda quand Dickie allait rentrer. Ou bien allait-il rester là-bas tout l'après-midi et vraiment coucher avec elle ? Il ouvrit d'un geste brusque la porte de la penderie de Dickie et regarda à l'intérieur. Il y avait un complet de flanelle grise fraîchement repassé, qui avait l'air neuf et qu'il n'avait jamais vu sur Dickie. Tom le prit. Il ôta son short et enfila le pantalon de flanelle grise. Il passa une paire de chaussures appartenant à Dickie. Puis il ouvrit le dernier tiroir de la commode et y prit une chemise à rayures bleues et blanches.

Il choisit une cravate bleu marine et la noua soigneusement. Le costume lui allait très bien. Il se recoiffa, faisant sa raie un peu plus de côté, comme Dick.

« Marge, vous devez comprendre que je ne vous aime pas », déclara Tom devant la glace, en prenant la voix de Dickie, avec cette façon d'accentuer certains mots, de terminer ses phrases sur ce petit bruit de gorge qui pouvait être agréable ou désagréable, complice ou glacial, suivant l'humeur de Dickie. « Marge, cessez ! » Tom pivota brusquement sur lui-même et ses mains étreignirent le vide comme s'il voulait saisir Marge à la gorge. Il la secouait, la houspillait, et elle s'effondrait peu à peu jusqu'à ce qu'il la laissât enfin, affalée mollement sur le sol. Il haletait. Il s'épongea le front comme le faisait Dickie, chercha un mouchoir, et, n'en trouvant pas, en prit un dans la commode de Dickie, puis revint devant le miroir. Il avait même les lèvres un peu entrouvertes comme Dickie quand il était essoufflé après avoir nagé. « Vous savez pourquoi j'ai été obligé de faire ça, dit-il, toujours hors d'haleine, et s'adressant à Marge bien qu'il continuât à s'observer dans la glace. Vous vous interposiez entre Tom et moi... Non, ce n'est pas ce que vous croyez ! Mais convenez qu'il y a quand même une affinité entre nous ! »

Il se retourna, enjamba le corps imaginaire et s'approcha avec précaution de la fenêtre. Il apercevait vaguement, derrière le tournant de la route, l'arête des marches qui donnaient accès à la maison de Marge. Dickie n'était pas dans l'escalier, ni sur la partie du chemin qu'il pouvait voir. « Peut-être étaient-ils en train de faire l'amour », pensa Tom, la gorge un peu nouée par le dégoût. Il imaginait la chose, des gestes gauches et maladroits, qui laissaient Dickie insatisfait, et Marge ravie. Elle adorerait ça, même s'il la torturait ! Tom revint en hâte vers la penderie, prit un chapeau sur l'étagère, un petit chapeau tyrolien gris, avec une plume vert et blanc passée dans le ruban. Il se le planta sur l'oreille d'un air cascadeur. Il fut surpris de voir à quel point il ressemblait à Dickie, avec le haut du crâne ainsi dissimulé. En fait, c'étaient surtout ses cheveux plus bruns qui le distinguaient de Dickie. Sinon, son nez – du moins dans son dessin général –, sa mâchoire étroite, ses sourcils, s'il leur donnait l'inclinaison convenable...

« Qu'est-ce que vous fichez ? »

Tom se retourna d'un bond. Dickie était sur le pas de la porte. Tom se rendit compte que Dickie devait être à deux pas de la grille tout à l'heure quand il regardait par la fenêtre. « Oh !... je m'amuse, dit Tom, de cette voix de basse qu'il avait toujours quand il était embarrassé. Excusez-moi, Dickie. »

Dickie ouvrit la bouche, puis la referma, comme si la colère lui coupait la parole. Pour Tom, c'était aussi pénible que s'il avait parlé. Dickie s'avança dans la pièce.

« Dickie, je suis désolé de... »

Le fracas de la porte qui claquait l'interrompit. Dickie se mit à déboutonner sa chemise, le regard mauvais, exactement comme il l'aurait fait si Tom n'avait pas été là, parce que enfin c'était sa chambre, et qu'est-ce que Tom fichait là ? Tom était pétrifié de peur.

« Je voudrais bien que vous ôtiez mes affaires », lança Dickie.

Tom commença à se déshabiller, mais l'humiliation, la stupeur rendaient ses doigts gourds ; jusqu'alors Dickie avait toujours dit : « Mettez donc ceci ou cela », en lui proposant ses propres vêtements. Mais maintenant Dickie ne dirait plus jamais cela.

Dickie regarda les pieds de Tom. « Les chaussures aussi ? Vous n'êtes pas fou ?

— Non. » Tom essaya de retrouver ses esprits tout en remettant le complet dans la penderie, puis il demanda : « Vous vous êtes réconcilié avec Marge ?

— Marge et moi, nous nous entendons très bien, fit Dickie d'un ton sec et définitif. Un autre point que je tiens à préciser tout de suite, dit-il, en considérant Tom. Je ne suis pas un inverti. Je ne sais pas ce que vous imaginez, mais sachez bien que je n'en suis pas.

— Un inverti ? fit Tom avec un pâle sourire. Je n'ai jamais pensé que vous en étiez. »

Dickie allait dire quelque chose, puis il se contint. Il se redressa, les côtes apparaissant sous la peau brune. « Eh bien, Marge croit que vous êtes une tapette.

— Pourquoi ? » Tom se sentit pâlir. Il ôta d'une secousse la seconde chaussure de Dickie qu'il avait aux pieds et rangea la paire dans la penderie. « Pourquoi croit-elle ça ? Qu'est-ce que j'ai donc fait ? » Il tremblait presque. Personne ne lui avait jamais dit ça en face, aussi brutalement.

« C'est votre façon d'agir », marmonna Dickie, en sortant.

Tom s'empressa de remettre son short. Bien qu'il portât un slip, il s'était à demi caché de Dickie derrière la porte de la penderie. « Simplement parce que Dickie l'aimait bien, se dit-il, Marge avait lancé contre lui ces basses accusations. Et Dickie n'avait pas eu le cran de lui faire front et de la remettre à sa place ! » Il descendit sur la terrasse et trouva Dickie en train de se verser à boire au bar. « Dickie, je tiens à mettre ceci au point, commença Tom. Je ne suis pas une tapette non plus et je ne veux pas que personne s'imagine que j'en suis une.

— Bon », grommela Dickie.

Son ton rappelait les réponses que Dickie avait faites quand Tom lui avait demandé s'il connaissait un tel ou un tel à New York. Certaines de ces personnes dont il avait parlé à Dickie étaient des invertis, bien sûr, et il avait souvent soupçonné Dickie de nier délibérément qu'il les connaissait alors que c'était faux. Très bien ! Qui est-ce qui en faisait une histoire, d'ailleurs ? Dickie. Tom hésita, songeant à tout ce qu'il aurait pu dire, des choses blessantes, apaisantes, émouvantes ou désagréables. Il repensa à certains groupes de gens qu'il avait connus à New York, qu'il avait fréquentés puis qu'il avait fini par laisser tomber, mais il regrettait maintenant de les avoir jamais rencontrés. Ils l'avaient accueilli parce qu'il les amusait, mais lui jamais n'avait eu affaire à aucun d'eux. Quand deux ou trois lui avaient fait des propositions, il les avait repoussés... mais il se rappelait pourtant comment il avait essayé de se faire pardonner par la suite en allant chercher de la glace pour eux, en les déposant en taxi bien que ce ne fût pas sur son chemin, tout cela parce qu'il craignait de s'attirer leur antipathie. Il s'était conduit comme un idiot ! Et il se souvenait aussi de cette humiliation, le jour où Vic Simmons avait dit : « *Oh ! pour l'amour du Ciel, Tommie, boucle-la !* » parce que pour la troisième ou la quatrième fois il disait à des gens en présence de Vic : « Je n'arrive pas à décider si je préfère les hommes ou les femmes, alors je songe à renoncer aux deux. » Tom prétendait qu'il se faisait soigner par un psychanalyste, car tous les autres se faisaient psychanalyser, et il racontait des histoires follement drôles sur ses séances pour amuser les gens dans les soirées ; et cette boutade sur les hommes et les femmes avait toujours eu beaucoup de succès jusqu'au jour où Vic l'avait prié de la boucler ; Tom après cela n'en avait plus jamais parlé, et pas davantage de son psychanalyste. Tom estimait d'ailleurs qu'il y avait du vrai dans cette formule. Il pensait qu'il était un des plus innocents et un des esprits les plus purs de tous les gens qu'il connaissait. C'était ce qui rendait d'autant plus amer ce malentendu avec Dickie.

« Il me semble que j'ai... » commença Tom. Mais Dickie n'écoutait même pas. Dickie tourna les talons d'un air maussade et s'éloigna avec son verre vers le coin de la terrasse. Tom s'approcha, un peu craintivement, se demandant si Dickie allait le flanquer par-dessus le parapet ou simplement lui dire de décamper. Tom s'enquit d'un ton paisible : « Êtes-vous amoureux de Marge, Dickie ?

— Non, mais je la plains. J'ai de l'affection pour elle. Elle a été très gentille avec moi. Nous avons passé de bons moments ensemble. Vous n'avez pas l'air de pouvoir comprendre ça.

— Je comprends très bien. Cela a toujours été l'impression que vous me faisiez tous les deux : qu'en ce qui vous concernait, c'était un amour platonique et qu'elle était probablement amoureuse de vous.

— Elle l'est. Il faut justement se donner un peu de mal pour ne pas blesser les gens qui sont amoureux de vous, vous savez.

— Bien sûr. » Il hésita, cherchant ses mots. Il tremblait encore d'appréhension, bien que Dickie ne fût plus en colère contre lui. Dickie n'allait pas le jeter dehors. Tom reprit d'une voix plus assurée : « J'imagine que si vous aviez tous les deux habité New York, vous ne l'auriez pas vue si souvent – si même vous l'aviez vue – mais dans un village perdu comme ici...

— Exactement. Je n'ai pas couché avec elle et je n'en ai pas l'intention, mais je tiens à conserver son amitié.

— Eh bien, est-ce que j'ai rien fait pour vous en empêcher ? Je vous l'ai dit, Dickie, je préférerais partir plutôt que de faire quelque chose qui risquât de briser votre amitié avec Marge. »

Dickie lui jeta un coup d'œil. « Mais non, vous n'avez rien fait pour cela, mais il est évident que vous ne l'aimez pas. Chaque fois que vous faites un effort pour lui dire quelque chose d'aimable, c'est si visiblement un effort.

— Je suis navré », dit Tom, d'un ton contrit. Il était navré de n'avoir pas fait un effort plus grand, de s'être mal tiré de cette situation.

« En tout cas, n'en parlons plus. Marge et moi nous nous entendons très bien », conclut Dickie d'un air de défi. Il détourna la tête et se mit à contempler la mer.

Tom passa dans la cuisine pour se préparer un peu de café. Il ne voulait pas se servir de l'*espresso*, car Dick était très maniaque et ne voulait laisser à personne d'autre le soin de s'en servir. Il décida de monter prendre son café dans sa chambre et de travailler un peu son italien avant l'arrivée de Fausto. Ce n'était pas le moment de faire la paix avec Dickie. Celui-ci avait de l'orgueil. Il ne desserrerait pour ainsi dire pas les dents de l'après-midi, puis vers cinq heures, après avoir peint un moment, il reviendrait comme si de rien n'était. Tom en tout cas était sûr d'une chose : Dickie était content de l'avoir là. Dickie en avait assez de vivre tout seul et assez aussi de vivre avec Marge. Tom avait encore trois cents dollars sur l'argent que lui avait donné M. Greenleaf, et il allait le consacrer à une bordée à Paris avec Dickie. Sans Marge. Dickie avait été stupéfait quand Tom lui avait confié qu'il n'avait fait qu'apercevoir Paris derrière les vitres d'une gare.

Tout en attendant que son café fût chaud, Tom rangea ce qui aurait dû constituer leur déjeuner. Il disposa deux terrines de nourriture dans des jarres plus grandes pleines d'eau, afin de les mettre à l'abri des fourmis. Il y avait aussi le paquet de beurre frais, les deux œufs, les quatre petits pains qu'Ermelinda avait apportés pour leur petit déjeuner du lendemain. Ils étaient obligés d'acheter les provisions par petites quantités parce qu'il n'y avait pas de réfrigérateur.

Dickie voulait en acheter un avec l'argent de son père. Il en avait parlé deux ou trois fois. Tom espérait qu'il changerait d'avis, car l'acquisition d'un réfrigérateur ferait une grosse brèche dans l'argent de leur voyage, et Dickie avait chaque mois un budget soigneusement établi sur la base de cinq cents dollars. Dickie, à certains égards, était assez regardant, mais à côté de cela, sur le port, dans les bars du village, il laissait de généreux pourboires et donnait des billets de cinq cents lires à tous les mendiants qui l'abordaient.

Vers cinq heures, Dickie était redevenu normal. « Sans doute, pensa Tom, avait-il passé un bon après-midi à peindre, car cela faisait plus d'une heure qu'on l'entendait siffler dans son atelier. » Dickie sortit sur la terrasse où Tom étudiait sa grammaire italienne, et lui donna quelques conseils de prononciation.

« On ne dit pas toujours *voglio* si distinctement, déclara Dickie. On dit, *per esempio, vó presentarti la mia amica Marge*. La longue main de Dickie balaya l'air. Il faisait toujours de grands gestes quand il parlait italien, des gestes gracieux comme s'il dirigeait un orchestre dans un mouvement de *legato*. « Vous feriez mieux d'écouter plus souvent Fausto et de moins lire cette grammaire. C'est dans les rues que j'ai appris ce que je sais d'italien. » Dickie s'éloigna en souriant vers le sentier du jardin. Fausto arrivait justement.

Tom écouta attentivement les plaisanteries qu'ils échangeaient en italien, faisant effort pour en comprendre chaque mot.

Fausto déboucha sur la terrasse en souriant, se laissa tomber dans un fauteuil et appuya ses pieds nus sur le parapet. Il avait toujours l'air soit maussade, soit souriant et il pouvait d'un instant à l'autre changer d'expression. « Il était un des rares habitants du village, affirmait Dickie, qui ne parlât pas un patois du Sud. Fausto était de Milan et était pour quelques mois en visite chez une tante à Mongibello. Il venait ponctuellement trois fois par semaine entre cinq heures et cinq heures et demie, et ils restaient assis sur la terrasse en sirotant du vin ou du café et en bavardant pendant environ une heure. Tom essayait de retenir tout ce que disait Fausto à propos des rochers, de l'eau, de la politique (Fausto était communiste, un communiste inscrit au parti et, pour un oui ou pour un non, disait Dickie, il montrait sa carte aux Américains, parce que leur stupeur l'amusait), et de la vie amoureuse frénétique de certains des habitants du village. Fausto avait parfois du mal à trouver des sujets de conversation et, dans ces moments-là, il dévisageait Tom et éclatait de rire. Mais Tom faisait de grands progrès. L'italien était la seule chose qu'il eût jamais étudiée pour son plaisir, et il s'y mettait de bon cœur. Tom voulait que son italien fût aussi correct que celui de Dickie, et il estimait qu'il lui faudrait un mois encore pour y parvenir s'il continuait à travailler dur.

11

Tom traversa rapidement la terrasse et pénétra dans l'atelier de Dickie. « Voulez-vous aller à Paris dans un cercueil ? demanda-t-il.

— *Quoi* ? fit Dickie, levant les yeux de son aquarelle.

— J'ai parlé à un Italien chez Giorgio. Nous partirions de Trieste, enfermés dans des cercueils dans le fourgon à bagages, escortés par un Français, et nous toucherions cent mille lires chacun. Je suis sûr que c'est une histoire de trafic de drogue.

— De la drogue dans des cercueils ? Est-ce que ça ne fait pas un peu roman-feuilleton ?

— Nous avons discuté en italien, ce qui fait que je n'ai pas tout compris, mais il a dit qu'il y aurait trois cercueils, et peut-être le troisième contient-il un authentique cadavre avec lequel ils ont fourré la drogue. En tout cas, nous aurions le voyage plus l'aventure. » Il vida sur la table les paquets de Lucky Strike hors douane qu'il avait achetés pour Dickie, à un vendeur à la sauvette. « Qu'en dites-vous ?

— Je trouve que c'est une idée formidable. Aller à Paris en cercueil ! »

Dickie arborait un sourire bizarre, comme s'il se moquait de Tom en faisant mine d'approuver son projet, alors qu'il n'en avait pas le moins du monde l'intention. « Je suis très sérieux, dit Tom. Il cherche vraiment deux jeunes gens de bonne volonté. Les cercueils sont censés contenir les corps de Français tués en Indochine. Le convoyeur français est supposé être un parent d'un des morts, ou peut-être des trois. » Ce n'était pas tout à fait ce que lui avait dit l'homme, mais presque. Et puis deux cent mille lires, cela faisait plus de trois cents dollars, après tout, largement de quoi tirer une bordée à Paris. Dickie continuait à chercher des échappatoires pour remettre ce voyage.

Dickie le dévisagea longuement, éteignit le mégot de *Nazionale* qu'il était en train de fumer, et ouvrit un des paquets de Luckies. « Êtes-vous sûr que le type auquel vous avez parlé n'était pas lui-même sous l'influence de la drogue ?

— Vous êtes fichtrement méfiant ! s'écria Tom en riant. Un peu d'entrain, que diable ! On dirait que vous ne me croyez même pas ! Venez avec moi, et je vous montrerai l'homme. Il est encore là-bas, il m'attend. Il s'appelle Carlo. »

Dickie ne faisait pas mine de bouger. « Quelqu'un qui a une proposition pareille à faire ne vous explique pas tous les dessous de l'affaire. Ils cherchent peut-être deux risque-tout pour faire le voyage de Trieste à Paris, mais même cela me semble louche.

— Voulez-vous venir avec moi et lui parler ? Si vous ne me croyez pas, venez au moins le voir.

— Certainement. » Dickie se leva soudain. « Je marcherais peut-être même pour cent mille lires. » Il referma un livre de poèmes qui reposait ouvert sur le divan de l'atelier avant de suivre Tom. Marge avait des tas de livres de poésie. Et depuis quelque temps, Dickie lui en empruntait.

L'homme était toujours assis à la table du coin chez Giorgio quand ils entrèrent. Tom lui sourit et lui fit un petit signe de tête.

« Bonjour, Carlo, dit Tom. *Posso sedermi ?*

— *Si, si*, dit l'homme en désignant les chaises devant sa table.

— Voici mon ami, dit Tom dans un italien prudent. Il veut savoir si l'histoire du voyage en chemin de fer est exacte. » Tom vit Carlo toiser Dickie, le jauger ; c'était extraordinaire comme les yeux sombres et scrutateurs de l'homme, sans rien trahir qu'un intérêt poli, parurent en une fraction de seconde juger Dickie, examiner son expression légèrement souriante mais sur ses gardes, son hâle qui n'avait pu s'acquérir qu'après des mois d'exposition au soleil, ses vêtements italiens usés et ses bagues américaines.

Un sourire s'épanouit lentement sur les lèvres pâles de l'homme et il jeta un rapide coup d'œil à Tom.

« *Allora ?* » demanda Tom, impatient.

L'homme leva son verre de vermouth et but une gorgée. « C'est une proposition très sérieuse, mais je ne crois pas que votre ami soit l'homme qui convienne. »

Tom regarda Dickie. Dickie scrutait l'homme, avec le même sourire inexpressif que Tom soudain trouva méprisant. « Enfin, en tout cas, c'est vrai, vous voyez bien ! dit Tom à Dickie.

— Hmm », fit Dickie. Il ne quittait toujours pas l'homme des yeux comme si c'était une sorte d'animal qui l'intéressait, et qu'il pouvait tuer s'il le décidait.

Dickie aurait pu parler italien à l'homme. Il ne desserra pas les dents. « Il y a trois semaines, songea Tom, Dickie aurait pris l'homme au mot. Avait-il besoin de rester assis là à avoir l'air d'un indicateur ou d'un policier attendant des renforts pour pouvoir arrêter l'inconnu ? » « Alors, dit enfin Tom, vous me croyez, non ? »

Dickie se tourna vers lui. « Pour l'histoire du train ? Comment voulez-vous que je le sache ? »

Tom regarda l'Italien, attendant de lui la confirmation de ses dires.

L'homme haussa les épaules. « Ce n'est pas la peine d'en discuter, vous ne croyez pas ? dit-il en italien.

— Non, en effet », dit Tom. Une sorte de fureur aveugle bouillait en lui et le faisait trembler. Il était furieux après Dickie. Celui-ci contemplait les ongles sales de l'inconnu, son col de chemise crasseux, son visage brun et laid, récemment rasé mais pas lavé, si bien que les parties où il n'y avait plus de barbe étaient plus claires que le reste de la peau. Mais les yeux sombres de l'Italien brillaient d'une lueur froide, il avait l'air plus fort que Dickie. Tom avait l'impression d'étouffer. Il savait qu'il était incapable de s'exprimer en italien. Il voulait parler à la fois à Dickie et à l'homme.

« *Niente, grazie*, Berto », répondit calmement Dickie au serveur qui venait prendre leurs commandes. Il se tourna vers Tom. « On s'en va ? »

Tom se leva si brusquement qu'il renversa sa chaise derrière lui. Il la ramassa et fit un petit salut d'adieu à l'Italien. Il avait le sentiment qu'il lui devait des excuses, mais il était incapable d'ouvrir la bouche ne fût-ce que pour lui dire au revoir. L'Italien répondit par un petit signe de tête en souriant. Tom suivit Dickie qui sortait à grandes enjambées.

Une fois dehors, Tom dit : « Je voulais simplement vous montrer que c'était vrai. J'espère que vous me croyez.

— D'accord, fit Dickie en souriant, je vous crois. Mais qu'est-ce qui vous prend ?

— Qu'est-ce qui vous prend, à vous ?

— Ce type est une canaille. C'est cela que vous voulez me faire admettre. Bon, entendu !

— Pourquoi faut-il que vous preniez cet air supérieur ? Il ne vous a rien fait, non ?

— J'aurais peut-être dû me mettre à genoux devant lui ? J'ai déjà vu des escrocs avant lui. Le village en est plein. » Dickie fronça soudain ses sourcils blonds. « Mais enfin, qu'est-ce que tout ça veut dire ? Vous voulez accepter sa proposition insensée ? Mais allez donc !

— Je ne pourrais plus maintenant même si je le voulais. Pas après la façon dont vous vous êtes conduit. »

Dickie s'arrêta au milieu de la route pour le regarder. Ils discutaient à voix si haute que déjà quelques personnes les observaient.

« Ç'aurait pu être drôle, dit Tom, mais pas de la façon dont vous avez pris la chose. Il y a un mois, quand nous sommes allés à Rome, vous auriez trouvé cette idée amusante.

— Oh ! non, fit Dickie en secouant la tête. J'en doute. » Tom était à la torture : il se sentait affreusement déçu, il n'arrivait pas à s'exprimer. Et puis les gens les regardaient. Il se força à repartir, d'abord à petits pas crispés jusqu'au moment où il eut la certitude que Dickie le suivait. La surprise, la méfiance se lisaient toujours sur le visage de Dickie, et Tom savait que c'était sa réaction qui surprenait Dickie. Tom aurait voulu s'expliquer, se justifier aux yeux de Dickie pour se faire comprendre, lui faire partager son point de vue. Il y a un mois, Dickie avait le même point de vue que lui. « C'est la façon dont vous vous êtes comporté, dit Tom. Vous n'aviez pas besoin d'agir comme ça. Ce type ne vous a rien fait.

— Il avait l'air d'une sale petite crapule ! répliqua Dickie. Bon Dieu, retournez donc le voir si vous le trouvez si sympathique. Vous n'êtes pas obligé de suivre toutes mes décisions ! »

Tom s'arrêta. Il avait envie de revenir, pas tellement de revenir trouver l'Italien, mais de planter là Dickie. Puis sa tension d'un coup se dissipa. Ses épaules se détendirent, et sa respiration s'accéléra. Il voulait dire au moins : « Vous avez raison, Dickie », pour se faire pardonner, pour que tout fût oublié. Mais il avait la langue comme paralysée. Il fixait les yeux bleus de Dickie, les sourcils décolorés par le soleil et toujours froncés, et ce regard vide, étranger, fermé. On dit toujours qu'on voit l'âme à travers les yeux, que les yeux sont une fenêtre ouverte sur la vraie nature d'un être, et dans les yeux de Dickie, Tom ne voyait rien de plus que s'il avait contemplé la surface froide et sans vie d'un miroir. Tom sentit son cœur se serrer, et il s'enfouit le visage dans ses mains. On aurait dit qu'on venait soudain de lui arracher Dickie. Ils n'étaient plus amis. Ils ne se connaissaient plus. Cette révélation frappa Tom comme une terrible vérité, une vérité qui s'appliquait à tous les gens qu'il avait connus dans le temps et à tous ceux qu'il connaîtrait dans l'avenir : chacun d'eux était passé ou passerait devant lui, et chaque fois il lui fallait admettre qu'il ne les comprendrait jamais ; et le pire, c'était qu'il aurait toujours, à un moment quelconque, l'illusion qu'il les connaissait vraiment, que lui et eux étaient en parfaite harmonie. Un instant, le choc de cette révélation lui parut plus qu'il n'en pouvait supporter. Il se sentit la proie d'une crise, il crut qu'il allait tomber par terre. C'en était trop : ce pays étranger où il vivait, cette langue qu'il ne comprenait pas, son échec et le fait que Dickie le détestait. Il se sentait assiégé par toute cette ambiance étrangère, hostile. Puis Dickie saisit la main dont il se couvrait les yeux.

« Qu'est-ce que vous avez ? demanda Dickie. Ce type vous a drogué ?

— Non.

— Vous en êtes sûr ? Il n'a rien mis dans votre verre ?

— Non. » Les premières gouttes de la pluie du soir commençaient à tomber sur sa tête. Il y eut un grondement de tonnerre... Le ciel aussi manifestait son hostilité. « Je voudrais mourir », dit Tom d'une petite voix.

Dickie l'empoigna par le bras. Tom trébucha sur le seuil d'une porte. Ils étaient dans le petit bar en face de la porte. Tom entendit Dickie commander un cognac, en spécifiant du cognac italien, « sans doute parce que du cognac français c'était trop bon pour lui », se dit Tom. Tom avala la liqueur douceâtre, avec un arrière-goût médicinal ; il en but trois verres l'un après l'autre, comme un breuvage magique qui le ramena à ce que son cerveau connaissait sous le nom de réalité : l'odeur de la *Nazionale* entre les doigts de Dickie, le grain grumeleux du bois du comptoir sous ses paumes, le fait que son ventre fût crispé comme si quelqu'un lui appuyait du poing sur le nombril, la perspective de la longue montée jusqu'à la maison, avec les crampes dans les cuisses qui s'ensuivraient.

« Ça va mieux, dit Tom d'une voix apaisée. Je ne sais pas ce qui m'a pris. Sans doute la chaleur qui m'est montée à la tête. » Il eut un petit rire. C'était ça, la réalité, écarter d'un rire quelque chose de plus important que tout ce qui lui était arrivé depuis les cinq semaines qu'il connaissait Dickie, de plus important peut-être que tout ce qui lui était jamais arrivé.

Dickie ne dit rien ; il se contenta de porter la cigarette à ses lèvres, et de prendre dans son portefeuille de crocodile noir deux billets de cent lires qu'il posa sur le comptoir. Tom était blessé de ce mutisme, vexé comme un enfant qui vient d'être malade et qui a été un peu insupportable, mais qui attend au moins un mot gentil dès l'instant qu'il est rétabli. Mais Dickie demeurait indifférent. Dickie avait payé les verres de cognac aussi froidement qu'il aurait pu le faire pour un étranger malade et désargenté qu'il aurait rencontré par hasard. Tom pensa soudain : « *Dickie ne veut pas que j'aille à Cortina.* » Ce n'était pas la première fois que cette pensée lui venait. Marge avait décidé d'aller à Cortina. Dickie et elle avaient acheté une gigantesque bouteille Thermos pour le voyage la dernière fois qu'ils étaient allés à Naples. Ils ne lui avaient pas demandé s'il la trouvait bien, ni rien. Tranquillement, sans un mot, ils le laissaient peu à peu en dehors de leurs préparatifs. Tom sentait que Dickie s'attendait en fait à le voir partir juste avant le voyage à Cortina. Quinze jours auparavant, Dickie avait dit à Tom qu'il lui montrerait les pistes de ski des environs de Cortina, qui figuraient sur une carte qu'il possédait. Et un soir, Dickie avait regardé la carte, mais il ne lui avait rien dit.

« On y va ? » demanda Dickie.

Tom le suivit dans la rue comme un toutou.

« Si vous croyez que vous pouvez rentrer à la maison tout seul, annonça Dickie, je vais monter voir Marge un moment.

— Je me sens très bien.

— Bon. » Puis, en s'éloignant, il lança par-dessus son épaule : « Voulez-vous prendre le courrier en passant ? Je crains de ne plus y penser. »

Tom acquiesça. Il entra dans le bureau de poste. Il y avait deux lettres, une pour lui du père de Dickie, une pour Dickie de quelqu'un de New York que Tom ne connaissait pas. Il s'arrêta sur le seuil et décacheta la lettre de M. Greenleaf, dépliant cérémonieusement la feuille dactylographiée. Elle était sur l'impressionnant papier à en-tête vert pâle des Chantiers de Constructions navales Burke-Greenleaf, avec au centre la roue de gouvernail qui était l'emblème de la firme.

10 novembre 19...

Mon cher Tom,

Étant donné que vous êtes avec Dickie depuis plus d'un mois et qu'il ne donne pas plus signe de rentrer qu'avant votre venue, force m'est de conclure que vous n'avez pas réussi. Je me rends bien compte qu'avec les meilleures intentions du monde vous m'avez annoncé qu'il envisageait de rentrer, mais franchement cela ne ressort nulle part de sa lettre du 26 octobre. À vrai dire, il semble plus décidé que jamais à rester où il est.

Je tiens à ce que vous sachiez que ma femme et moi vous sommes très reconnaissants des efforts que vous avez faits pour nous et pour lui. Vous pouvez vous considérer comme dégagé vis-à-vis de moi de toute obligation. J'espère que tout cela ne vous a pas causé trop de dérangement, et que vous avez quand même tiré quelque agrément de ce voyage, bien que son principal objectif n'ait pu être atteint.

Ma femme et moi vous renouvelons encore nos remerciements et nos sentiments les meilleurs.

Bien à vous,

H. R. Greenleaf.

C'était le bouquet. Avec son petit ton froid – plus froid encore que le ton de lettres d'affaires qu'il employait généralement, parce que cette fois c'était un avis de congédiement et qu'il y avait glissé une note de remerciement poli – M. Greenleaf lui avait tout bonnement coupé les vivres. Tom avait échoué. « J'espère que tout cela ne vous a pas causé trop de dérangement... » Est-ce qu'il ne se payait pas sa tête ? M. Greenleaf ne disait même pas qu'il serait heureux de le revoir à son retour en Amérique.

Tom remonta machinalement la côte. Il s'imaginait Dickie chez Marge, en train de lui raconter l'histoire de Carlo au bar et son comportement bizarre ensuite sur la route. Tom se doutait de ce que répondrait Marge : « Pourquoi ne vous débarrassez-vous pas de lui, Dickie ? » Est-ce qu'il ne devrait pas revenir sur ses pas, leur expliquer, les forcer à l'écouter ? Tom se retourna, regarda la façade impénétrable de la maison de Marge sur la colline, le rectangle aveugle et vide de sa fenêtre. La pluie commençait à tremper sa veste de toile. Il releva son col. Puis il reprit à grands pas sa marche vers la maison de Dickie. « En tout cas, songea-t-il fièrement, il n'avait pas essayé d'extorquer davantage d'argent à M. Greenleaf, et pourtant il aurait pu. Il aurait pu le faire, avec même la collaboration de Dickie s'il lui en avait parlé quand Dickie était bien disposé. Tout autre que lui l'aurait fait, se dit Tom, mais il s'était abstenu, et ça, c'était quelque chose. »

Il s'arrêta au coin de la terrasse, contemplant la ligne d'horizon brouillée par la pluie, sans penser à rien, sans rien éprouver qu'une impression vague et irréelle d'esseulement, d'abandon. Même Dickie et Marge semblaient très loin, et ce qu'ils disaient perdait de son importance. Il était tout seul. Il n'y avait que ça qui comptait. Il commençait à sentir un frisson lui courir le long du dos, au creux des reins.

Il tourna la tête en entendant la porte du jardin s'ouvrir. Dickie arriva en souriant, mais d'un sourire que Tom jugea forcé.

« Qu'est-ce que vous faites là sous la pluie ? demanda Dickie en le poussant dans l'entrée.

— C'est très rafraîchissant, dit Tom d'un ton affable. Tenez, il y a une lettre pour vous. » Il tendit sa lettre à Dickie et fourra dans sa poche celle de M. Greenleaf.

Tom accrocha sa veste dans la penderie. Quand Dickie eut terminé de lire sa lettre – dont la lecture le fit rire tout haut –, Tom demanda : « Croyez-vous que Marge aimerait venir avec nous à Paris ? »

Dickie parut surpris. « Je crois que oui.

— Alors, demandez-lui, dit Tom avec entrain.

— Je ne sais pas si j'irai à Paris, fit Dickie. Ça me plairait de partir pour quelques jours, mais Paris... » Il alluma une cigarette. « J'aimerais autant San Remo ou Gênes. C'est une ville intéressante, vous savez.

— Mais Paris... enfin, on ne peut pas comparer Gênes et Paris tout de même.

— Non, bien sûr que non, mais Gênes est plus près.

— Mais alors quand irons-nous à Paris ?

— Je ne sais pas. Un de ces jours. Paris sera toujours là. »

Tom écoutait l'écho des paroles de Dickie, cherchant à en déceler le ton exact. L'avant-veille, Dickie avait reçu une lettre de son père. Il en avait lu quelques passages tout haut, et une phrase les avait fait rire, mais il n'avait pas lu toute la lettre à Tom, comme cela lui était déjà arrivé une ou deux fois. Tom en était sûr, M. Greenleaf avait dû dire à Dickie qu'il en avait par-dessus la tête de Tom Ripley, et qu'il le soupçonnait de dépenser l'argent qu'il lui avait remis pour s'amuser. « Un mois plus tôt, cela aurait fait rire Dickie, mais plus maintenant », se dit Tom. « Je pensais que nous pourrions profiter de ce qu'il nous restait un peu d'argent pour faire notre petit voyage à Paris, insista Tom.

— Allez-y tout seul. Ça ne me dit rien pour l'instant. Je me réserve pour Cortina.

— Oh ! d'accord pour San Remo, alors, dit Tom, en essayant de prendre un ton enjoué, alors qu'en fait il en aurait pleuré.

— Entendu. »

Tom se précipita dans la cuisine. L'énorme masse blanche du réfrigérateur se dressa dans le coin. Il voulait boire quelque chose de glacé, mais maintenant il n'en avait plus envie. Il avait passé toute une journée à Naples avec Dickie et Marge, à regarder les réfrigérateurs, à inspecter les bacs à glace, à faire l'inventaire des divers perfectionnements, si bien qu'à la fin Tom était incapable de reconnaître un modèle d'un autre ; mais Dickie et Marge conservaient un enthousiasme de jeunes mariés. Puis ils avaient passé quelques heures encore à discuter les mérites respectifs de tous les appareils qu'ils avaient vus avant de se décider. Et maintenant Marge venait à l'improviste plus souvent que jamais, car elle rangeait certaines de ses provisions dans le réfrigérateur et elle empruntait souvent de la glace. Tom comprit soudain pourquoi il avait en si grande horreur le réfrigérateur. Sa présence signifiait que Dickie restait. C'était la disparition non seulement de leur voyage en Grèce cet hiver, mais cela signifiait aussi que Dickie n'irait sans doute jamais habiter Paris ni Rome, comme Tom et lui en avaient parlé durant les premières semaines du séjour de Tom. Il ne ferait pas ça avec un réfrigérateur qui avait la distinction de compter parmi les quatre appareils seulement qu'il y avait au village, un réfrigérateur avec six bacs à glace et tant d'étagères encastrées dans la porte qu'on avait l'impression qu'une épicerie vous sautait à la figure chaque fois qu'on l'ouvrait.

Tom se prépara un verre d'apéritif sans glace. Il avait les mains qui tremblaient. La veille encore, Dickie avait dit : « Vous rentrez chez vous pour Noël ? » comme ça, en passant, dans la conversation, mais Dickie savait très bien qu'il ne rentrait pas pour Noël. D'abord il n'avait pas de « chez lui » et Dickie ne l'ignorait pas. Il avait parlé à Dickie de tante Dottie à Boston. Cette question de Dickie n'était donc qu'une allusion un peu lourde. Marge avait mille projets pour Noël. Elle gardait une boîte de pudding anglais, et elle allait acheter une dinde. Tom imaginait très bien comment elle allait tout noyer dans sa sentimentalité sucrée. Il y aurait sans doute un arbre de Noël, mais oui, bien sûr, découpé dans du carton. Une carte de Noël. Des *eggnogs*. Des cadeaux ridicules pour Dickie. Marge tricotait. Elle emportait tout le temps les chaussettes de Dickie chez elle pour les raccommoder. Et ils le laissaient poliment en dehors de leurs projets. La moindre chose aimable qu'ils lui disaient semblait leur coûter un effort pénible. Tom ne pouvait supporter de penser à tout cela. Puisque c'était comme ça, il partirait. Il trouverait bien un prétexte plutôt que de subir un Noël avec eux.

12

Marge déclara qu'elle n'avait pas envie de les accompagner à San Remo. Elle était « lancée » dans son livre. Marge travaillait par crises et par à-coups, toujours avec entrain, bien que les trois quarts du temps elle parût « en rade » comme elle le disait elle-même avec un petit rire joyeux. « Son livre doit être rudement mauvais », se disait Tom. Il avait connu des écrivains. On ne faisait pas un livre comme ça, en passant la moitié de la journée sur la plage à se demander ce qu'on mangerait pour dîner. Mais il était ravi qu'elle fût justement « lancée » au moment où Dickie et lui voulaient aller à San Remo.

« Ça me ferait plaisir si vous pouviez me trouver cette eau de Cologne, Dickie, dit-elle. Vous savez, la Stradivari que je n'ai pas pu trouver à Naples. Il y en a sûrement à San Remo, avec tous ces magasins de parfumerie française. »

Tom se voyait déjà passant une journée entière à en chercher dans tout San Remo, comme ils avaient déjà passé des heures pour la même raison à Naples un samedi.

Ils ne prirent pour eux deux qu'une valise appartenant à Dickie, car ils ne comptaient rester absents que quatre jours et trois nuits. Dickie était d'un peu meilleure humeur, mais Tom ne pouvait se départir de l'horrible sentiment que c'était leur dernier voyage ensemble. Aux yeux de Tom, l'entrain poli de Dickie dans le train ressemblait à la cordialité d'un hôte qui a témoigné du mépris à son invité et qui, craignant que celui-ci ne s'en aperçoive, essaie de réparer les choses *in extremis*. Jamais encore dans son existence Tom ne s'était senti un invité importun, assommant. Pendant le trajet en train, Dickie parla à Tom de San Remo et de la semaine qu'il y avait passée avec Freddie Miles lors de son arrivée en Italie. San Remo était une toute petite ville, mais c'était un centre de commerce de luxe célèbre, expliqua Dickie, et les gens traversaient la frontière française pour venir y faire leurs emplettes. Tom se dit que Dickie lui vantait les charmes de San Remo et qu'il essaierait peut-être de le décider à y rester plutôt que de rentrer à Mongibello. Tom commença à prendre la ville en grippe avant même d'y être arrivé.

Et puis, au moment presque où le train entrait en gare de San Remo, Dickie déclara : « À propos, Tom... ça m'ennuie de vous dire ça, vous savez, mais j'aimerais mieux aller à Cortina d'Ampezzo seul avec Marge. Je crois qu'elle préférerait cela et, après tout, je lui dois quand même quelque chose, je voudrais qu'elle ait des vacances agréables en tout cas. D'ailleurs, la perspective de faire du ski n'a pas l'air de vous enthousiasmer. »

Tom sentit une vague de froid lui traverser le corps, mais il s'efforça de ne pas faire un geste. Mettre ça sur le compte de Marge ! « Entendu, dit-il. C'est tout naturel. » Il examinait nerveusement la carte qu'il tenait à la main, cherchant désespérément dans les environs de San Remo un autre endroit où aller, bien que Dickie fût déjà en train de descendre leur valise du filet. « Nous ne sommes pas loin de Nice, n'est-ce pas ? demanda Tom.

— Non.

— Ni de Cannes. J'aimerais bien voir Cannes puisque je suis venu jusque-là. Cannes, en tout cas, c'est en France, ajouta-t-il d'un ton de reproche.

— Ma foi, ça doit être possible. Vous avez votre passeport sur vous ? »

Tom avait emporté son passeport. Ils prirent un train pour Cannes où ils arrivèrent vers onze heures du soir.

Tom trouva l'endroit magnifique : la courbe gracieuse de la rade prolongée par de petites lumières qui brillaient aux deux extrémités du croissant, l'élégante promenade au bord de l'eau, avec son air un peu tropical, ses rangées de palmiers et ses rangées de palaces. Ah ! la France ! C'était plus calme que l'Italie, plus chic, même de nuit, cela se sentait. Ils choisirent un hôtel dans la première rue parallèle au remblai, le Gray et d'Albion, un hôtel assez élégant « mais qui ne coûterait pas les yeux de la tête », assura Dickie ; Tom, pourtant, aurait volontiers payé ce qu'il aurait fallu pour descendre dans le meilleur hôtel donnant sur la mer. Ils laissèrent leur valise et se rendirent au bar du Carlton, le bar le plus en vogue de Cannes, déclara Dickie. Comme il l'avait prédit, il n'y avait pas grand monde car ce n'était pas la saison. Tom proposa une nouvelle tournée, mais Dickie refusa.

Le lendemain matin, ils prirent le petit déjeuner dans un café, puis allèrent se promener sur la plage. Ils avaient leur slip de bain sous leur pantalon. Le temps était frais, mais on pouvait quand même se baigner. Ils s'étaient baignés à

Mongibello par des temps plus frais. La plage était pratiquement vide : on ne voyait que des couples isolés, et près du port, un groupe d'hommes jouant à un jeu de plage. Les vagues se cabraient et venaient se briser sur le sable avec une violence hivernale. Tom s'aperçut que le groupe d'hommes qu'il avait remarqué près du quai se livrait à des exercices acrobatiques.

« Ce doit être des professionnels, dit Tom. Ils ont tous le même slip jaune. »

Tom observait avec intérêt la pyramide humaine qui commençait à s'édifier, les pieds crispés sur les cuisses aux muscles tendus, les mains empoignant solidement les avant-bras. Il les entendait crier : « Allez ! » et « Un... deux ! »

« Regardez ! s'écria Tom. La pyramide est finie ! » Il s'arrêta pour contempler le plus jeune, un garçon de dix-sept ou dix-huit ans, qu'on hissait sur les épaules d'un de ses compagnons flanqué de deux autres hommes de part et d'autre. « Bravo ! » cria Tom.

Le garçon fit un sourire à Tom avant de sauter à terre, souple comme un félin.

Tom regarda Dickie. Celui-ci contemplait deux hommes assis non loin de là, sur le sable.

« *Ten thousand saw I at a glance*,

— *Nodding their heads in a sprightly dance* », murmura-t-il en ricanant à l'adresse de Tom.

Tom sursauta, puis il éprouva cette même bouffée de honte qu'il avait connue à Mongibello quand Dickie lui avait dit : « *Margie croit que vous êtes une tapette.* » « Entendu, se dit Tom, ces acrobates sont des invertis. Cannes était peut-être plein de tapettes. Et après ? » Tom avait les poings crispés dans ses poches de pantalon. Il se souvenait des railleries de tante Dottie : « *Une fillette ! C'est une vraie fille ! Tout comme son père !* » Dickie, les bras croisés, considérait la mer. Tom se retint de jeter ne fût-ce encore qu'un coup d'œil du côté des acrobates, qui devaient être pourtant plus amusants à regarder que la mer. « Vous venez ? demanda-t-il, en déboutonnant courageusement les boutons de sa chemise, bien que l'eau lui parût soudain terriblement froide.

— Ma foi, non, fit Dickie. Pourquoi ne restez-vous pas ici à regarder les acrobates ? Moi, je rentre. » Sur quoi, il tourna les talons et s'éloigna sans laisser à Tom le temps de répondre.

Tom reboutonna précipitamment ses vêtements, tout en regardant Dickie qui s'en allait en coupant la plage en diagonale afin de passer le plus loin possible des acrobates, bien que l'escalier suivant fût à une distance environ deux fois plus grande que celui devant lequel évoluaient les gymnastes. « Qu'il aille au diable, se dit Tom. Pourquoi fallait-il toujours qu'il prît de grands airs ? C'était à croire qu'il n'avait jamais vu de tapette ! Qu'est-ce qu'il avait donc ? Pourquoi ne descendait-il pas de ses hauteurs, pour une fois ? Qu'avait-il donc de si important à perdre ? » Tandis qu'il courait à la poursuite de Dickie, une demi-douzaine de répliques cinglantes lui vinrent à l'esprit. Et puis Dickie se retourna, lui lança un regard glacé, écœuré, et Tom ravala toutes ses ripostes.

Ils repartirent pour San Remo l'après-midi même, avant trois heures afin de ne pas avoir encore une nuit d'hôtel à payer. Dickie avait proposé de prendre le train de trois heures, bien que ce fût Tom qui eût réglé la note de trois mille quatre cent trente francs, dix dollars et huit *cents*, pour une nuit. Tom paya aussi les billets de chemin de fer, et pourtant Dickie avait des francs français en quantité. Dickie avait apporté son chèque mensuel d'Italie et l'avait touché en francs, calculant que ce serait plus avantageux de convertir ensuite les francs en lires, en raison d'un brusque et récent redressement du franc.

Dickie ne desserra pas les dents dans le train. Feignant d'avoir envie de dormir, il croisa les bras et ferma les yeux. Tom, assis en face de lui, contemplait son beau visage osseux et arrogant, ses mains ornées d'une chevalière d'or et d'une bague verte. L'idée lui vint un instant de voler la bague quand il s'en irait. Ce serait facile : Dickie l'ôtait pour se baigner. Parfois, il l'enlevait même pour se doucher à la maison. « C'était une habitude bien ancrée chez lui », se dit Tom. Il fixait les paupières closes de Dickie. Il sentait monter en lui un tourbillon d'émotions, où se mêlaient la haine, l'affection, l'impatience et la déception ; il en haletait. Il avait envie de tuer Dickie. Ce n'était pas la première fois qu'il y pensait. Déjà, à deux ou trois reprises, l'idée lui en était brusquement venue, sous l'empire de la colère ou de la déception, une idée qui se dissipait aussitôt, le laissant tout honteux. Mais aujourd'hui, il y pensait depuis une minute, deux minutes même, car il allait quitter Dickie pour de bon, et de quoi pouvait-il encore avoir honte ? Il avait échoué avec Dickie sur tous les plans. Il détestait Dickie car, quelle que fût la façon dont il envisageait les choses, ce n'était pas de sa faute à lui s'il avait échoué, il n'y était pour rien ; c'était à cause de l'obstination inhumaine de Dickie. Et de sa flagrante grossièreté ! Il avait offert à Dickie son amitié, sa compagnie, son respect, tout ce qu'il avait à offrir, et Dickie avait répondu par l'ingratitude et maintenant par l'hostilité. Dickie lui battait froid. « Si je le tuais au cours de ce voyage, songeait Tom, je pourrais dire qu'un accident est arrivé. Je pourrais... » Une idée merveilleuse venait de le frapper : il pourrait devenir lui-même Dickie Greenleaf. Il pourrait faire tout ce que faisait Dickie. Il pourrait rentrer à Mongibello et emporter les affaires de Dickie en racontant n'importe quelle histoire à Marge, prendre un appartement à Rome ou à Paris, se faire envoyer chaque mois le chèque de Dickie et imiter la signature de Dickie pour le toucher. Il n'aurait qu'à littéralement chausser les bottes de Dickie. Et il pourrait tenir la dragée haute à M. Greenleaf père. Le danger de l'entreprise, même son caractère inévitablement provisoire dont il se rendait vaguement compte, ne fit que le rendre plus enthousiaste. Il se mit à réfléchir *aux moyens* de la réaliser.

L'eau. Mais Dickie était bon nageur. Les falaises. Ce ne serait pas difficile de pousser Dickie du haut d'une falaise au cours d'une promenade, mais il imaginait Dickie s'agrippant à lui et l'entraînant dans sa chute, et il se crispait sur sa banquette au point d'en avoir mal aux cuisses et d'avoir les ongles qui lui labouraient les paumes. Il faudrait prendre la chevalière aussi. Il n'aurait qu'à se faire légèrement décolorer les cheveux. Mais il n'habiterait pas, bien sûr, dans un endroit où se trouverait quelqu'un connaissant Dickie. Il n'aurait qu'à ressembler suffisamment à la photographie de Dickie sur son passeport. Et, ma foi, c'était faisable. S'il...

Dickie ouvrit les yeux, regarda Tom qui aussitôt se détendit et s'affaissa dans le coin, la tête renversée en arrière, les yeux clos, comme s'il venait de s'évanouir.

« Tom, ça va ? demanda Dickie, en secouant le genou de Tom.

— Très bien », dit Tom en souriant. Il vit Dickie se rasseoir d'un air agacé, et Tom devina la cause de son irritation : Dickie était furieux de lui avoir témoigné autant d'attention. Tom sourit tout seul, ravi de la rapidité de ses réflexes qui lui avait permis de simuler un évanouissement, parce que c'était la seule façon d'empêcher Dickie de voir l'étrange expression que devait alors avoir son visage.

San Remo. Des fleurs. Encore un boulevard le long de la mer, des boutiques et des magasins, et des touristes français, anglais et italiens. Encore un hôtel, avec des fleurs aux balcons. Alors, où ? Ce soir dans une des petites rues ? Vers une heure du matin, la ville serait sombre et silencieuse... et s'il réussissait à faire traîner Dickie jusque-là... Dans l'eau ? Le temps, sans être froid, était assez couvert. Tom réfléchissait furieusement. Bien sûr, ce serait facile dans la chambre d'hôtel, mais comment se débarrasserait-il du corps ? Il fallait absolument faire disparaître le corps. Il ne restait donc que l'eau, et l'eau c'était l'élément de Dickie. Il y avait des bateaux, des barques et de petits canots à moteur qu'on pouvait louer sur la plage. Dans chaque canot, observa Tom, se trouvait un bloc arrondi de ciment, attaché à une corde, pour servir d'ancre.

« Si nous prenions un canot, Dickie ? qu'en dites-vous ? » demanda Tom. Malgré ses efforts pour demeurer impassible, il avait l'air plein d'enthousiasme et Dickie le regarda car il ne l'avait pas vu manifester pour quoi que ce fût le moindre enthousiasme depuis leur arrivée à San Remo.

Il y avait une dizaine de petits canots bleu et blanc, vert et blanc, alignés près de l'appontement et l'Italien se demandait s'il aurait des clients, car c'était un matin frisquet et plutôt couvert. Dickie regarda la Méditerranée ;

l'horizon était un peu brumeux, mais ce n'était pas un présage de pluie. C'était le genre de temps gris qui se maintiendrait toute la journée, sans soleil. Il était environ dix heures et demie, c'était l'heure molle qui suit le petit déjeuner, quand on a devant soi toute la longue matinée italienne.

« Ma foi, si vous voulez. Prenons-en un pour une heure », dit Dickie, en sautant presque aussitôt dans un canot. Et Tom devina au petit sourire de Dickie que celui-ci avait déjà loué un canot à San Remo et qu'il s'apprêtait à évoquer le souvenir d'autres matins, ou d'un autre matin, passés ici, peut-être avec Freddie ou avec Marge. La bouteille d'eau de Cologne de Marge gonflait la poche de sa veste de gabardine. Ils l'avaient achetée quelques instants plus tôt dans un magasin qui ressemblait beaucoup à un drugstore américain, sur le boulevard de la mer.

Le batelier italien mit le moteur en marche en tirant sur une ficelle et demanda à Dickie s'il savait s'en servir ; Dickie répondit que oui. Il y avait une rame, une seule rame au fond du bateau, remarqua Tom. Dickie prit la barre. Ils piquèrent droit vers le large.

« Il fait frais ! » cria Dickie en souriant, les cheveux volant dans le vent.

Tom regarda le paysage. D'un côté une falaise verticale, qui rappelait celle de Mongibello, et de l'autre une longue bande de terre plate qui se perdait dans la brume. À première vue, c'était difficile de dire quelle direction était préférable.

« Vous connaissez la côte ? cria Tom par-dessus le vacarme du moteur.

— Pas du tout ! » répondit joyeusement Dickie. Il était ravi de cette promenade.

« C'est facile à gouverner ?

— Très ! Vous voulez essayer ? »

Tom hésita. Dickie piquait toujours vers la haute mer. « Non, merci. » Il regarda à droite et à gauche. À gauche, il aperçut un voilier. « Où allez-vous ? cria Tom.

— Quelle importance ? » fit Dickie en souriant.

Quelle importance, en effet ?

Dickie donna un brusque coup de barre à droite, si brusque même qu'ils durent se pencher tous les deux pour rétablir l'équilibre de l'embarcation. Un mur d'embruns se dressa à la gauche de Tom, puis retomba, révélant un horizon désert. Ils traversaient de nouveau une zone où ils étaient seuls et fonçaient vers des eaux où l'on ne voyait aucun autre bateau. Dickie faisait une pointe de vitesse, mettant tous les gaz ; il souriait, ses yeux bleus souriaient au vide.

« Dans un petit canot, on a toujours l'impression d'aller bien plus vite qu'on ne va en réalité ! » cria Dickie.

Tom acquiesça, se contentant de répondre par un sourire approbateur. En fait, il était terrifié. Dieu seul savait quelle était la profondeur de l'eau en cet endroit. Si jamais quelque chose arrivait au canot, ils ne pouvaient pas compter regagner la plage à la nage, pas lui en tout cas. Mais d'un autre côté, personne ne pouvait non plus voir ce qu'ils faisaient. Dickie virait de nouveau très légèrement vers la droite, mettant le cap vers la ligne floue de la côte, mais il aurait pu frapper Dickie, sauter sur lui, l'embrasser ou le jeter par-dessus bord, personne à cette distance n'aurait pu le voir. Tom était en nage et la sueur en séchant sur son front lui faisait froid au visage. Il avait peur, mais pas de l'eau : il avait peur de Dickie. Il savait qu'il allait agir, qu'il n'allait pas s'arrêter maintenant, qu'il ne pouvait sans doute même plus s'arrêter, et qu'il allait peut-être échouer.

« Chiche que je saute ! » cria Tom, en commençant à déboutonner sa veste.

Dickie se contenta de rire, en ouvrant toute grande la bouche, les yeux fixes sur l'horizon.

Tom continuait à se déshabiller. Il avait enlevé déjà ses chaussures et ses chaussettes. Sous son pantalon, il avait son slip de bain, comme Dickie. « Je plonge si vous venez aussi ! cria Tom, Vous venez ? » Il voulait obliger Dickie à ralentir.

« Si je viens ? Bien sûr ! » Dickie coupa brusquement les gaz. Il lâcha la barre et ôta sa veste. Le canot, perdant de son élan, se mit à osciller sur l'eau. « Allons », fit Dickie, pour encourager Tom qui n'avait pas encore enlevé son pantalon.

Tom jeta un coup d'œil vers la côte. San Remo n'était qu'un assemblage confus de taches blanches et roses. Tom prit la rame comme pour jouer et, tandis que Dickie faisait glisser son pantalon, Tom souleva l'aviron et en frappa de toutes ses forces la tête de Dickie.

« Hé là ! » hurla Dickie, en glissant de son banc. Il haussa les sourcils d'un air ahuri.

Tom se redressa et frappa un nouveau coup de rame, dans un geste violent comme un élastique qui se détend.

« Bon Dieu ! » murmura Dickie. Il paraissait furieux, mais déjà ses yeux bleus chaviraient, il perdait connaissance.

Tom asséna encore un grand coup sur la tempe de Dickie ; le bord de la rame fit une grande plaie qui se mit aussitôt à saigner. Dickie était au fond du canot, et se tordait, secoué de convulsions. Il poussa un gémissement de protestation dont la force et la vigueur affolèrent Tom. Tom le frappa à trois reprises sur le cou, à grands coups d'aviron comme si c'était une hache et que le cou de Dickie fût un arbre. Le canot s'agitait dangereusement et l'eau vint éclabousser le pied de Tom, calé contre le plat-bord. Il taillada d'un coup de rame le front de Dickie et une large tache de sang apparut là où la peau avait été arrachée. Tom un instant sentit la fatigue s'emparer de lui, tandis qu'il soulevait encore une fois l'aviron ; mais sur le fond du bateau, les mains de Dickie glissaient vers lui, les longues jambes de Dickie se redressaient. Tom alors empoigna la rame comme une baïonnette et plongea le manche dans le flanc de Dickie. Le corps affalé se détendit aussitôt et s'immobilisa, sans vie. Tom se redressa, reprenant péniblement son souffle. Il regarda autour de lui. Il n'y avait pas une embarcation, rien, sinon, très, très loin, un petit point blanc qui en zigzaguant regagnait la côte ; un autre canot qui rentrait.

Il se pencha et ôta la bague de Dickie qu'il fourra dans sa poche. Il eut plus de mal à retirer la chevalière, mais elle vint quand même par-dessus le doigt écorché. Il fouilla les poches de pantalon. Quelques pièces de monnaie françaises et italiennes. Il les laissa. Il fit main basse par contre sur un trousseau de trois clefs. Puis il prit dans la veste de Dickie la bouteille d'eau de Cologne de Marge. Il trouva encore des cigarettes et le briquet en argent de Dickie, un bout de crayon, le portefeuille en crocodile et diverses cartes dans la poche intérieure. Il enfouit tout cela dans sa propre veste. Puis il s'empara de la corde enroulée par-dessus le bloc de ciment qui servait d'ancre. L'extrémité de la corde était attachée à un anneau métallique à la proue. Tom essaya de défaire le nœud. C'était un nœud diabolique, gonflé par l'eau, et auquel on n'avait pas dû toucher depuis des années. Il frappa du poing sur la corde : il lui faudrait un couteau.

Il regarda Dickie. Était-il mort ? Tom s'accroupit au fond du bateau, guettant chez Dickie un signe quelconque de vie. Il n'osait pas le toucher, il avait peur de poser la main sur sa poitrine ou de lui prendre le poignet pour tâter son pouls. Tom se retourna et tira frénétiquement sur la corde jusqu'au moment où il se rendit compte que ses efforts n'avaient pour résultat que de resserrer davantage le nœud.

Le briquet. Il le chercha dans la poche de pantalon, l'alluma, puis présenta une partie sèche de la corde au-dessus de la flamme. C'était une grosse corde d'au moins deux centimètres d'épaisseur. Et c'était long à brûler, très long. Tom regardait sans cesse autour de lui. Le batelier italien pouvait-il le voir à cette distance ? La corde rongée par l'eau de mer et le sel ne voulait pas s'enflammer, elle se consumait en fumant un peu, brin par brin. Tom tira dessus, fit tomber son briquet qui s'éteignit. Il le ralluma et se remit à tirer sur la corde. Quand enfin le chanvre eut cédé, Tom l'enroula quatre fois autour des chevilles nues de Dickie, très vite, pour ne pas se laisser le temps d'avoir peur, puis il fit un énorme nœud, très compliqué pour être sûr que la corde n'allait pas se détacher, car il ne savait pas bien faire les nœuds. La corde devait avoir dix à douze mètres. Il commençait à se sentir plus calme, il agissait avec plus de méthode. » La masse de ciment, se dit-il, devait suffire à faire couler un corps. Peut-être dériverait-il un peu entre deux eaux, mais il ne remonterait pas à la surface.

Tom lança le bloc de ciment par-dessus bord. Le ciment fit *ploc* et coula dans l'eau transparente au milieu d'un cortège de bulles, puis disparut et continua de s'enfoncer jusqu'au moment où la corde fut tendue sur les chevilles de Dickie ; Tom cependant avait soulevé les pieds de Dickie et tirait maintenant sur un bras pour faire passer la partie la plus lourde, les épaules, sur le plat-bord. La main molle de Dickie était tiède, et sans vie. Les épaules reposaient toujours sur le fond du bateau et, quand Tom tira, le bras parut s'étirer comme du caoutchouc, et le corps ne se souleva pas d'un pouce. Tom posa un genou sur le fond et essaya de hisser le corps par-dessus bord. Le bateau se mit à osciller. Il avait oublié l'eau. C'était la seule chose qui lui faisait peur. Mieux vaudrait faire passer le corps par la poupe, qui était plus basse sur l'eau. Il le traîna donc vers l'arrière, en faisant glisser la corde le long de la coque. Il sentait à la tension de la corde que le ciment n'avait pas encore touché le fond. Il se mit à haler la tête et les épaules de Dickie, après l'avoir retourné à plat ventre, en le poussant peu à peu. Dickie avait maintenant la tête dans l'eau, il reposait en équilibre, la ceinture contre le plat-bord, et les jambes faisaient un poids mort extraordinaire, qui résistait aux efforts de Tom, comme si elles étaient aimantées par le fond du bateau. Tom prit une profonde inspiration et réussit à les soulever. Dickie passa par-dessus bord, mais Tom perdit l'équilibre et retomba contre la barre. Le moteur qui tournait au ralenti s'emballa soudain.

Tom se précipita sur la manette des gaz, mais au même moment le canot vira brutalement. Un instant, il aperçut l'eau sous lui, et sa main se tendit vers la mer, car il avait voulu empoigner le plat-bord, et le plat-bord n'était plus là.

Tom était tombé à l'eau.

Il faillit suffoquer, banda tous ses muscles pour sauter hors de l'eau afin d'agripper le bateau. Il manqua son coup. Le canot tournait en rond. Tom sauta encore, puis retomba, et cette fois l'eau se referma au-dessus de sa tête, avec ce qui lui parut une horrible lenteur, mais trop vite cependant pour qu'il pût reprendre haleine, et il avala une grande gorgée juste au moment où ses yeux disparaissaient sous l'eau. Le canot était un peu plus loin. Il avait déjà vu des bateaux tourner en rond comme ça : ils ne s'arrêtaient que quand quelqu'un parvenait à remonter pour couper le moteur ; dans l'affreuse solitude de l'eau, il connaissait par avance tous les tourments de l'homme qui se noie, il coulait en se débattant, et le bruit du moteur emballé s'affaiblissait tandis que l'eau lui bourdonnait aux oreilles, étouffant tous les bruits, sauf ceux qu'il entendait en lui, le bruit de sa respiration, le bruit de ses bras et de ses jambes qui battaient la mer, le martèlement désespéré de ses artères. Il remonta à la surface, s'efforçant machinalement de regagner le canot, parce que c'était la seule chose qui flottât, bien qu'il tournât en rond et qu'il fût hors d'atteinte ; et pendant que Tom aspirait goulûment une bouffée d'air, la proue du bateau emballé passait en le frôlant, deux fois, trois fois, quatre fois.

Il voulut crier à l'aide. Il ne réussit qu'à avaler une gorgée d'eau.

Sa main toucha la coque sous l'eau, mais fut repoussée par le mouvement de la proue qui fendait les vagues comme si elle était animée d'une vie propre. Il chercha frénétiquement à saisir l'extrémité du canot, sans se soucier des pales de l'hélice. Ses doigts sentirent le gouvernail. Il s'écarta, mais pas assez vite : la quille le heurta au passage. La poupe maintenant repassait près de lui, il tenta encore de s'y agripper, ses doigts glissant sur la lame du gouvernail. Son autre main s'accrocha au plat-bord. Il resta un instant le bras tendu, pour éviter d'être pris par l'hélice. Puis, avec une énergie dont il ne se croyait pas capable, il bondit vers un coin de l'arrière tout en lançant un bras par-dessus le plat-bord. En tâtonnant, il atteignit enfin la manette des gaz.

Le moteur ralentit.

Tom se cramponna des deux mains à l'arrière du canot, l'esprit vide, ne pouvant croire qu'il était sauvé, puis il sentit cette brûlure intolérable qu'il éprouvait dans la gorge, l'impression qu'à chaque inspiration on lui donnait un coup de poignard dans la poitrine. Il se reposa pendant deux minutes peut-être ou dix, sans penser à rien qu'à la nécessité de rassembler assez de force pour se hisser dans le canot, il finit par faire de petits sauts dans l'eau, puis il s'élança et retomba le nez contre le fond du bateau, les pieds ballants par-dessus le plat-bord. Il resta là à se reposer, sentant vaguement les traces poisseuses du sang de Dickie sous ses doigts et quelque chose d'humide qui coulait de son nez et de sa bouche pour venir se mêler à l'eau. Avant d'être capable de faire un mouvement, il se mit à penser au canot taché de sang qu'il ne pouvait pas rendre au batelier, au moteur qu'il allait falloir remettre en marche dans un moment. À la direction qu'il faudrait alors prendre.

Il pensa aux bagues de Dickie. Il les tâta dans la poche de sa veste. Elles étaient toujours là, et d'ailleurs qu'aurait-il bien pu leur arriver ? Il fut pris d'une quinte de toux, les larmes lui brouillèrent la vue, et il essaya de regarder autour de lui pour voir s'il n'y avait pas un bateau dans les parages ou qui s'approchait. Il se frotta les yeux. Pas d'autre embarcation que le joyeux petit canot dans le lointain, qui décrivait toujours de grandes trajectoires sur l'eau de la baie, sans prendre garde à lui. Tom examina le fond du bateau. Pourrait-il laver tout cela ? Il avait toujours entendu dire que le sang s'effaçait très difficilement. Il avait pensé ramener le canot au batelier en disant, si on lui demandait où était son ami, qu'il l'avait déposé sur un autre point de la côte. Mais ce n'était pas possible.

Tom tourna avec précaution la manette des gaz. Le moteur repartit ; Tom avait peur même du moteur, mais en fait le canot semblait plus humain, plus maniable que la mer, et donc moins effrayant. Il mit le cap sur la côte, en se dirigeant en oblique, vers un point situé au nord de San Remo. Peut-être trouverait-il un endroit, une petite crique déserte où il pourrait abandonner le bateau. Et si on découvrait le canot ? Le problème semblait insurmontable. Il essaya de raisonner calmement. Mais son esprit semblait incapable de concevoir un moyen de se débarrasser du bateau.

Il apercevait déjà les pins, une bande de plage au sable fauve et la tache verte d'un champ d'oliviers. Tom croisa lentement devant la crique, pour s'assurer qu'il n'y avait personne. Puis il se dirigea vers la petite plage, sans lâcher la manette des gaz, car il craignait de voir le moteur s'emballer de nouveau. Il sentit enfin le crissement du sable sous la proue. Il plaça la manette dans la position FERMA et tourna un autre levier qui coupait le contact. Il débarqua prudemment dans vingt-cinq centimètres d'eau, hala le bateau aussi près de la rive qu'il put, puis transborda jusqu'à la plage les deux vestes, ses sandales et le flacon d'eau de Cologne de Marge. La minuscule crique – elle n'avait pas plus de cinq mètres de large – lui donnait une impression de sécurité. Il n'y avait nulle part le moindre signe que personne y eût jamais mis les pieds. Tom décida de saborder le canot.

Il se mit à ramasser des galets, gros comme des têtes, car c'était tout ce qu'il avait la force de soulever, et les porta un à un jusqu'au bateau ; il dut bientôt se contenter de pierres plus petites, car il n'y avait plus de gros galets à proximité. Il travailla sans relâche, craignant de tomber d'épuisement s'il s'accordait ne fût-ce qu'un instant de repos, et que quelqu'un ne le trouvât affalé sur le sable. Quand les pierres furent presque au niveau des plats-bords, il repoussa le canot à l'eau, en le faisant osciller de plus en plus violemment jusqu'à ce que l'eau commençât à jaillir par-dessus bord. Quand le bateau se mit à couler, il le poussa vers des eaux plus profondes, l'accompagnant jusqu'au moment où l'eau lui arriva à la ceinture ; le canot finalement coula quelques mètres plus loin. Tom alors se traîna jusqu'à la plage et s'allongea un moment à plat ventre sur le sable. Il commença à tirer des plans pour ce qui lui restait maintenant à faire : rentrer à l'hôtel, quitter San Remo avant la nuit, regagner Mongibello. Et, là-bas, trouver une histoire plausible à raconter.

13

Au coucher du soleil, à l'heure où les Italiens et tous les autres gens dans le village s'étaient rassemblés aux terrasses des cafés, douchés et habillés de frais, pour regarder tout ce qui passait devant eux, homme ou chose, afin de ne pas manquer une seule des distractions que le pays était susceptible de leur offrir, Tom arriva dans le village, vêtu seulement de son short de bain, de sandales et de la veste en velours côtelé de Dickie, et portant sous le bras son pantalon et sa veste à lui, tous deux légèrement tachés de sang. Il avançait avec une nonchalance un peu alanguie, car il était épuisé, mais il tenait cependant la tête haute pour faire face aux centaines de gens qui le regardaient passer devant les cafés, seul chemin qui lui permît de rejoindre son hôtel au bord de la plage. Il s'était redonné des forces avec cinq *espressos* très sucrés et trois cognacs qu'il avait pris dans un bar sur la route juste avant d'arriver à San Remo. Il jouait maintenant le rôle d'un jeune homme sportif qui avait passé son après-midi à entrer dans l'eau et à en sortir, parce qu'il aimait, étant un bon nageur et ne craignant pas le froid, nager jusqu'à la fin de l'après-midi par un jour frisquet. Il réussit à aller jusqu'à l'hôtel, prit la clef au bureau, monta dans sa chambre et s'effondra sur le lit. Il décida de se reposer une heure, mais de ne pas s'assoupir, de peur de dormir plus longtemps. Il se reposa, et lorsqu'il sentit qu'il était sur le point de s'endormir, il se leva, alla jusqu'au lavabo et se mouilla le visage, puis emporta une serviette humide dans son lit, simplement pour la remuer dans sa main et s'empêcher de s'endormir.

Au bout d'un moment, il se leva et prit son pantalon de velours côtelé pour essayer d'enlever la tache de sang sur une des jambes. Il frotta et refrotta la tache avec du savon et une brosse à ongles, se fatigua et s'arrêta momentanément pour faire sa valise. Il empaqueta les affaires de Dickie exactement comme Dickie les empaquetait toujours, le dentifrice et la brosse à dents dans la poche arrière gauche. Puis il revint à la jambe de son pantalon pour finir de la nettoyer. Sa veste à lui était trop tachée de sang pour qu'il pût jamais la remettre, et il allait être obligé de s'en débarrasser, mais il pouvait mettre la veste de Dickie, laquelle était du même beige et de taille presque identique. Tom avait fait copier son costume sur celui de Dickie, et l'avait fait faire chez le même tailleur, à Mongibello. Il mit sa veste à lui dans la valise. Puis il descendit avec la valise à la main et demanda sa note.

L'employé de la réception lui demanda où était son ami, et Tom lui dit qu'ils devaient se retrouver à la gare. L'homme se montra aimable et souriant, et il souhaita *Buon viaggio* à Tom.

Tom s'arrêta dans un restaurant à deux rues de là et se força à avaler un bol de minestrone pour se donner des forces. Il regardait attentivement autour de lui, pour voir si l'Italien propriétaire des bateaux n'était pas dans les parages. « Le plus important, se disait-il, c'était de quitter San Remo le soir même, de prendre un taxi jusqu'à la ville voisine, s'il n'y avait ni train ni car. »

Tom apprit à la gare qu'il y avait un train en direction du sud à vingt-deux heures vingt-quatre. Un train avec sleepings. Il se réveillerait le lendemain à Rome et changerait de train pour aller à Naples. Cela paraissait absurdement simple et facile tout à coup, et Tom, dans une brusque bouffée d'optimisme, songea à partir pour passer quelques jours à Paris.

« *'Spetta un momento* », dit-il à l'employé qui allait lui remettre son billet. Tom fit le tour de sa valise, songeant à Paris. Il pourrait y être le lendemain. Juste deux jours, par exemple, pour voir la ville. Il n'aurait pas besoin de le dire à Marge. Il décida brusquement de ne pas aller à Paris. Il ne pourrait pas s'y détendre. Il avait trop hâte d'arriver à Mongibello et de s'occuper des affaires de Dickie.

Les draps blancs bien tendus de sa couchette, dans le train, lui parurent le luxe le plus merveilleux qu'il eût jamais connu. Il les caressa des mains avec volupté. Et les couvertures gris-bleu impeccables, la parfaite raideur du petit filet noir au-dessus de sa tête... Tom eut un moment d'extase en songeant à tous les plaisirs dont il allait jouir maintenant avec l'argent de Dickie, d'autres lits, des tables, des océans, des bateaux, des valises, des chemises, des années de liberté, des années de plaisir. Il finit par éteindre la lumière et par poser sa tête sur l'oreiller, et il s'endormit presque aussitôt, heureux, satisfait, et profondément, profondément sûr de lui, comme il ne l'avait jamais été de sa vie.

À Naples, il s'arrêta aux toilettes des hommes, dans la gare : il enleva la brosse à dents et la brosse à cheveux de Dickie, avec sa propre veste en velours côtelé et le pantalon taché de sang de Dickie. Il traversa la rue avec ce paquet et alla le fourrer dans un immense sac de toile d'emballage contenant des ordures et appuyé contre le mur d'une ruelle. Après quoi, il alla prendre le petit déjeuner dans un café de la place où s'arrêtaient les cars : il but du *caffe latte* et mangea un croissant, puis il monta dans le vieux car de onze heures pour Mongibello.

Il descendit du car pratiquement en face de Marge qui était en maillot de bain avec sa veste blanche flottante pardessus, tenue qu'elle portait toujours pour aller à la plage.

« Où est Dickie ? demanda-t-elle.

— Il est à Rome. » Tom sourit, très à l'aise, il s'attendait à cette question. « Il va y rester encore quelques jours. Je suis venu prendre des affaires pour les lui apporter.

— Il est descendu chez quelqu'un ?

— Non, à l'hôtel, simplement. » Avec un autre sourire, qui était à moitié un au revoir, Tom s'engagea dans la montée, portant sa valise. Un instant plus tard, il entendit le claquement des semelles de liège des sandales de Marge, laquelle arrivait derrière lui. Tom l'attendit. « Comment ça va dans notre charmant pays ? lui demanda-t-il.

— Oh, c'est morne. Comme d'habitude. » Marge sourit. Elle était mal à son aise avec lui. Elle le suivit quand même jusqu'à la maison : la grille était ouverte, et Tom trouva la grosse clef de fer qui ouvrait la porte de la terrasse à sa place habituelle, derrière un baquet de bois pourrissant qui contenait de la terre et un arbuste à demi mort ; Tom et Marge arrivèrent sur la terrasse ensemble. On avait un peu déplacé la table. Il y avait un livre sur le hamac. Tom se dit que Marge était venue là depuis leur départ. Il n'était parti que depuis trois jours et trois nuits. Il avait l'impression d'avoir été en voyage pendant un mois.

« Comment va Skippy ? » demanda Tom d'un ton jovial, en ouvrant le réfrigérateur et en sortant des glaçons.

Skippy était un chien perdu que Marge avait adopté quelques jours plus tôt, un affreux bâtard noir et blanc que Marge gâtait et nourrissait comme une vieille fille ridicule.

« Il est parti. Je ne comptais pas qu'il resterait.

— Ah !

— Vous avez l'air de vous être bien amusé, dit Marge, un peu tristement.

— Nous nous sommes bien amusés, c'est vrai. » Tom sourit. « Est-ce que je vous prépare quelque chose à boire ?

— Non, merci. Combien de temps croyez-vous que Dickie restera absent ?

— Oh !... » Tom fronça pensivement les sourcils. « Je ne sais pas, vraiment. Il dit qu'il a envie de voir un tas d'expositions de peinture là-bas. À mon avis, il est tout simplement content de changer de décor. » Tom se versa un gin bien tassé et y ajouta du soda et une tranche de citron. « Je pense qu'il sera de retour d'ici une semaine. À propos... » Tom prit la valise et en sortit la bouteille d'eau de Cologne. Il avait enlevé le papier d'emballage de la parfumerie qui était barbouillé de sang. « Voilà votre Stradivari. Nous l'avons trouvé à San Remo.

— Oh ! merci... beaucoup. » Marge prit la bouteille, en souriant, et commença à l'ouvrir soigneusement, d'un air rêveur.

Tom arpentait la terrasse, avec son verre, les nerfs tendus, ne disant pas un mot, attendant que Marge s'en allât.

« Bon... dit enfin Marge, sortant sur la terrasse. Combien de temps restez-vous ?

— Où cela ?

— Ici.

— Je ne fais que passer la nuit. Je pars pour Rome demain. Dans l'après-midi sans doute, ajouta-t-il, car il n'aurait probablement pas le courrier avant deux heures.

— Je ne pense pas que je vous reverrai, à moins que vous ne veniez sur la plage, dit Marge, faisant un effort pour être aimable. Amusez-vous bien, si je ne vous vois pas. Et dites à Dickie de m'envoyer une carte postale. À quel hôtel est-il descendu ?

— Oh !... hm... comment s'appelle-t-il déjà ? Près de la Piazza di Spagna ?

— L'Inghilterra ?

— C'est ça. Mais je crois qu'il a demandé qu'on lui adresse son courrier à l'American Express. »

« Elle n'essaierait pas de téléphoner à Dickie, se dit Tom. Et si elle écrivait, il pourrait être à l'hôtel demain pour prendre la lettre. » « Je descendrai probablement sur la plage demain matin, dit-il.

— Très bien. Merci pour l'eau de Cologne.

— C'est la moindre des choses ! »

Elle descendit le chemin jusqu'à la grille, et sortit.

Tom prit la valise et monta en courant dans la chambre de Dickie. Il ouvrit le tiroir du haut de la commode : il y trouva des lettres, deux carnets d'adresses, deux petits agendas, une chaîne de montre, des clefs en vrac, et une police d'assurances, pour il ne savait quoi. Il ouvrit les autres tiroirs, un par un, et les laissa ouverts. Des chemises, des shorts, des sweaters pliés et des chaussettes en tas. Dans un coin de la pièce, une montagne croulante de cartons à dessin et de vieux carnets de croquis. Il y avait beaucoup à faire. Tom ôta tous ses vêtements, courut en bas tout nu et prit une douche rapide qui le rafraîchit ; après quoi, il enfila le vieux pantalon de toile blanche de Dickie qui pendait à un clou dans le placard.

Il commença par le tiroir du haut, pour deux raisons : les lettres récentes étaient importantes, car elles pouvaient traiter de problèmes actuels dont il faudrait s'occuper immédiatement, et aussi parce que Marge pourrait revenir cet après-midi pour une raison quelconque et qu'elle ne devait pas avoir l'impression que Tom mettait déjà toute la maison sens dessus dessous. Mais Tom se dit qu'il pouvait commencer, en tout cas, dès cet après-midi, à entasser les plus beaux vêtements de Dickie dans les plus grosses de ses valises.

À minuit, Tom traînait encore dans la maison. Les valises de Dickie étaient faites, et Tom cherchait maintenant à estimer ce que pouvait valoir le mobilier de la maison, se demandant ce qu'il allait léguer à Marge et comment il disposerait du reste. Marge n'aurait qu'à prendre le réfrigérateur. Ça lui ferait sûrement plaisir. Le gros coffre sculpté du vestibule, où Dickie rangeait ses toiles, devait valoir plusieurs centaines de dollars. Quand Tom l'avait interrogé au sujet de ce meuble, Dickie lui avait dit qu'il avait quatre cents ans. *Cinquecento*. Tom comptait s'adresser au Signore Pucci, le sous-directeur du Miramare, et lui demander de servir d'agent pour la vente de la maison et du mobilier. Et du bateau, aussi. Dickie lui avait dit que Pucci se chargeait de ce genre de commissions pour les habitants du village.

Il avait d'abord pensé empaqueter toutes les affaires de Dickie et les emporter tout de suite à Rome ; mais songeant à ce que Marge pourrait penser en le voyant prendre tant de choses pour un temps en principe si court, il décida que mieux vaudrait prétendre que Dickie avait changé d'avis et qu'il voulait maintenant s'installer à Rome.

Tom se rendit donc à la poste l'après-midi suivant, vers trois heures, et retira une lettre inintéressante adressée à Dickie par un de ses amis d'Amérique ; lui-même n'avait pas de courrier. Mais, tandis qu'il rentrait lentement à la maison, il imagina qu'il était en train de lire une lettre de Dickie. Il en imagina les mots exacts, de façon à pouvoir les citer à Marge, s'il avait à le faire, et il alla même jusqu'à s'amener à ressentir la légère surprise qu'il aurait ressentie devant le changement d'avis de Dickie.

Dès qu'il fut rentré, il commença à emballer les meilleurs dessins et les meilleures toiles de Dickie dans une grande boîte en carton qu'il avait achetée à l'épicerie d'Aldo en montant. Il travaillait calmement et méthodiquement, s'attendant à voir Marge arriver d'une minute à l'autre ; mais elle ne vint qu'après quatre heures. « Encore là ? demanda-t-elle en entrant dans la chambre de Dickie.

— Oui. J'ai reçu une lettre de Dickie aujourd'hui. Il a décidé de s'installer à Rome. » Tom se redressa et eut un petit sourire, comme s'il avait été surpris lui aussi par cette tournure des événements. « Il me demande de prendre toutes ses affaires, tout ce que je pourrai emporter.

— De *s'installer* à Rome ? Pour combien de temps ?

— Je ne sais pas. Pour le reste de l'hiver, en tout cas. »

Tom continua à emballer des toiles.

« Il ne revient pas de l'hiver ? » Marge avait déjà un ton éploré.

« Non. Il dit qu'il vendra peut-être même la maison. Il dit qu'il n'a pas encore pris de décision à ce sujet.

— Fichtre !... Qu'est-ce qui s'est passé ? »

Tom haussa les épaules. « Il veut sans doute passer l'hiver à Rome. Il dit qu'il va vous écrire. Je pensais que vous auriez peut-être reçu une lettre cet après-midi, vous aussi.

— Non. »

Silence. Tom continua à travailler. L'idée lui vint qu'il n'avait pas encore mis une seule chose à lui dans les valises. Il n'était même pas encore entré dans sa chambre.

« Il va toujours à Cortina, n'est-ce pas ? demanda Marge.

— Non, il n'y va pas. Il dit qu'il va écrire à Freddie pour se décommander. Mais ça ne doit pas vous empêcher d'y aller. » Tom la regarda. « À propos, Dickie veut que vous preniez le réfrigérateur. Vous trouverez probablement quelqu'un pour vous aider à le transporter chez vous. »

Ce réfrigérateur qu'on lui offrait n'eut aucun effet sur Marge, qui continuait à avoir l'air stupéfait. Tom savait qu'elle était en train de se demander s'il allait habiter avec Dickie ou pas, et que, voyant sa bonne humeur, elle arrivait probablement à la conclusion qu'il allait certainement habiter avec Dickie. Tom sentit la question lui monter aux lèvres – il voyait en elle comme on lit les pensées d'un enfant – puis il l'entendit demander : « Est-ce que vous allez rester à Rome avec lui ?

— Quelque temps, peut-être. Je l'aiderai à s'installer. J'ai envie d'aller à Paris ce mois-ci, et je pense que vers le milieu de décembre je retournerai aux États-Unis. »

Marge semblait complètement abattue. Tom savait qu'elle était en train d'imaginer les semaines de solitude qu'elle allait vivre – même si Dickie venait lui faire une petite visite à Mongibello par-ci par-là – les dimanches matin vides, les dîners solitaires. « Qu'est-ce qu'il va faire à Noël ? Vous croyez qu'il le passera ici ou à Rome ? »

Tom répondit avec une pointe d'agacement : « Je ne pense pas qu'il le passe ici. J'ai l'impression qu'il veut être seul. »

Cette réponse la choqua au point de la réduire au silence. Elle la choqua et la blessa. « Et elle n'avait pas encore reçu la lettre qu'il allait lui écrire de Rome », se dit Tom. Il allait être gentil avec elle, bien sûr, aussi gentil que Dickie, mais il lui ferait bien comprendre que Dickie ne voulait plus la voir.

Quelques minutes plus tard, Marge se leva et dit au revoir d'un air absent. Tom eut soudain l'impression qu'elle pourrait téléphoner à Dickie aujourd'hui. Ou même aller à Rome. Et puis après ? Dickie pouvait avoir changé d'hôtel. Et il y avait suffisamment d'hôtels à Rome pour occuper Marge pendant des jours, même si elle décidait d'y venir pour retrouver Dickie. Quand elle ne l'aurait pas trouvé, par téléphone ou en venant à Rome, elle penserait qu'il était allé à Paris ou dans une autre ville avec Tom Ripley.

Tom regarda le journal de Naples pour voir s'il n'y avait pas un article au sujet d'un bateau sabordé qui aurait été trouvé près de San Remo. Le titre serait probablement : *Barca affondata vicino a San Remo*. Et on ferait toute une histoire au sujet des taches de sang que portait le bateau, si les taches de sang y étaient toujours. C'était le genre de choses dont les journaux italiens adoraient faire de longs comptes rendus dans le style mélodramatique qui leur était propre : « Giorgio di Stefani, un jeune pêcheur de San Remo a fait hier après-midi, à trois heures, une découverte macabre dans deux mètres d'eau. Un petit canot à moteur, dont l'intérieur était maculé d'horribles taches de sang... » Mais Tom ne vit rien dans le journal. Il n'y avait rien eu non plus la veille. « Des mois se passeraient peut-être avant qu'on retrouvât le bateau, songea-t-il. Peut-être ne le trouverait-on jamais. Et s'ils le découvraient, comment pourraient-ils savoir que Dickie Greenleaf et Tom Ripley étaient sortis ensemble dans ce bateau ? Ils n'avaient pas dit leur nom à l'homme qui louait les bateaux à San Remo. Celui-ci ne leur avait remis qu'un petit ticket orange que Tom avait gardé dans sa poche, et qu'il avait retrouvé par la suite et détruit.

Tom quitta Mongibello en taxi vers six heures, après avoir pris un *espresso* chez Giorgio, où il dit au revoir à Giorgio, à Fausto, et à plusieurs autres relations que Dickie et lui avaient dans le village. À tous, il raconta la même histoire, à savoir que le Signor Greenleaf allait rester à Rome pour l'hiver, et qu'il leur faisait dire bonjour en attendant de les revoir. Tom dit que Dickie allait sûrement venir en visite à Mongibello avant longtemps.

Dans l'après-midi, il avait fait emballer les toiles de Dickie par l'American Express, et il avait fait envoyer les caisses à Rome en même temps que la malle de Dickie, et deux grosses valises, le tout devant être retiré à Rome par Dickie Greenleaf. Tom prit avec lui dans le taxi ses deux valises à lui et une à Dickie. Il avait parlé au Signor Pucci, au Miramare, lui avait dit que le Signor Greenleaf voudrait peut-être vendre sa maison et ses meubles, et avait demandé si le Signor Pucci accepterait éventuellement de se charger de la vente. Le Signor Pucci avait dit qu'il le ferait avec plaisir. Tom avait également parlé à Pietro, le gardien du port, et lui avait demandé de voir si quelqu'un ne voudrait pas acheter le *Pipistrello*, parce qu'il y avait de grandes chances pour que le Signor Greenleaf voulût s'en débarrasser cet hiver. Tom dit que le Signor Greenleaf laisserait le bateau pour cinq cent mille lires, à peine huit cents dollars, ce qui était une si belle occasion pour un bateau qui pouvait abriter deux personnes que Pietro dit qu'il pensait pouvoir le vendre en quelques semaines.

Dans le train qui l'emmenait à Rome, Tom composa la lettre pour Marge avec tant de soin qu'il en apprit les termes par cœur ; aussi, quand il fut arrivé à l'hôtel Hassler, il s'assit devant la Hermes Baby de Dickie, qu'il avait apportée dans une des valises de Dickie, et il écrivit la lettre d'un seul jet.

Rome, le 28 novembre 19…

Ma chère Marge,

J'ai décidé de prendre un appartement à Rome pour l'hiver, simplement pour changer de décor et pour m'éloigner de ce vieux Mongy pour un moment. J'ai terriblement besoin d'être seul en ce moment. Je suis désolé d'avoir pris cette décision si brusquement et de ne même pas avoir pu vous dire au revoir, mais, en fait, je ne suis pas bien loin, et j'espère vous voir de temps en temps. Je n'avais simplement pas envie de retourner emballer mes affaires, c'est pourquoi j'ai laissé cette corvée à Tom.

Pour ce qui est de nous, cela ne peut pas nous faire de mal, et peut-être même cela arrangera-t-il beaucoup les choses si nous ne nous voyons pas pendant un moment. J'avais le pénible sentiment que je vous ennuyais, bien que, vous, vous ne m'ennuyiez pas, et je vous prie surtout de ne pas croire que je m'enfuis. Au contraire, Rome devrait me rapprocher de la réalité. Ce n'était certainement pas le cas de Mongy. Le fait de m'éloigner ne résoudra rien, bien sûr, mais cela m'aidera à voir quels sont mes sentiments exacts pour vous. C'est pour cela que je préfère ne pas vous voir pendant quelque temps, chérie, et j'espère que vous comprendrez. Si vous ne comprenez pas... eh bien, tant pis, c'est un risque que je cours. Il est possible que j'aille passer quelques semaines à Paris avec Tom, qui meurt d'envie d'y aller. À moins que je ne commence à peindre tout de suite. J'ai fait la connaissance d'un peintre nommé Di Massimo, et j'aime beaucoup ce qu'il fait ; c'est un vieux type qui n'a pas beaucoup d'argent et qui semble très content de me prendre pour élève si je le paie un peu. Je vais peindre avec lui dans son atelier.

La ville est magnifique avec ses fontaines dont l'eau jaillit toute la nuit et ses habitants qui sont debout aussi toute la nuit, contrairement à ce qui se passe dans ce vieux Mongy. Vous vous trompiez en ce qui concerne Tom. Il retourne aux États-Unis bientôt, peu m'importe quand d'ailleurs, bien qu'en fait ce ne soit pas un mauvais type et que je ne le déteste pas. Quoi qu'il en soit, il n'a rien à voir avec nous, et j'espère que vous me comprenez.

Écrivez-moi c/o American Express à Rome, jusqu'à ce que je sache où je suis. Dès que j'aurai trouvé un appartement, je vous le ferai savoir. D'ici là, veillez sur nos pénates, et faites marcher réfrigérateur et machine à écrire. Je suis absolument désolé pour Noël, chérie, mais je crois qu'il vaut mieux que je ne vous voie pas si vite, et vous pouvez me haïr ou non de vous le dire.

Tout mon amour,

Dickie.

Tom avait gardé sa casquette sur sa tête depuis l'instant où il était entré dans l'hôtel ; il avait donné le passeport de Dickie à la réception au lieu du sien, bien qu'il eût remarqué que, dans les hôtels, ils regardaient rarement la photo d'un passeport, et se contentaient de copier le numéro qui figurait sur la couverture. Il avait apposé sur le registre la signature enlevée et plutôt flamboyante de Dickie, avec les majuscules à grandes boucles R et G. En sortant pour poster la lettre, il alla jusqu'à une parfumerie à quelques rues de là et acheta divers articles de maquillage dont il pensait avoir peut-être besoin. Il plaisanta avec la vendeuse italienne, et s'amusa à lui faire croire qu'il achetait ces produits pour sa femme qui avait perdu sa trousse de maquillage, et qui se reposait à l'hôtel, car elle souffrait de l'indigestion classique du touriste.

Il passa la soirée à s'exercer à imiter la signature de Dickie pour les chèques bancaires. Les fonds que Dickie recevait tous les mois d'Amérique allaient arriver dans moins de dix jours.

14

Le lendemain, il alla s'installer à l'Hôtel Europa, un hôtel modeste proche de la Via Veneto ; il se disait, en effet, que le Hassler était un peu voyant, que c'était le genre d'endroit que fréquentaient les gens de cinéma de passage, et où Freddie Miles, et d'autres Américains comme lui qui connaissaient Dickie, pouvaient descendre s'ils venaient à Rome.

Tom soutint des conversations imaginaires avec Marge, Fausto et Freddie dans sa chambre. C'était Marge qu'à son avis il risquait le plus de voir arriver à Rome. Il lui parlait en tant que Dickie, quand il imaginait que cela se passait au téléphone, et en tant que Tom, quand il imaginait que Marge était face à face avec lui. Elle pouvait, par exemple, débarquer à Rome et trouver son hôtel et insister pour monter dans sa chambre, auquel cas il serait obligé d'ôter les bagues de Dickie, et de changer de vêtements.

« Je ne sais pas, disait-il à Marge avec la voix de Tom. Vous savez comment il est... il aime avoir l'impression d'être loin de tout. Il m'a permis de prendre sa chambre d'hôtel pour quelques jours, parce que la mienne est si mal chauffée... Oh ! il va rentrer d'ici un ou deux jours, ou alors il enverra une carte postale pour donner de ses nouvelles. Il est allé dans un petit patelin avec Di Massimo pour voir des tableaux dans une église.

(— Mais vous ne savez pas s'il est allé dans le Nord ou dans le Sud ?)

— Non, vraiment pas. Dans le Sud, je pense. Mais à quoi cela nous avance-t-il ?

(— C'est bien ma chance de l'avoir manqué ! Pourquoi est-ce qu'il ne pouvait pas dire au moins où il allait ?)

— Je le lui ai demandé, moi aussi. J'ai cherché dans la chambre une carte ou quelque chose qui aurait pu indiquer où il allait. Il m'a juste appelé il y a trois jours pour me dire que je pouvais prendre sa chambre si je voulais. »

C'était une bonne idée de s'exercer à se replonger dans son propre personnage, car le moment pourrait venir où il aurait à le faire, en quelques secondes, et c'était étrangement facile d'oublier le timbre exact de la voix de Tom Ripley. Il continua sa conversation avec Marge jusqu'au moment où le son de sa propre voix lui parut exactement tel qu'il se le rappelait.

Mais la plupart du temps, il était Dickie, discourant à voix basse avec Freddie et Marge, et au téléphone avec la mère de Dickie, de l'autre côté de l'eau, avec Fausto, et avec un étranger pendant un dîner ; il parlait en anglais et en italien, avec le poste de radio portatif de Dickie allumé afin que, si un employé de l'hôtel passait dans le couloir et savait par hasard que le Signor Greenleaf était seul, il ne s'imaginât pas que ce client était timbré. Parfois, quand la chanson qu'on jouait à la radio lui plaisait, Tom dansait simplement tout seul, mais il dansait comme Dickie l'aurait fait avec une fille – il avait vu Dickie une fois danser avec Marge, sur la terrasse du Giorgio, et une autre fois au Giardino degli Orangi, à Naples – en faisant de grands pas, mais avec une certaine raideur ; Dickie n'était pas ce que l'on pouvait appeler un bon danseur. Chaque instant était un plaisir pour Tom, qu'il fût seul dans sa chambre, ou qu'il marchât dans les rues de Rome, combinant la visite de la ville avec la recherche d'un appartement. « Il ne pourrait pas se sentir seul ou s'ennuyer, se dit-il, aussi longtemps qu'il serait Dickie Greenleaf. »

À l'American Express où il alla chercher son courrier, on le salua du nom de Signor Greenleaf. La première lettre de Marge disait :

> *Dickie,*
>
> *On peut dire que vous m'avez fait une surprise. Je me demande ce qui vous est arrivé si brusquement à Rome, à San Remo ou je ne sais où. Tom s'est montré des plus mystérieux, il m'a seulement dit qu'il allait rester avec vous. Je croirai qu'il part pour l'Amérique quand je le verrai. Au risque de vous déplaire, mon vieux, me permettez-vous de vous dire que,* moi, *je n'aime pas ce type ? À mon avis, et c'est celui de tout le monde, il se sert de vous. Si vous voulez apporter des changements à votre existence qui vous soient profitables, alors, au nom du ciel, commencez par l'éloigner,* lui. *Je veux bien qu'il ne soit pas inverti. Il n'est rien, ce qui est pire. Il n'est pas assez normal pour avoir une vie sexuelle,* quelle qu'elle soit, *vous comprenez. Quoi qu'il en soit, ce n'est pas Tom qui m'intéresse, mais vous. Oui, je peux supporter de rester quelques semaines sans vous, chéri, et même à Noël, bien que je préfère ne pas penser à ce Noël. Je préfère ne pas penser à vous et – comme vous dites – laisser les sentiments venir ou non. Mais il m'est impossible de ne pas penser à vous ici, car pour moi chaque pouce du village est hanté par vous, et dans cette maison, où que je regarde, il y a quelque chose de vous, la haie que nous avons*

plantée, la barrière que nous avons commencé à réparer et que nous n'avons jamais terminée, les livres que je vous ai empruntés et que je ne vous ai jamais rendus. Et votre chaise devant la table, c'est le pire de tout.

Pour en revenir à un sujet qui vous déplaît, je ne prétends pas que Tom va faire quelque chose de carrément mauvais en ce qui vous concerne, mais je sais qu'il a sans en avoir l'air une mauvaise influence sur vous. Vous êtes-vous rendu compte que quand vous étiez en sa compagnie, vous sembliez vaguement honteux d'être avec lui ? Avez-vous jamais essayé d'analyser ce sentiment ? Je croyais que vous commenciez à comprendre tout cela ces dernières semaines, mais maintenant vous êtes de nouveau avec lui et, franchement, mon cher garçon, je ne sais pas que penser. Si vraiment « peu vous importe » quand il part, alors au nom du ciel, envoyez-le faire ses valises ! Il ne vous aidera jamais, ni vous ni qui que ce soit, à y voir plus clair. En fait, c'est tout à fait son intérêt de vous laisser embourbé et de vous mener par le bout du nez, vous et votre père.

Merci beaucoup pour l'eau de Cologne, chéri. Je vais la garder – ou en tout cas la plus grande partie – pour quand je vous reverrai. Je n'ai pas encore fait apporter le réfrigérateur chez moi. Vous pourrez le reprendre, il va sans dire, quand vous le voudrez.

Peut-être Tom vous a-t-il dit que Skippy m'avait lâchée. Faut-il que j'attrape un gecko et que je lui attache une corde autour du cou ? Il faut que je commence à m'occuper tout de suite du mur de la maison avant qu'il moisisse complètement et ne s'effondre sur moi. Je regrette que vous ne soyez pas ici, chéri... bien sûr.

Très tendrement et écrivez.

XX

Marge.

c/o American Express.
Rome, 12 décembre 19...

Chère Maman et cher Papa,

Je suis à Rome où je cherche un appartement, mais je n'ai pas encore trouvé exactement ce que je voulais. Les appartements ici sont ou bien trop grands ou bien trop petits ; et quand ils sont trop grands, il faut fermer toutes les pièces sauf une en hiver pour pouvoir chauffer convenablement. J'essaye de trouver quelque chose de taille moyenne, à un prix moyen, que je puisse chauffer complètement sans dépenser une fortune pour le faire.

Je m'excuse d'avoir écrit si irrégulièrement depuis quelque temps. J'espère faire mieux avec la vie régulière que je mène ici. J'ai senti que j'avais besoin de quitter Mongibello – comme vous me le disiez depuis longtemps tous les deux –, aussi suis-je parti avec armes et bagages, et il se peut même que je vende la maison et le bateau. J'ai fait la connaissance d'un peintre merveilleux qui s'appelle Di Massimo et qui veut bien me donner des leçons dans son atelier. Je vais travailler comme un forcené pendant quelques mois, et je verrai ce qui en résultera. C'est une sorte de période d'essai. Je me rends bien compte que ceci ne t'intéresse guère, Papa, mais, comme tu me demandes toujours à quoi je passe mon temps, je te le dis. Je vais mener une vie très calme et très studieuse d'ici l'été prochain.

À ce propos, pourrais-tu m'envoyer les derniers catalogues de Burke-Greenleaf ? J'aimerais bien me tenir au courant aussi de ce que tu fais, et il y a longtemps que je n'ai rien vu.

J'espère, Maman, que tu ne t'es pas donné beaucoup de mal pour mon Noël. Je crois que je n'ai vraiment besoin de rien. Comment te sens-tu ? Est-ce que tu peux sortir beaucoup ? Aller au théâtre, etc. ? Comment va l'oncle Edward maintenant ? Transmettez-lui mes respects et donnez-moi de vos nouvelles.

Tendrement à vous,

Dickie.

Tom relut la lettre, décida qu'il avait peut-être mis trop de virgules, retapa le tout patiemment et signa. Il avait vu une fois sur la machine à écrire de Dickie une lettre à demi terminée que Dickie adressait à ses parents, et il connaissait le ton général de Dickie. Il savait que Dickie n'avait jamais mis plus de dix minutes à écrire une lettre. « Si cette lettre-ci était différente des autres, se dit Tom, ce ne pouvait être que parce qu'elle était plus personnelle et plus enthousiaste que d'habitude. » Il fut assez satisfait quand il relut la lettre pour la seconde fois. L'oncle Edward était un frère de Mme Greenleaf, qui se faisait soigner pour un cancer dans une clinique de l'Illinois ; Tom avait appris l'existence de cet oncle malade dans la dernière lettre adressée par la mère de Dickie à son fils.

Quelques jours plus tard, il partait pour Paris en avion. Il avait appelé l'Inghelterra avant de quitter Rome : on n'y avait reçu ni lettres ni coups de téléphone pour Richard Greenleaf. Tom atterrit à Orly à cinq heures de l'après-midi. L'inspecteur des douanes lui tamponna son passeport après avoir seulement jeté un coup d'œil sur lui ; Tom avait pourtant fait légèrement éclaircir ses cheveux avec un rinçage à l'eau oxygénée, les avait forcés à onduler un peu à grand renfort de brillantine, il avait arboré, pour le bénéfice de l'inspecteur, l'expression vaguement tendue, vaguement soucieuse qu'avait Dickie sur la photo de son passeport. Tom descendit à l'hôtel du Quai Voltaire, que des Américains avec qui il avait lié connaissance dans un café de Rome lui avaient recommandé comme étant bien situé et pas trop envahi d'Américains. Il sortit tout de suite faire un tour dans l'air froid et brumeux de cette soirée de décembre. Il marchait la tête haute, un sourire au visage.

C'était l'atmosphère de cette ville qu'il aimait, cette atmosphère dont il avait toujours entendu parler : les rues tortueuses, les maisons grises avec leurs soupiraux, les klaxons des voitures et, partout, les urinoirs publics et les colonnes couvertes d'affiches de théâtre de couleurs vives. Il voulait s'imprégner lentement de cette atmosphère, pendant plusieurs jours peut-être, avant de visiter le Louvre, monter sur la tour Eiffel, ou faire quoi que ce fût de ce genre. Il acheta le *Figaro*, s'installa à une table au Dôme, et commanda une fine à l'eau, parce que Dickie lui avait dit un jour que la fine à l'eau était ce que l'on prenait généralement en France. Tom n'avait qu'une connaissance limitée du français, mais il savait que Dickie n'était guère plus versé dans cette langue que lui-même. Des gens le regardèrent par la vitre de la terrasse, mais personne n'entra pour lui parler. Tom s'attendait à ce que, d'un instant à l'autre, quelqu'un se levât de l'une des tables et vînt lui dire : « Dickie Greenleaf ! Pas possible ! »

Tom avait eu recours à très peu d'artifices pour modifier son apparence, mais il estimait que son expression même était maintenant celle de Dickie. Il arborait un sourire dangereusement accueillant pour l'étranger, un sourire plutôt fait pour saluer un vieil ami. C'était le plus typique des sourires de Dickie quand il était de bonne humeur. Or, Tom était de bonne humeur. Il était à Paris. C'était *merveilleux* d'être assis dans un café célèbre, et de penser que demain, et demain et demain, il serait Dickie Greenleaf ! Les boutons de manchettes, les chemises de soie blanche, même les vieux vêtements – la ceinture marron usée avec la boucle de cuivre, les vieilles chaussures de cuir marron grainé, celles dont le *Punch*, dans sa publicité, disait qu'elles vous duraient toute une vie, le vieux blouson couleur moutarde aux poches déformées – tous ces vêtements étaient à lui et il les aimait tous. Et le stylo noir aussi, avec ses petites initiales en or. Et le portefeuille, un portefeuille en crocodile, bien patiné, de chez Guccio. Et il y avait beaucoup d'argent à mettre dedans.

Dès le lendemain après-midi, il était invité à une réception avenue Kléber par des gens – une jeune fille française et un jeune Américain – avec qui il avait engagé la conversation dans un grand café-restaurant du boulevard Saint-Germain. Il trouva là-bas trente ou quarante personnes, la plupart entre deux âges, qui étaient là debout, et plutôt réfrigérés dans un immense appartement gelé et très solennel. Tom crut comprendre qu'en Europe mal chauffer en hiver était le comble du chic, tout comme servir du martini sans glace en été. À Rome, il avait fini par aller s'installer dans un hôtel plus cher, pour avoir plus chaud, mais il s'était aperçu que l'hôtel plus cher était encore plus froid. La maison où il se trouvait en ce moment était chic, probablement, dans un genre sinistre et vieux jeu. Il y avait un maître d'hôtel et une femme de chambre, une grande table chargée de pâtés en croûte, de morceaux de dinde, de petits fours et de nombreuses bouteilles de champagne ; mais le tissu recouvrant le sofa et celui des longs rideaux pendus aux fenêtres étaient usés jusqu'à la corde et délabrés par l'âge, et Tom avait vu des trous de souris dans le couloir près de l'ascenseur. Une demi-douzaine au moins des invités à qui on le présenta étaient des comtes et des comtesses. Un Américain apprit à Tom que le jeune homme et la fille qui l'avaient invité allaient se marier, et que ses parents à elle n'étaient pas ravis de ce mariage. L'atmosphère était tendue dans la grande pièce, et Tom fit effort pour être aussi aimable que possible avec tout le monde, même avec les Français au visage sévère à qui cependant il ne pouvait pas dire grand-chose d'autre que : « C'est très agréable, n'est-ce pas ? » Il fit de son mieux, et fut du moins récompensé par un sourire de la jeune Française qui l'avait invité. Il estimait qu'il avait de la chance d'être là. Combien d'Américains seuls à Paris arrivaient-ils à se faire inviter dans une maison française une semaine à peine après leur arrivée dans la ville ? Tom avait toujours entendu dire que les Français étaient particulièrement lents à inviter des étrangers chez eux. Pas un des Américains présents ne semblait connaître son nom. Tom se sentait parfaitement à l'aise, comme jamais encore cela ne lui était arrivé à aucune des réceptions dont il gardât le souvenir. Il se comportait comme il avait toujours désiré se comporter à une réception. C'était là la nouvelle vie à laquelle il pensait sur le bateau en venant d'Amérique. C'était la véritable annihilation de son passé et de lui-même, Tom Ripley, qui appartenait à ce passé, et sa renaissance sous une enveloppe absolument nouvelle. Une Française et deux des Américains présents l'invitèrent à des réceptions, mais Tom refusa toutes ces invitations avec la même réponse : « Merci beaucoup, mais je quitte Paris demain. »

Il se disait que mieux valait ne pas trop se lier avec aucun de ces gens-là. L'un d'eux pouvait connaître quelqu'un qui connaissait très bien Dickie, quelqu'un qui se trouverait à la prochaine réception.

Lorsque, à onze heures et quart, il prit congé de son hôtesse et des parents de celle-ci, ils parurent navrés de le voir partir. Mais il voulait être à Notre-Dame à minuit. C'était le soir de Noël.

La mère de la jeune fille redemanda son nom.

« M. Greenleaf, répéta la jeune fille. Dickie Grainelèfe. C'est bien ça ?

— C'est bien ça », dit Tom en souriant.

Au moment où il arrivait en bas dans le couloir, il se rappela l'invitation de Freddie Miles à Cortina. C'était pour le 2 décembre. Il y avait près d'un mois de cela ! Tom avait d'abord pensé écrire à Freddie pour lui dire qu'il ne viendrait pas. Est-ce que Marge y était allée ? Freddie trouverait très curieux qu'il n'eût pas écrit, et Tom espéra qu'au moins Marge avait mis Freddie au courant. Il fallait écrire à Freddie tout de suite. Il y avait une adresse de Freddie à Florence dans le carnet de Dickie. « C'était une petite erreur, mais rien de grave », se dit Tom. Simplement, il devait veiller à ce que de telles choses ne se produisissent plus.

Il sortit dans l'obscurité et tourna dans la direction de l'Arc de triomphe illuminé, d'une blancheur squelettique. C'était curieux de se sentir à la fois si seul et si mêlé à tout, comme il s'était senti à cette réception. Il retrouva cette sensation lorsqu'il fut à la lisière de la foule qui remplissait la place devant Notre-Dame. Il y avait une telle cohue que Tom n'aurait absolument pas pu pénétrer à l'intérieur de la cathédrale, mais les haut-parleurs permettaient d'entendre clairement la musique de toutes les parties de la place. Des noëls français dont Tom ne connaissait pas les titres. *Nuit silencieuse*. Un noël solennel, suivi d'un autre très vif et babillard. Le chant de voix mâles. Des Français, près de Tom, enlevèrent leur chapeau. Tom enleva le sien. Il se tenait très droit, le visage sévère, mais prêt à sourire cependant si quelqu'un lui avait adressé la parole. Il se sentait comme sur le bateau, mais sa sensation était plus intense, il était plein de bonne volonté, un gentleman dont rien dans le passé n'entachait le caractère. Il était Dickie, le brave et naïf Dickie, avec un sourire pour chacun et un billet de mille francs pour quiconque le lui demandait. Un vieil homme demanda en fait de l'argent à Tom au moment où celui-ci quittait la place de la cathédrale, et Tom lui donna un billet de mille tout neuf et craquant. Le vieil homme sourit de toutes ses dents et porta la main à son chapeau pour saluer.

Tom avait un peu faim, mais l'idée de se coucher ce soir en ayant faim ne lui déplaisait pas. Il se dit qu'il allait passer une heure environ avec son manuel de conversation d'italien, et puis se coucher. Puis il se rappela qu'il avait décidé d'essayer de grossir de cinq livres, parce que les vêtements de Dickie étaient un petit peu trop lâches pour lui et que Dickie avait le visage plus lourd que lui ; il entra donc dans un bar-tabac et commanda un sandwich de long pain croustillant avec du jambon et un verre de lait chaud, parce qu'un homme debout à côté de lui au comptoir buvait du lait chaud. Le lait n'avait presque pas de goût, il était pur et chaste, et Tom se dit que l'hostie à l'église devait faire le même effet.

Il redescendit de Paris sans se presser, s'arrêtant pour passer une nuit à Lyon, puis en Arles pour voir les endroits que Van Gogh y avait peints. Il conserva intacte sa joyeuse humeur en dépit d'un temps atroce. En Arles, une pluie apportée par le mistral le trempa jusqu'aux os, alors qu'il essayait de découvrir les emplacements exacts où Van Gogh s'était mis pour peindre. Il avait acheté un très beau livre de reproductions de Van Gogh à Paris, mais, comme il ne pouvait pas sortir le livre sous la pluie, il dut faire une douzaine de fois le trajet jusqu'à son hôtel et retour pour vérifier les scènes. Il visita rapidement Marseille, trouva la ville terne à l'exception de la Cannebière, et continua vers l'est par le train, s'arrêtant un jour à Saint-Tropez, Cannes, Nice, Monte-Carlo, toutes ces villes dont il avait entendu parler et avec lesquelles il se sentit une telle affinité quand il les vit, bien que par ce mois de décembre elles fussent accablées sous les nuages gris d'hiver, et que les foules joyeuses en fussent absentes, même pour le réveillon du nouvel an, à Menton. Tom imagina des gens partout, des hommes et des femmes en tenue de soirée descendant le grand escalier du casino de Monte-Carlo, des gens en costume de bain de couleurs vives, légers et brillants comme les aquarelles de Dufy, se promenant sous les palmiers de la Promenade des Anglais à Nice. Des gens... des Américains, des Anglais, des Français, des Allemands, des Suédois, des Italiens. L'amour, la déception, les querelles, les réconciliations, le meurtre. La Côte d'Azur l'excita comme aucun autre endroit qu'il avait vu dans le monde ne l'avait excité. Et pourtant, elle était si petite, cette courbe de la côte méditerranéenne avec les noms merveilleux enfilés comme des perles : Toulon, Fréjus, Saint-Raphaël, Cannes, Nice, Menton, puis San Remo.

Le 4 janvier, lorsqu'il revint à Rome, Tom y trouva deux lettres de Marge. Elle disait qu'elle laissait sa maison le 1er mars. Elle n'avait pas encore tout à fait terminé le brouillon de son livre, mais elle en envoyait les trois quarts avec toutes les photographies à l'éditeur américain que son idée avait intéressé lorsqu'elle lui en avait parlé dans une lettre l'été précédent. Elle écrivait :

> *Quand vous verrai-je ? Je suis navrée à l'idée de ne pas passer l'été en Europe alors que j'y aurai subi encore un hiver affreux, mais je crois que je vais rentrer au début de mars. Oui, en fin de compte, j'ai vraiment la nostalgie du pays. Chéri, ce serait tellement merveilleux si nous pouvions rentrer ensemble sur le même bateau. Est-ce possible ? Je ne le crois pas. Vous ne rentrez pas aux États-Unis cet hiver, même pour une courte visite ?*
>
> *J'ai pensé envoyer toutes mes affaires (huit valises, deux malles, trois caisses de livres et divers !) par un courrier lent de Naples et monter par Rome ; et si vous vous sentiez d'humeur à le faire, nous pourrions au moins remonter la côte ensemble et voir Forte dei Marmi et Viareggio et les autres endroits que nous aimons… faire une visite d'adieu. Je ne me sens pas d'humeur à me préoccuper du temps, qui sera horrible, je le sais. Je ne vous demanderais pas de m'accompagner jusqu'à Marseille, où je prends le bateau, mais à Gênes ??? Qu'en dites-vous ?…*

La seconde lettre était écrite sur un ton plus réservé. Tom savait pourquoi : il n'avait même pas envoyé une carte postale à Marge depuis près d'un mois. Dans sa seconde lettre donc, Marge disait :

> *J'ai changé d'avis en ce qui concerne la Riviera. C'est peut-être ce temps humide ou mon livre qui m'a ôté tout désir d'aventure. Quoi qu'il en soit, je prends un bateau qui part plus tôt et de Naples : le Constitution qui lève l'ancre le 28 février. Vous vous rendez compte : je serai de retour en Amérique dès l'instant où je serai montée à bord. Cuisine américaine, des Américains, des dollars pour payer au bar et les courses de chevaux… Je regrette, chéri, de ne pas vous voir, car je crois comprendre d'après votre silence que vous ne voulez toujours pas me voir,*

alors n'en parlons plus. Considérez-vous comme débarrassé de moi.

J'espère, bien entendu, vous revoir un jour, aux États-Unis ou ailleurs. Si par hasard l'idée vous venait de passer jusqu'à Mongibello avant le 28, vous savez fichtrement bien que vous serez le bienvenu.

Comme toujours,

Marge.

P.-S. – Je ne sais même pas si vous êtes toujours à Rome.

Tom la voyait pleurant tandis qu'elle écrivait. Il eut envie tout d'abord de lui écrire une lettre pleine d'égards, en lui disant qu'il rentrait tout juste de Grèce, et en lui demandant si elle avait reçu ses deux cartes postales. Mais il se dit que c'était plus sûr de la laisser partir sans qu'elle sût où il se trouvait. Il ne lui écrivit donc pas.

La seule chose qui le mettait mal à son aise, et encore pas très, c'était la pensée que Marge pouvait venir le voir à Rome avant qu'il se fût installé dans un appartement. Si elle passait tous les hôtels au peigne fin, elle pourrait le trouver, mais elle ne le trouverait jamais dans un appartement. Les Américains aisés n'avaient pas à déclarer leur lieu de résidence à la *questura*, bien qu'on pût lire sur le *Permesso di Siggiorno* qu'on était censé informer la police de tout changement d'adresse. Tom avait eu une conversation avec un Américain qui habitait Rome, et qui lui avait dit qu'il ne s'était jamais occupé de la *questura*, et que celle-ci ne s'était jamais occupée de lui. Pour le cas où Marge arriverait à Rome brusquement, Tom avait tout un tas de vêtements à lui suspendus et prêts à mettre dans son placard. Le seul détail de son physique qu'il eût transformé, c'étaient ses cheveux, mais il pouvait toujours expliquer cette transformation en disant qu'elle était un effet du soleil. Il n'était pas vraiment inquiet. Au début, il s'était amusé à modifier ses sourcils avec un crayon – les sourcils de Dickie étaient plus longs que les siens et un peu retournés aux bouts – et à mettre une touche de mastic au bout de son nez pour le faire paraître plus long et plus pointu, mais il avait vite renoncé, se disant que ce genre de choses pouvait se voir trop facilement. « L'important, quand on personnifiait quelqu'un, se disait-il, c'était de conserver l'humeur et le tempérament de celui que l'on personnifiait, et d'arborer l'expression du visage qui allait avec cette humeur et ce tempérament. Le reste venait tout seul. »

Le 10 janvier, Tom écrivit à Marge qu'il était de retour à Rome après avoir passé trois semaines seul à Paris, que Tom avait quitté Rome un mois plus tôt, disant qu'il allait à Paris, et de là en Amérique, mais que lui n'avait pas rencontré Tom à Paris, et qu'il n'avait toujours pas trouvé d'appartement mais en cherchait un et ferait connaître son adresse à Marge dès qu'il aurait trouvé cet appartement. Il la remercia avec effusion pour le colis qu'elle lui avait expédié pour Noël : Marge avait envoyé le sweater blanc aux bandes rouges en V qu'elle tricotait et essayait sur Dickie depuis octobre, ainsi qu'un livre d'art sur la peinture au Quattrocento et une trousse à rasoir en cuir avec les initiales, H. R. G. sur le couvercle. Le colis n'était arrivé que le 6 janvier, ce qui était la raison principale pour laquelle Tom écrivit sa lettre : il ne voulait pas que Marge pensât qu'il n'était pas allé chercher ce colis, qu'elle s'imaginât qu'il s'était perdu, et qu'elle se mît à le rechercher. Il lui demanda si de son côté elle avait reçu un colis de lui ? Il dit qu'il le lui avait envoyé de Paris et que ce colis avait probablement du retard. Il ajouta :

> *J'ai recommencé à peindre avec Di Massimo et je suis assez content. Moi aussi, je m'ennuie de vous, mais, si vous êtes toujours capable de supporter mon expérience, je préférerais ne pas vous voir pendant quelques semaines encore (à moins que vous ne rentriez vraiment en février tout à coup, ce dont je continue à douter !), et peut-être alors n'aurez-vous plus envie de me voir. Mes amitiés à Giorgio et à sa femme, et à Fausto s'il est toujours là, ainsi qu'à Pietro sur le port...*

La lettre avait le ton absent et un tantinet lugubre de toutes les lettres de Dickie ; on ne pouvait pas dire qu'elle était chaleureuse, ni qu'elle manquait de chaleur, elle ne disait en fait rien du tout.

En réalité, Tom avait trouvé un appartement dans un grand immeuble de la Via Imperiale, près du Pincio, et il avait signé un engagement de location d'un an, bien qu'il n'eût pas l'intention de passer la majeure partie de son temps à Rome, et encore moins l'hiver. Il voulait seulement avoir un foyer quelque part, une base, chose qu'il n'avait pas eue depuis des années. Et Rome était chic. Rome faisait partie de sa nouvelle vie. Il voulait pouvoir dire à Majorque, à Athènes ou au Caire ou dans n'importe quel autre endroit où il se trouverait : « Oui, j'habite Rome. Je garde un appartement là-bas. » Car « garder » un appartement était le mot que l'on employait dans la clique internationale. On gardait un appartement en Europe comme on gardait un garage en Amérique. Tom voulait aussi que son appartement fût élégant, bien qu'il eût l'intention d'y faire venir le minimum de gens ; l'idée d'avoir un téléphone lui déplaisait profondément, même si le numéro n'en était pas indiqué sur l'annuaire, mais il décida qu'un téléphone constituait plus une mesure de sécurité qu'une menace, et il en fit installer un. L'appartement comportait un vaste living-room, une chambre à coucher, une sorte de petit salon, une cuisine et une salle de bains. Il était meublé dans un style un peu trop chargé, mais qui allait avec le quartier respectable où il se trouvait et la vie respectable que Tom comptait mener. Le loyer représentait cent soixante-quinze dollars l'hiver, chauffage compris, et cent vingt-cinq dollars l'été.

Marge répondit une lettre extatique disant qu'elle venait de recevoir la jolie blouse de soie de Paris à laquelle elle ne s'attendait *pas du tout* et qui lui allait à merveille. Elle dit qu'elle avait invité Fausto et les Cecchi à dîner chez elle pour le réveillon de Noël, que la dinde était divine, avec les marrons et la sauce aux abatis, qu'il y avait du plum-pudding et tout et tout, sauf *lui*. Que faisait-il et à quoi pensait-il ? Est-ce qu'il était plus heureux ? Fausto passerait le voir en allant à Milan s'il envoyait son adresse d'ici quelques jours, ou alors il n'aurait qu'à laisser un message à l'American Express, pour dire où Fausto pourrait le trouver.

Tom se dit que la bonne humeur de Marge devait être due en majeure partie au fait qu'elle croyait Tom parti maintenant pour l'Amérique *via* Paris. En même temps que la lettre de Marge, une lettre arriva du Signor Pucci dans laquelle celui-ci disait qu'il avait vendu trois meubles pour cent cinquante mille lires à Naples, et qu'il avait un acheteur éventuel pour le bateau, un certain Anastasio Martino, de Mongibello, qui avait promis de faire le premier versement d'ici une semaine, mais que la maison ne pourrait probablement pas être vendue avant l'été quand les Américains recommenceraient à arriver. Une fois enlevés les quinze pour cent de la commission de Signor Pucci, la vente des meubles laissait deux cent dix dollars, et Tom fêta la chose le soir même en allant dans une boîte de nuit de Rome où il commanda un superbe dîner qu'il dégusta dans une élégante solitude à une table pour deux éclairée aux bougies. Cela lui était parfaitement égal de dîner et d'aller au théâtre seul. Cela lui donnait l'occasion de se répéter soigneusement son rôle de Dickie Greenleaf. Il rompait son pain comme le faisait Dickie, enfonçait sa fourchette dans sa bouche de la main gauche comme le faisait Dickie, se perdait si complètement dans la bienveillante contemplation des autres tables et des danseurs que le garçon devait lui parler plusieurs fois pour attirer son attention. Des gens assis à une des tables lui firent des signes de la main, et Tom les reconnut comme étant un des couples d'Américains qu'il avait rencontrés à la réception du soir de Noël, à Paris. Il leur fit un salut en retour. Il se rappela même leur nom, Souders. Il ne regarda plus de leur côté de la soirée, mais ils partirent avant lui et s'arrêtèrent devant sa table pour lui dire bonjour.

« Vous êtes tout seul ? » demanda l'homme. Il paraissait un peu gris.

« Oui. J'ai rendez-vous chaque année ici avec moi-même, répondit Tom. Je fête un anniversaire. »

L'Américain acquiesça d'un air un peu déconcerté, et Tom vit qu'il cherchait en vain quelque chose d'intelligent à dire, et qu'il était gêné comme tout Américain provincial en présence de l'aisance et du calme d'un homme du monde, de l'argent et des beaux vêtements, même si ces vêtements étaient sur le dos d'un autre Américain.

« Vous nous avez dit que vous habitiez Rome, n'est-ce

pas ? demanda sa femme. Je crois que nous avons oublié votre nom, vous savez, mais nous nous souvenons très bien de vous depuis le soir de Noël.

— Je m'appelle Greenleaf, répondit Tom. Richard Greenleaf.

— *Ah !* oui, dit-elle, soulagée. Vous avez un appartement ici ? »

Elle était toute prête à graver l'adresse de Tom dans sa mémoire. « Je suis à l'hôtel pour le moment, mais je compte m'installer dans un appartement d'un jour à l'autre, dès que la décoration sera terminée. Je suis à l'Elisio. Pourquoi ne me passeriez-vous pas un coup de fil ?

— Avec plaisir. Nous partons pour Majorque d'ici trois jours, mais cela nous donne encore largement le temps !

— Je serai ravi de vous voir, dit Tom. *Buona sera !* »

De nouveau seul, Tom se replongea dans ses rêveries. Il se dit qu'il devrait ouvrir un compte en banque au nom de Tom Ripley, et y déposer de temps en temps une centaine de dollars. Dickie Greenleaf avait deux banques, une à Naples et une à New York, avec cinq mille dollars environ dans chacune. Il pourrait ouvrir le compte Ripley avec deux mille dollars, et y déposer les cent cinquante mille lires provenant de la vente des meubles de Mongibello. Après tout, il avait deux personnes à sa charge.

15

Il visita le Capitole et la Villa Borghèse, explora longuement le Forum et prit six leçons d'italien avec un vieil homme du quartier auquel il donna un faux nom. Au bout de la sixième leçon, Tom estima que son italien valait bien celui de Dickie. Il se souvenait mot pour mot de certaines phrases prononcées par Dickie et dont il savait maintenant qu'elles étaient incorrectes. Par exemple : « *Ho paura che non c'e arrivata, Giorgio* », un soir où, chez Giorgio, ils attendaient l'arrivée de Marge qui était en retard. Il aurait fallu dire *sia arrivata*, la nuance de crainte exigeant le subjonctif. Dickie n'employait jamais le subjonctif aussi souvent que l'exigeait la syntaxe italienne. Et Tom s'abstint soigneusement d'apprendre les règles d'emploi du subjonctif.

Il acheta du velours rouge pour remplacer les rideaux de l'appartement qu'il trouvait hideux. Quand il avait demandé à la Signora Buffi, la femme du concierge, si elle connaissait une couturière qui pût les coudre, la Signora Buffi avait proposé de s'en charger elle-même. Elle demandait deux mille lires, un peu plus de trois dollars. Tom l'obligea à accepter cinq mille. Il fit diverses autres menues acquisitions pour embellir l'appartement, bien qu'il n'invitât jamais personne ; à l'exception toutefois d'un jeune homme, fort séduisant sinon très intelligent, un Américain dont il avait fait la connaissance au Café Greco quand l'autre lui avait demandé le chemin de l'Hôtel Excelsior. L'Excelsior était tout près de chez Tom, et Tom avait invité l'Américain à monter prendre un verre. Tom avait simplement voulu éblouir cet inconnu et ne jamais le revoir par la suite, désir qui fut exaucé après que le jeune homme eut avalé quelques verres de son meilleur cognac en l'écoutant discourir sur les plaisirs de la vie à Rome. Le jeune homme en effet partait le lendemain pour Munich.

Tom évitait soigneusement les Américains installés à Rome qui voudraient peut-être l'inviter à leurs réunions et s'attendraient à ce qu'il en fît autant ; il adorait pourtant bavarder avec des Américains et des Italiens au Café Greco et dans les restaurants d'étudiants de la Via Margutta. Il ne dit son nom qu'à un peintre italien, un certain Carlino, qu'il rencontra dans un bistro de la Via Margutta ; il lui confia aussi qu'il peignait et qu'il étudiait avec un peintre nommé Di Massimo. Si jamais la police enquêtait sur les activités de Dickie à Rome, longtemps peut-être après que Dickie eut disparu pour redevenir Tom Ripley, ce peintre italien dirait certainement qu'en effet Dickie Greenleaf faisait de la peinture à Rome en janvier. Carlino n'avait jamais entendu parler de Di Massimo, mais Tom lui en avait fait une description si vivante que Carlino ne l'oublierait sans doute jamais.

Il se sentait seul, mais pas vraiment isolé. C'était un peu le sentiment qu'il avait éprouvé lors de ce réveillon de Noël à Paris, l'impression qu'il avait le monde entier pour public, et c'était une impression qui le stimulait, car la moindre erreur pouvait être catastrophique. Mais il avait la certitude qu'il ne ferait pas de gaffe. Cela donnait à son existence une atmosphère particulièrement délicieuse de pureté, un peu, songeait Tom, comme ce qu'éprouve sans doute un bon comédien quand il joue un rôle important sur une scène, avec la conviction que personne d'autre ne pourrait mieux que lui le tenir. Il était lui-même sans être tout à fait lui-même. Il se sentait libre et irréprochable, bien qu'il contrôlât consciencieusement ses moindres mouvements. Mais cela ne le fatiguait plus au bout de quelques heures, comme au début. Il n'avait plus besoin de se détendre quand il était seul. Désormais, dès l'instant où il sortait de son lit pour aller se laver les dents, il était Dickie en train de se brosser les dents, le coude bien droit, il était Dickie grattant de sa cuiller la dernière parcelle d'œuf collée à la coquille, Dickie qui remettait invariablement dans l'armoire la première cravate qu'il choisissait avant d'en prendre une seconde. Il avait même réussi à peindre une toile dans la manière de Dickie.

Vers la fin de janvier, Tom se dit que Fausto avait dû venir à Rome et en repartir, bien que Marge n'en soufflât mot dans ses dernières lettres. Marge lui écrivait aux bons soins de l'American Express, environ une fois par semaine. Elle lui demandait s'il n'avait pas besoin de chaussettes ou d'une écharpe, car quand elle ne travaillait pas à son livre elle avait largement le temps de tricoter. Elle glissait toujours dans ses lettres une histoire amusante sur quelqu'un du village qu'ils connaissaient, pour que Dickie ne s'imaginât pas qu'elle dépérissait d'amour pour lui : c'était pourtant le cas, et de toute évidence, songeait Tom, elle n'allait pas s'embarquer en février pour les États-Unis sans faire une dernière tentative pour rattraper Dickie ; d'où les longues lettres, les chaussettes et le cache-col tricotés dont Tom savait qu'elle allait les envoyer, bien qu'il n'eût pas répondu à ses lettres. Les lettres de Marge l'écœuraient. Il avait même horreur de les toucher, et après les avoir rapidement parcourues, il les déchirait et les jetait à la poubelle.

Il finit par écrire :

Je renonce pour l'instant à l'idée de prendre un appartement à Rome. Di Massimo va passer quelques mois en Sicile, et peut-être vais-je partir avec lui et de là aller ensuite ailleurs. Mes projets sont assez vagues, mais ils ont le mérite de me laisser libre, et cela convient fort bien à mon humeur présente.

Ne m'envoyez pas de chaussettes, Marge. Je n'ai vraiment besoin de rien. Bonne chance pour « Mongibello ».

Il avait pris un billet pour Majorque, le train jusqu'à Naples, puis le bateau de Naples à Majorque, dans la nuit du 31 janvier au 1er février. Il avait fait l'acquisition de deux valises chez Gucci, le meilleur sellier de Rome, l'une en peau d'antilope, l'autre en toile fauve avec des courroies de cuir. Toutes deux portant les initiales de Dickie. Il avait jeté la plus usée de ses deux vieilles valises, et gardait l'autre dans un placard de l'appartement, pleine de ses vêtements personnels, en cas de départ précipité. Mais Tom ne s'attendait à aucun incident de ce genre. On n'avait jamais retrouvé le canot sabordé à San Remo. Tom consultait chaque jour les quotidiens pour voir si on en parlait.

Un matin que Tom faisait ses bagages, on sonna à la porte. Il pensa que c'était un représentant ou quelqu'un qui se trompait. Il n'avait pas de carte à son nom sur la sonnette et avait dit au concierge qu'il ne voulait pas en mettre parce qu'il avait horreur des gens qui venaient le voir à l'improviste. On sonna encore un coup et Tom ne répondit pas davantage, poursuivant tranquillement ses préparatifs. Il adorait faire les bagages et il y consacrait de longs moments, toute une journée, voire deux, rangeant affectueusement les vêtements de Dickie dans les valises, essayant de temps en temps une chemise ou une veste qui lui plaisaient devant la glace. Il était justement planté devant le miroir, en train de boutonner une chemise de sport avec des hippocampes bleu et blanc appartenant à Dickie et qu'il n'avait encore jamais mise, quand on frappa à sa porte.

L'idée lui vint que ce pouvait être Fausto ; ce serait bien de Fausto de le chercher à travers tout Rome pour essayer de le surprendre.

« C'était idiot », se dit-il. Mais il avait les mains moites d'une sueur glacée quand il alla ouvrir. Il se sentait très faible, et l'absurdité de la chose, sans parler du danger de tomber et d'être découvert prostré sur le plancher, le fit se cramponner des deux mains à la porte qu'il n'avait pourtant qu'entrebâillée.

« Salut ! fit dans la pénombre du hall une voix américaine. C'est toi, Dickie ? C'est Freddie ! »

Tom recula d'un pas, en ouvrant plus grande la porte. « Il... Voulez-vous entrer ? Il n'est pas là pour l'instant. Il ne devrait pas tarder. »

Freddie Miles entra, tournant de tous côtés d'un air inquisiteur son vilain visage criblé de taches de rousseur. « Comment diable avait-il trouvé l'adresse », se demanda Tom. Il ôta précipitamment la bague et la chevalière et les fourra dans sa poche. Il n'avait rien oublié d'autre ? Son regard parcourut rapidement la pièce.

« Vous habitez avec lui ? demanda Freddie, en le regardant de ses yeux vairons qui lui donnaient un air idiot et vaguement effrayé.

— Oh ! non. Je ne suis ici que pour quelques heures », dit Tom, en ôtant posément la chemise aux hippocampes. Il en avait une autre dessous. « Dickie est sorti pour déjeuner. Il allait chez Otello, je crois bien. Il devrait être de retour à trois heures au plus tard. » « Un des Buffi avait dû laisser entrer Freddie », se dit Tom, et lui indiquer la sonnette en lui assurant sans doute que le Signor Greenleaf était là. Freddie avait dû dire qu'il était un vieil ami de Dickie. Maintenant Tom devrait raccompagner Freddie sans tomber sur la Signora Buffi en bas, car elle lançait toujours d'une voix claironnante : *« Buongiorno, Signor Greenleaf ! »*

« Je vous ai vu à Mongibello, n'est-ce pas ? demanda Freddie. Vous n'êtes pas Tom ? Je croyais que vous deviez venir à Cortina.

— Je n'ai malheureusement pas pu. Comment était-ce ?

— Oh ! très bien. Qu'est-il arrivé à Dickie ?

— Comment, il ne vous a pas écrit ? Il a décidé de passer l'hiver à Rome. Il m'a dit qu'il vous avait écrit.

— Pas un mot... à moins qu'il ne m'ait écrit à Florence. Mais j'étais à Salzbourg, et il avait mon adresse. » Freddie s'était assis au bord de la longue table, froissant sans égard la nappe en soie verte. Il ajouta en souriant : « Marge m'a dit qu'il était venu s'installer à Rome, mais elle n'avait pas d'autre adresse que l'American Express. C'est par le plus grand des hasards que j'ai trouvé son appartement. Je suis tombé hier soir au Greco sur quelqu'un qui justement connaissait son adresse. Pourquoi donc est-ce qu'il...

— Qui ça ? demanda Tom. Un Américain ?

— Non, un Italien. Un jeune garçon. » Freddie examinait les chaussures de Tom. « Tiens, vous avez les mêmes chaussures que Dickie et moi. C'est inusable, hein ? J'ai acheté les miennes à Londres il y a huit ans. »

C'étaient les chaussures en cuir grainé de Dickie. « Celles-ci viennent d'Amérique, dit Tom. Est-ce que je peux vous offrir quelque chose ou préférez-vous essayer de trouver Dickie chez Otello ? Vous savez où c'est ? Ce n'est guère la peine que vous attendiez ici parce qu'il ne rentre généralement pas de déjeuner avant trois heures. Je ne vais moi-même pas tarder à sortir. »

Freddie arpentait la pièce, se dirigeant vers la chambre à coucher, puis apercevant les valises sur le lit il s'arrêta. « Est-ce que Dickie part en voyage, ou est-ce qu'il vient de rentrer ? demanda-t-il en se retournant.

— Il part. Marge ne vous a pas dit ? Il va passer quelque temps en Sicile.

— Quand part-il ?

— Demain. Ou ce soir assez tard, je ne sais plus.

— Dites-moi, qu'est-ce qu'a donc Dickie depuis quelque temps ? interrogea Freddie en fronçant les sourcils. Pourquoi se cloîtrer comme ça ?

— Il dit qu'il a beaucoup travaillé cet hiver, répondit Tom d'un ton engagé. Il a l'air de vouloir être seul, mais, pour autant que je sache, il est resté en bons termes avec tout le monde, y compris avec Marge. »

Freddie sourit de nouveau, en déboutonnant son gros manteau de voyage. « Il ne va pas rester en bons termes avec moi longtemps s'il me pose encore quelques lapins comme ça. Et êtes-vous sûr qu'il soit en bons termes avec

Marge ? J'ai l'impression qu'ils se sont disputés. Je pensais que c'était peut-être pour ça qu'ils n'étaient pas venus à Cortina. » Freddie se tut et le regarda d'un air interrogateur.

« Pas que je sache. » Tom se dirigea vers la penderie pour y prendre sa veste, afin de faire comprendre à Freddie qu'il avait envie de s'en aller, puis il se rendit compte juste à temps que Freddie reconnaîtrait peut-être la veste de flanelle grise assortie au pantalon s'il se souvenait du costume de Dickie. Tom alla donc en prendre une à lui et son propre manteau, accrochés à l'extrême gauche de la penderie. Les épaules du manteau étaient déformées comme si le vêtement était resté des semaines sur un cintre, ce qui était le cas. Tom se retourna et vit le regard de Freddie fixé sur le bracelet d'argent qu'il portait au poignet gauche. C'était celui de Dickie que Tom ne lui avait jamais vu porter mais qu'il avait trouvé dans sa boîte de boutons de manchettes. Freddie regardait le bracelet comme s'il l'avait déjà vu. Tom enfila son manteau d'un air dégagé.

Freddie le considérait maintenant avec une expression nouvelle, où il y avait un certain étonnement. Tom savait à quoi Freddie pensait. Il se crispa, flairant le danger. « Tu n'es pas encore sorti du bois, se dit-il. Tu n'es même pas sorti de l'auberge. »

« Vous venez ? demanda Tom.

— Vous habitez ici, n'est-ce pas ?

— Mais non ! protesta Tom en souriant. » Freddie tournait vers lui son visage sans beauté sous la tignasse rousse et mal peignée. « Pourvu que nous puissions sortir sans rencontrer la Signora Buffi », se dit Tom. « Bon, nous y allons ?

— Je vois que Dickie vous a couvert de ses bijoux, dit Freddie. »

Tom fut incapable de rien trouver à répondre, d'imaginer une plaisanterie à faire. « Oh, ce n'est qu'un prêt, fit Tom de sa voix de basse. Dickie en avait assez de le porter, alors il me l'a prêté pour un moment. » « Il voulait parler du bracelet, mais il y avait aussi l'épingle de cravate, songea-t-il, avec un G dessus. » Tom l'avait achetée lui-même. Il sentait l'antipathie monter chez Freddie aussi nettement que si le corps de ce grand gaillard dégageait de la chaleur qui rayonnerait à travers la pièce. Freddie était le genre de brute capable de casser la figure de quelqu'un qu'il prendrait pour une tapette, surtout si les circonstances étaient aussi favorables qu'en ce moment. Tom avait peur de ce qu'il lisait dans les yeux de l'autre.

« Oui, je m'en vais, déclara Freddie d'un ton sec, en se levant. » Il se dirigea vers la porte et se retourna brusquement : « Ce restaurant Otello, c'est bien celui qui n'est pas loin de l'Inghelterra ?

— Oui, dit Tom. Il y est généralement vers une heure. »

Freddie hocha la tête. « Enchanté de vous avoir revu », dit-il d'un ton qui démentait ses paroles. Et il referma la porte derrière lui.

Tom étouffa un juron. Il entrebâilla la porte et écouta le bruit des pas de Freddie qui descendait l'escalier. Il tenait à s'assurer que Freddie sortait sans parler à aucun des Buffi. Puis il entendit le *Buongiorno, Signora de Freddie*. Il se pencha sur la cage de l'escalier. Trois étages plus bas, il apercevait la manche du manteau de Freddie. Il parlait italien avec la Signora Buffi. La voix de la femme parvenait plus distinctement aux oreilles de Tom.

« ... seulement le Signor Greenleaf, disait-elle. Non, un seul... *Signor chi ?* ... *No, Signor...*, je ne crois pas qu'il soit sorti aujourd'hui, mais je peux me tromper ! » Sur quoi elle se mit à rire.

Tom avait les mains crispées sur la rampe de l'escalier, comme si c'était le cou de Freddie. Puis il entendit les pas de Freddie qui remontait l'escalier en courant. Tom rentra dans l'appartement et referma la porte. Il pouvait continuer à prétendre qu'il n'habitait pas là, que Dickie était chez Otello, ou qu'il ne savait pas où Dickie était, mais Freddie n'aurait de cesse maintenant qu'il n'eût trouvé Dickie. Ou bien Freddie allait le traîner jusqu'en bas pour demander à la Signora Buffi qui il était.

Freddie frappa à la porte. Puis le bouton tourna. Mais le verrou était mis.

Tom s'empara d'un lourd cendrier de cristal. Il ne pouvait le tenir à pleine main et dut le prendre par le bord. Pendant deux secondes encore il se demanda : « Y a-t-il une autre solution ? Et que faire du corps ? » Mais il était incapable de réfléchir. C'était la seule solution. Il ouvrit la porte de la main gauche. Sa main droite qui tenait le cendrier était en retrait.

Freddie entra. « Dites donc, voudriez-vous m'expliquer... »

Le rebord arrondi du cendrier le frappa au milieu du front. Freddie prit un air hébété. Puis ses genoux fléchirent, et il tomba comme un bœuf frappé entre les deux yeux d'un coup de merlin. Tom du pied referma la porte. Il abattit le cendrier sur la nuque de Freddie. Il frappa encore et encore, terrifié à l'idée que Freddie faisait peut-être semblant et qu'un de ses énormes bras allait soudain lui encercler les jambes et le plaquer au sol. Tom lui asséna sur la tête un coup en oblique et le sang jaillit. Tom maudit sa maladresse.

Il courut dans la salle de bains chercher une serviette et la mit sous la tête de Freddie. Puis il lui prit le poignet pour tâter son pouls. Il en perçut un, très faible, et qui lui sembla s'affaiblir sous la pression de ses doigts. Une seconde plus tard, il ne sentait plus rien. Tom tendit l'oreille, guettant un bruit derrière la porte. Il imaginait la Signora Buffi debout derrière la porte, et arborant le sourire hésitant qu'elle avait toujours quand elle croyait le déranger. Mais on n'entendait rien. « D'ailleurs, se dit-il, le cendrier n'avait pas fait de bruit ni Freddie en tombant. » Tom contempla la masse énorme de Freddie affalée sur le plancher, et un brusque dégoût s'empara de lui ; il se sentit désespéré.

Il n'était que midi quarante, et la nuit ne viendrait que dans plusieurs heures. Il se demanda si Freddie avait des amis qui l'attendaient quelque part. Peut-être dans une voiture en bas ? Il fouilla les poches de Freddie. Un portefeuille. Le passeport américain dans la poche intérieure du manteau. Un assortiment de pièces de monnaie étrangères et italiennes. Un trousseau de clefs. Deux clefs passées à un anneau portant l'inscription FIAT. Il chercha la carte grise dans le portefeuille. Il la trouva, avec tous les détails : FIAT 1400 – cabriolet – 1955. Il la trouverait facilement si elle était garée dans le quartier. Il fouilla toutes les poches à la recherche d'un ticket de garage, mais n'en trouva pas. Il s'approcha de la fenêtre et un sourire vint à ses lèvres : c'était si simple. Presque en face de la maison, un cabriolet noir était rangé le long du trottoir. Il n'en était pas absolument sûr, mais il eut l'impression qu'il n'y avait personne dedans.

Il comprit soudain ce qu'il allait faire. Il se mit à disposer le décor ; il extirpa du placard les bouteilles de gin et de vermouth, et aussi, à la réflexion, le Pernod, car cela sentait tellement plus fort. Il disposa les bouteilles sur la table, prépara un martini dans un grand verre avec deux cubes de glace, en but une gorgée pour salir le verre, puis en versa un peu dans un autre verre, qu'il apporta auprès de Freddie; il pressa contre les parois du verre les doigts sans vie de Freddie et vint reposer le verre sur la table. Il examina la blessure : elle ne saignait plus et le sang n'avait pas traversé la serviette qui protégeait le plancher. Il adossa Freddie contre le mur et lui versa un peu de gin pur dans la gorge. Cela ne descendit pas très bien et une partie du gin dégoulina sur le devant de la chemise de Freddie, mais Tom ne pensait pas que la police italienne ferait une analyse de sang pour mesurer le degré d'ébriété de Freddie. Tom laissa machinalement son regard errer sur le visage sanguinolent de Freddie, il fut pris d'une nausée et détourna aussitôt les yeux. Il faudrait faire attention. Il avait été pris de bourdonnements d'oreille comme s'il allait s'évanouir.

« Ce serait malin, se dit Tom, en s'approchant d'un pas cotonneux de la fenêtre, ce serait malin de s'évanouir maintenant ! » Il contempla la voiture noire garée en bas et aspira une grande goulée d'air frais. « Non, se dit-il, il n'allait pas s'évanouir. » Il savait exactement ce qu'il allait faire. À la dernière minute, du Pernod pour tous les deux. Deux autres verres avec du Pernod et leurs empreintes dessus. Et les cendriers devraient être pleins. Freddie fumait des Chesterfield. Après cela, en route, pour la Via Appia. Un de ces coins sombres derrière les tombeaux. Sur de longues distances, il n'y avait pas de lampadaires le long de la Via Appia. On ne retrouverait pas le portefeuille de Freddie. Motif du crime : le vol.

Il avait des heures devant lui, mais il ne s'arrêta pas avant d'avoir tout arrangé : la douzaine de Chesterfield et la douzaine de Lucky Strike consumées jusqu'au bout, et les mégots écrasés dans les cendriers, un verre de Pernod cassé et dont des morceaux jonchaient encore les carreaux de la salle de bains ; et le plus curieux dans tout cela, c'était que tout en préparant ainsi sa mise en scène, il se disait qu'il aurait encore des heures devant lui pour mettre de l'ordre – entre neuf heures ce soir, heure où l'on découvrirait peut-être le corps, et minuit, heure où la police déciderait peut-être de l'interroger parce que quelqu'un se souviendrait que Freddie Miles devait aller voir Dickie Greenleaf aujourd'hui ; et il savait qu'en fait il aurait sans doute tout nettoyé vers huit heures du soir, car, d'après sa version à lui de l'histoire telle qu'il la donnerait à la police, Freddie l'aurait quitté vers sept heures (il serait d'ailleurs parti effectivement vers sept heures) et Dickie Greenleaf, même avec quelques verres dans le nez, était un jeune homme plutôt ordonné. S'il mettait tout sens dessus dessous comme cela, c'était simplement pour lui, pour mieux se persuader de la véracité de l'histoire qu'il allait raconter.

Et il partirait quand même le lendemain à dix heures trente pour Naples et Palma, à moins que pour une raison quelconque la police ne le retînt à Rome. « S'il voyait dans le journal du lendemain matin qu'on avait découvert le corps et que la police ne lui demandait rien, la moindre des choses serait d'aller leur dire que Freddie Miles était venu le voir dans l'après-midi », songea Tom. Mais il pensa soudain qu'un docteur serait peut-être capable de découvrir que Freddie était mort depuis midi. Et il n'était pas question de faire sortir Freddie maintenant, en plein jour. Non, son seul espoir, c'était qu'on retrouvât le corps si tard qu'un médecin légiste ne saurait pas préciser avec exactitude l'heure du décès. Et il faudrait également essayer de sortir de la maison sans que personne le vît – même s'il avait du mal à traîner Freddie comme si celui-ci était ivre – de façon à pouvoir déclarer que Freddie avait quitté la maison vers quatre ou cinq heures de l'après-midi.

Il appréhendait si fort ces cinq ou six heures d'attente jusqu'à la tombée de la nuit qu'il craignit un moment de ne pas pouvoir attendre. Cette masse sur le sol ! Et dire qu'il n'avait aucunement l'intention de le tuer. C'était si inutile. Ah ! ce Freddie, avec sa sale méfiance ! Tom, assis au bord de sa chaise, les poings crispés, était secoué de tremblements. Il aurait voulu sortir pour faire un tour, mais il n'osait pas laisser le corps là. Il devrait y avoir du bruit si Freddie et lui étaient censés être restés à bavarder et à boire tout l'après-midi. Tom alluma la radio et prit un poste qui diffusait de la musique de danse. Il pourrait boire un verre en tout cas. Cela faisait partie de la mise en scène. Il se versa une nouvelle rasade de martini dans son verre avec de la glace. Il n'en avait pas envie, mais il se força à le boire.

L'alcool ne fit qu'exaspérer ses réactions. Il contemplait le corps massif de Freddie, dans son manteau de voyage tout fripé sous lui, et que Tom n'avait pas eu l'énergie ni le courage d'arranger, bien que cette vue le gênât ; et il se disait que c'était là un crime bien stupide, bien dangereux et bien gratuit ; il s'était bien mal conduit avec Freddie. Oh ! bien sûr, on pouvait aussi mépriser Freddie. Cet imbécile, gonflé de prétention, qui s'était permis de le prendre de haut avec un de ses meilleurs amis – car Dickie était certainement un de ses meilleurs amis –, tout cela parce qu'il le soupçonnait de déviation sexuelle. Cette formule amusa Tom. Où était le sexe dans cette histoire ? Et où était la déviation ? Il regarda Freddie et murmura rageusement : « Freddie Miles, voilà ce que c'est que d'avoir l'esprit mal tourné. »

16

Il attendit jusqu'à près de huit heures, car vers sept heures il y avait plus d'allées et venues dans la maison qu'à n'importe quel autre moment. À huit heures moins dix, il descendit pour s'assurer que la Signora Buffi ne traînait pas dans le couloir, que sa porte n'était pas ouverte et qu'il n'y avait vraiment personne dans la voiture de Freddie, bien qu'il fût déjà allé dans l'après-midi l'examiner et vérifier qu'elle appartenait bien à Freddie. Il lança le manteau de Freddie sur la banquette arrière. Puis il remonta, s'agenouilla, passa le bras droit de Freddie autour de son cou, serra les dents et le souleva. En trébuchant, il assura la masse inerte plus solidement contre son épaule. Il avait déjà soulevé Freddie dans l'après-midi pour voir s'il en était capable et il avait cru qu'il ne pourrait jamais faire plus de deux pas avec le poids de Freddie lui écrasant les pieds contre le plancher ; Freddie était tout aussi lourd maintenant, mais la différence, c'était que Tom savait qu'il devait absolument l'emmener. Il laissa les pieds de Freddie traîner par terre pour que ce fût moins lourd, il réussit à ouvrir la porte avec son coude, puis se mit à descendre l'escalier.

Juste avant d'arriver au second étage, il s'immobilisa, en entendant quelqu'un sortir de l'appartement du premier. Il attendit que le locataire fût descendu et eût claqué la porte pour reprendre sa descente lente et cahotante. Il avait enfoncé un chapeau de Dickie sur la tête de Freddie pour dissimuler les cheveux maculés de sang. Grâce à un mélange de gin et de Pernod qu'il avait absorbé dans l'heure précédente, Tom était parvenu exactement au degré d'ébriété qui devait lui permettre, estimait-il, de se déplacer avec une certaine nonchalance tout en ayant quand même le courage, voire la témérité, de prendre des risques sans flancher. Le premier risque, la pire chose qui pouvait lui arriver, c'était tout bonnement de s'effondrer sous le poids de Freddie avant d'arriver à la voiture. Il s'était juré de ne pas s'arrêter pour reprendre haleine en descendant l'escalier. Il ne s'arrêta pas. Et personne d'autre ne sortit ni n'entra par la grande porte en bas. Durant les heures d'attente, là-haut, Tom s'était complu à imaginer tout ce qui pourrait se passer – la Signera Buffi ou son mari sortant de leur appartement juste au moment où il arrivait en bas des dernières marches, ou bien lui-même n'en pouvant plus et s'affalant avec Freddie dans le couloir, où on les retrouverait tous les deux, à moins encore qu'obligé de s'arrêter pour se reposer il ne fût pas capable de repartir – et il l'avait imaginé avec une telle intensité que d'avoir descendu les trois étages sans que rien de tout cela fût arrivé lui donnait l'impression de bénéficier d'une sorte de protection magique et de glisser comme dans un rêve malgré le fardeau qui pesait sur son épaule.

Il regarda par les carreaux de la grande porte. La rue avait l'air calme : un homme se promenait sur le trottoir d'en face, mais il y avait toujours quelqu'un qui arpentait un trottoir ou l'autre. Il ouvrit la première porte d'une main, la repoussa d'un coup de pied tout en tirant Freddie. Avant d'ouvrir la seconde porte, il fit passer Freddie sur son autre épaule, glissant la tête sous le corps de Freddie, et, pendant une seconde, il éprouva une certaine fierté d'être si fort, jusqu'au moment où la douleur qu'il ressentit dans son bras soudain libéré le fit chanceler. Il n'avait même pas la force de soutenir Freddie par la taille. Il serra les dents et descendit péniblement les quatre marches du perron, se cognant au passage la hanche contre le pilastre.

Un homme qui s'approchait sur le trottoir ralentit le pas comme s'il allait s'arrêter, puis poursuivit sa marche.

Si jamais quelqu'un l'abordait, se dit Tom, il lui soufflerait une telle bouffée de Pernod au visage que toute explication deviendrait superflue. « La barbe, la barbe, la barbe », se dit-il, tout en se traînant vers le bord du trottoir. Encore un passant, un innocent passant. Il en venait quatre maintenant. Mais deux d'entre eux seulement lui lancèrent un bref coup d'œil, lui sembla-t-il. Il attendit un instant qu'une voiture fût passée dans la rue. Puis quelques pas rapides, et il fourra la tête de Freddie et une de ses épaules par la vitre ouverte de sa voiture, de façon à pouvoir étayer Freddie de son propre corps pendant qu'il reprenait son souffle. Il regarda autour de lui, à la lueur du réverbère d'en face. À cet instant, le plus jeune des enfants Buffi sortit en courant et s'éloigna sans regarder du côté de Tom. Puis un homme qui venait de traverser la rue passa à moins d'un mètre de la voiture ; il n'eut qu'un bref regard un peu surpris pour la silhouette penchée de Freddie, qui avait l'air presque naturel maintenant, observa Tom, on aurait dit que

Freddie était en train de parler à quelqu'un dans la voiture, seulement Tom se rendait compte qu'il n'avait pas une attitude *tout à fait* naturelle. C'était cela l'avantage de l'Europe, songea-t-il. Personne ne proposait ses services à personne, personne ne se mêlait des affaires d'autrui. Si ç'avait été en Amérique...

« Est-ce que je peux vous aider ? demanda une voix en italien.

— Oh, non, non, *grazie*, répondit Tom d'une voix joyeusement avinée. Je sais où il habite », ajouta-t-il dans un anglais pâteux.

L'homme hocha la tête en souriant et reprit sa marche. Un homme long et mince, en imperméable, sans chapeau, avec une moustache. Tom espéra qu'il ne se souviendrait pas de lui. Ni de la voiture.

Tom fit pivoter Freddie et le fit tomber sur la banquette, puis il fit le tour de la voiture et installa Freddie à côté de la place du conducteur. Il prit ensuite la paire de gants de cuir qu'il avait fourrée dans la poche de son manteau et introduisit dans la fente la clef de contact de Freddie. La voiture démarra sans difficulté. Ils partirent. Ils descendirent jusqu'à la Via Veneto, passèrent devant la Bibliothèque américaine, traversèrent la Piazza Venezia avec son balcon d'où Mussolini avait coutume de haranguer la foule, passèrent devant le gigantesque mémorial Victor-Emmanuel et le Colisée, tout un tour de Rome que Freddie bien sûr ne pouvait pas apprécier. On aurait dit que Freddie dormait à côté de lui, comme cela arrive parfois aux gens à qui l'on veut faire visiter une ville.

La Via Appia s'étendait devant lui, antique et grise à la lueur incertaine des rares lampadaires. Des ruines de tombeaux dressaient leur silhouette noire de part et d'autre de la route, se découpant sur le ciel qui n'était pas encore tout à fait sombre. Mais il faisait quand même plus nuit que jour. Et une seule voiture roulait dans la même direction que lui. Il n'y avait pas beaucoup de gens qui choisissaient d'aller se promener sur cette route lugubre et mal pavée à la nuit tombée en janvier. Sauf peut-être des amoureux. La voiture approcha, le doubla. Tom commença à chercher un endroit adéquat. Il voulait trouver pour Freddie la proximité d'un beau tombeau, Tom quitta la route, s'arrêta sous les arbres et éteignit ses phares. Il attendit un moment, scrutant la route de part et d'autre.

Freddie était encore aussi mou qu'une poupée de caoutchouc. Qu'est-ce qu'on racontait donc à propos de la *rigor mortis* ? Il traîna le corps, sans ménagement maintenant, derrière le dernier arbre et derrière un fragment de voûte qui devait être tout ce qui restait d'un tombeau de patricien, et c'était bien bon pour ce cochon de Freddie, songea Tom. Il en avait assez de trimbaler ce poussah, et brusquement il lui asséna un coup de pied sur le menton. Il était fatigué, fatigué à en pleurer, il ne pouvait plus voir Freddie Miles, et il crut que l'instant où il pourrait lui tourner le dos une bonne fois n'arriverait jamais. Il y avait encore ce satané manteau ! Tom revint jusqu'à la voiture pour le chercher. « Le sol était dur et sec, remarqua-t-il, et ne garderait sûrement aucune trace de son passage. » Il lança le manteau auprès du corps, puis il regagna la voiture, les jambes flageolantes, et repartit en direction de Rome.

Tout en roulant, il essuya de sa main gantée l'extérieur de la portière pour effacer les empreintes du seul endroit où il avait pu en laisser avant de mettre ses gants. Parvenu dans la rue qui menait à l'American Express, il arrêta la voiture et en sortit après avoir laissé les clefs sur le tableau de bord. Il avait toujours le portefeuille de Freddie dans sa poche, mais il avait mis dans son propre portefeuille l'argent italien, et brûlé dans l'appartement un billet de vingt francs suisses et quelques schillings autrichiens. En passant devant une bouche d'égout, il se pencha et y laissa choir le portefeuille.

« Il n'y avait que deux détails qui clochaient, se dit-il, en regagnant son appartement : des voleurs auraient logiquement gardé le manteau de voyage, parce que c'était un beau manteau, et aussi le passeport qui était resté dans la poche du pardessus. Mais tous les voleurs n'étaient pas logiques, pensa-t-il, surtout un voleur italien. » Et tous les assassins n'étaient pas logiques non plus. Il repensa soudain à sa conversation avec Freddie : « *... un Italien. Un jeune garçon...* » « Quelqu'un avait donc dû le suivre un jour », se dit Tom, car il n'avait donné son adresse à personne. Cette idée le gênait. Peut-être quelques livreurs savaient-ils où il habitait, mais un garçon livreur ne serait pas attablé au Café Greco. Il se sentait très gêné et il se recroquevilla dans son pardessus. Il imagina un jeune garçon brun et haletant qui le suivait jusque chez lui, qui attendait dans la rue pour voir quelle fenêtre s'allumait après qu'il fut entré. Tom remonta le col de son manteau et hâta le pas, comme s'il fuyait un poursuivant ardent et malsain.

17

Tom sortit un peu avant huit heures du matin pour acheter les journaux. Rien. « Peut-être ne trouveraient-ils pas le corps avant des jours, songea Tom. Personne n'irait sans doute se promener autour d'une tombe aussi peu importante que celle derrière laquelle il avait déposé Freddie. » Tom n'était pas inquiet le moins du monde, mais physiquement il était en triste état. Il avait la gueule de bois, il était nerveux, s'interrompant au milieu de ce qu'il faisait, s'arrêtant même de se brosser les dents pour voir si son train partait à dix heures trente ou dix heures quarante-cinq. C'était dix heures trente.

À neuf heures, il était prêt, habillé de pied en cap, et son manteau et son imperméable étaient posés sur son lit. Il avait même annoncé à la Signora Buffi qu'il serait absent pour trois semaines et peut-être davantage. Il avait trouvé à la Signora Buffi un air très normal, et elle n'avait pas parlé à Tom de son visiteur américain de la veille. Tom chercha ce qu'il pourrait lui demander sans avoir l'air de rien pour savoir ce que pensait en fait la Signora Buffi des questions que lui avait posées Freddie, mais il ne trouva rien et décida de ne pas en parler. Tout allait bien. Tom essaya de se persuader qu'il n'avait pas la gueule de bois, car après tout il n'avait bu tout au plus que trois martinis et trois Pernod. Il savait que c'était surtout de l'autosuggestion et qu'il se sentait ainsi barbouillé parce qu'il avait pensé faire semblant d'avoir beaucoup bu avec Freddie. Et maintenant que ce n'était plus la peine, il continuait à jouer la comédie, malgré lui.

Le téléphone sonna, et Tom décrocha en disant « *Pronto* » d'un ton morne.

« Signor Greenleaf ? demanda la voix en italien.

— *Si*.

— *Qui parla la stazione di polizia numero ottantatré. Lei è un amico di un americano che si chiama Fred-derick Milays ?*

— Frederick Miles ? *Si* », fit Tom.

La voix, précise et un peu crispée, déclara que l'on avait découvert ce matin le corps de Fred-derick Mi-lays sur la Via Appia ; le Signor Mi-lays était bien venu le voir hier, n'est-ce pas ?

« Oui, c'est exact.

— Vers quelle heure ?

— De midi à... peut-être cinq ou six heures de l'après-midi, je ne sais plus très bien.

— Voudriez-vous avoir l'obligeance de répondre à quelques questions ?... Non, il n'est pas nécessaire que vous preniez la peine de venir jusqu'au commissariat. L'inspecteur viendra vous voir. Est-ce que onze heures ce matin vous convient ?

— Je serai très heureux de vous aider si je le puis, fit Tom d'un ton juste assez vibrant, mais est-ce que l'inspecteur ne pourrait pas venir tout de suite ? Je dois partir à dix heures. »

La voix émit un petit gémissement et dit que c'était peu probable que l'inspecteur pût venir avant dix heures, mais qu'il allait essayer. Sinon, il faudrait absolument l'attendre, c'était très important.

« *Va bene* », fit Tom. Et il raccrocha.

La barbe ! Il allait rater son train et aussi son bateau. Tout ce qu'il voulait maintenant, c'était s'en aller, quitter Rome, sortir de cet appartement. Il se mit à répéter mentalement ce qu'il allait dire à la police. C'était si simple que cela l'ennuyait presque. C'était la pure vérité. Ils avaient bu, Freddie lui avait parlé de Cortina, ils avaient bavardé assez longuement, et puis Freddie était parti, un peu gris peut-être, mais de très joyeuse humeur. Non, il ne savait pas où Freddie allait. Il avait supposé que Freddie avait un rendez-vous le soir.

Tom passa dans sa chambre et mit sur le chevalet une toile qu'il avait commencée quelques jours auparavant. La peinture sur la palette était encore humide, car il l'avait laissée tremper dans une cuvette d'eau dans la cuisine. Il mélangea un peu de bleu et de blanc et se mit à ajouter quelques touches au ciel gris-bleu. La toile était toujours dans les brun-rouge et les blanc clair de Dickie : elle représentait les toits et les murs de Rome vus de sa fenêtre. Le ciel était le seul point qui différât de la manière de Dickie ; mais c'était le ciel d'hiver de Rome, et il était si triste que même Dickie l'aurait peint dans les gris-bleu et non pas bleu pur, se dit Tom. Tom examina la toile en fronçant les sourcils exactement comme faisait Dickie quand il peignait.

La sonnerie du téléphone retentit de nouveau.

« La barbe ! marmonna Tom en allant répondre. *Pronto !*

— *Pronto ! Fausto !* dit la voix. *Come sta ?* »

Et aussitôt le rire juvénile qu'il connaissait bien.

« *Oh-h ! Fausto ! Bene, grazie !* Excuse-moi, continua Tom en italien, du ton rieur et distrait de Dickie, j'étais en train de peindre… d'essayer de peindre. » Il s'efforçait de prendre la voix de Dickie venant de perdre un ami comme Freddie, et le ton aussi de Dickie après une matinée de travail.

« Pouvons-nous déjeuner ensemble ? demanda Fausto. Mon train pour Milan part à quatre heures et quart. »

Tom eut un grognement comme Dickie. « Je pars justement pour Naples. Oui, tout de suite, dans vingt minutes ! »

« S'il réussissait à échapper maintenant à Fausto, se dit-il, il n'aurait pas besoin de lui révéler que la police voulait l'interroger. La nouvelle de la mort de Freddie ne serait pas dans les journaux avant midi, sinon plus tard. »

« Mais je suis à Rome ! Où est ta maison ? Je suis à la gare ! dit Fausto, tout joyeux.

— Où as-tu trouvé mon numéro de téléphone ?

— Ah ! *allora*, j'ai appelé les renseignements. On m'a dit que tu ne voulais pas donner ton numéro, mais j'ai raconté à la téléphoniste toute une histoire d'un lot de tombola que tu avais gagné à Mongibello. Je ne sais pas si elle m'a cru, mais j'ai dit que c'était très important : une maison, avec une vache, un puits et même un réfrigérateur ! J'ai été obligé de la rappeler trois fois, mais elle a fini par me le donner. *Allora, Dickie*, où es-tu ?

— La question n'est pas là. Je déjeunerais bien avec toi si je n'avais pas ce train, mais…

— *Va bene*, je t'aiderai à porter tes bagages ! Dis-moi où tu es, et je passerai te prendre en taxi !

— Nous n'avons pas le temps. Pourquoi ne pas nous

retrouver à la gare dans une demi-heure ? Je prends le train de dix heures trente pour Naples.

— *Okay !*

— Comment va Marge ?

— *Ah !... innamorata di te*, dit Fausto en riant. Tu vas la voir à Naples ?

— Je ne pense pas. Je te retrouve dans quelques minutes, Fausto. Il faut que je me dépêche. *Arrivederci.*

— *'Rivederci, Dickie ! Addio !* » Et il raccrocha.

Quand Fausto lirait les journaux cet après-midi, il comprendrait pourquoi Dickie n'était pas venu à la gare, sinon il croirait simplement qu'ils s'étaient manqués. « Mais Fausto verrait sans doute les journaux de midi, se dit Tom, car la presse italienne allait monter l'affaire en épingle : meurtre d'un Américain sur la Via Appia ! » Après la visite de l'inspecteur, il prendrait un autre train pour Naples – après quatre heures pour être sûr de ne pas rencontrer Fausto à la gare – et il attendrait à Naples le prochain bateau pour Majorque.

Il espérait que Fausto ne réussirait pas à arracher à la demoiselle des renseignements sur son adresse et qu'il ne déciderait pas de venir le voir avant quatre heures. Et il espérait que Fausto n'allait pas débarquer juste au moment où la police serait là.

Tom fourra deux valises sous le lit, porta l'autre dans un placard dont il referma la porte. Il ne tenait pas à donner à la police l'impression qu'il était sur le point de quitter Rome. Mais, au fait, pourquoi était-il si nerveux ? La police n'avait sans doute aucun indice. Peut-être un ami de Freddie savait-il que celui-ci devait essayer de le voir hier, rien de plus. Tom prit un pinceau et le trempa dans une tasse pleine de térébenthine. Il voulait aux yeux de la police ne pas avoir l'air trop bouleversé par la mort de Freddie pour ne pas faire un peu de peinture en attendant les inspecteurs, bien qu'il fût habillé et prêt à s'en aller puisqu'il avait dit qu'il devait sortir. Il voulait bien être un ami de Freddie, mais pas un ami trop intime.

La Signora Buffi fit monter les policiers à dix heures et demie. Tom les vit arriver par la cage de l'escalier. Ils montèrent sans s'arrêter pour poser aucune question à la propriétaire. Tom rentra dans l'appartement. Une forte odeur de térébenthine flottait dans la pièce.

Ils étaient deux : un homme d'un certain âge en uniforme de lieutenant de police, et un plus jeune en sergent de ville. Le plus âgé des deux le salua poliment et demanda à voir son passeport. Tom l'exhiba, et le policier examina attentivement le visage de Tom qu'il compara avec la photographie du passeport ; jamais personne n'avait dévisagé Tom aussi attentivement et il se préparait déjà à répondre quelque chose, mais le policier, sans faire aucune remarque, lui rendit le passeport avec un bref salut. C'était un homme de petite taille, qui ressemblait à des milliers d'autres Italiens entre deux âges, avec d'épais sourcils poivre et sel et une courte moustache grisonnante. Il n'avait l'air ni plus ni moins intelligent qu'un autre.

« Comment a-t-il été tué ? demanda Tom.

— Il a été frappé à la tête et à la nuque par un instrument contondant, répondit l'inspecteur, et volé. Nous pensons qu'il était ivre. Était-il ivre quand il a quitté votre appartement hier après-midi ?

— Ma foi... un peu. Nous avions bu tous les deux. Des martinis et du Pernod. »

L'officier prit note de sa réponse sur son calepin ; il nota aussi la déclaration de Tom selon laquelle Freddie était resté environ de midi à six heures.

Le plus jeune des deux policiers, au visage assez beau et inexpressif, déambulait dans l'appartement, les mains derrière le dos, se penchant sur le chevalet d'un air intéressé comme s'il était seul dans un musée.

« Saviez-vous où il allait quand il est parti ? demanda l'inspecteur.

— Ma foi, non.

— Mais vous pensiez qu'il était capable de conduire ?

— Oh ! oui. Il n'était pas ivre au point de ne pas pouvoir conduire, sinon je serais allé avec lui. »

L'inspecteur posa à Tom une autre question que celui-ci fit mine de ne pas très bien comprendre. Le policier la posa de nouveau, en modifiant quelques mots et en échangeant un sourire avec son jeune collègue. Tom les regarda l'un après l'autre, d'un air un peu furieux. L'inspecteur voulait savoir quelles étaient ses relations avec Freddie.

« C'était un ami, dit Tom. Pas un ami très intime. Je ne l'avais pas vu, pas plus que je n'avais eu de ses nouvelles, depuis deux mois environ. J'ai été bouleversé d'apprendre le désastre ce matin. » Tom comptait sur son expression peinée pour compenser les insuffisances de son vocabulaire. Il avait l'impression que c'était un interrogatoire de pure forme et qu'ils allaient partir d'une minute à l'autre. « À quelle heure exactement a-t-il été tué ? » demanda Tom.

Le policier écrivait toujours. Il leva ses sourcils en broussaille.

« Sans doute juste après que le Signor est sorti de chez vous, car les médecins estiment qu'il était mort depuis douze heures, peut-être davantage.

— À quelle heure l'a-t-on découvert ?

— Ce matin à l'aube. Ce sont des ouvriers qui passaient sur la route qui l'ont aperçu.

— *Dio mio !* murmura Tom.

— Il n'avait pas parlé hier de faire une excursion sur la Via Appia en sortant de chez vous ?

— Non, dit Tom.

— Qu'avez-vous fait hier après le départ du Signor Mi-lays ?

— Je suis resté ici, répondit Tom, avec un geste large comme aurait pu en avoir Dickie ; j'ai fait un petit somme, et puis je suis sorti vers huit heures ou huit heures et demie pour faire un tour. » Un homme qui habitait la maison et dont Tom ignorait le nom l'avait vu rentrer hier soir vers neuf heures moins le quart, et ils s'étaient dit bonsoir.

« Vous êtes allé vous promener seul ?

— Oui.

— Et le Signor Mi-lays est parti seul ? Il n'avait pas rendez-vous avec quelqu'un que vous connaissiez ?

— Non, il ne m'en a rien dit. » Tom se demandait si Freddie avait des amis à l'hôtel ou à la pension où il était descendu. Tom espérait bien que la police n'irait pas le confronter avec des amis de Freddie susceptibles de connaître Dickie. « Son nom – celui de Richard Greenleaf – allait être maintenant dans les journaux italiens, se dit Tom, ainsi que son adresse. Il allait être obligé de déménager. Quel ennui ! » Il étouffa un juron. Le policier s'en aperçut, « mais, se dit

Tom, on pouvait prendre cela pour une exclamation navrée devant le triste sort de Freddie ».

« Eh bien... » fit le policier en souriant. Il referma son carnet.

« Vous pensez que c'étaient... – Tom chercha le mot italien pour gangsters – ... des mauvais garçons, n'est-ce pas ? A-t-on des indices ?

— Nous cherchons à relever des empreintes sur la voiture. Le meurtrier était sans doute quelqu'un qui faisait de l'auto-stop. On a retrouvé la voiture ce matin dans les parages de la Piaza di Spagna. Nous devrions avoir des indices d'ici ce soir. Merci beaucoup, Signor Greenleaf.

— *Di niente !* Si je puis vous être encore utile en quoi que ce soit... »

Sur le seuil, l'officier se retourna.

« Pourrons-nous vous joindre ici dans les jours à venir, au cas où nous aurions d'autres questions à vous poser ? »

Tom hésita. « Je pensais partir demain pour Majorque.

— Mais nous vous demanderons peut-être d'identifier telle ou telle personne qui pourrait être suspecte, expliqua l'inspecteur. Vous pourriez nous dire ce qu'était cette personne pour la victime. » Il eut un geste vague.

« Je comprends. Mais je ne crois pas que je connaissais assez bien le Signor Miles pour cela. Il devait avoir des amis plus intimes à Rome.

— Qui donc ? »

Le policier referma la porte et tira son carnet.

« Je ne sais pas, dit Tom. Tout ce que je sais, c'est qu'il devait avoir d'autres amis ici, des gens qui le connaissaient mieux que moi.

— Je regrette, mais nous comptons quand même pouvoir

vous joindre dans les jours à venir, répéta-t-il tranquillement, comme si, tout Américain qu'il était, Tom n'avait pas à discuter. Nous vous préviendrons dès que vous pourrez partir. Je suis navré si vous aviez fait des projets de voyage. Peut-être pouvez-vous encore les annuler. Au revoir, Signor Greenleaf.

— Au revoir. » Tom resta un moment immobile après le départ des policiers. « Il pouvait toujours aller s'installer à l'hôtel, pensa-t-il, s'il avertissait la police. Il ne tenait pas à voir les amis de Freddie ou de Dickie venir chez lui après avoir trouvé son adresse dans les journaux. » Il essaya d'examiner son comportement du point de vue de la police. Il n'avait pas paru horrifié à la nouvelle de la mort de Freddie, mais ne leur avait-il pas expliqué qu'il n'était pas un ami particulièrement intime de Freddie ? Allons, ce n'était pas bien grave, mais il lui faudrait être aux aguets.

Le téléphone sonna, et Tom ne répondit pas, car il avait l'impression que c'était Fausto qui l'appelait de la gare. Il était onze heures cinq, et le train de Naples devait être parti. Quand la sonnerie se tut, Tom décrocha l'appareil et téléphona à l'Inghelterra. Il réserva une chambre et dit qu'il serait là dans une heure. Puis il appela le commissariat – il se souvenait que c'était le 83 – et après dix minutes de palabres, car il ne trouvait personne qui sût ni qui se souciât de savoir qui était Richard Greenleaf, il put laisser un message disant qu'au cas où la police voudrait lui parler, on pourrait joindre le Signor Richard Greenleaf à l'Albergo Inghilterra.

Moins d'une heure plus tard, il était à l'Inghilterra. La vue de ses trois valises, les deux de Dickie et la sienne, le déprimait ; il les avait préparées dans une tout autre intention. Et dire qu'il était bloqué là !

À midi, il sortit acheter les journaux. Toute la presse parlait de l'affaire : UN AMÉRICAIN ASSASSINÉ SUR LA VIA APPIA... AUDACIEUX MEURTRE DU RICHISSIME AMÉRICAIN FREDERICK MILES LA NUIT DERNIÈRE SUR LA VIA APPIA... AUCUN INDICE SUR L'IDENTITÉ DU MEURTRIER DE L'AMÉRICAIN... Tom lut tous les articles sans en sauter un mot. On n'avait vraiment aucun indice, du moins aucun encore, pas de traces, pas d'empreintes, pas de suspect. Mais tous les journaux citaient le nom d'Herbert Richard Greenleaf et donnaient son adresse comme étant le dernier endroit où l'on eût vu Freddie vivant. Aucun journal cependant ne laissait entendre que l'on soupçonnait Herbert Richard Greenleaf. On disait que Miles semblait avoir bu pas mal et, dans le style habituel des journaux italiens, on énumérait tout ce qu'il avait absorbé : une liste comprenant cocktails, scotch, cognac, champagne, vin même. Il n'y manquait que le gin et le Pernod.

Tom passa l'heure du déjeuner dans sa chambre d'hôtel, arpentant la pièce, il se sentait déprimé, traqué. Il téléphona à l'agence de voyages de Rome qui lui avait vendu son billet pour Palma en essayant d'annuler la location. On pouvait lui rembourser vingt pour cent, lui répondit-on. Il n'y avait pas d'autre bateau pour Palma avant cinq jours.

Vers deux heures, la sonnerie du téléphone retentit, insistante.

« Allô, fit Tom, du ton nerveux, irrité, de Dickie.

— Salut, Dickie. Ici Van Houston.

— Oh-h ! » fit Tom, comme s'il le connaissait. Mais ce

monosyllabe n'exprimait ni une surprise trop vive, ni une cordialité excessive.

« Comment allez-vous ? Ça fait un moment qu'on ne s'est vus, déclara Van Houston, d'une voix rauque, un peu tendue.

— Je pense bien. Où êtes-vous ?

— À l'hôtel Hassler. Je viens d'examiner le contenu des bagages de Freddie avec la police. Écoutez, je voudrais vous voir. Qu'est-ce qu'avait donc Freddie hier soir ? J'ai essayé de vous joindre tous les deux dans la soirée, vous savez, parce que Freddie devait être de retour à l'hôtel à six heures. Mais je n'avais pas votre adresse. Qu'est-ce qui s'est passé hier ?

— Je voudrais bien le savoir ! Freddie est parti vers six heures. Nous avions bu tous les deux pas mal de martinis, mais il avait l'air parfaitement capable de conduire, sinon je ne l'aurais bien entendu pas laissé partir. Il m'a dit qu'il avait sa voiture en bas. Je ne comprends pas ce qui a pu se passer ; il a dû être arrêté par des types qui faisaient de l'auto-stop et qui ont dû l'abattre ensuite, je ne sais pas.

— Mais il n'a pas été tué par un revolver. Je suis d'accord avec vous, on a dû le forcer à rouler jusque là-bas, ou bien alors il a eu une crise d'amnésie, parce qu'il lui a fallu traverser tout Rome pour aller jusqu'à la Via Appia. L'hôtel Hassler est à deux pas de chez vous.

— Cela lui est-il déjà arrivé de s'évanouir ? Au volant ?

— Écoutez, Dickie, est-ce que je peux vous voir ? J'ai le temps maintenant, seulement je suis censé ne pas quitter l'hôtel aujourd'hui.

— Moi aussi.

— Oh ! allons donc. Laissez un message pour dire où vous êtes et venez.

— Je ne peux pas, Van. La police doit venir d'ici une heure, et je suis obligé d'attendre. Vous ne pouvez pas me rappeler un peu plus tard ? Je pourrais peut-être vous voir ce soir.

— Entendu. À quelle heure ?

— Appelez-moi vers six heures.

— D'accord. Bon courage, Dickie.

— Vous aussi.

— À tout à l'heure », conclut Van d'une voix étouffée.

Tom raccrocha. Van semblait au bord des larmes.

« *Pronto ?* » fit Tom en décrochant pour parler au standardiste de l'hôtel. Il laissa un message pour dire qu'il n'était là pour personne, sauf pour la police, et qu'on veuille bien ne laisser monter personne. Absolument personne.

Après cela, le téléphone ne sonna pas de tout l'après-midi. Vers huit heures, Tom descendit acheter les journaux du soir. Il examina le petit hall et le bar de l'hôtel dont la porte donnait sur l'entrée, cherchant quelqu'un qui fût susceptible d'être Van. Il était prêt à tout, même à trouver Marge qui l'attendait, mais il ne vit personne qui ressemblât même à un policier. Il acheta les journaux du soir et s'installa pour les lire dans un petit restaurant à quelques rues de là. Toujours aucun indice. Il apprit que Van Houston était un ami intime de Freddie, âgé de vingt-huit ans, et venant avec lui d'Autriche ; ils devaient ensuite gagner Florence où Miles et Houston résidaient tous deux, précisaient les journaux. On avait interrogé trois jeunes Italiens, deux de dix-huit ans et un de seize ans, qu'on soupçonnait d'être les auteurs de « l'horrible crime », mais on les avait relâchés quelques heures plus tard. Tom fut soulagé d'apprendre qu'on n'avait trouvé aucune empreinte récente ni utilisable sur le *bellissimo convertibile Fiat 1400* de Miles.

Tom mangea lentement sa *costoletta di vitello*, but son vin à petites gorgées, et parcourut attentivement les journaux pour voir s'il n'y avait rien en dernière minute. Il ne trouva rien d'autre concernant l'affaire Miles. Mais en dernière page du dernier quotidien du soir, il lut :

BARCA AFFONDATA CON MACCHIE DI SANGUE TROVATA NELL'ACQUA POCO PROFONDA VICINO SAN REMO.

Il lut l'article rapidement, plus terrorisé que lorsqu'il avait descendu le corps de Freddie dans l'escalier ou que quand la police était venue l'interroger. C'était comme l'apparition de la Némésis, comme un cauchemar qui devenait réalité, jusque dans le style même du titre. On décrivait minutieusement le canot et, à lire cela, Tom revécut toute la scène : Dickie assis à la barre, Dickie lui souriant, le corps de Dickie coulant dans l'eau avec son cortège de bulles. On supposait, disait l'article, qu'il s'agissait de taches de sang, on ne l'affirmait pas. On ne précisait pas si la police avait l'intention de faire quelque chose. « Mais elle allait sûrement faire quelque chose, se dit Tom. Le batelier pourrait sans doute dire aux policiers le jour exact où il avait loué le canot. Ils n'auraient plus alors qu'à consulter les registres des hôtels à cette date. Le batelier se souviendrait peut-être même que c'étaient deux Américains qui n'étaient pas rentrés avec le canot. Si la police prenait alors la peine de consulter les registres des hôtels, le nom de Richard Greenleaf lui sauterait aux yeux. Auquel cas, bien sûr, ce serait

Tom Ripley qui aurait disparu, qu'on aurait peut-être assassiné ce jour-là. » L'imagination de Tom se mit au travail : et si on recherchait le corps de Dickie et qu'on le retrouvât ? On le prendrait pour le cadavre de Tom Ripley. Dickie serait soupçonné de meurtre. Dickie serait donc également soupçonné du meurtre de Freddie. Dickie deviendrait du jour au lendemain « un maniaque de l'homicide ». Peut-être aussi le batelier ne se rappellerait-il pas quel jour un de ses canots n'était pas rentré. Et même s'il s'en souvenait, peut-être ne regarderait-on pas les registres des hôtels. La police italienne ne s'intéresserait peut-être pas à l'affaire. Peut-être que oui, peut-être que non.

Tom replia ses journaux, paya son addition et sortit.

Il demanda au bureau de l'hôtel s'il n'y avait pas de messages pour lui.

« *Si, signor. Questo e questo e questo...* » L'employé les étala devant lui comme un joueur de poker abat un carré vainqueur.

Deux de Van. Un de Robert Gilbertson. (N'y avait-il pas un Robert Gilbertson dans le carnet d'adresses de Dickie ? À vérifier.) Un de Marge. Tom le prit et le lut soigneusement : la Signorina Sherwood avait appelé à quinze heures trente-cinq et rappellerait. L'appel venait de Mongibello.

Tom hocha la tête et prit tous ces messages. « Merci bien. » Il n'aimait pas l'air de cet employé derrière son comptoir. Les Italiens étaient si curieux !

Dans sa chambre, il s'assit dans un fauteuil et alluma une cigarette tout en examinant la situation. Il essayait d'imaginer ce qui devrait logiquement se passer s'il ne faisait rien et quelles réactions il pouvait provoquer en agissant lui-même. Marge allait très probablement venir à Rome. Elle avait évidemment téléphoné à la police romaine pour obtenir son adresse. Si elle venait, il faudrait qu'il la rencontrât en tant que Tom, et qu'il essayât de la convaincre que Dickie était sorti pour un moment, comme il l'avait fait avec Freddie. Et s'il échouait… Tom se frotta nerveusement les mains. Il ne fallait pas voir Marge, tout simplement. Ce n'était pas le moment, avec cette histoire de canot qui surgissait. Ce serait la fin de tout ! Mais s'il pouvait seulement avoir la paix, tout irait bien. C'était seulement un mauvais moment à passer, cette histoire du canot retrouvé et le meurtre inexpliqué de Freddie Miles qui compliquaient les choses. Mais il ne risquait absolument rien s'il pouvait continuer à faire ce qu'il fallait et à dire à chacun ce qui convenait. Après cela, rien de plus facile que de partir sans histoires. Aller en Grèce, aux Indes ou à Ceylan. Un endroit éloigné, très éloigné, où il ne courrait pas le risque de voir un vieil ami frapper à sa porte. Quel idiot il avait été de croire qu'il pourrait rester à Rome ! Il aurait aussi bien pu choisir Grand Central Station ou s'exposer au Louvre !

Il téléphona à la Stazione Termini et demanda les heures des trains pour Naples le lendemain. Il y en avait quatre ou cinq dont il prit les horaires de départ. Il n'aurait pas de bateau pour Majorque avant cinq jours, et il se dit qu'il serait aussi bien à Naples pour l'attendre. Tout ce qu'il lui fallait, c'était une autorisation de la police, et, si rien de nouveau ne survenait d'ici demain, il devrait l'obtenir. On ne pouvait tout de même pas empêcher indéfiniment quelqu'un de voyager, quand on n'avait aucune raison de le soupçonner, simplement sous le prétexte qu'on pourrait avoir une ou deux questions à lui poser ! Il se dit qu'il serait sûrement autorisé à partir demain, que c'était dans la logique des choses.

Il décrocha de nouveau le téléphone et dit au standard que si Miss Marjorie Sherwood rappelait, on voulût bien lui passer la communication. « Si elle retéléphonait, se dit-il, il pourrait en deux minutes la convaincre que tout allait bien, que le meurtre de Freddie ne le concernait en rien, qu'il était allé s'installer à l'hôtel pour éviter les coups de téléphone de parfaits étrangers tout en restant à la disposition de la police au cas où on aurait besoin de lui pour identifier des suspects éventuels. Il lui dirait qu'il prenait le lendemain ou le surlendemain l'avion pour la Grèce, et qu'il était donc inutile qu'elle vînt jusqu'à Rome. Il devrait d'ailleurs pouvoir prendre l'avion pour Palma. Il venait d'y penser. »

Il s'allongea sur le lit, épuisé mais pas encore prêt à se déshabiller, car il avait l'impression que quelque chose allait encore arriver ce soir. Il se mit à penser à Marge. Il l'imaginait en ce moment chez Giorgio, ou se payant un Tom Collins au bar du Miramare et se demandant si elle devait rappeler ou non. Il voyait ses sourcils froncés par la réflexion, ses cheveux dépeignés, et son air songeur et inquiet tandis qu'elle se demandait ce qui se passait à Rome. Elle devait être seule à une table, sans parler à personne. Il la voyait se lever pour rentrer, prendre une valise et sauter le lendemain dans le car de midi. Et il était là, sur la route, devant le bureau de poste, lui criant de ne pas partir, essayant d'arrêter le car, mais celui-ci avait déjà démarré...

La scène se fondit dans une brume d'un gris jaunâtre, la couleur du sable à Mongibello. Tom vit Dickie lui sourire, vêtu du complet de gabardine qu'il portait à San Remo. Son costume était trempé, sa cravate n'était plus qu'un chiffon dégoulinant. Dickie se penchait sur lui et le secouait. « Je suis revenu à la nage ! Je suis vivant ! Tom, réveillez-vous ! Tout va bien ! Je suis rentré à la nage ! Je suis vivant ! » Tom frissonnait sous la main de Dickie. Il entendait Dickie se moquer de lui, le rire profond et joyeux de Dickie. « *Tom !* » Le timbre de sa voix était plus grave, plus riche, c'était *mieux* que tout ce que Tom avait réussi à faire dans ses imitations. Tom se redressa. Il se sentait lourd comme du plomb, il avait l'impression d'essayer de remonter du fond de l'eau.

« *Je suis revenu à la nage !* » criait la voix de Dickie, qui résonnait interminablement aux oreilles de Tom comme s'il l'entendait dans un long tunnel.

Tom regarda autour de lui, cherchant Dickie dans le cercle de lumière de la lampe, dans le coin d'ombre près de l'armoire. Tom sentait ses yeux s'écarquiller de terreur, et il avait beau savoir que ses craintes étaient sans objet, il s'obstinait à chercher Dickie partout, sous les stores à demi tirés de la fenêtre, de l'autre côté du lit. Il se leva, traversa la chambre en vacillant et ouvrit une fenêtre. Puis l'autre. Il avait l'impression d'être drogué. « *On a mis quelque chose dans mon vin* », pensa-t-il soudain. Il s'agenouilla près de la fenêtre, humant l'air frais, luttant contre sa torpeur, comme si c'était quelque chose qui allait l'accabler s'il ne résistait pas de toutes ses forces. Puis il passa dans la salle de bains et s'aspergea le visage d'eau froide. Sa torpeur se dissipait. Il se rendit compte que personne n'avait rien mis dans son vin. Il avait laissé son imagination l'emporter. Il avait perdu le contrôle.

Il s'étira et ôta calmement sa cravate. Il accomplit les gestes mêmes qu'aurait eus Dickie, il se déshabilla, se baigna, enfila son pyjama et se coucha dans son lit. Il se demandait à quoi aurait bien pu penser Dickie. À sa mère. Celle-ci dans sa dernière lettre lui avait envoyé deux photos d'elle et de M. Greenleaf assis dans le living-room en train de prendre le café ; il se souvint du soir où il avait pris le café avec eux dans cette même pièce. Mme Greenleaf expliquait qu'Herbert avait pris les photos lui-même avec un *flash*. Tom se mit à composer dans sa tête la prochaine lettre qu'il allait lui écrire. Ils étaient contents, car il écrivait plus souvent. Il faudrait les rassurer sur l'affaire Freddie, car ils le connaissaient. Mme Greenleaf dans une de ses lettres avait demandé des nouvelles de Freddie Miles. Mais tout en essayant de composer sa lettre dans sa tête, Tom, l'oreille tendue, guettait la sonnerie du téléphone, et il était incapable de se concentrer vraiment.

18

La première chose à laquelle il pensa lorsqu'il s'éveilla, ce fut Marge. Il saisit le téléphone et demanda si elle avait appelé pendant la nuit. Non, elle n'avait pas appelé. Il eut l'horrible pressentiment qu'elle allait venir à Rome. Cette pensée le fit bondir hors de son lit, mais, tandis qu'il accomplissait les gestes quotidiens pour se raser et se baigner, son sentiment changea. Pourquoi s'inquiéterait-il tellement au sujet de Marge ? Il avait toujours su comment s'y prendre avec elle. De toute façon, elle ne pourrait pas être là avant cinq ou six heures, car le premier car quittait Mongibello à midi, et Marge ne prendrait sûrement pas un taxi jusqu'à Naples.

Peut-être pourrait-il quitter Rome ce matin. À dix heures, il appellerait la police pour savoir.

Il fit monter du *caffe latte* et des croissants dans sa chambre, ainsi que les journaux du matin. Fait très étrange, il n'y avait rien dans aucun des journaux ni sur l'affaire Miles ni sur le bateau de San Remo. Tom en éprouva une impression bizarre, une impression de terreur ; il eut peur comme la veille au soir quand il avait imaginé que Dickie était là dans la chambre. Il jeta les journaux sur un fauteuil.

Le téléphone sonna, et Tom bondit docilement pour répondre. Ce n'était ni Marge ni la police. « *Pronto ?*

— *Pronto*. Il y a deux signori de la police en bas qui demandent à vous voir, Signor.

— Très bien. Voulez-vous les faire monter ? »

Un instant plus tard, il entendit leurs pas sur le tapis du couloir. C'était le même inspecteur d'un certain âge que la veille, mais il était accompagné cette fois d'un autre jeune policier.

« *Buongiorno*, dit l'inspecteur poliment, en faisant son petit salut.

— *Buongiorno*, dit Tom. Vous avez trouvé quelque chose de nouveau ?

— Non », dit l'inspecteur d'un ton incertain.

Il s'assit dans le fauteuil que lui offrait Tom et ouvrit sa serviette de cuir brun. « Nous avons à nous occuper d'une autre affaire maintenant. Vous êtes également un ami de l'Américain Thomas Ripley ?

— Oui, dit Tom.

— Est-ce que vous savez où il est ?

— Je crois qu'il est retourné en Amérique il y a environ un mois. »

L'inspecteur consulta ses notes. « Ah bon. Il faudra que nous nous fassions confirmer cela par le Bureau d'Immigration des États-Unis. Vous comprenez, nous sommes en train d'essayer de trouver Thomas Ripley. Nous pensons qu'il est peut-être mort.

— Mort ? Pourquoi ? »

Après chacune des déclarations de l'inspecteur, ses lèvres se serraient doucement sous sa moustache touffue gris fer, de sorte qu'on pouvait croire qu'il souriait. Ce sourire avait déjà un peu trompé Tom hier. « Vous avez fait un voyage à San Remo avec lui en novembre, n'est-ce pas ? »

Ils avaient dû décider de consulter les registres des hôtels.

« Oui.

— Où l'avez-vous vu pour la dernière fois ? À San Remo ?

— Non. Je l'ai revu à Rome. »

Tom se rappela que Marge savait qu'il était retourné à Rome après Mongibello, parce qu'il avait dit qu'il allait aider Dickie à s'installer à Rome.

« Quand l'avez-vous vu pour la dernière fois ?

— Je ne sais pas si je peux vous donner la date exacte. Quelque chose comme il y a deux mois, je crois. Il me semble que j'ai reçu une carte postale de... de Gênes, où il me disait qu'il retournait en Amérique.

— Vous croyez ?

— Je sais que j'ai eu une carte postale, dit Tom. Pourquoi croyez-vous qu'il est mort ? »

L'inspecteur regarda d'un air dubitatif la fiche où il avait des notes. Tom jeta un coup d'œil dans la direction du jeune policier, qui était appuyé contre la commode, les bras croisés, et le contemplait, le visage impassible.

« Vous avez fait une promenade en bateau avec Thomas Ripley à San Remo.

— Une promenade en bateau ? Où cela ?

— Dans un petit canot ? Autour du port ? demanda l'inspecteur d'un ton tranquille, les yeux fixés sur Tom.

— Je crois que oui. Oui, je me souviens. Pourquoi ?

— Parce qu'on a trouvé un petit canot coulé et qui porte des taches qui sont peut-être du sang. Ce bateau a été perdu le 25 novembre. C'est-à-dire qu'il n'a pas été ramené au bassin où il avait été loué. C'est le 25 novembre que vous étiez à San Remo avec le Signor Ripley. » Les yeux de l'inspecteur ne quittaient pas Tom un instant.

La douceur même de ce regard offensa Tom. Il trouvait ce regard malhonnête. Mais il fit un effort immense pour se comporter correctement. Il se vit comme s'il était en dehors de lui-même et comme s'il observait la scène en spectateur. Il corrigea même sa posture, la fit paraître plus détendue en s'appuyant d'une main contre une colonne du lit. « Mais il ne nous est rien arrivé pendant cette promenade en bateau. Nous n'avons pas eu d'accident.

— Vous avez ramené le bateau ?

— Bien sûr. »

L'inspecteur continuait à le fixer. « Nous ne trouvons le Signor Ripley sur aucun registre d'hôtel après le 25 novembre.

— Ah ! oui ?... Depuis combien de temps cherchez-vous ?

— Pas assez longtemps pour passer en revue jusqu'au moindre petit village d'Italie, mais nous avons consulté les registres des hôtels des grandes villes. Nous vous trouvons inscrit au Hassler du 28 au 30 novembre, puis...

— Tom n'est pas resté avec moi à Rome... Je veux dire le Signor Ripley. Il est parti pour Mongibello à peu près à ce moment-là et il y est resté quelques jours.

— Où est-il descendu quand il est venu à Rome ?

— Dans un petit hôtel. Je ne me rappelle pas lequel. Je ne suis pas allé le voir.

— Et vous, où étiez-vous ?

— Quand ?

— Le 26 et le 27 novembre. C'est-à-dire juste après San Remo.

— À Forte dei Marmi, répondit Tom. Je m'y suis arrêté en descendant. J'ai séjourné dans une pension.

— Laquelle ? »

Tom secoua la tête. « Je ne me rappelle pas son nom. Une toute petite pension. » « Après tout, se dit-il, il pourrait faire la preuve, par Marge, que Tom était à Mongibello, vivant, après San Remo, alors pourquoi la police irait-elle chercher dans quelle pension Dickie Greenleaf avait séjourné le 26 et le 27 ? » Tom s'assit au bord de son lit. « Je ne comprends pas pourquoi vous croyez que Tom Ripley est mort.

— Nous croyons que *quelqu'un* est mort, à San Remo, répondit l'inspecteur. Quelqu'un a été tué dans ce bateau. C'est pourquoi le bateau a été coulé... pour cacher les taches de sang. »

L'inspecteur haussa les épaules.

Tom haussa les épaules, lui aussi. « Il doit y avoir des centaines de gens qui ont loué des bateaux ce jour-là à San Remo.

— Il n'y en a pas tellement. Une trentaine de personnes. Il est tout à fait exact que ç'aurait pu être n'importe laquelle des trente... ou n'importe lequel des quinze groupes de deux, puisque c'étaient des bateaux à deux places, ajouta-t-il avec un sourire. Nous ne connaissons même pas les noms de tous ces gens. Mais nous commençons à croire que Tom Ripley a disparu. » Il avait le regard fixé maintenant sur un coin éloigné de la pièce et Tom se dit qu'à en juger par son expression il aurait pu être en train de penser à autre chose.

Ou alors se délectait-il de la chaleur du radiateur proche de son fauteuil ?

Tom recroisa les jambes avec impatience. Ce qui se passait dans la tête de cet Italien était clair : Dickie Greenleaf s'était trouvé par deux fois sur le lieu d'un meurtre, ou du moins pas loin. Thomas Ripley, qui avait disparu, avait fait une promenade en bateau avec Dickie Greenleaf le 25 novembre. Donc... Tom se redressa, fronçant les sourcils. « Vous voulez dire que vous ne me croyez pas quand je vous dis que j'ai vu Tom Ripley à Rome vers le 1er décembre ?

— Oh ! non, je n'ai pas dit cela, absolument pas ! » L'inspecteur eut un geste apaisant. « Je voulais entendre ce que vous me diriez de votre... de votre voyage avec le Signor Ripley après San Remo, parce que nous ne parvenons pas à le retrouver. » Il sourit de nouveau, un large sourire conciliant, qui révélait des dents jaunâtres.

Tom se carra sur son siège avec un haussement d'épaules agacé. Évidemment la police italienne n'avait pas envie d'accuser de but en blanc un citoyen américain de meurtre. « Je suis désolé de ne pas pouvoir vous dire exactement où il se trouve maintenant. Pourquoi n'essayez-vous pas Paris ? Ou Gênes ? Il sera sûrement descendu dans un petit hôtel, parce qu'il les préfère.

— Est-ce que vous avez la carte postale qu'il vous a envoyée de Gênes ?

— Non, je ne l'ai pas », dit Tom. Il se passa la main dans les cheveux, comme Dickie faisait souvent quand il était irrité. Cela lui fit du bien, de se concentrer pendant quelques secondes sur le fait d'être Dickie Greenleaf, d'arpenter le plancher une ou deux fois.

« Connaissez-vous des amis de Thomas Ripley ? »

Tom secoua la tête. « Non, je ne le connais même pas très bien lui-même, du moins pas depuis très longtemps. Je ne sais pas s'il a beaucoup d'amis en Europe. Je crois l'avoir entendu dire qu'il connaissait quelqu'un à Faenza. Et aussi à Florence. Mais je ne me rappelle pas les noms de ces gens. » « Si l'Italien croyait qu'il ne donnait pas les noms des amis de Tom pour leur éviter d'être questionnés en long et en large par la police, qu'il le croie », se dit Tom.

« *Va bene*, nous allons enquêter », dit l'inspecteur. Il rangea ses papiers. Il y avait apposé au moins une douzaine de notes.

« Avant que vous ne partiez, fit Tom de son même ton nerveux et sincère, je voudrais vous demander si je peux quitter la ville. J'avais l'intention d'aller en Sicile. J'aimerais beaucoup partir aujourd'hui, si possible. Je compte descendre à l'Hôtel Palma, à Palerme. Il vous sera très simple de m'y joindre si vous avez besoin de moi.

— Palerme, répéta l'inspecteur. *Ebbene*, c'est peut-être possible. Puis-je me servir du téléphone ? »

Tom alluma une cigarette italienne et écouta l'inspecteur demander le capitano Aulicino, puis déclarer d'un ton très calme que le Signor Greenleaf ne savait pas où était le Signor Ripley, que celui-ci pouvait être retourné en Amérique, ou encore, de l'avis du Signor Greenleaf, être à Florence ou à Faenza. « Faenza, répéta-t-il soigneusement, *vicino Bologna*. » Lorsque la personne au bout du fil eut bien compris, l'inspecteur dit que le Signor Greenleaf souhaitait se rendre à Palerme aujourd'hui. « *Va bene. Benone.* » L'inspecteur se tourna vers Tom et lui dit en souriant : « Oui, vous pouvez partir pour Palerme aujourd'hui.

— *Benone, grazie.* » Tom accompagna les deux hommes

jusqu'à la porte. « Si vous apprenez où se trouve Tom Ripley, j'aimerais que vous me le disiez, à moi aussi, dit-il ingénument.

— Bien sûr ! Nous vous tiendrons au courant, Signor. *Buongiorno !* »

Quand il fut seul, Tom se mit à siffloter tout en remettant dans ses valises les quelques petites choses qu'il en avait sorties. Il se sentait fier de lui d'avoir proposé de se rendre en Sicile et non à Majorque, car la Sicile c'était encore l'Italie et Majorque pas, et que la police italienne devait naturellement accepter plus volontiers de le laisser partir s'il restait sur son territoire. Il avait pensé à cela quand l'idée lui était venue que le passeport de Tom Ripley n'indiquait pas que celui-ci fût retourné en France après le voyage San Remo-Cannes. Il se rappelait avoir dit à Marge que Tom Ripley avait dit qu'il montait à Paris et de là repartait pour l'Amérique. Si jamais ils questionnaient Marge pour savoir si Tom Ripley était venu à Mongibello après San Remo, elle pourrait ajouter aussi qu'il s'était rendu ensuite à Paris. Et si lui-même devait un jour redevenir Tom Ripley, et montrer son passeport à la police, ils verraient qu'il n'était pas retourné en France après le voyage à Cannes. Il n'aurait qu'à dire alors qu'il avait changé d'avis après avoir parlé de ses projets à Dickie, et qu'il avait décidé de rester en Italie. Ce n'était pas là un point important.

De penché qu'il était sur une valise, Tom se redressa soudain. Est-ce que tout cela pouvait n'être qu'une ruse, en fait ? Est-ce qu'ils n'étaient pas simplement en train de lui lâcher encore un peu la bride en le laissant aller en Sicile, comme s'ils ne le considéraient pas comme suspect ? C'était un malin petit salaud, cet inspecteur. Il avait dit son nom une fois. Comment s'appelait-il ? Ravini ? Roverni ? Mais, à quoi cela pouvait-il les avancer de lui lâcher encore un peu la bride ? Il leur avait dit exactement où il allait. Il n'avait pas l'intention de fuir. Tout ce qu'il voulait, c'était s'en aller de Rome. Il avait une envie folle de s'en aller ! Il jeta les derniers objets dans sa valise, ferma le couvercle d'un geste sec et boucla la serrure.

Le téléphone encore !

Tom saisit l'appareil. « *Pronto ?*

— Oh ! Dickie ! » La voix était haletante.

C'était Marge et elle était en bas, il s'en rendit compte par le son au bout du fil... Démonté, il dit avec la voix de Tom : « Qui est à l'appareil ?

— C'est Tom ?

— Marge ! Bonjour ! Où êtes-vous ?

— Je suis en bas. Est-ce que Dickie est là ? Est-ce que je peux monter ?

— Vous pouvez monter dans cinq minutes environ, dit Tom en riant. Je ne suis pas encore tout à fait habillé. » Il se dit que les employés envoyaient toujours les gens parler dans une cabine en bas. Les employés n'entendraient donc pas leur conversation.

« Est-ce que Dickie est là ?

— Pas pour l'instant. Il est sorti il y a une demi-heure, mais il va rentrer d'un instant à l'autre. Je sais où il est, si vous voulez le trouver.

— Où ça ?

— Au commissariat n° 83. Non, excusez-moi, c'est 87.

— Il a des ennuis ?

— Non, il répond à des questions, c'est tout. Il devait y être à dix heures. Vous voulez que je vous donne l'adresse ? »

Il regrettait d'avoir commencé à parler avec la voix de Tom : il aurait si facilement pu faire semblant d'être un domestique, un ami de Dickie, n'importe qui, et dire à Marge que Dickie était sorti pour plusieurs heures.

Marge gémissait « No... on. Je vais l'attendre. »

« La voilà ! dit Tom, comme s'il venait de trouver l'adresse : 21 Via Perugia. Vous savez où c'est ? » Tom lui-même n'en savait rien, mais il comptait envoyer Marge dans la direction opposée à l'American Express, où il voulait passer prendre son courrier avant de quitter la ville.

« Je ne veux pas y aller, dit Marge. Je vais monter et attendre avec vous, si ça ne vous fait rien.

— Eh bien, c'est que... » Il rit, de son rire à lui, ce rire qui lui était particulier, et que Marge connaissait bien. « Ce qu'il y a, c'est que j'attends quelqu'un d'un instant à l'autre. C'est un rendez-vous d'affaires. Il s'agit d'une situation. Que vous le croyiez ou non, ce vieux flemmard de Ripley a l'intention de se mettre à travailler.

— Ah ! dit Marge, que cela n'intéressait pas le moins du monde. Et comment va Dickie ? Pourquoi est-il obligé d'aller voir la police ?

— Oh ! simplement parce qu'il a pris quelques verres avec Freddie le fameux jour. Vous avez vu les journaux, non ? Les journaux grossissent l'affaire dix fois pour la bonne raison que ces imbéciles n'ont pas le moindre indice pour quoi que ce soit.

— Depuis combien de temps Dickie habite-t-il ici ?

— Ici ? Oh, depuis hier soir seulement. Moi, j'étais dans le Nord. Quand j'ai appris la mort de Freddie, je suis descendu à Rome pour voir Dickie. Sans la police, je ne l'aurais jamais trouvé !

— Ne m'en parlez pas ! Je me suis adressée à la police en désespoir de cause ! Je me suis tellement inquiétée, Tom. Il aurait pu au moins me téléphoner... chez Giorgio ou quelque part...

— Je suis ravi que vous soyez ici, Marge. Dickie va être tout content de vous voir. Il s'inquiétait de ce que vous pouviez penser de tout ce qu'il y a dans les journaux.

— Ah ! oui, il s'est inquiété ? dit Marge, d'un ton incrédule, mais elle semblait enchantée.

— Si vous alliez m'attendre chez Angelo ? C'est le bar qui est dans la rue en face de l'hôtel qui domine l'escalier de la Piazza di Spagna. Je vais tâcher de m'esquiver pour venir prendre un verre ou un café avec vous d'ici cinq minutes, entendu ?

— Entendu. Mais il y a un bar ici même à l'hôtel.

— Je ne veux pas que mon futur patron me voie dans un bar.

— Oh ! très bien. Angelo, dites-vous ?

— Vous ne pouvez pas le manquer. Dans la rue juste devant l'hôtel. À tout de suite. »

Il fila terminer ses valises. Il n'avait plus que les manteaux à prendre dans la penderie, en fait. Il téléphona pour demander qu'on préparât sa note et qu'on fît monter quelqu'un pour ses bagages. Après quoi, il les rassembla pour les chasseurs et descendit par l'escalier. Il voulait voir si Marge était toujours dans le hall, à l'attendre, ou peut-être en train de donner un autre coup de fil. Tom se disait qu'elle ne pouvait pas être en bas à l'attendre au moment où la police était là. Cinq minutes environ s'étaient passées entre le moment où la police était partie et celui où Marge avait appelé. Tom avait mis un chapeau pour cacher ses cheveux plus blonds, un imperméable neuf, et il arborait l'expression timide, un peu affolée de Tom Ripley.

Elle n'était pas dans le hall. Tom régla sa note. L'employé lui tendit un autre message. Van Houston était passé. Il avait lui-même rédigé le message, daté de dix minutes plus tôt.

> *Vous ai attendu une demi-heure. Vous ne sortez donc jamais faire un tour ? On ne veut pas me laisser monter. Appellez-moi au Hassler.*
>
> *Van.*

Peut-être Van et Marge s'étaient-ils rencontrés, s'ils se connaissaient, et étaient-ils ensemble maintenant chez Angelo.

« Si quelqu'un d'autre me demande, voulez-vous être assez aimable pour dire que j'ai quitté Rome ? dit Tom à l'employé.

— *Va bene, Signor.* »

Tom sortit pour monter dans le taxi qui l'attendait. « Voulez-vous, s'il vous plaît, vous arrêter à l'American Express ? » demanda-t-il au chauffeur.

Le chauffeur ne prit pas la rue où se trouvait le bar d'Angelo. Tom se détendit et se félicita. Il se félicita surtout d'avoir été trop nerveux pour rester dans son appartement hier et avoir pris une chambre à l'hôtel. Il n'aurait jamais pu échapper à Marge dans son appartement. Elle avait l'adresse par les journaux. S'il avait essayé la même ruse, elle aurait insisté pour monter et attendre Dickie dans l'appartement. La chance décidément était avec lui !

Il avait du courrier à l'American Express ; trois lettres, dont une de M. Greenleaf.

« Comment allez-vous aujourd'hui ? » lui demanda la jeune Italienne qui lui avait remis son courrier.

« Elle avait lu les journaux, elle aussi », se dit Tom. Il sourit pour répondre à son expression naïvement curieuse. Elle s'appelait Marie. « Très bien, merci. Et vous ? »

Au moment où il se retournait pour partir, l'idée lui vint qu'il ne pourrait jamais utiliser l'American Express à Rome comme adresse pour Tom Ripley. Deux ou trois parmi les employés le connaissaient de vue. Pour le moment, il utilisait l'American Express de Naples pour le courrier de Tom Ripley, mais il n'était pas allé y demander quoi que ce fût, pas plus qu'il n'eût écrit pour se faire suivre du courrier, car il n'attendait rien d'important pour Tom Ripley, pas même un autre camouflet de M. Greenleaf. Il se dit que, quand les choses se seraient un peu calmées, il irait tout simplement à l'American Express de Naples un jour, et demanderait son courrier en montrant le passeport de Tom Ripley.

Il ne pouvait pas utiliser l'American Express de Rome en tant que Tom Ripley, mais il devait garder Tom Ripley avec lui, son passeport et ses vêtements, pour parer à toute éventualité, telle que le coup de téléphone de Marge aujourd'hui. Il avait bien failli se trouver dans la chambre nez à nez avec Marge. Aussi longtemps que la police garderait des doutes sur l'innocence de Dickie Greenleaf, ce serait un véritable suicide de penser à quitter le pays en tant que Dickie, parce que s'il devait, par la suite, reprendre brusquement l'identité de Tom Ripley, le passeport de Ripley ne porterait pas trace de sa sortie d'Italie. S'il voulait quitter l'Italie – pour éloigner complètement Dickie Greenleaf de la police –, il devrait partir en tant que Tom Ripley, et rentrer plus tard en tant que Tom Ripley, et redevenir Dickie une fois que les investigations de la police seraient terminées. C'était une possibilité.

Cela semblait simple et sûr. Il ne restait à Tom qu'à passer le cap des quelques jours à venir.

19

Le bateau approcha lentement et prudemment du port de Palerme, et sa proue blanche se frayait avec douceur un passage à travers les peaux d'orange, la paille et les morceaux de caisses de fruits cassées, Tom se sentait enclin à cette même circonspection en approchant de Palerme. Il avait passé deux jours à Naples, et n'avait rien vu d'intéressant dans les journaux sur l'affaire Miles et rien du tout sur le bateau de San Remo ; la police par ailleurs n'avait fait, à sa connaissance, aucune tentative pour le joindre. Mais il se dit qu'ils n'avaient peut-être simplement pas pris la peine de le chercher à Naples et qu'ils l'attendaient à l'hôtel à Palerme.

En tout cas, il n'y avait pas de policiers à l'attendre sur le quai. Tom regarda attentivement autour de lui. Il acheta quelques journaux, puis prit un taxi avec ses bagages pour se rendre à l'Hôtel Palma. Il n'y avait pas de policiers dans le hall de l'hôtel non plus. C'était un vieux hall à la décoration surchargée avec de grandes colonnes de marbre et des palmiers en pot autour des colonnes. Un employé donna à Dickie le numéro de la chambre qu'il avait retenue, et remit la clef à un chasseur. Tom se sentit tellement soulagé qu'il alla hardiment demander au bureau si l'on avait un message pour le Signor Richard Greenleaf.

L'employé lui dit qu'il n'y en avait pas.

Alors, il commença vraiment à se détendre. Cela voulait dire qu'il n'y avait même pas de message de Marge. Car Marge était sans aucun doute allée trouver la police pour savoir où était Dickie. Pendant la traversée, Tom avait imaginé des choses horribles : Marge prenant l'avion et arrivant à Palerme avant lui, Marge lui laissant un message à l'Hôtel Palma pour dire qu'elle arrivait par le prochain bateau. Il avait même cherché Marge en montant à bord à Naples.

Maintenant, il commençait à penser que Marge avait peut-être renoncé à Dickie après cet épisode. Sans doute avait-elle compris que Dickie la fuyait et qu'il voulait être avec Tom, seul. Peut-être cette idée avait-elle enfin pénétré dans *son* crâne épais. Tom se demanda s'il allait lui écrire une lettre dans ce sens tandis qu'il se prélassait dans un bain chaud ce soir-là, en se savonnant voluptueusement les bras. « C'était Tom Ripley qui devait écrire cette lettre », se dit-il. Il n'était que temps. Il dirait que jusqu'alors il avait voulu faire preuve de tact, qu'il n'avait pas voulu lui expliquer carrément la chose au téléphone, à Rome, mais qu'il avait l'impression que maintenant Marge avait compris, de toute façon. Lui et Dickie étaient très heureux ensemble, et voilà tout. Tom se mit à rire gaiement, sans pouvoir s'arrêter, et se calma en se laissant glisser complètement sous l'eau, et en se bouchant le nez.

« Chère Marge, dirait-il, je vous écris cette lettre, parce que je crois que Dickie, lui, ne vous écrira jamais, bien que je lui aie demandé de le faire à plusieurs reprises. Vous êtes quelqu'un de beaucoup trop bien pour être menée par le bout du nez comme cela depuis si longtemps... »

Il se remit à rire, puis reprit son sérieux pour se forcer à se concentrer sur un petit problème qu'il n'avait pas encore résolu : Marge avait probablement dit aussi à la police italienne qu'elle avait parlé à Tom Ripley à l'Inghelterra. La police allait se demander où diable il était passé. Peut-être le cherchait-elle à Rome maintenant. Sûrement, elle chercherait Tom Ripley dans le voisinage de Dickie Greenleaf. C'était là un danger de plus... si, par exemple, ils en venaient à penser qu'il était Tom Ripley, simplement d'après la description qu'aurait faite Marge de lui, et s'ils le déshabillaient et le fouillaient et trouvaient à la fois les deux passeports, le sien et celui de Dickie. Mais bah ! Les risques, c'était ce qui rendait toute l'histoire si amusante. Il entonna une chanson :

Papa non vuole, Mamma nemmeno,
Come faremo far' l'amour ?

Il continua la chanson tout en se séchant dans la salle de bains. Il chantait avec la puissante voix de baryton de Dickie qu'il n'avait jamais entendue, persuadé que Dickie aurait eu plaisir à entendre cette voix vibrante.

Il s'habilla, revêtit un de ses nouveaux costumes de voyage infroissables et sortit pour aller faire un tour dans Palerme avant la tombée de la nuit. Sur la place, en face de lui, il vit la grande cathédrale romane dont il avait lu des descriptions et dont il se souvenait avoir vu dans un guide qu'elle avait été bâtie par l'archevêque anglais Walter of the Mill. Là-bas, vers le sud, c'était Syracuse, théâtre d'une grande bataille navale qui avait opposé les Latins aux

Grecs. Et l'Oreille de Denys le Tyran. Et Taormina. Et l'Etna ! L'île était grande et, pour lui, entièrement neuve. La Sicile ! Repaire de Giuliano ! Colonisée par les anciens Grecs, envahie par les Normands et les Sarrasins ! Demain, Tom commencerait à visiter correctement, mais cet instant, où il s'arrêta pour contempler la grande cathédrale et ses tours en face de lui, lui parut magnifique. C'était merveilleux de regarder les arcs poussiéreux de sa façade et de penser que demain il pénétrerait à l'intérieur, d'imaginer à l'avance l'odeur renfermée et douceâtre, faite de la fumée des innombrables cierges et bâtons d'encens qui avaient brûlé là depuis des centaines et des centaines d'années. L'attente du plaisir ! Il se rendit compte que l'attente du plaisir lui était plus agréable que l'expérience même du plaisir. Est-ce que ce serait toujours comme ça ? Lorsqu'il passait des soirées tout seul, à manier les affaires de Dickie, à simplement regarder les bagues de Dickie sur ses propres doigts, ou les cravates de laine, ou encore le portefeuille de crocodile noir, était-ce de l'expérience ou l'anticipation du plaisir ?

Plus loin que la Sicile, c'était la Grèce. Tom avait envie de voir la Grèce. Il voulait voir la Grèce en tant que Dickie Greenleaf, avec l'argent de Dickie, les vêtements de Dickie, la façon de se comporter avec les étrangers de Dickie. Mais est-ce que les choses tourneraient de telle manière qu'il ne pourrait pas voir la Grèce en tant que Dickie Greenleaf ? Est-ce qu'une chose après l'autre ne viendrait pas contrecarrer ses projets : le meurtre, la suspicion, *les gens* ? Il n'avait pas voulu commettre de meurtre, il y avait été contraint. L'idée d'aller en Grèce, de se traîner sur l'Acropole en tant que Tom Ripley, touriste américain, ne le séduisait absolument pas. Il aimait autant ne pas y aller. Des larmes lui montèrent aux yeux tandis qu'il levait la tête pour regarder le campanile de la cathédrale ; il se détourna et s'engagea dans une autre rue.

Le lendemain matin, il y avait une lettre pour lui, une volumineuse lettre de Marge. Tom la pressa entre ses doigts et sourit. Elle contenait ce qu'il espérait, il en était certain, sinon elle n'aurait pas été aussi volumineuse. Il la lut en prenant son petit déjeuner. Il en savoura chaque ligne en même temps que les croissants chauds et le café parfumé à la cannelle. C'était tout ce qu'il pouvait espérer, et davantage.

> *Si vraiment vous ne saviez pas que j'avais été tout près de votre hôtel, cela signifie seulement que Tom ne vous l'a pas dit, et la conclusion à en tirer est la même. Il est bien évident maintenant que vous fuyez et que vous ne pouvez pas vous montrer devant moi. Pourquoi n'avouez-vous pas que vous ne pouvez pas vivre sans votre petit camarade ? Je regrette seulement, mon vieux, que vous n'ayez pas eu le courage de me dire ça avant* et franchement. *Pour qui me prenez-vous, pour une pauvre provinciale qui ne comprend rien à ces choses-là ? C'est vous qui vous comportez en provincial ! En tout cas, j'espère que maintenant que je vous ai dit ce que vous n'avez pas eu le courage de me dire, vous vous sentirez la conscience un peu plus légère et que vous pourrez relever la tête. Il n'y a rien de tel que d'être fier de la personne que l'on aime, n'est-ce pas ? N'en avons-nous pas déjà discuté une fois ?*
>
> *Le haut fait n° 2 que j'ai accompli pendant mes vacances romaines a été d'informer la police du fait que Tom Ripley était avec vous. Ils avaient l'air d'avoir très envie de mettre la main dessus. (Je me demande pourquoi. Qu'est-ce qu'il a encore fait ?) J'ai également informé la police dans mon meilleur italien*

du fait que vous et Tom étiez inséparables, et je ne vois pas comment ils pouvaient vous avoir trouvé vous, et pas Tom.

J'ai modifié la date de mon départ, et je prendrai le bateau pour les États-Unis vers la fin mars, après une courte visite chez Kate à Munich, après quoi je présume que nos chemins ne se croiseront plus jamais. Je n'ai pas de rancune, mon vieux Dickie. Simplement, je pensais que vous aviez plus de cran.

Merci pour tous les meilleurs souvenirs. Ils sont déjà comme des pièces de musée ou des objets conservés dans l'ambre, un peu irréels, comme les sentiments que vous-même avez toujours dû éprouver vis-à-vis de moi.

Meilleurs vœux pour l'avenir.

Marge.

Pouah ! Et ces phrases de mélo à la fin ! Ah ! cette petite oie ! Tom plia la lettre et la fourra dans la poche de sa veste. Il jeta un coup d'œil vers les deux portes de la salle à manger de l'hôtel, cherchant instinctivement des policiers. « Si la police croyait que Dickie Greenleaf et Tom Ripley voyageaient ensemble, les policiers devaient déjà avoir cherché Tom Ripley sur les registres des hôtels de Palerme », se dit Tom. Mais il n'avait pas remarqué de policiers le surveillant, ou le suivant. Ou alors peut-être avaient-ils complètement cessé de se préoccuper de cette histoire de bateau, puisqu'ils étaient certains maintenant que Tom Ripley était vivant. Pourquoi continueraient-ils à s'en préoccuper ? Peut-être les soupçons qu'on nourrissait contre Dickie à San Remo et à propos du meurtre de Miles s'étaient-ils eux aussi déjà dissipés ? Peut-être.

Tom monta dans sa chambre et commença sur l'Hermès portable de Dickie à écrire une lettre à M. Greenleaf. Il expliqua d'abord très sobrement et logiquement l'affaire Miles, car M. Greenleaf devait sans doute être complètement affolé maintenant. Il dit que les policiers avaient terminé leurs interrogatoires et que, désormais, ils ne lui demanderaient certainement plus rien d'autre que d'essayer d'identifier les suspects qu'ils pourraient trouver, car ceux-ci pourraient être des relations communes à lui et à Freddie.

Le téléphone sonna pendant que Tom tapait. À l'autre bout du fil, il y avait un homme qui dit être un *tenente*. Quelque chose de la police de Palerme.

« Nous recherchons Thomas Phelps Ripley. Est-ce qu'il est avec vous à votre hôtel ? demanda l'homme poliment.

— Non, il n'est pas ici, répondit Tom.

— Savez-vous où il est ?

— Je crois qu'il est à Rome. Je l'ai vu à Rome il y a trois ou quatre jours.

— On ne l'a pas trouvé à Rome. Vous ne savez pas où il a pu aller en quittant Rome ?

— Je suis désolé, mais je n'en ai pas la moindre idée, dit Tom.

— *Peccato*, fit l'homme, et il eut un soupir de déception. *Grazie tante, Signor.*

— *Di niente.* » Tom raccrocha et revint à sa lettre.

Les pages de prose monotone de Dickie venaient plus facilement maintenant sous les doigts de Tom que ne lui étaient jamais venues les phrases de ses propres lettres. Il adressa la plus grande partie de sa lettre à la mère de Dickie, lui décrivant l'état de sa garde-robe, qui était bon, celui de sa santé, bon aussi, et lui demandant si elle avait reçu le triptyque d'émail qu'il lui avait acheté chez un antiquaire de Rome et envoyé une quinzaine de jours plus tôt. Tout en écrivant, il pensait à ce qu'il devait faire à propos de Thomas Ripley. En apparence, les recherches étaient menées avec courtoisie et une certaine tiédeur, mais mieux valait ne pas prendre trop de risques. Il ne devrait pas laisser le passeport de Tom dans une poche de sa valise, bien que ledit passeport fût enveloppé dans un tas de feuilles d'impôts de Dickie, de sorte qu'il n'était pas visible aux yeux d'un inspecteur des douanes. Il devrait le cacher dans la doublure de sa nouvelle valise en antilope, par exemple, où on ne le verrait pas même si on vidait la valise, mais où lui-même pourrait le prendre en quelques minutes s'il en avait besoin. Car un jour il pourrait en avoir besoin. Une époque viendrait peut-être où il serait plus dangereux d'être Dickie Greenleaf que d'être Tom Ripley.

Tom passa la moitié de sa matinée à rédiger sa lettre pour les Greenleaf. Il avait l'impression que M. Greenleaf commençait à s'énerver au sujet de Dickie, pas de la même façon qu'il s'impatientait quand Tom l'avait vu à New York, mais d'une façon beaucoup plus sérieuse. Tom savait qu'aux yeux de M. Greenleaf le départ de Mongibello et l'installation à Rome étaient simplement le fait d'un caprice. En réalité, les efforts de Tom pour donner à ses études de peinture à Rome un caractère valable avaient échoué. M. Greenleaf avait écarté les explications de Tom avec une remarque cinglante : il disait à peu de chose près qu'il était navré de voir son fils continuer à se torturer avec ces histoires de peinture, car il devait avoir compris maintenant qu'un beau paysage et un changement de décor ne suffisaient pas à faire un peintre. M. Greenleaf n'avait pas été très impressionné non plus par l'intérêt que Tom avait manifesté pour les brochures Burke-Greenleaf que M. Greenleaf lui avait envoyées. Tom était très loin de ce qu'il avait espéré : à savoir qu'à l'heure actuelle M. Greenleaf lui mangerait dans la main, car il aurait réparé la négligence, l'indifférence montrées par Dickie dans le passé vis-à-vis de ses parents, et qu'il pourrait demander un peu d'argent supplémentaire à M. Greenleaf et l'obtenir. Or, il ne pouvait absolument pas demander de l'argent à M. Greenleaf maintenant.

« Soigne-toi bien, maman (écrivit-il). Ne prends pas froid. (Elle lui avait dit qu'elle avait pris froid quatre fois cet hiver et qu'elle avait passé Noël assise dans son lit, et qu'elle avait porté pour la circonstance le châle de laine rose qu'il lui avait envoyé entre autres cadeaux de Noël.) Si tu portais une paire de ces merveilleuses chaussettes de laine que tu m'as envoyées, tu n'aurais sûrement pas attrapé froid. Moi, je n'ai pas attrapé froid une seule fois de l'hiver, ce qui est beau en Europe... Est-ce que je peux t'envoyer quelque chose d'ici, maman ? J'aime t'acheter des cadeaux... »

20

Cinq jours se passèrent, dans le calme et la solitude, mais très agréables, durant lesquels Tom se promena à travers Palerme, s'arrêtant de temps en temps une heure dans un café ou dans un restaurant pour lire ses guides et les journaux. Un jour où le temps était assez gris, il prit une *carrozza* et se fit conduire jusqu'au Monte Pellegrino pour visiter l'extraordinaire tombeau de Santa Rosalia, la patronne de Palerme, et qui était représentée dans une statue célèbre, dont Tom avait vu des reproductions à Rome, dans un de ces états de transe extatique auxquels les psychiatres donnent d'autres noms. Tom trouva ce tombeau extrêmement amusant. Il eut du mal à s'empêcher de rire quand il vit la statue : ce plantureux corps de femme allongé, ces mains tâtonnantes, ces yeux hébétés, ces lèvres entrouvertes. Tout y était, sauf le bruit même du halètement. Il pensa à Marge. Il visita un palais byzantin, la bibliothèque de Palerme avec ses tableaux et ses vieux manuscrits craquelés enfermés dans des vitrines, et il étudia aussi la disposition du port dont son guide reproduisait soigneusement le plan. Il fit un croquis d'un tableau de Guido Reni, sans but précis, et apprit par cœur une longue inscription du Tasse qui figurait sur un bâtiment public. Il écrivit à Bob Delancey et à Cléo, à New York, une longue lettre à Cléo où il parlait de ses voyages, ses distractions et de ses multiples relations avec l'ardeur convaincante de Marco Polo parlant de la Chine.

Mais il se sentait seul. Ce n'était pas la même chose qu'à Paris où il avait la sensation d'être seul sans l'être. Il s'était imaginé se créant un brillant et nouveau cercle d'amis avec qui il commencerait une autre vie, plus reluisante et plus flatteuse que celle qu'il avait toujours menée jusqu'alors. Maintenant, il comprenait que ce n'était pas possible. Il devrait se tenir à distance des gens, toujours. Il pourrait se créer une façon de vivre différente et des habitudes différentes, mais il ne pourrait jamais se créer le cercle d'amis... à moins d'aller à Istanbul ou à Ceylan, et à quoi cela lui servirait-il de se lier avec le genre de gens qu'il rencontrerait dans ces endroits-là ? Il était seul, et le jeu qu'il jouait était un jeu solitaire. Les amis qu'il pourrait se faire représentaient la plus grande partie du danger, bien sûr. S'il devait aller à travers le monde entièrement seul, tant mieux : il aurait d'autant moins de chances d'être découvert. C'était un aspect réconfortant du problème, en tout cas, et il se sentit mieux d'y avoir pensé.

Il modifia légèrement son comportement, afin de l'adapter au rôle d'un observateur plus détaché de la vie. Il continua à se montrer poli et souriant envers tout le monde, envers les gens qui demandaient à lui emprunter son journal au restaurant et les employés à qui il parlait à l'hôtel, il porta la tête encore plus haut et parla un peu moins quand il parlait. Il avait un air vaguement triste maintenant. Il se dit qu'il devait avoir l'air d'un jeune homme qui avait eu un chagrin d'amour ou subi une déception sentimentale et qui essayait de s'en consoler comme un vrai gentleman, en visitant quelques-uns des lieux les plus beaux de la terre.

Cela le fit penser à Capri. Le temps était encore mauvais, mais Capri c'était l'Italie. L'aperçu de Capri qu'il avait eu avec Dickie n'avait fait que stimuler son appétit. Seigneur, ce que Dickie avait pu être ennuyeux ce jour-là ! « Peut-être devrait-il attendre jusqu'en été, se dit-il, tenir la police à distance jusque-là. » Mais plus encore qu'aller en Grèce et voir l'Acropole, il avait envie de passer de joyeuses vacances enfin à Capri, et d'envoyer promener la culture pour le moment. Il avait lu ce qu'était Capri en hiver : le vent, la pluie et la solitude. Mais c'était quand même Capri ! Il y avait le Saut de Tibère et la Grotte d'Azur, la plazza sans les gens mais quand même la plazza, sans un caillou de changé. Il pourrait même y aller aujourd'hui. Il hâta le pas pour rentrer à l'hôtel. Le manque de touristes n'avait rien enlevé de son charme à la Côte d'Azur. Peut-être pourrait-il aller à Capri en avion. Il avait entendu parler d'un service d'hydravion entre Naples et Capri. Si l'hydravion ne fonctionnait pas en février, il pourrait l'affréter. À quoi servait l'argent ?

« *Buongiorno ! Come sta ?* » Il sourit à l'employé derrière le comptoir.

« Il y a une lettre pour vous, Signor. *Urgentissimo* », dit l'employé, souriant, lui aussi.

La lettre provenait de la banque de Dickie, à Naples. Dans l'enveloppe se trouvait une autre enveloppe émanant de la banque de Dickie à New York. Tom commença par lire la lettre du bureau de Naples.

Le 10 février 19…

Très estimé Signor :

La Wendell Trust Company de New York porte à notre attention le fait qu'il existe un doute quant à l'authenticité de votre signature sur le reçu du virement de cinq cents dollars qui vous a été fait en janvier dernier. Nous nous empressons de vous en informer afin que nous puissions prendre les mesures nécessaires.

Nous avons déjà jugé bon d'informer la police, mais nous attendons que vous nous confirmiez l'opinion de notre Inspecteur des Signatures et celle de l'Inspecteur des Signatures de la Wendell Trust Company de New York. Nous vous remercions à l'avance de toute information que vous serez en mesure de nous donner, et nous vous prions instamment de bien vouloir vous mettre en rapport avec nous aussi vite que possible.

Veuillez agréer nos sentiments les plus respectueux.

Emilio di Braganzi.
Segretario Generale della Banca di Napoli.

P.-S. – Au cas où votre signature serait en fait valide, nous vous prions instamment de passer quand même à nos bureaux de Naples aussi vite que possible afin de nous donner une nouvelle signature pour notre dossier.

Tom ouvrit d'un geste sec l'enveloppe de la banque américaine.

Le 5 février 19…

Cher M. Greenleaf,

Notre Bureau des Signatures nous signale qu'à son avis votre signature figurant sur le reçu n° 8747 de janvier du virement mensuel qui vous est adressé n'est pas valide. Comme nous pensons que, pour une raison quelconque, vous pourriez ne pas vous en être aperçu, nous nous empressons de vous en informer afin que vous puissiez nous confirmer avoir signé ledit chèque ou confirmer notre opinion, à savoir que le chèque est contrefait. Nous avons également porté ce fait à l'attention de la Banque de Naples.

Vous trouverez ci-joint une carte pour notre dossier que nous vous prions de signer et de nous retourner.

Nous attendons de vos nouvelles aussi vite que possible.

Sincèrement vôtre,

Edward T. Cavanach.
Secrétaire.

Tom s'humecta les lèvres. Il allait écrire aux deux banques en disant qu'il n'avait constaté aucune disparition d'argent. Mais est-ce que cela les tiendrait tranquilles longtemps ? Il avait signé trois reçus, le premier en décembre. Est-ce qu'ils allaient revenir en arrière et vérifier toutes ses signatures maintenant ? Est-ce qu'un expert serait capable de dire que les trois signatures étaient contrefaites ?

Tom monta dans sa chambre et s'assit aussitôt devant sa machine à écrire. Il plaça une feuille de papier à en-tête de l'hôtel dans le rouleau et demeura un moment immobile, à la regarder. « Ils n'en resteraient pas là, se dit-il. S'ils faisaient venir une commission d'experts, pour examiner les signatures avec des microscopes, etc., ils sauraient probablement que les trois signatures étaient des faux. » Mais Tom savait que c'étaient des faux si bien faits. Il se rappelait avoir signé le chèque de janvier un peu vite, mais ce n'était pas mal car, sinon, il ne l'aurait jamais laissé partir. Il aurait dit à la banque qu'il avait perdu la feuille et leur aurait demandé de lui en envoyer une autre. Il se dit qu'on mettait des mois à découvrir la plupart des faux. Pourquoi avaient-ils repéré celui-là en quatre semaines ? N'était-ce pas parce qu'ils contrôlaient ses moindres faits et gestes, depuis le meurtre de Freddie Miles et l'histoire du canot de San Remo ? Ils voulaient le voir personnellement à la banque, à Naples. Peut-être y avait-il là-bas des gens qui connaissaient Dickie de vue. Il fut pris d'une terrible panique qui lui passa comme un courant électrique des épaules jusqu'aux jambes. Pendant un moment, il se sentit faible et sans force, trop faible pour bouger. Il se vit mis en présence de douzaines de policiers, italiens et américains, qui lui demandaient où était Dickie Greenleaf, et incapable de leur montrer Dickie Greenleaf ni de leur dire où il était ni de prouver qu'il existait. Il s'imagina essayant de signer H. Richard Greenleaf sous les yeux d'une douzaine d'experts en graphologie, et s'effondrant subitement et ne pouvant plus écrire du tout. Il leva les mains jusqu'aux touches de la machine à écrire et se força à commencer. Il adressa la lettre à la Wendell Trust Company de New York.

Le 12 février 19...

Messieurs,

En réponse à votre lettre concernant mon chèque de janvier, je vous prie de prendre note des précisions suivantes :

J'ai signé le chèque en question moi-même et j'ai touché l'argent dans sa totalité. Si le chèque avait disparu, je vous en aurais, bien entendu, informés tout de suite.

Comme vous me l'avez demandé, je vous renvoie ci-joint la carte avec ma signature pour votre dossier.

Sincèrement vôtre,

H. Richard Greenleaf.

Il fit plusieurs fois la signature de Dickie au dos de l'enveloppe de la banque américaine avant de signer sa lettre puis la carte. Après quoi, il écrivit une lettre similaire à la banque de Naples et promit de passer à la banque d'ici quelques jours et de donner une nouvelle signature pour le dossier. Il inscrivit *Urgentissimo* sur les deux enveloppes, descendit, acheta des timbres au portier et mit les lettres dans la boîte.

Après cela, il sortit se promener. Son désir d'aller à Capri s'était évanoui. Il était quatre heures et quart de l'après-midi. Tom continua à marcher, sans but. Finalement, il s'arrêta devant la vitrine d'un antiquaire et regarda pendant plusieurs minutes un tableau à l'huile lugubre représentant deux saints barbus qui descendaient une colline éclairée seulement par la lune. Il entra dans la boutique et acheta le tableau sans même marchander. Le tableau n'était même pas encadré et Tom le rapporta à son hôtel roulé sous son bras.

21

Commissariat de Police, 83, Rome,

14 février 19...

Très estimé Signor Greenleaf,

Vous êtes instamment prié de vous rendre à Rome pour répondre à un certain nombre de questions concernant Thomas Ripley. Votre présence nous aiderait beaucoup et faciliterait considérablement notre enquête.

Si vous ne vous présentiez pas dans les huit jours, nous nous verrions dans l'obligation de prendre un certain nombre de mesures aussi désagréables pour nous que pour vous.

Très respectueusement vôtre,

Cap. Enrico Farrara.

« Ils recherchaient donc encore Tom. Mais cela voulait peut-être dire aussi qu'il y avait du nouveau dans l'affaire Miles », se dit Tom. Les Italiens ne convoquaient pas un Américain dans des termes pareils. Le dernier paragraphe n'était rien de moins que menaçant. Et, bien sûr, ils étaient au courant de cette histoire de contrefaçon de signature.

Il resta là un moment, la lettre à la main, le regard vide. Puis il s'aperçut dans la glace, les coins de la bouche tirés, le regard inquiet, affolé. On aurait dit qu'il essayait de mimer la peur et la stupéfaction, et comme c'était en fait tout à fait involontaire, il en fut d'autant plus frappé. Il replia la lettre et la fourra dans sa poche, puis la reprit et la déchira en menus morceaux.

Il se mit aussitôt à faire ses bagages, arrachant sa robe de chambre et son pyjama de la porte de la salle de bains où ils étaient accrochés, fourrant ses affaires de toilette dans la trousse de cuir aux initiales de Dickie que Marge avait offerte à celui-ci pour Noël. Il s'arrêta soudain. Il lui fallait se débarrasser des affaires de Dickie, de toutes ses affaires. Mais où ? Ici ? Maintenant ? Ou devrait-il les jeter par-dessus bord en rentrant à Naples ?

La question demeurait sans réponse, mais tout d'un coup, il comprit ce qu'il devait faire, ce qu'il allait faire quand il aurait regagné l'Italie. Il ne reviendrait pas dans les environs de Rome. Il pourrait aller directement à Milan ou à Turin, ou du côté de Venise peut-être, et acheter une voiture, une voiture d'occasion ayant déjà un fort kilométrage. Il dirait que depuis deux ou trois mois il voyageait à travers l'Italie. Il n'avait pas entendu dire qu'on recherchait Thomas Ripley. Thomas Riplè, comme disaient les Italiens.

Il continua à préparer ses bagages. C'était la fin de Dickie Greenleaf, il le savait. Il était navré de redevenir Thomas Ripley, navré d'être de nouveau un pauvre type, de reprendre ses habitudes et de sentir que les gens le regardaient de haut, qu'il les ennuyait sauf quand il faisait le clown pour eux ; il était navré de se sentir un raté incapable de rien faire de lui-même, sinon d'amuser les gens pendant cinq minutes. Il était désclé de se retrouver comme il aurait eu horreur de remettre un complet râpé, sale, mal repassé qui n'était déjà pas très réussi quand il était neuf. Il regrettait la chemise à rayures bleues et blanches de Dickie étalée sur le dessus de la valise, propre et bien repassée, et qui semblait toujours aussi neuve que le premier jour où il l'avait prise dans le tiroir de la commode de Dickie, à Mongibello. Mais les initiales de Dickie étaient brodées sur la poche en petites lettres rouges. Tout en bouclant ses valises, il se mit à récapituler dans sa tête quelles étaient les affaires de Dickie qu'il pourrait garder parce qu'elles n'avaient pas d'initiales, ou parce que personne ne se souviendrait qu'elles appartenaient à Dickie et non pas à lui. Marge peut-être se souviendrait de quelques objets, comme le carnet d'adresses en cuir bleu sur lequel Dickie n'avait noté que quelques noms et qui était très probablement un cadeau de Marge. Mais il n'avait pas l'intention de revoir Marge.

Tom régla sa note d'hôtel, mais il dut attendre jusqu'au lendemain un bateau pour le continent. Il prit le billet au nom de Greenleaf, en se disant que c'était la dernière fois qu'il louait jamais une place au nom de Greenleaf, à moins que... Il ne pouvait s'empêcher de croire que tout allait peut-être s'arranger. Peut-être. Il n'y avait donc pas de quoi se désespérer. D'ailleurs, c'était idiot de se désespérer, même en tant que Tom Ripley. Tom Ripley ne s'était jamais laissé abattre, en dépit des apparences. Ces derniers mois ne lui avaient-ils pas appris quelque chose ? Si l'on voulait être joyeux, mélancolique, ou rêveur, ou courtois, on n'avait tout simplement qu'à faire tous les *gestes qui correspondaient à ces états d'âme*.

Une agréable pensée lui vint le lendemain matin en

s'éveillant à Palerme : il pourrait très bien déposer tous les vêtements de Dickie à la consigne de l'American Express à Venise sous un autre nom et venir les retirer plus tard, s'il voulait ou s'il en avait besoin, ou au contraire ne jamais aller les chercher. Il se sentit beaucoup mieux à l'idée que les belles chemises de Dickie, sa boîte en cuir avec tous ses boutons de manchettes, son bracelet d'identité et sa montre seraient bien à l'abri dans quelque entrepôt, au lieu d'être au fond de la mer Tyrrhénienne ou dans quelque poubelle sicilienne.

Après avoir effacé les initiales de Dickie sur ses deux valises, il les expédia donc fermées à clef de Naples à l'American Express à Venise, ainsi que deux toiles qu'il avait commencé à peindre à Palerme, le tout au nom de Robert S. Fanshaw, avec prière de les garder en consigne jusqu'à ce qu'il vînt les reprendre. Les seules choses qu'il conservât avec lui, les seuls objets révélateurs, c'étaient la bague de Dickie et sa chevalière, qu'il fourra au fond d'une vilaine petite boîte de cuir appartenant à Tom Ripley et qu'il avait on ne sait pourquoi emportée dans tous ses voyages ; elle ne contenait à part cela que sa maigre collection personnelle de boutons de manchettes, d'épingles de cravate, de boutons dépareillés, deux ou trois vieux stylos et une bobine de fil blanc avec une aiguille plantée dedans.

De Naples, Tom prit un train qui remontait vers Rome, Florence, Bologne et Vérone, d'où un car le conduisit à Trente, à une soixantaine de kilomètres de là. Il ne voulait pas acheter une voiture dans une ville de l'importance de Vérone car la police remarquerait peut-être son nom quand il procéderait aux formalités de changement de propriétaire. Il acheta donc à Trente une Lancia d'occasion crème pour l'équivalent d'environ huit cents dollars. Il l'acheta au nom de Thomas Phelps Ripley, qui figurait sur son passeport, et prit une chambre d'hôtel à ce nom en attendant que les papiers de la voiture fussent prêts, ce qui demandait vingt-quatre heures. Six heures plus tard, il ne s'était toujours rien passé. Tom redoutait un peu que même dans ce petit hôtel on ne reconnût son nom, ou que le bureau des cartes grises ne reconnût aussi son nom, mais le lendemain à midi, les plaques de la voiture étaient changées et tout allait bien. Il n'était pas davantage question dans les journaux de la disparition de Thomas Ripley, ni de l'affaire Miles, ni du mystère du canot de San Remo. Il en éprouva une sensation bizarre, une impression de sécurité, et le sentiment aussi que tout cela était irréel. Il commençait à se trouver heureux même dans le triste rôle de Thomas Ripley. Il y prenait plaisir, allant même jusqu'à forcer un peu la note, accentuant sa réticence en face des étrangers, soulignant la nuance d'infériorité dans chacun de ses saluts, dans le moindre de ses regards obliques. Qui donc, mais qui croirait qu'un pareil personnage ait jamais pu commettre un meurtre ? D'ailleurs, le seul meurtre dont on pouvait le soupçonner, c'était celui de Dickie à San Remo, et l'enquête n'avait pas l'air d'avancer très vite. Le fait d'être Tom Ripley avait au moins un avantage : il n'avait pas à supporter le remords d'avoir bêtement et inutilement assassiné Freddie Miles.

Il aurait voulu gagner directement Venise, mais il se dit qu'il devrait passer quand même une nuit comme il comptait raconter à la police qu'il les avait toutes passées depuis plusieurs mois : à dormir dans sa voiture sur une petite route écartée. Il passa la nuit sur la banquette arrière de la Lancia, très inconfortablement, quelque part dans les environs de Brescia. Au lever du jour, il se remit au volant avec un tel torticolis que c'était à peine s'il pouvait tourner suffisamment la tête pour conduire, mais cela donnait à son aventure un cachet authentique, se dit-il, cela lui permettrait de la raconter de façon plus véridique. Il acheta un guide de l'Italie du Nord, y inscrivit des dates, corna des coins de pages, piétina la couverture et brisa la reliure de façon que le volume s'ouvrît à Pise.

Il passa la nuit suivante à Venise. Non sans quelque puérilité, Tom avait évité Venise, simplement parce qu'il s'attendait à être déçu. Il croyait que seuls les gens sentimentaux et les touristes américains raffolaient de Venise, et que c'était tout au plus une ville pour jeunes mariés en voyage de noces qui trouvaient agréable de ne pouvoir aller nulle part autrement qu'en utilisant une gondole qui faisait trois kilomètres à l'heure. Il trouva Venise plus grande qu'il ne l'aurait cru, et remplie d'Italiens qui ressemblaient à tous les autres Italiens. Il découvrit qu'il pouvait traverser toute la ville par les ponts et les ruelles étroites sans mettre le pied en gondole, que les principaux canaux avaient un réseau de transports par vedette tout aussi rapide que le métro et que les canaux n'empestaient pas. Il y avait un grand choix d'hôtels, depuis le Gritti et le Danieli, dont il avait entendu parler, jusqu'aux petits hôtels et pensions miteuses dans de petites rues, si loin des grandes artères, si loin du monde où évoluaient la police et les touristes américains que Tom s'imaginait très bien vivant là pendant des mois sans que personne remarquât sa présence. Il choisit un hôtel qui s'appelait le Costanza, tout près du pont du Rialto, et qui tenait le milieu entre les grands palaces et les petites auberges sordides. C'était propre, pas cher et commode à tout point de vue. L'hôtel rêvé pour Tom Ripley.

Tom passa deux heures à traîner dans sa chambre, à déballer lentement ses vieilles affaires qu'il retrouvait après si longtemps, et à rêver à la fenêtre en regardant le crépuscule tomber sur le Grand Canal. Il imagina la conversation qu'il allait bientôt avoir avec la police… « Ma foi, je n'en ai aucune idée. Je l'ai vu à Rome. Si vous avez le moindre doute à ce sujet, vous pouvez le vérifier auprès de Miss Marjorie Sherwood… Bien sûr que je suis Tom Ripley ! (À ce moment il aurait un petit rire.) Je ne comprends absolument pas pourquoi on fait toutes ces histoires !… San Remo ? Oui, je me souviens. Nous avons ramené le canot au bout d'une heure… Oui, je suis rentré à Rome après être passé par Mongibello, mais je n'y suis resté que deux ou trois jours. J'ai voyagé dans le nord de l'Italie… Je n'ai malheureusement aucune idée de l'endroit où il peut être, mais je l'ai vu il y a environ trois semaines… » Tom quitta l'appui de la fenêtre en souriant, changea de chemise et de cravate pour le dîner et s'en fut à la recherche d'un restaurant. « Un bon restaurant », se dit-il. Pour une fois, Tom Ripley pouvait se permettre un dîner coûteux. Son portefeuille était si plein de billets de dix mille et de vingt mille lires qu'il ne pouvait plus se fermer. Tom avait changé pour mille dollars de chèques de voyage au nom de Dickie avant de quitter Palerme.

Il acheta deux journaux du soir, les fourra sous son bras et s'éloigna par un petit pont cintré, puis le long d'une rue qui n'avait pas deux mètres de large, pleine de boutiques de selliers et de chemisiers, et de vitrines étincelantes de coffrets à bijoux d'où se répandaient colliers et colifichets comme Tom avait toujours pensé que devaient être les coffres à trésor des contes de fées. Il aimait que Venise fût une ville sans voitures. Cela rendait la ville humaine. « Les rues étaient comme des veines, se dit-il, et les gens étaient le sang qui circulait partout. » Il prit une autre ruelle et traversa pour la seconde fois le grand rectangle de la place Saint-Marc. Partout des pigeons, dans les airs, à la lueur des vitrines, même le soir il y avait des pigeons qui trottinaient sous les pas des gens comme si eux aussi visitaient leur ville en touristes ! Les chaises et les tables des cafés débordaient des arcades jusque sur la place elle-même, si bien que gens et pigeons devaient emprunter de petites travées pour passer. D'un bout à l'autre de la plazza, des phonographes jouaient des airs différents. Tom essaya d'imaginer ce que ce devait être en été, avec du soleil, avec la place pleine de gens lançant en l'air des poignées de grain pour les pigeons qui se précipitaient pour picorer. Il pénétra dans le petit tunnel illuminé d'une autre rue. Celle-ci était pleine de restaurants et il en choisit un d'aspect respectable, avec des nappes blanches et des boiseries aux murs, le genre d'établissement dont son expérience lui avait enseigné qu'on y attachait de l'importance à la chère et non pas au touriste de passage. Il prit une table et ouvrit un de ses journaux.

C'était là, un petit article en seconde page :

LA POLICE RECHERCHE L'AMÉRICAIN DISPARU
Dickie Greenleaf, l'ami de Freddie Miles assassiné sur la Via Appia, a disparu après un voyage en Sicile.

Tom se pencha sur le journal, concentrant toute son attention ; mais tout en lisant, il ne pouvait se défendre d'un certain agacement, car cela lui paraissait si bête de la part de la police d'être si incompétente, et si ridicule de la part du journal de perdre du papier pour imprimer cela. L'article déclarait que H. Richard (« Dickie ») Greenleaf, un ami intime de Frederick Miles, l'Américain assassiné trois semaines auparavant à Rome, avait disparu après sans doute s'être embarqué à Palerme à destination de Naples. Les polices romaine et sicilienne étaient en alerte et le recherchaient activement. Un dernier paragraphe précisait que Greenleaf venait justement d'être convoqué par la police de Rome pour répondre à certaines questions concernant la disparition de Thomas Ripley, lui aussi un ami intime de Greenleaf. Ripley avait disparu depuis trois mois, déclarait l'article.

Tom reposa le journal, feignant si bien sans s'en rendre compte la stupéfaction que n'importe qui pourrait éprouver en lisant dans un journal qu'il est porté « disparu », qu'il ne remarqua même pas que le garçon lui tendait le menu, jusqu'au moment où il sentit le carton lui toucher la main. « C'était le moment, se dit-il, d'aller trouver la police et de se faire connaître. Si l'on n'avait rien contre lui – et que pouvait-on avoir contre Tom Ripley ? – on n'irait sans doute pas vérifier à quelle date il avait acheté la voiture. » La lecture de cet article le rassurait en fait, car cela signifiait que la police n'avait pas relevé son nom au bureau des cartes grises de Trente.

Il mangea son repas lentement et avec plaisir, commanda ensuite un *espresso* et fuma deux cigarettes tout en feuilletant son guide de l'Italie du Nord. Différentes idées lui étaient venues à l'esprit entre-temps. Par exemple, pourquoi aurait-il dû voir un article aussi peu important dans le journal ? Et on n'en parlait que dans un seul journal. Non, il ne devrait pas se présenter à la police avant d'avoir vu deux ou trois articles à ce sujet, ou un seul assez important pour attirer logiquement son attention. Il finirait bien par y avoir un jour un long article : quand au bout de quelques jours Dickie Greenleaf n'aurait toujours pas reparu, on commencerait à le soupçonner d'avoir tué Freddie Miles et peut-être aussi Tom Ripley. Marge avait peut-être dit à la police qu'elle avait parlé à Tom Ripley deux semaines auparavant à Rome, mais la police ne l'avait toujours pas vu. Il continua à feuilleter le guide, parcourant des yeux la prose incolore et les renseignements statistiques, tout en réfléchissant.

Il se mit à penser à Marge qui était sans doute en train de fermer sa maison de Mongibello et de préparer ses bagages pour rentrer en Amérique. Elle verrait dans les journaux que Dickie avait disparu et Tom était sûr qu'elle l'accuserait, lui. Elle écrirait au père de Dickie pour lui dire que Tom Ripley avait sur son fils une influence pour le moins déplorable. Peut-être M. Greenleaf déciderait-il de venir.

Quel dommage qu'il ne puisse pas se présenter comme Tom Ripley et les calmer, puis comme Dickie Greenleaf, bien vivant et en bonne santé, et éclaircir aussi ce petit mystère !

« Il pourrait charger un peu plus le personnage de Tom, se dit-il. Il pourrait marcher avec les épaules un peu plus voûtées, prendre l'air un peu plus timide, porter même des lunettes à monture d'écaille et donner à sa bouche une expression plus triste encore, plus molle, qui contrasterait avec l'air tendu de Dickie. Car peut-être certains des policiers auxquels il aurait affaire seraient-ils ceux qui l'avaient vu sous l'identité de Dickie Greenleaf. Comment s'appelait donc cet inspecteur de Rome ? Rovassini ? » Tom décida de se passer sur les cheveux une teinture au henné plus concentrée, pour les rendre plus foncés même qu'ils ne l'étaient naturellement.

Il parcourut une troisième fois les journaux pour voir si l'on parlait de l'affaire Miles. Toujours rien.

22

Le lendemain matin, il y avait un long article dans le plus grand quotidien ; un seul court paragraphe annonçait que Thomas Ripley avait disparu, mais on déclarait expressément que Richard Greenleaf « s'exposait à être soupçonné d'avoir participé » au meurtre de Miles, et que tant qu'il ne se serait pas présenté à la police pour se laver de tout soupçon, on pouvait considérer qu'il avait « les apparences contre lui ». L'article mentionnait aussi l'incident du chèque falsifié. On disait que le dernier signe de vie qu'on avait eu de Richard Greenleaf avait été sa lettre à la banque de Naples, certifiant qu'il n'avait été victime d'aucune falsification de signature. Mais à Naples deux experts sur les trois qu'on avait consultés affirmaient qu'à leur avis les chèques du Signor Greenleaf tirés en janvier et en février portaient de fausses signatures ; ils étaient sur ce point d'accord avec la banque américaine du Signor Greenleaf qui avait fait parvenir à Naples des photocopies de sa signature. L'auteur de l'article concluait non sans humour : « Peut-on commettre un faux contre soi-même ? Ou bien le riche Américain cherche-t-il à protéger un de ses amis ? »

« Qu'ils aillent au diable », se dit Tom. L'écriture de Dickie changeait assez souvent : il l'avait vue sur la police d'assurances parmi les papiers de Dickie et il l'avait eue plusieurs fois sous les yeux à Mongibello. Qu'ils examinent donc tout ce qu'il avait signé depuis trois mois et on verrait un peu où cela les mènerait ! Ils ne semblaient même pas avoir remarqué que la signature de la lettre qu'il avait expédiée de Palerme était également fausse.

La seule chose qui l'intéressât vraiment, c'était de savoir si la police avait découvert un indice qui incriminât vraiment Dickie dans le meurtre de Freddie Miles. Et encore cet intérêt était-il bien gratuit. Il acheta *Oggi* et *Epoca* à un kiosque à journaux au coin de la place Saint-Marc. C'étaient des hebdomadaires pleins de photographies, où il était question de tout ce qui se passait d'un peu spectaculaire, n'importe où. On n'y parlait pas encore de la disparition de Dickie Greenleaf. « Peut-être serait-ce pour la semaine prochaine », songea-t-il. Mais ils n'auraient sûrement pas de photos de Tom Ripley. Marge avait pris des photos de Dickie à Mongibello, mais jamais de lui.

Tout en se promenant ce matin-là à travers la ville, il fit l'acquisition d'une paire de lunettes cerclées d'écaille dans une boutique où l'on vendait des jouets ainsi que des farces et attrapes. Elles étaient montées avec des verres neutres. Il visita la cathédrale Saint-Marc et regarda tout sans rien voir, mais ce n'était pas la faute des lunettes. Il pensait qu'il devrait aller se présenter sans tarder à la police. Quelle que fût la façon dont les choses tourneraient, plus il attendrait, plus cela ferait mauvais effet. En sortant de la cathédrale, il demanda à un agent où se trouvait le plus proche commissariat de police. Il demanda cela tristement. Il se sentait triste. Il n'avait pas peur, mais il se disait que se présenter sous l'identité de Thomas Phelps Ripley allait être une des choses les plus attristantes qu'il eût faites dans sa vie.

« Vous êtes bien Thomas Ripley ? demanda le capitaine du poste de police, sans avoir l'air plus intéressé que si Tom avait été un chien perdu qu'on viendrait de retrouver. Puis-je voir votre passeport ? »

Tom le lui tendit. « Je ne sais pas ce qui se passe, mais quand j'ai vu dans les journaux que l'on me croyait disparu... » Que tout cela était morne, ennuyeux, exactement comme il l'avait prévu. Tous ces policiers plantés autour de lui, le visage inexpressif, et qui le regardaient. « Qu'est-ce que je dois faire maintenant ? demanda Tom au policier.

— Je vais téléphoner à Rome », répondit tranquillement l'inspecteur, en décrochant l'appareil posé sur son bureau.

Il y eut quelques minutes d'attente, puis d'une voix parfaitement impersonnelle, l'officier de police annonça à son correspondant de Rome que l'Américain Thomas Ripley était à Venise. La conversation se prolongea encore un peu, puis le policier dit à Tom : « Ils voudraient bien vous voir à Rome. Pouvez-vous aller à Rome aujourd'hui ? »

Tom prit un air contrarié. « Je n'avais pas l'intention d'aller à Rome.

— Je vais le leur dire », fit courtoisement le policier, en reprenant l'appareil.

Les policiers romains allaient se déranger eux-mêmes. Tom se dit que sa qualité de citoyen américain lui valait encore certains privilèges.

« À quel hôtel êtes-vous descendu ? demanda l'inspecteur.

— Au Costanza. »

Le policier transmit ce renseignement à Rome. Puis il raccrocha et annonça poliment à Tom qu'un représentant de la police romaine serait ce soir à Venise, vers huit heures, pour le voir.

« Je vous remercie », dit Tom. Sur quoi il tourna les talons, plantant là l'inspecteur assis devant ses formulaires. Ç'avait été une petite scène bien morne en vérité.

Tom passa le restant de la journée dans sa chambre, à réfléchir, à lire et à apporter encore quelques menues modifications à son aspect extérieur. Peut-être enverrait-on le même homme qui était venu l'interroger à Rome, *tenente* Rovassini ou un nom comme ça. Il se fonça un peu les sourcils au crayon. Il s'allongea avec son complet de tweed marron et arracha même un bouton de la veste. Dickie était très soigné, Tom Ripley par contraste serait plutôt négligé. Il ne déjeuna pas ; non qu'il n'eût pas faim, mais il voulait continuer à perdre les quelques livres qu'il avait prises pour jouer le rôle de Dickie Greenleaf. Il tenait à être plus maigre même du temps qu'il était Tom Ripley. Sur son passeport, on mentionnait un poids de soixante et onze kilos. Dickie en pesait soixante-dix-sept bien qu'ils eussent tous deux la même taille, un mètre quatre-vingt-quatre.

À huit heures et demie, son téléphone sonna et la standardiste lui annonça que le *tenente* Roverini était en bas.

« Voudriez-vous lui demander de monter ? » dit Tom.

Tom s'installa dans le fauteuil où il avait l'intention de s'asseoir et le recula encore un peu plus loin du cercle de lumière projeté par la lampe sur pied. La chambre donnait l'impression qu'il avait passé les quelques heures précédentes à lire et à tuer le temps : la lampe sur pied et une petite lampe de chevet étaient allumées, le dessus-de-lit était un peu froissé, deux ou trois livres traînaient, ouverts, et il y avait même sur son bureau une lettre commencée à l'adresse de tante Dottie.

Le *tenente* frappa.

Tom ouvrit la porte d'un air alangui. « *Buonasera.*

— *Buonasera. Tenente Roverini della Polizia Romana.* » Le visage souriant du *tenente* n'exprimait ni surprise ni méfiance. Derrière lui venait un autre policier, un grand jeune homme très silencieux... pas un autre, remarqua soudain Tom, mais celui qui avait accompagné le *tenente* la première fois que Tom avait vu Roverini dans l'appartement de Rome. L'inspecteur s'assit dans le fauteuil que Tom lui proposa, sous la lumière de la lampe. « Vous êtes un ami du Signor Richard Greenleaf ? demanda-t-il.

— Oui. » Tom s'assit dans l'autre fauteuil, un siège où il pouvait se vautrer.

« Quand l'avez-vous vu pour la dernière fois et où ?

— Je l'ai vu brièvement à Rome, juste avant son départ pour la Sicile.

— Et avez-vous eu de ses nouvelles quand il était en Sicile ? » Le *tenente* notait toutes les réponses sur le carnet qu'il avait tiré de sa serviette de cuir fauve.

« Non, aucune.

— Ah-hah ! » dit le *tenente*. Il passait plus de temps à regarder ses papiers qu'à examiner Tom. Il finit par lever les yeux en demandant d'un ton amical : « Vous ne saviez pas quand vous étiez à Rome que la police voulait vous voir ?

— Non, je n'en savais rien. Je ne comprends pas pourquoi on prétend que j'ai disparu. » Il ajusta ses lunettes et scruta le visage de son interlocuteur.

« Je vous expliquerai plus tard. Le Signor Greenleaf ne vous a donc pas dit à Rome que la police voulait vous questionner ?

— Non.

— Bizarre, observa-t-il, en notant sa réponse. Le Signor Greenleaf savait que nous voulions vous parler. Le Signor Greenleaf ne nous facilite guère les choses », ajouta-t-il en souriant.

Tom gardait un visage grave et attentif.

« Signor Ripley, où étiez-vous depuis la fin de novembre ?

— J'ai voyagé. J'étais principalement dans le nord de l'Italie. » Tom prenait soin de parler un italien un peu gauche, glissant une faute par-ci par-là, et sur un ton très différent de celui de Dickie.

« Où cela ? Le *tenente* avait repris son stylo.

— Milan, Turin, Faenza... Pise...

— Nous avons fait des recherches dans les hôtels de Milan et de Faenza, entre autres. Êtes-vous toujours descendu chez des amis ?

— Non, je... dormais très souvent dans ma voiture. » « De toute évidence, se dit Tom, il n'avait pas beaucoup d'argent et puis c'était le genre de jeune homme à préférer voyager un peu à la dure avec un guide touristique et un volume de Silone ou de Dante, plutôt que de descendre dans un palace. » « Je suis navré de n'avoir pas fait renouveler mon *permesso di soggiorno*, dit Tom d'un ton contrit. Je ne savais pas que c'était si grave. » Il savait très bien que les touristes en Italie ne prenaient presque jamais la peine de faire renouveler leur *soggiorno*, et qu'ils restaient des mois après avoir déclaré en entrant qu'ils ne comptaient pas séjourner plus de quelques semaines.

« *Permesso di soggiorno*, dit le *tenente* d'un ton de doux reproche, presque paternel.

— *Grazie*.

— Puis-je voir votre passeport ? »

Tom le tira de la poche intérieure de sa veste. Le *tenente* examina attentivement la photographie pendant que Tom prenait l'expression légèrement inquiète, avec les lèvres un peu écartées qu'il avait sur ce cliché. Il ne portait pas de lunettes sur cette photographie, mais il était coiffé de la même façon et il avait le même nœud de cravate, triangulaire et un peu lâche. Le *tenente* examina les divers cachets qui couvraient partiellement les deux premières pages du passeport.

« Vous avez résidé en Italie depuis le 2 octobre, sauf votre courte excursion en France avec le Signor Greenleaf ?

— Oui. »

Le *tenente* sourit, un sourire extrêmement affable et se pencha en avant. « *Ebbene*, voilà qui règle un point important : le mystère du canot de San Remo. »

Tom fronça les sourcils. « De quoi s'agit-il ?

— On a découvert là-bas un canot qui avait coulé avec des taches qu'on a cru être des taches de sang. Naturellement, quand on a pensé que vous aviez disparu juste après votre passage à San Remo... » Il s'asséna deux grandes claques sur les genoux en éclatant de rire. « Nous avons jugé préférable de demander au Signor Greenleaf ce qu'il était advenu de vous. Ce que nous avons fait. Le canot avait disparu le même jour où vous vous trouviez tous les deux à San Remo ! » ajouta-t-il en riant de nouveau.

Tom fit semblant de ne pas comprendre la plaisanterie. « Mais le Signor Greenleaf ne vous a pas dit que j'étais allé à Mongibello en revenant de San Remo ? J'ai fait quelques... » Il fit mine de chercher : « ... petits travaux pour lui.

— *Benone !* » fit le *tenente* Roverini en souriant. Il entrouvrit un peu son manteau à boutons de cuivre pour se mettre plus à l'aise, et se passa un doigt sur sa moustache en brosse. « Connaissiez-vous aussi Frederick. Mi-lays ? » demanda-t-il.

Tom ne put réprimer un petit soupir de soulagement en voyant que l'incident du canot semblait clos. « Non. Je ne l'ai rencontré qu'une fois quand il descendait du car à Mongibello. Je ne l'ai jamais revu.

— Ah-hah ! » dit le *tenente*. Il se tut un instant, comme s'il était à court de questions, puis il reprit en souriant : « Ah ! Mongibello ! Un beau village, n'est-ce pas ? Ma femme est de là-bas.

— Ah ! vraiment ! fit Tom, d'un ton affable.

— *Si*. Ma femme et moi y sommes allés en voyage de noces.

— Un très joli village, renchérit Tom. *Grazie* », dit-il en acceptant la Nazionale que lui offrait le *tenente*. Tom avait le sentiment que c'était peut-être un interlude de courtoisie à l'italienne, un repos entre deux rounds. Ils allaient sûrement parler de la vie privée de Dickie, des chèques falsifiés et de tout le reste. Tom reprit gravement dans son italien appliqué : « J'ai lu dans un journal que la police pourrait croire le Signor Greenleaf coupable du meurtre de Freddie Miles s'il ne répondait pas à la convocation qui lui a été adressée. Est-ce vrai que la police le croit coupable ?

— Ah ! non, non, non ! protesta le *tenente*. Mais il faut absolument qu'il se présente à la police ! Pourquoi se cache-t-il ?

— Je ne sais pas. Comme vous dites... il ne vous facilite guère les choses, observa gravement Tom. Il ne m'a pas dit à Rome que la police voulait m'entendre. Mais tout de même... je ne peux pas croire qu'il ait pu tuer Freddie Miles.

— *Mais*... voyez-vous, un homme a dit à Rome qu'il avait aperçu deux hommes debout auprès de la voiture du Signor Mi-lays en face de la maison du Signor Greenleaf, et qu'ils étaient tous deux ivres, ou bien... » Il marqua une pause pour ménager son effet : « ... peut-être que l'un des deux hommes était mort, car l'autre le soutenait ! Bien sûr nous ne pouvons pas savoir si l'homme qu'on soutenait contre la voiture était le Signor Mi-lays ou le Signor Greenleaf, ajouta-t-il, mais si nous pouvions trouver le Signor Greenleaf, nous pourrions en tout cas lui demander s'il était ivre au point que le Signor Mi-lays devait l'aider à marcher ! » Il se mit à rire. « C'est très grave, vous comprenez ?

— Mais oui, je comprends.

— Vous n'avez aucune idée de l'endroit où pourrait actuellement se trouver le Signor Greenleaf ?

— Pas la moindre, non. »

Le *tenente* avait l'air songeur. « Le Signor Greenleaf et le Signor Mi-lays ne s'étaient pas querellés, à votre connaissance ?

— Non, mais...

— Mais ? »

Tom reprit lentement, juste du ton qu'il fallait. « Je sais que Dickie n'est pas allé faire du ski alors que Freddie Miles l'avait invité. Je me souviens que cela m'a étonné. Il ne m'a pas dit pourquoi.

— Je suis au courant, en effet. Il devait aller à Cortina

d'Ampezzo. Êtes-vous certain qu'il n'y avait pas une histoire de femme là-dessous ? »

Tom avait une repartie toute prête, mais il fit taire son sens de l'humour et fit semblant de réfléchir soigneusement. « Je ne crois pas.

— Et cette jeune fille, Marjorie Sherwood ?

— C'est possible, fit Tom, mais je ne pense pas. Il est vrai que je ne suis peut-être pas qualifié pour répondre à des questions concernant la vie privée du Signor Greenleaf.

— Le Signor Greenleaf ne vous a jamais parlé de ses affaires de cœur ? » demanda le lieutenant avec un étonnement très latin.

Tom se dit qu'il pourrait les mener en bateau indéfiniment. Marge confirmerait ses dires, rien que par la façon dont elle réagirait aux questions qu'on lui poserait à propos de Dickie, et la police italienne ne percerait jamais le mystère de la vie sentimentale du Signor Greenleaf. Il n'en était pas capable lui-même ! « Non, dit Tom. Je ne peux pas dire que Dickie m'ait jamais fait beaucoup de confidences sur sa vie privée. Je sais qu'il a beaucoup d'affection pour Marjorie. » Il ajouta : « Elle connaissait aussi Freddie Miles.

— Elle le connaissait bien ?

— Ma foi... » fit Tom du ton d'un homme qui pourrait en dire plus s'il le voulait.

Le *tenente* se pencha en avant. « Puisque vous avez habité quelque temps avec le Signor Greenleaf à Mongibello, peut-être pouvez-vous nous parler des liens d'affection du Signor Greenleaf en général. C'est un point très important.

— Pourquoi ne vous adressez-vous pas à la Signorina Sherwood ? rétorqua Tom.

— Nous l'avons questionnée à Rome... avant la disparition du Signor Greenleaf. Je dois la revoir quand elle rentrera à Gênes pour s'embarquer à destination de l'Amérique. Elle est actuellement à Munich. »

Tom attendit, sans rien dire. Le *tenente* espérait de lui des renseignements complémentaires. Tom maintenant se sentait très sûr de lui. Tout se passait exactement comme il l'avait espéré dans ses moments de plus fol optimisme : la police n'avait rien contre lui, aucun soupçon. Tom se sentit soudain innocent et fort, aussi lavé de tout remords que sa vieille valise d'où il avait soigneusement gratté l'étiquette du *deposito* de la consigne de Palerme. Il reprit de son ton appliqué de Ripley : « Je me souviens que Marjorie avait dit à un moment à Mongibello qu'elle ne voulait pas aller à Cortina, et que plus tard elle a changé d'avis. Mais je ne sais pas pourquoi. Si cela peut vous éclairer...

— Mais elle n'est jamais allée à Cortina.

— Non, mais seulement, je crois, parce que le Signor Greenleaf n'y allait pas. En tout cas, la Signorina Sherwood l'aime trop pour ne pas vouloir aller passer seule des vacances qu'elle comptait passer avec lui.

— Croyez-vous qu'ils aient pu avoir une querelle, les Signori Mi-lays et Greenleaf, à propos de la Signorina Sherwood ?

— Je ne pourrais pas vous dire. C'est possible. Je sais que le Signor Miles avait également beaucoup d'affection pour elle.

— Ah-hah ! » Le *tenente* fronça les sourcils, essayant de se retrouver dans tout cela. Il jeta un coup d'œil à son jeune collègue qui écoutait évidemment mais dont le visage impassible disait assez qu'il n'avait aucune suggestion à faire.

Tom songea que ce qu'il avait dit donnait de Dickie l'image d'un amoureux jaloux, refusant de laisser Marge aller à Cortina bien qu'elle en eût envie, parce qu'elle témoignait trop de sympathie à Freddie Miles. L'idée que quelqu'un, et surtout Marge, pût préférer à Dickie cette brute aux yeux vairons amena un sourire aux lèvres de Tom. Il changea vite ce sourire en une expression de surprise. « Croyez-vous vraiment que Dickie fuie quelque chose ou bien pensez-vous que c'est par coïncidence que vous ne puissiez pas le trouver ?

— Oh ! non. On ne peut plus parler de coïncidence. Et d'abord, il y a cette histoire de chèques. Vous avez dû voir cela dans les journaux.

— Je ne sais pas très bien de quoi il s'agit. »

L'inspecteur expliqua. Il connaissait les dates d'émission des chèques et le nombre de gens qui croyaient que la signature avait été imitée. Il expliqua que le Signor Greenleaf avait nié qu'il y eût falsification. « Mais quand la banque manifeste le désir de le voir à propos d'une escroquerie dont il aurait été victime, et quand la police de Rome veut l'interroger au sujet du meurtre de son ami, voilà qu'il disparaît... » Le *tenente* eut un grand geste. « Cela ne peut signifier qu'une chose : qu'il nous évite.

— Vous ne croyez pas que quelqu'un d'autre ait pu le tuer, *lui* ? » demanda doucement Tom.

L'officier haussa les épaules. « Je ne crois pas. Rien ne le donne à penser. Vraiment. *Ebbene*... nous avons pris contact par radio avec tous les bateaux quels qu'ils soient transportant des passagers hors d'Italie. Ou bien il a pris un petit bateau, et ce devait être une embarcation de la taille d'une barque de pêche, ou alors il se cache en Italie. Ou encore, bien sûr, quelque part en Europe, car nous ne notons généralement pas le nom des gens qui sortent de notre pays, et le Signor Greenleaf avait plusieurs jours pour s'enfuir. Quoi qu'il en soit, il se cache. Il agit comme s'il était coupable. Il y a sûrement quelque chose. »

Tom considéra gravement le policier.

« Avez-vous jamais vu, de vos yeux vu, lui demanda celui-ci, le Signor Greenleaf signer un de ces chèques ? Notamment ceux de janvier et de février.

— Je l'ai vu en signer un, dit Tom. Mais je crois malheureusement que c'était celui de décembre. Je n'étais pas avec lui en janvier ni en février... Pensez-vous vraiment qu'il ait pu tuer le Signor Miles ? répéta Tom d'un ton incrédule.

— En fait, répondit l'inspecteur, il n'a pas d'alibi. Il prétend qu'il est allé faire un tour après le départ du Signor Mi-lays, mais personne ne l'a rencontré. » Il braqua soudain son doigt vers Tom. « Et... nous avons appris de l'ami du Signor Mi-lays, le Signor Van Houston, que le Signor Mi-lays avait eu du mal à trouver le Signor Greenleaf à Rome... comme si le Signor Greenleaf essayait de l'éviter. Peut-être le Signor Greenleaf en voulait-il pour une raison quelconque au Signor Mi-lays, mais, selon le Signor Van Houston, le Signor Mi-lays, n'avait aucune raison d'en vouloir au Signor Greenleaf !

— Je comprends, dit Tom.

— *Ecco* », fit le *tenente* en guise de conclusion.

Il regardait les mains de Tom.

Ou du moins Tom crut-il que l'autre regardait fixement ses mains. Tom portait de nouveau sa bague, mais peut-être le *tenente* avait-il trouvé une ressemblance ? Tom tendit audacieusement la main en avant pour écraser sa cigarette dans le cendrier.

— *Ebbene*, dit le *tenente* en se levant. Merci beaucoup de votre obligeance, Signor Ripley. Vous êtes une des rares personnes qui puissent nous donner des renseignements sur la vie privée du Signor Greenleaf. À Mongibello, les gens qu'il connaissait sont très peu bavards. Comme tous les Italiens, hélas ! ils ont peur de la police, vous comprenez ! » Il eut un petit rire. « J'espère que nous pourrons vous joindre plus facilement la prochaine fois que nous aurons des questions à vous poser. Séjournez donc un peu plus souvent dans les villes et un peu moins dans la campagne. À moins, bien sûr, que vous ne soyez attiré par nos paysages !

— C'est justement mon cas ! fit Tom avec chaleur. J'estime que l'Italie est le plus beau pays d'Europe. Mais si vous voulez, je resterai en contact avec vous à Rome, de façon que vous sachiez toujours où me trouver. Je tiens autant que vous à ce que l'on retrouve mon ami. » Il dit cela comme si dans son innocence il avait déjà oublié que Dickie pouvait être un meurtrier.

Le *tenente* lui tendit une carte avec son nom et l'adresse de son bureau, à Rome. Il s'inclina. « *Grazie tante*, Signor Ripley. *Buonasera !*

— *Buonasera* », répondit Tom.

Le jeune policier le salua en sortant, Tom fit un petit signe de tête et referma la porte derrière eux.

Il avait envie de s'envoler tant il était content... comme un oiseau, par la fenêtre, les bras en croix ! Les idiots ! Dire qu'ils avaient sans cesse tourné autour du pot, sans jamais deviner ! Ils n'avaient pas compris que Dickie se dérobait dans cette histoire de falsification de signatures tout bonnement parce qu'il n'était pas Dickie Greenleaf ! Le seul point sur lequel ils n'étaient pas loin de la vérité, c'était quand ils soupçonnaient Dickie d'avoir tué Freddie Miles. Mais Dickie Greenleaf était mort, mort et bien mort, et lui, Tom Ripley, était sauvé. Il décrocha le téléphone.

« Voudriez-vous me passer le Grand Hôtel, je vous prie, dit-il dans l'italien de Tom Ripley. *Il ristorante, per piacere*... Voudriez-vous réserver une table pour une personne pour neuf heures et demie ? Je vous remercie. Au nom de Ripley. R-i-p-l-e-y. »

Ce soir, il allait dîner. Et regarder le clair de lune sur le Grand Canal. Et les gondoles passer nonchalamment comme quand elles transportaient des couples en voyage de noces, avec leur gondolier dont la silhouette se détachait sur l'eau nimbée d'argent. Il avait grand-faim tout à coup. Il allait prendre quelque chose de somptueux et de raffiné, une des spécialités du Grand Hôtel, que ce fût de la poitrine de faisan ou du *petto di pollo*, avec peut-être des *cannelloni* pour commencer, une sauce crémeuse à souhait par-dessus une pâte délicate, et un bon valpolicella qu'il dégusterait à petites gorgées tout en rêvant à l'avenir et en faisant des projets.

Tout en se changeant, il eut une excellente idée : il devrait avoir avec lui une enveloppe sur laquelle serait portée une mention spécifiant qu'elle ne devrait pas être ouverte avant plusieurs mois. Et dans l'enveloppe, il y aurait un testament signé de Dickie, lui léguant toute sa fortune et tous ses biens. Ça, c'était une idée.

23

Venise, 28 février 19…

Cher M. Greenleaf,

Il m'a semblé qu'étant données les circonstances, vous ne le prendriez pas en mauvaise part si je vous transmettais tous les renseignements que je puis personnellement posséder concernant Richard, puisque je suis, semble-t-il, un des derniers à l'avoir vu.

Je l'ai vu à Rome aux alentours du 2 février à l'hôtel Inghelterra. Comme vous le savez, c'était deux ou trois jours après la mort de Freddie Miles. J'ai trouvé Dickie fatigué et nerveux. Il m'a dit qu'il comptait aller à Palerme dès que la police aurait fini de l'interroger à propos du meurtre de Freddie ; il semblait avoir hâte de partir, ce qui est compréhensible, mais je lui ai trouvé un air déprimé qui m'a plus inquiété que son évidente nervosité. J'ai eu l'impression qu'il serait capable de se livrer à des violences, peut-être sur sa propre personne. Je savais également qu'il ne voulait pas revoir son amie Marjorie Sherwood, et il m'a dit qu'il essaierait de l'éviter si elle venait de Mongibello pour le voir à cause de l'affaire Miles. Je me suis efforcé de le persuader de la voir quand même. Je ne sais s'il l'a fait. Comme vous le savez peut-être, Marge a le don de calmer les gens.

Ce que j'essaie de vous dire, c'est que j'ai l'impression que

Richard a pu se suicider. À l'heure où j'écris cette lettre on ne l'a pas encore retrouvé. J'espère que ce sera chose faite avant que cette lettre vous parvienne. Je suis certain, cela va sans dire, que Richard n'a rien eu à voir, directement ou indirectement, avec la mort de Freddie, mais je crois que le choc que cela lui a causé et les interrogatoires auxquels il a été soumis à la suite de ce tragique accident ont eu pour effet de compromettre son équilibre nerveux. Ce sont de bien tristes nouvelles que je vous envoie et j'en suis navré. Peut-être cette lettre se révélera-t-elle totalement inutile, et peut-être Dickie se cache-t-il simplement en attendant que les choses se calment. Mais, à mesure que le temps passe, je commence à me sentir moi-même plus mal à l'aise. J'ai donc estimé de mon devoir de vous écrire, dans le seul but de vous mettre au courant...

Munich, 3 mars 19...

Cher Tom,

Merci de votre lettre, qui m'a beaucoup touchée. J'ai répondu à la police par écrit et j'ai eu la visite d'un inspecteur. Je ne viendrai pas à Venise, mais je vous remercie de votre invitation. Je pars après-demain pour Rome où je dois retrouver le père de Dickie qui arrive par avion. Je suis d'accord avec vous : vous avez bien fait de lui écrire.

Je suis si bouleversée par tout cela que j'ai des accès de fièvre ondulante, ou peut-être est-ce ce que les Allemands appellent le fœhn, mais avec je ne sais quel virus en plus. J'ai été littéralement incapable de sortir du lit pendant quatre jours, sinon je serais allée à Rome plus tôt. Je vous prie donc d'excuser cette lettre décousue et sans doute incohérente qui répond si mal au mot si gentil que vous m'avez envoyé. Mais je voulais vous dire que, contrairement à vous, je ne crois pas du tout que Dickie ait pu se suicider. Ce n'est absolument pas son genre. Je sais tout ce que vous allez me dire, que les gens n'agissent jamais comme on s'y attend, etc. Mais, pour Dickie, je n'y crois pas. Peut-être a-t-il été assassiné dans quelque ruelle de Naples, voire de Rome, car qui sait s'il est ou non revenu à Rome après avoir quitté la Sicile ? Je peux aussi l'imaginer fuyant ses obligations au point de devoir maintenant se cacher. Je suis d'ailleurs persuadée que c'est ce qui lui est arrivé.

Je suis heureuse que vous croyiez que l'histoire des signatures falsifiées soit une erreur. Une erreur de la banque. C'est également mon avis. Dickie a tellement changé depuis novembre qu'il a bien pu changer d'écriture. Espérons que quand vous recevrez cette lettre nous aurons eu des nouvelles. Je viens de recevoir un câble de M. Greenleaf... il faut donc que je ménage mes forces pour y répondre.

Je suis bien contente d'avoir enfin votre adresse. Merci encore de votre lettre, de vos conseils, de votre invitation.

Bien à vous,

Marge.

P.-S. – Je ne vous ai pas dit la bonne nouvelle. J'ai trouvé un éditeur qui s'intéresse à « Mongibello » *! Il m'a écrit qu'il voulait voir le tout avant de signer un contrat, mais ça me donne de l'espoir ! Si seulement je pouvais finir ce satané manuscrit !*

M.

Tom se dit qu'elle avait sans doute décidé de rester en bons termes avec lui. Elle avait dû changer également de ton en parlant de lui à la police.

La disparition de Dickie faisait couler beaucoup d'encre. Marge, ou Dieu sait qui, avait fourni des photographies aux journaux. *Epoca* publiait des photos de Dickie à la barre de son bateau à Mongibello, *Oggi* le montrait assis sur la plage de Mongibello et à la terrasse de chez Giorgio ; il y avait aussi une photo de Dickie et de Marge – amie de *lo sparito Dickie* et de *l'assassinato Freddie* – souriant, se tenant par les épaules ; et également un portrait très officiel d'Herbert Greenleaf. Tom avait trouvé l'adresse de Marge à Munich dans un journal. Depuis deux semaines, *Oggi* publiait le récit de la vie de Dickie, parlant de ses années de « rébellion » au collège, brodant sur sa vie mondaine en Amérique et sur son voyage en Europe entrepris dans l'intérêt de son art, si bien qu'il finissait par apparaître comme un combiné d'Errol Flynn et de Paul Gauguin. Les magazines illustrés publiaient régulièrement les plus récents communiqués de la police, qui se résumaient à pratiquement rien, agrémentés des théories que leurs reporters avaient échafaudées dans la semaine. Une des thèses les plus en vogue était celle selon laquelle il s'était enfui avec une autre femme – une femme qui avait sans doute signé les chèques – et qu'il menait joyeuse vie, incognito, à Tahiti, en Amérique du Sud ou au Mexique. La police continuait à passer au peigne fin Rome, Naples et Paris, mais c'était tout. Aucun indice permettant d'identifier l'assassin de Freddie Miles, et rien non plus sur cette histoire de Dickie qu'on aurait aperçu soutenant Freddie Miles ou vice versa, devant la maison de Dickie. Tom se demandait pourquoi on n'en parlait pas dans les journaux. Sans doute parce que cela ne leur était pas possible sans s'exposer à être attaqués en diffamation par Dickie. Tom fut enchanté de se voir décrit comme « un fidèle ami » du disparu, qui avait spontanément dit tout ce qu'il savait du caractère et des habitudes de Dickie et qui était aussi étonné que tout le monde de la disparition de Dickie. « Le Signor Ripley, un de nos sympathiques visiteurs américains, écrivait *Oggi*, habite maintenant un palais de la place San Marco, à Venise. » Cette phrase mit le comble au ravissement de Tom qui la découpa.

Tom n'avait jamais considéré son domicile comme un « palais », mais c'était évidemment ce que les Italiens appelaient un *palazzo* : un bâtiment de deux étages, vieux de plus de deux cents ans, avec une entrée principale sur le Grand Canal où l'on ne pouvait accéder qu'en gondole par de grandes marches qui s'enfonçaient dans l'eau et des portes de fer qu'on ouvrait avec une clef de vingt centimètres, et derrière lesquelles se trouvaient d'autres portes encore à la serrure non moins énorme. Tom entrait généralement par la « petite » porte qui donnait sur la Viale San Spiridione, sauf quand il voulait impressionner ses invités en les amenant chez lui en gondole. Cette petite porte – haute de quatre mètres cinquante comme le mur qui entourait la maison – donnait sur un jardin, un peu négligé mais encore verdoyant, et qui s'enorgueillissait de la présence de deux oliviers rabougris et d'une baignoire à oiseaux installée dans une large coupe creuse que tenait la statue antique d'un jeune garçon nu. C'était vraiment un jardin à la vénitienne, un peu délabré, ayant besoin de quelques travaux qui ne seraient jamais faits, mais d'une ineffaçable beauté, car il avait été créé avec art voilà plus de deux cents ans. L'intérieur de la maison correspondait à l'image idéale que se faisait Tom du pied-à-terre d'un célibataire raffiné : une entrée dallée de marbre à carreaux noirs et blancs qui desservait toutes les pièces du rez-de-chaussée ; au premier, le sol était dallé de marbre rosé et blanc ; quant à l'ameublement, il ne ressemblait à aucun mobilier, mais plutôt à la matérialisation d'une musique du XVIe siècle jouée sur des hautbois, et des violes de gambe. Il avait ses domestiques – Anna et Ugo, un jeune couple d'Italiens qui avaient déjà servi des Américains de passage à Venise – qui fourbissaient les boiseries sculptées des armoires, des commodes et des fauteuils jusqu'au point où elles semblaient s'animer à la lueur des lampes qu'on promenait devant elles. Le seul détail un peu moderne était la salle de bains. Dans la chambre de Tom se trouvait un lit de proportions gargantuesques, plus large que long. Tom avait décoré sa chambre avec une série de vues panoramiques de Naples de 1540 à 1880 qu'il avait dénichées chez un antiquaire. Il avait consacré plus d'une semaine à décorer son intérieur. Il avait le goût plus sûr maintenant que lorsqu'il était à Rome. Il se sentait d'ailleurs plus sûr de lui à tout point de vue.

Cette assurance nouvelle l'avait même incité à écrire à tante Dottie sur un ton paisible, affectueux et patient qu'il n'avait jamais voulu ou jamais su employer jadis. Il lui avait demandé des nouvelles de sa santé florissante, de ses horribles amis de Boston et lui avait expliqué pourquoi il aimait l'Europe et pourquoi il comptait y vivre un moment ; il l'avait expliqué de façon si éloquente qu'il avait recopié ce passage de sa lettre pour le ranger dans son bureau. Il avait rédigé cette lettre inspirée un matin après le petit déjeuner, assis dans une robe de chambre neuve en soie qu'il s'était fait confectionner sur mesure à Venise, et en jetant de temps en temps un coup d'œil sur le Grand Canal et sur la Tour de l'Horloge de la Piazza San Marco. Après avoir terminé sa lettre, il avait repris un peu de café et, sur l'Hermès de Dickie, il avait tapé le testament de Dickie lui léguant tous ses biens et l'argent déposé à son compte dans ses diverses banques, et il avait signé Herbert Richard

Greenleaf Jr. Tom jugea préférable de ne pas ajouter de témoin, de crainte que les banques ou M. Greenleaf ne voulussent s'enquérir de l'identité du témoin ; il avait bien pensé à mettre un nom italien, celui de quelqu'un que Dickie aurait pu faire venir dans son appartement de Rome pour lui servir de témoin, mais il aimait mieux courir sa chance avec un testament sans témoin ; d'ailleurs, la machine à écrire de Dickie était dans un si triste état que ses défauts étaient aussi reconnaissables que les particularités d'une écriture manuscrite, et il avait entendu dire que les testaments olographes n'avaient pas besoin d'être contresignés par des témoins. Et la signature était parfaite : c'était exactement le paraphe délié et embrouillé du passeport de Dickie. Tom s'exerça pendant une demi-heure avant de signer le testament ; puis il se détendit les mains et signa un morceau de papier et aussitôt après le testament. Et il mettait au défi n'importe quel expert de prouver que la signature qui figurait au bas du testament n'était pas celle de Dickie. Tom plaça ensuite une enveloppe sur la machine et l'adressa à qui de droit, avec une mention spécifiant qu'il ne fallait pas l'ouvrir avant juin de cette année. Il la fourra dans une poche de sa valise comme s'il la trimbalait depuis quelque temps sans avoir pris la peine de l'ouvrir en emménageant dans cette maison. Puis il remit l'Hermès Baby dans son coffre et le laissa tomber dans le petit bras du canal, trop étroit pour livrer passage à un bateau, qui allait du coin donnant sur le Grand Canal jusqu'au mur du jardin. Il était content d'être débarrassé de la machine à écrire, et pourtant il y avait répugné jusqu'à maintenant. Il avait dû savoir inconsciemment sans doute qu'il en aurait besoin pour rédiger le testament ou quelque autre document de grande importance, et c'était pour cela qu'il l'avait gardée.

Tom suivait les développements des affaires Greenleaf et Miles dans les journaux italiens et dans l'édition de Paris du *Herald Tribune*, avec l'angoisse qui convenait à un ami des deux disparus. Vers la fin de mars, les journaux laissaient entendre que Dickie était peut-être mort, tué par le ou les mêmes hommes qui en avaient profité pour imiter sa signature. Un journal de Rome déclarait qu'un des experts de Naples affirmait maintenant que la signature de la lettre du Signor Greenleaf expédiée de Palerme et précisant qu'aucune escroquerie n'avait été commise à ses dépens était également un faux. Mais tout le monde n'était pas d'accord. Un policier, qui n'était pas Roverini, estimait que le ou les coupables étaient des « amis intimes » de Greenleaf, qu'ils avaient pu s'emparer de la lettre de la banque et y répondre directement. « Ce qui demeure mystérieux, déclarait le policier, c'est non seulement l'identité du faussaire, mais encore la façon dont il a pu s'emparer de la lettre, car le portier de l'hôtel se souvient avoir remis la lettre recommandée de la banque en mains propres à Greenleaf. Il se rappelle aussi que Greenleaf était toujours seul à Palerme... »

Voilà encore une fois qu'ils tournaient autour du pot sans vraiment mettre dans le mille. Mais Tom fut pourtant vivement secoué par la lecture de cet article. Ils n'avaient plus qu'un pas à franchir, et quelqu'un n'allait-il pas le franchir le lendemain, ou le surlendemain ? Ou bien connaissaient-ils déjà la solution et essayaient-ils seulement de dissiper ses soupçons – le *tenente* Roverini lui envoyait tous les jours des messages personnels pour le tenir au courant de l'enquête sur la disparition de Dickie – et allaient-ils fondre sur lui un jour avec toutes les preuves nécessaires ?

Tom avait le sentiment qu'il était suivi, surtout quand il empruntait la longue rue étroite qui menait à la porte de derrière de sa maison. La Viale San Spiridione n'était qu'un passage entre les murs verticaux des maisons, sans un magasin, et tout juste assez éclairé pour qu'on vît où on allait ; ce n'était qu'une succession de façades ininterrompues et de hautes portes solidement verrouillées encastrées dans les murs. Il n'aurait aucun endroit où s'enfuir s'il était attaqué, pas un porche où s'abriter. Tom ne savait pas qui pourrait l'attaquer. Pas forcément la police. Il avait peur de choses sans nom et sans forme, de choses qui hantaient son cerveau comme les Furies. Il ne pouvait traverser sans crainte la San Spiridione que quand quelques cocktails avaient émoussé sa peur. Alors, il passait en sifflant et d'un pas hardi.

Les invitations à des cocktails ne manquaient pas, bien que dans les deux premières semaines il n'en eût accepté que deux. Il n'avait que l'embarras du choix grâce à un petit incident qui s'était produit le premier jour où il s'était mis en quête d'une maison. Un agent de location, armé de trois énormes clefs, l'avait emmené visiter une maison dans la paroisse de San Stefano, la croyant libre. Or, non seulement elle était occupée, mais encore il s'y donnait une réception et la maîtresse de maison avait insisté pour retenir Tom et aussi l'agent de location, afin de se faire pardonner sa négligence qui leur avait occasionné ce dérangement inutile. Elle avait bien mis la maison en location un mois auparavant, puis avait décidé finalement de ne pas partir, mais en oubliant d'avertir l'agence. Tom resta donc pour prendre un verre, se montra courtois et réservé et fut présenté à tous les invités qui devaient faire partie de la colonie d'hiver de Venise et semblaient avides de visages nouveaux, à en juger par l'empressement avec lequel ils l'accueillirent et lui proposèrent de l'aider à trouver une maison. Ils reconnurent naturellement son nom et le fait qu'il connût Dickie Greenleaf rehaussa son prestige social à un point qui surprit même Tom. Ils comptaient manifestement l'inviter partout, le presser de questions, et lui arracher le moindre détail qui pourrait épicer un peu leurs existences monotones. Tom eut l'attitude réservée mais courtoise qui convenait à un jeune homme dans sa situation, un jeune homme sensible, qui n'avait pas l'habitude de tant de publicité, et qui surtout se demandait avec inquiétude ce qui avait bien pu arriver à Dickie.

Il quitta la réception avec l'adresse de trois autres maisons qu'il pourrait regarder (dont l'une était celle qu'il finit par choisir) et une invitation à deux autres soirées. Il alla à la réception donnée par une femme titrée, la Contessa Roberta (dite Titi) della Latta-Cacciaguerra. Il n'était pas du tout d'humeur à fréquenter les cocktails. Il avait l'impression de voir les gens à travers un brouillard, et il avait du mal à communiquer avec eux. Il demandait souvent aux gens de répéter ce qu'ils venaient de dire. Il s'ennuyait terriblement. « Mais ces gens pouvaient lui servir », songea-t-il, pour s'entraîner. Les questions naïves qu'ils lui posaient (« Est-ce que Dickie buvait beaucoup ? » et « Mais il était amoureux de Marge, n'est-ce pas ? » ou encore « Où croyez-vous vraiment qu'il soit allé ? ») constituaient une excellente préparation aux questions plus précises qu'allait lui poser M. Greenleaf quand il le verrait, si jamais il le voyait.

Tom commençait à se sentir mal à l'aise : une dizaine de jours après avoir reçu la lettre de Marge, il n'avait encore aucune nouvelle, pas même un coup de téléphone, de M. Greenleaf. Dans ses moments d'affolement, il s'imaginait que les policiers avaient dit à M. Greenleaf qu'ils étaient en train de jouer un jeu avec Tom Ripley et qu'ils avaient demandé à M. Greenleaf de ne pas intervenir.

Chaque jour il cherchait d'un œil anxieux dans sa boîte aux lettres un mot de Marge ou de M. Greenleaf. Sa maison était prête à les accueillir. Il avait les réponses à leurs questions, toutes prêtes dans sa tête. Il avait l'impression d'attendre interminablement le commencement d'un spectacle, le lever du rideau. Ou bien peut-être M. Greenleaf lui en voulait-il tellement (sans même aller jusqu'à croire qu'il le soupçonnait peut-être) qu'il allait continuer à ignorer complètement sa présence. Peut-être Marge y était-elle pour quelque chose. Quoi qu'il en fût, Tom ne pouvait entreprendre de voyage en attendant. Il avait pourtant envie de faire sa fameuse croisière en Grèce. Il avait acheté un guide de la Grèce et avait déjà préparé son itinéraire entre les îles.

Et puis, le matin du 4 avril, il reçut un coup de téléphone de Marge. Elle était à Venise, à la gare.

« Je viens vous chercher ! s'exclama Tom, tout joyeux. M. Greenleaf est-il avec vous ?

— Non, il est resté à Rome. Je suis seule. Mais vous n'avez pas besoin de venir me chercher : je n'ai qu'une petite trousse de voyage.

— Pensez-vous ! dit Tom, que l'inaction rongeait. Vous ne trouverez jamais la maison toute seule.

— Mais si. C'est à côté de della Salute ? Je prends le

motoscafo jusqu'à San Marco, et de là une gondole pour traverser. »

Elle savait parfaitement où c'était. « Bon, si vous insistez. » Il venait de se dire qu'il ferait peut-être mieux de jeter un dernier coup d'œil à la maison avant l'arrivée de Marge. « Avez-vous déjeuné ?

— Non.

— Bon ! Nous déjeunerons ensemble quelque part. Faites attention sur le *motoscafo* ! »

Ils raccrochèrent. Il passa minutieusement l'inspection de toute la maison, pièce par pièce. Rien, nulle part, qui appartînt à Dickie. Il espérait que la maison ne faisait pas trop cossue. Il prit un coffret à cigarettes en argent qu'il avait acheté deux jours auparavant et sur lequel il avait fait graver ses initiales et l'ôta de la table du living-room pour le ranger dans le dernier tiroir d'une commode dans la salle à manger.

Anna était dans la cuisine en train de préparer le déjeuner.

« Anna, il y aura une personne de plus pour déjeuner, annonça Tom. Une jeune dame. »

À la perspective de recevoir une invitée, le visage d'Anna s'épanouit dans un large sourire. « Une jeune dame américaine ?

— Oui. Une vieille amie. Quand le déjeuner sera prêt, Ugo et vous pourrez prendre votre après-midi. Nous nous servirons nous-mêmes.

— *Va bene*, dit Anna. »

Anna et Ugo arrivaient à dix heures et restaient ordinairement jusqu'à deux heures. Tom ne tenait pas à les avoir là quand il discuterait avec Marge. Ils comprenaient un peu l'anglais, pas assez pour suivre parfaitement une conversation, mais il savait que tous deux tendraient l'oreille si Marge et lui parlaient de Dickie, et cette idée l'agaçait.

Tom prépara des martinis et disposa les verres avec une assiette de sandwiches sur un plateau dans le living-room. Quand il entendit le heurtoir, il se dirigea vers la porte et l'ouvrit toute grande.

« Marge ! Ça me fait plaisir de vous voir ! Entrez ! » Il lui prit sa valise des mains.

« Comment allez-vous, Tom ? Fichtre !... C'est à vous tout ça ? » Elle regardait autour d'elle, jusqu'au plafond artistement cloisonné.

« Je l'ai loué. Pour une bouchée de pain, dit Tom modestement. Venez boire quelque chose. Dites-moi les nouvelles. Vous avez vu la police à Rome ? » Il déposa le manteau de Marge et son imperméable transparent sur une chaise.

« Oui, et aussi M. Greenleaf. Il est dans tous ses états... naturellement. » Elle s'assit sur le divan.

Tom prit place dans un fauteuil en face d'elle. « Ont-ils trouvé quelque chose de nouveau ? Un des inspecteurs me tient au courant du déroulement de l'enquête, mais en fait il ne m'a rien dit d'important.

— Eh bien, ils ont découvert que Dickie avait changé un peu plus de mille dollars en chèques de voyage avant de quitter Palerme. *Juste avant.* Il a donc dû s'en aller quelque part avec, en Grèce ou en Afrique. Il ne serait pas allé se tuer juste après avoir changé mille dollars.

— Non, convint Tom. Allons, voilà qui nous donne un peu d'espoir. Je ne l'avais pas lu dans les journaux.

— Je ne crois pas que la presse en ait parlé.

— En effet. Je n'ai trouvé qu'un ramassis d'imbécillités

sur ce que Dickie avait l'habitude de prendre pour son petit déjeuner à Mongibello, dit Tom en servant les martinis.

— N'est-ce pas que c'est horrible ? Ça va un peu mieux maintenant, mais quand M. Greenleaf est arrivé, les journaux étaient déchaînés. Oh, merci ! fit-elle en acceptant le martini.

— Comment est-il, M. Greenleaf ? »

Marge secoua la tête : « Je suis si navrée pour lui. Il ne cesse de répéter que la police américaine réussirait bien mieux, et comme il ne sait pas un mot d'italien, cela n'arrange rien.

— Que fait-il à Rome ?

— Il attend. Que peut-on faire ? J'ai reculé encore la date de mon départ. M. Greenleaf et moi sommes allés à Mongibello et j'ai interrogé tout ce monde là-bas, surtout pour faire plaisir à M. Greenleaf, bien sûr, mais ils ne peuvent rien nous dire. Dickie n'y a pas remis les pieds depuis novembre.

— C'est vrai. » Tom buvait son martini à petites gorgées. Marge était optimiste, il le voyait. Même maintenant, elle avait encore cet entrain qui évoquait pour Tom l'image de la parfaite petite scout, cette façon de déplacer beaucoup d'air, de renverser parfois un objet d'un mouvement brusque, cet air de santé agressive, cette allure vaguement négligée. Elle l'agaçait terriblement tout à coup, mais il fut parfait : il se leva pour aller lui tapoter l'épaule et lui déposer un baiser affectueux sur la joue. « Il est peut-être en train de mener joyeuse vie à Tanger ou je ne sais où, en attendant que tout cela se soit tassé.

— Dans ce cas-là, c'est un fier toupet de sa part ! fit Marge en riant.

— Je ne voulais certes affoler personne quand j'ai parlé de l'état de dépression dans lequel je l'avais trouvé. J'ai pensé qu'il était de mon devoir de vous en parler ainsi qu'à M. Greenleaf.

— Je comprends. Je crois que vous avez eu raison de vous confier à nous, mais je suis persuadée que vous vous êtes trompé. » Elle eut un large sourire, ses yeux brillaient d'un optimisme que Tom jugea absolument insensé.

Il se mit à lui poser des questions pratiques sur ce que pensait la police de Rome, sur les pistes qu'ils avaient (ils n'en avaient aucune dont on pût valablement discuter) et sur ce qu'elle avait entendu dire à propos de l'affaire Miles. Il n'y avait rien de nouveau non plus dans l'affaire Miles, mais Marge savait que Freddie et Dickie avaient été aperçus tous les deux devant la maison de Dickie vers huit heures ce soir-là. Elle croyait ce récit un peu exagéré.

« Peut-être Freddie était-il ivre, ou peut-être Dickie le tenait simplement par les épaules. Comment peut-on savoir dans le noir ? Ne me dites pas que c'est Dickie qui l'a tué !

— Ont-ils des indices sérieux qui puissent leur donner à penser que Dickie l'a tué ?

— Bien sûr que non !

— Alors pourquoi ces crétins ne cherchent-ils pas qui l'a tué ? Et où se trouve Dickie ?

— *Ecco !* s'écria Marge. En tout cas, la police est maintenant sûre d'une chose, c'est que Dickie a quitté Palerme pour Naples. Un steward se souvient avoir porté ses bagages du quai de Naples jusqu'à sa cabine.

— Vraiment », fit Tom. Il se souvenait du steward lui aussi, un petit bonhomme maladroit qui avait fait tomber par terre sa valise de toile en voulant la tenir sous son bras.

« Est-ce que Freddie n'a pas été tué plusieurs heures après avoir quitté la maison de Dickie ? demanda soudain Tom.

— Non. Les docteurs ne peuvent fixer l'heure exactement. Et il semble que Dickie n'avait pas d'alibi naturellement, puisqu'il était seul. C'est bien sa chance !

— Ils ne croient tout de même pas que c'est Dickie qui l'a tué ?

— Ils ne le disent pas, non. Seulement, c'est dans l'air. Bien entendu, ils ne peuvent pas dire n'importe quoi quand il s'agit d'un citoyen américain, mais tant qu'ils n'ont pas d'autre suspect et que Dickie n'a pas reparu... Et puis sa propriétaire à Rome a déclaré que Freddie était descendu lui demander qui habitait l'appartement de Dickie ou quelque chose comme ça. Elle a dit que Freddie avait l'air en colère comme s'ils s'étaient disputés. Elle a dit qu'il avait demandé si Dickie vivait seul. »

Tom se rembrunit. « Je me demande pourquoi.

— Je ne vois vraiment pas. Freddie ne parlait pas très bien italien et peut-être la propriétaire ne l'a-t-elle pas compris. Quoi qu'il en soit, le simple fait que Freddie était en colère est ennuyeux pour Dickie. »

Tom haussa les sourcils d'un air surpris. « Cela a surtout été ennuyeux pour Freddie. Peut-être Dickie n'était-il pas en colère du tout. » Il se sentait parfaitement calme, car il se rendait bien compte que Marge ne se doutait de rien. « Je ne m'inquiéterais pas de tout cela tant qu'on n'a rien de plus concret. Je trouve que toutes ces histoires ne tiennent pas debout. » Il versa une nouvelle rasade de martini à Marge. « À propos d'Afrique, ont-ils fait des recherches du côté de Tanger ? Dickie parlait toujours d'aller là-bas.

— Je crois qu'ils ont alerté la police un peu partout. Je

trouve même qu'ils devraient faire venir la police française. Les Français sont très forts dans ce genre d'affaires. Seulement ce n'est pas possible. Nous sommes en Italie », conclut-elle avec, pour la première fois, un tremblement dans la voix.

« Voulez-vous que nous déjeunions ici ? proposa Tom. La bonne est là à l'heure du déjeuner, autant que nous en profitions. » Il dit cela juste au moment où Anna entrait pour annoncer que le déjeuner était prêt.

« Excellente idée ! dit Marge. D'ailleurs, je crois qu'il pleut un peu.

— *Pronta la collazione, Signore* », dit Anna avec un sourire, tout en dévisageant Marge avec curiosité.

Tom vit qu'Anna avait reconnu Marge pour avoir vu sa photographie dans les journaux... « Ugo et vous pouvez partir maintenant si vous voulez, Anna. Merci. »

Anna regagna la cuisine – il y avait une porte qui donnait de la cuisine sur une petite ruelle et qu'utilisaient les domestiques –, mais Tom l'entendit qui tripotait la cafetière, cherchant à traîner pour jeter sans doute encore un coup d'œil à son invitée.

« Et Ugo ? fit Marge. Deux domestiques, rien que ça ?

— Oh ! on les trouve par couples ici. Vous ne me croirez peut-être pas, mais cette maison me revient à cinquante dollars par mois, sans compter le chauffage.

— C'est incroyable ! Ce sont pratiquement les prix de Mongibello !

— Exactement. Évidemment, le chauffage revient très cher, mais je ne chauffe que ma chambre.

— Mais il fait très bon ici.

— Oh ! j'ai mis la chaudière en grand en votre honneur, dit Tom en souriant.

— Qu'est-ce qui est arrivé ? Une de vos tantes est morte en vous laissant sa fortune ? demanda Marge, en faisant toujours mine d'être éblouie par tant de luxe.

— Non, c'est simplement une décision que j'ai prise. Je tiens à profiter de ce que j'ai tant que cela dure. Je vous ai dit que la situation sur laquelle je comptais à Rome n'a pas marché et que j'étais venu en Europe avec seulement deux mille dollars à mon compte, alors j'ai décidé de les claquer et puis de rentrer quand il ne me resterait plus rien... et de repartir de zéro. » Tom lui avait expliqué dans sa lettre que la situation dont on lui avait parlé consistait en fait à représenter en Europe une compagnie américaine fabriquant des appareils pour sourds ; il ne s'était pas senti capable de faire ce travail et l'homme qui l'avait reçu avait estimé aussi que ce n'était pas un poste qui lui conviendrait. Tom lui avait dit aussi que cet homme était arrivé peut-être une minute après sa conversation avec elle, ce qui expliquait pourquoi il n'avait pu la retrouver comme convenu chez Angelo.

« À ce train, deux mille dollars ne vous feront pas long feu. »

Elle le sondait pour voir si Dickie lui avait donné de l'argent, Tom en était sûr. « Cela durera bien jusqu'à l'été, fit-il d'un ton dégagé. D'ailleurs, je trouve que j'ai bien droit à un peu de confort. J'ai passé presque tout l'hiver à vivre pratiquement comme un bohémien, presque sans argent, et j'en avais assez.

— Où étiez-vous au fait cet hiver ?

— Pas avec Tom. Je veux dire, pas avec Dickie, dit-il en

riant, troublé par ce lapsus. Je sais que c'est sans doute ce que vous pensez. Mais je n'ai pas plus vu Dickie que vous.

— Allons, allons, fit Marge d'une voix un peu traînante. » Tous ces apéritifs, semblait-il, commençaient à faire leur effet.

Tom en prépara d'autres. « Sauf le voyage à Cannes et les deux jours que j'ai passés à Rome en février, je n'ai pas vu Dickie. » Ce n'était pas tout à fait vrai, car il avait écrit que « Tom restait quelques jours » à Rome avec Dickie après le voyage de Cannes, mais maintenant qu'il se trouvait en face de Marge, il avait honte qu'elle sache qu'il avait passé tant de temps avec Dickie ; il ne voulait pas que Dickie et lui parussent coupables de ce dont elle les avait accusés dans une de ses lettres à Dickie. Il se mordit la langue tout en remplissant leurs verres ; il maudissait sa lâcheté.

Pendant le déjeuner – Tom regretta amèrement que le plat de résistance fût du roastbeef froid, un article extrêmement coûteux sur le marché italien – Marge l'interrogea plus longuement qu'aucun policier ne l'avait jamais fait sur l'état d'esprit dans lequel il avait trouvé Dickie lors de son séjour à Rome. Tom dut avouer qu'il avait passé dix jours à Rome avec Dickie après le voyage à Cannes et fut bombardé de questions sur Di Massimo, le peintre avec lequel Dickie avait travaillé, sur l'appétit de Dickie et sur l'heure à laquelle il se levait le matin.

« Que croyez-vous qu'il pensait de moi ? Dites-moi franchement. Je suis de taille à le supporter.

— Je crois qu'il se faisait du souci pour vous, dit Tom avec chaleur. Je crois... vous comprenez, c'était un de ces cas assez fréquents d'un homme que l'idée du mariage terrifie...

— Mais je ne lui ai jamais demandé de m'épouser ! protesta Marge.

— Je sais bien, mais... » Tom se força à continuer, bien que parler de cela lui fît l'effet de se rincer la bouche au vinaigre. « Disons qu'il ne pouvait supporter la responsabilité de vous voir lui manifester une si vive affection. Je crois qu'il aurait voulu voir vos relations se situer sur un plan plus détaché. » Cela voulait dire tout et rien.

Marge le contempla quelques instants d'un air éperdu qu'il connaissait bien, puis elle reprit vaillamment : « Enfin, tout cela, c'est du passé maintenant. La seule chose qui m'intéresse, c'est de savoir ce qu'a bien pu devenir Dickie. »

« Sa fureur à l'idée qu'il avait peut-être passé tout l'hiver avec Dickie était du passé aussi, se dit Tom ; car, d'abord, elle ne voulait pas y croire, et puis maintenant elle n'avait même plus à y croire. » Il interrogea prudemment : « Il ne vous a pas écrit par hasard pendant qu'il était à Palerme ? »

Marge secoua la tête : « Non. Pourquoi ?

— Je voulais savoir dans quel état d'esprit vous pensiez qu'il était alors. Lui avez-vous écrit ? »

Elle hésita. « Oui... oui, je lui ai écrit.

— Quel genre de lettre ? Je vous demande cela simplement parce qu'une lettre désagréable aurait pu avoir sur lui un effet désastreux à cette époque.

— Oh !... c'est difficile à préciser. Une lettre plutôt gentille. Je lui expliquais que je rentrais aux États-Unis. » Elle le regardait avec de grands yeux.

Tom se complut à la dévisager, à scruter le visage de quelqu'un d'autre pris en flagrant délit de mensonge. En fait de lettre gentille, c'était l'horrible lettre dans laquelle elle lui annonçait qu'elle avait dit à la police que Dickie et lui étaient toujours ensemble. « Je ne crois pas que ça ait beaucoup d'importance alors, dit Tom doucement, en se carrant dans son fauteuil. »

Ils gardèrent quelques instants le silence, puis Tom lui posa des questions à propos de son roman, lui demanda quel était l'éditeur qui s'y intéressait, et si elle avait encore beaucoup de travail à faire sur son manuscrit. Marge répondit à toutes ces questions avec enthousiasme. Tom avait l'impression que si elle retrouvait Dickie et que son livre paraissait d'ici l'hiver prochain, elle en éclaterait sans doute de bonheur, avec un vilain *plooouр !* et que ce serait la fin de Marge.

« Croyez-vous que je doive proposer à M. Greenleaf de venir le voir ? demanda Tom. Je serais enchanté d'aller à Rome... » « En fait, il ne serait pas si enchanté, se dit-il, car Rome était bien trop plein de gens qui l'avaient vu sous l'identité de Dickie Greenleaf. » « Ou alors croyez-vous qu'il aimerait venir ici ? Je pourrais le loger. Où est-il descendu à Rome ?

— Il habite chez des amis américains qui ont un grand appartement. Un nommé Northup, dans la Via Quattro-Novembre. Il me semble que ce serait gentil de votre part de lui donner signe de vie. Je vais vous donner son adresse.

— C'est une bonne idée. Il ne m'aime pas beaucoup, hein ? »

Marge eut un petit sourire. « Ma foi, franchement, pas beaucoup. Je crois qu'il vous juge un peu sévèrement. Il s'imagine sans doute que vous avez eu une mauvaise influence sur Dickie.

— Pas du tout. Je suis navré de ne pas avoir réussi à faire rentrer Dickie, mais je lui ai expliqué tout cela. Je lui ai écrit la lettre la plus gentille du monde quand j'ai entendu dire que Dickie avait disparu. Ça n'a rien arrangé ?

— Je crois que si, un peu, mais... Oh ! je suis navrée, Tom ! Sur cette belle nappe ! » Marge avait renversé son verre de martini. Elle se mit à éponger maladroitement la nappe avec son mouchoir.

Tom revint en courant de la cuisine avec un torchon. « Ce n'est rien », dit-il, en regardant le bois de la table se décolorer malgré tout. Ce n'était pas pour la nappe qu'il s'inquiétait, mais pour la magnifique table.

« Je suis vraiment désolée », répéta Marge.

Tom la détestait. Il se rappelait soudain l'image du soutien-gorge de Marge en train de sécher à sa fenêtre à Mongibello. S'il l'invitait à rester ici, ce soir sa lingerie joncherait les fauteuils. Cette seule idée le dégoûtait. Il se força à sourire. « J'espère que vous me ferez l'honneur d'accepter un lit pour la nuit. Pas le mien, ajouta-t-il en riant, mais j'ai deux chambres au premier, et vous n'avez qu'à vous installer dans l'une des deux.

— Merci beaucoup. J'accepte », fit-elle, épanouie. Tom l'installa dans sa propre chambre – le lit de l'autre pièce n'était qu'un grand divan pas aussi confortable que son immense lit – et Marge referma sa porte pour faire la sieste après le déjeuner. Tom erra sans but à travers la maison, en se demandant s'il n'y avait rien dans sa chambre qu'il devrait enlever. Le passeport de Dickie était dans la doublure d'une valise rangée dans sa penderie. Il ne voyait rien d'autre. « Mais les femmes avaient de bons yeux, se dit Tom, même Marge. Peut-être irait-elle fouiner. » Il finit par revenir dans la chambre pendant qu'elle dormait et retira la valise de la penderie. Le parquet grinça et Marge entrouvrit les yeux.

« Je voulais juste prendre quelque chose, murmura Tom. Excusez-moi. » Il ressortit sur la pointe des pieds. « Marge ne se souviendrait sans doute même pas de son passage, se dit-il, car elle ne s'était pas complètement réveillée. »

Dans l'après-midi, il fit visiter la maison à Marge, lui montra l'étagère pleine de livres reliés en cuir dans sa chambre auprès de son lit, des livres, expliqua-t-il, qu'il avait trouvés avec la maison mais qui en réalité étaient à lui : il les avait achetés à Rome, à Palerme et à Venise. Il se rappela qu'il en avait une dizaine à Rome et qu'un des jeunes assistants de Roverini s'était penché pour regarder les titres. « Mais il n'y avait pas là de quoi s'affoler, se dit-il, même en supposant que ce fût justement ce policier-là qui revînt. » Il montra à Marge la grande entrée avec son large perron de pierre. La marée était basse et découvrait quatre marches, les deux dernières tapissées d'une épaisse couche de mousse. C'étaient de longs filaments poisseux qui pendaient comme des cheveux vert foncé. La vue de ces marches dégoûtait Tom, mais Marge les trouva très romantiques. Elle se pencha pour contempler l'eau profonde du canal. Tom eut envie de la pousser.

« Est-ce que nous ne pourrions pas prendre une gondole et rentrer par là ce soir ? demanda-t-elle.

— Oh ! si, bien sûr. » Ils dîneraient dehors ce soir, naturellement. Tom redoutait la longue soirée italienne qui les attendait, car ils ne dîneraient pas avant dix heures et sans doute voudrait-elle s'asseoir sur la place Saint-Marc pour boire des *espressos* jusqu'à deux heures du matin.

Tom leva les yeux vers le ciel brumeux et sans soleil, il vit une mouette descendre en planant et se poser sur un perron de l'autre côté du canal. Il se demandait auquel de ses nouveaux amis vénitiens il allait téléphoner pour lui demander s'il pouvait amener Marge prendre un verre vers cinq heures. Ils seraient tous ravis de la connaître, naturellement. Il se décida pour l'Anglais, Peter Smith-Kingsley. Peter avait un lévrier afghan, un piano et un bar bien monté. Tom se dit que Peter conviendrait très bien car Peter ne voulait jamais vous laisser partir. Ils pourraient rester chez lui jusqu'au moment d'aller dîner.

24

Tom téléphona à M. Greenleaf de chez Peter Smith-Kingsley, vers sept heures. M. Greenleaf se montra plus aimable que Tom ne l'avait escompté, et il semblait pitoyablement anxieux d'entendre les bribes de renseignements que Tom pouvait lui donner au sujet de Dickie. Peter, Marge et les Frenchetti – deux frères, fort beaux garçons, de Trieste, dont Tom avait fait la connaissance – étaient dans la pièce voisine d'où ils pouvaient ne pas perdre un mot de ce que Tom disait ; celui-ci eut l'impression que la présence de cet auditoire lui faisait jouer mieux son rôle que s'il avait été complètement seul.

« J'ai dit à Marge tout ce que je savais, fit-il, elle pourra donc vous répéter tout ce que j'aurais oublié. Je regrette seulement de ne pas être en mesure de fournir d'indice vraiment important à la police.

— Cette police ! fit M. Greenleaf d'un ton agacé. Je commence à croire que Richard est mort. Je ne sais pas pourquoi, mais ces Italiens n'ont pas l'air de vouloir admettre cette possibilité. Ils se comportent comme des amateurs... de vieilles dames jouant aux détectives. »

Tom fut choqué d'entendre M. Greenleaf déclarer carrément que Dickie était peut-être mort. « *Vous* croyez que Dickie s'est peut-être tué, M. Greenleaf ? » demanda-t-il d'une voix calme.

M. Greenleaf soupira. « Je ne sais pas. Oui, je crois que c'est possible. Je n'ai jamais considéré mon fils comme très équilibré, Tom.

— Je crois, hélas ! que vous avez raison, dit Tom. Désirez-vous parler à Marge ? Elle est dans la pièce voisine.

— Non, non merci. Quand revient-elle ?

— Je crois qu'elle a dit qu'elle retournait à Rome demain. Si vous avez envie de venir à Venise, M. Greenleaf, pour vous reposer un peu, je serai heureux de vous recevoir chez moi. »

Mais M. Greenleaf déclina cette invitation. Tom comprit qu'il n'avait pas besoin de forcer la dose. On aurait dit qu'il cherchait vraiment les ennuis, qu'il ne pouvait pas s'en empêcher. M. Greenleaf le remercia d'avoir appelé et lui souhaita bonne nuit très courtoisement.

Tom retourna dans l'autre pièce. « Il n'y a rien de nouveau à Rome, annonça-t-il d'un ton découragé aux autres.

— Ah ! » Peter parut déçu.

« Voici pour la communication, Peter, dit Tom en posant douze cents lires sur le piano. Merci beaucoup.

— J'ai une idée, commença Pietro Franchetti dans son anglais très britannique. Dickie Greenleaf a changé de passeport avec un pêcheur napolitain ou un camelot romain, pour pouvoir mener la vie tranquille qu'il a toujours désiré mener. Or, le porteur du passeport de Dickie Greenleaf s'est trouvé n'être pas aussi bon faussaire qu'il croyait, et il a été obligé de disparaître subitement. La police devrait trouver un homme incapable de montrer sa propre *carta d'identità*, découvrir qui il est, et puis chercher un homme qui porte son nom, et qui s'avérera être Dickie Greenleaf ! »

Tout le monde rit, et Tom plus fort qu'eux tous.

« Le malheur avec votre solution, dit Tom, c'est que des tas de gens qui connaissaient Dickie l'ont vu en janvier et en février...

— *Qui ça ?* l'interrompit Pietro avec cette agressivité de ton si agaçante dans la conversation des Italiens, et plus agaçante encore lorsqu'ils s'expriment en anglais.

— Eh bien, moi par exemple. De toute façon, comme j'allais vous le dire, la banque affirme maintenant que les faux datent de décembre.

— Quand même, c'est une idée », fit Marge d'un ton guilleret, se renversant sur la grande chaise longue de Peter ; elle se sentait très gaie après son troisième verre d'alcool. « Et ce serait bien de Dickie. Il l'a probablement mise à exécution tout de suite après Palerme, quand cette histoire de faux est venue s'ajouter à tout le reste. Je ne crois pas une seconde que ce sont des faux. Je crois que Dickie a tellement changé que son écriture a changé aussi.

— C'est mon avis aussi, dit Tom. D'ailleurs, les banques ne sont pas unanimes, pour dire que toutes les signatures sont fausses. En Amérique, ils ont des doutes, et Naples s'est rangé à l'avis de l'Amérique. À Naples, ils ne se seraient jamais aperçus qu'il y avait eu des faux si les États-Unis ne le leur avaient pas dit.

— Je me demande ce que disent les journaux du soir ? fit Peter d'un ton animé, en remettant la chaussure en forme de pantoufle qu'il avait à demi enlevée probablement parce qu'elle lui faisait mal. Voulez-vous que j'aille les chercher ? »

Mais l'un des Franchetti se proposa pour y aller, et quitta la pièce aussitôt. Lorenzo Franchetti portait un gilet, très *inglese*, brodé de rose, un costume fait en Angleterre et des chaussures anglaises à semelles épaisses ; son frère était habillé à peu près de la même façon. Peter, par contre, était habillé de vêtements italiens des pieds à la tête. Tom avait remarqué, à des réceptions et au théâtre, que lorsqu'un homme portait des vêtements anglais il était sûrement italien, et vice versa.

D'autres gens arrivèrent juste au moment où Lorenzo revint avec les journaux : deux italiens et deux américains. On se passa les journaux. On discuta de plus belle, on échangea d'autres hypothèses stupides, on s'excita sur la nouvelle du jour : la maison de Dickie à Mongibello avait été vendue à un Américain pour deux fois le prix que Dickie en avait demandé à l'origine. L'argent allait être déposé dans une banque de Naples jusqu'au moment où Greenleaf viendrait le réclamer.

Dans le même journal, il y avait un dessin d'un homme à genoux, regardant sous sa commode. « Tu cherches ton bouton de col ? » lui demandait sa femme. Et il répondait : « Non, je cherche Dickie Greenleaf. »

Tom avait entendu dire que les chansonniers de Rome s'étaient emparés de cette histoire de recherches, eux aussi.

L'un des Américains qui venait d'arriver, et qui s'appelait Rudy quelque chose, invita Tom et Marge à un cocktail, le lendemain. Tom allait refuser, lorsque Marge déclara qu'elle viendrait avec grand plaisir. Tom ne croyait pas qu'elle serait encore là demain, car elle avait parlé de partir au déjeuner. Il se dit que ce cocktail serait sûrement mortellement ennuyeux, Rudy était un type qui parlait fort, s'habillait de façon voyante, et se disait antiquaire. Tom s'arrangea pour quitter la maison avec Marge avant que celle-ci eût accepté d'autres invitations pour Dieu savait quand.

Marge était d'une humeur guillerette qui agaça Tom tout au long de l'interminable dîner, mais il fit un immense effort sur lui-même et se mit à son diapason – « comme une grenouille impuissante qui sursaute sous les picotements d'une aiguille électrique », se dit-il – et, quand elle laissait tomber la balle, il la relevait et en jouait un peu. Ce fut ainsi qu'il dit : « Peut-être Dickie a-t-il trouvé sa voie en peinture subitement, et peut-être est-il parti comme Gauguin pour une des îles des mers du Sud. » Cela le rendait malade. Marge se lançait alors dans une divagation sur Dickie et les îles des mers du Sud, faisant de grands gestes avec les mains. Tom se disait que le pire restait encore à faire : à savoir la promenade en gondole.

Marge voulait une gondole particulière, bien sûr, et non la gondole qui faisait le service régulier et qui emmenait dix personnes à la fois de San Marco aux marches de Santa Maria della Salute ; ils prirent donc une gondole particulière. Il était une heure et demie du matin. Tom avait un goût âpre dans la bouche pour avoir pris trop d'*espresso*, son cœur palpitait comme les ailes d'un oiseau, et il était certain de ne pas pouvoir s'endormir avant l'aube. Il se sentait épuisé, et il se laissa aller sur le siège de la gondole à peu près aussi languissamment que Marge, en faisant attention à ce que leurs cuisses ne se touchent pas. Marge était toujours aussi émoustillée, et elle était en train de se raconter tout un monologue sur le lever du soleil à Venise, qu'elle avait probablement vu au cours d'un précédent séjour. Le léger balancement du bateau et les coups de rame rythmés du gondolier rendaient Tom vaguement malade. L'étendue d'eau entre l'arrêt des bateaux de San Marco et son propre escalier lui parut interminable.

Son escalier était recouvert d'eau à cette heure, à l'exception de deux marches, et l'eau atteignait juste la surface de la troisième, faisant bouger la mousse de façon écœurante. Tom paya le gondolier machinalement, et ce ne fut que lorsqu'il se trouva devant les grandes portes de sa maison qu'il se rendit compte qu'il n'avait pas pris les clefs. Il regarda partout, cherchant un endroit par où il pourrait grimper, mais, des marches, il ne pouvait même pas atteindre un rebord de fenêtre. Avant même qu'il eût dit un mot, Marge éclata de rire.

« Vous n'avez pas la clef ! Et nous voilà bloqués sur le seuil de la porte, entourés d'une eau tumultueuse, et sans clef ! »

Tom essaya de sourire. Pourquoi diable aurait-il pensé à prendre deux clefs de près d'un pied de long et qui pesaient aussi lourd que deux revolvers ? Il se retourna et cria au gondolier de revenir.

« Ah ! » fit le gondolier, jovial, sans faire mine de rebrousser chemin. « *Mi dispiace, Signore ! Devo ritornare a San Marco ! Ho un appuntamento !* » Il continua à ramer.

« Nous n'avons pas de clefs ! cria Tom en italien.

— *Mi dispiace, Signore !* répliqua le gondolier. *Manderó un altro gondoliere !* »

Marge rit de nouveau. « Oh ! un autre gondolier passera nous prendre. Est-ce que vous ne trouvez pas que c'est magnifique ici ? » Elle se tenait sur la pointe des pieds.

Ce n'était pas une nuit magnifique du tout. Il faisait frisquet et une petite pluie s'était mise à tomber. Tom se dit qu'il pourrait demander à la gondole du service régulier de venir jusque-là, mais il ne la voyait pas. Le seul bateau qu'il voyait était le *motoscafo* qui approchait du quai de San Marco. Il y avait peu de chance pour que le *motoscafo* fît le détour pour passer les prendre, mais Tom cria quand même pour l'appeler. Le *motoscafo*, plein de lumière et de gens, passa sans les voir et alla se ranger contre le quai de bois de l'autre côté du canal. Marge était assise sur la marche du haut, les bras autour des genoux, et ne faisait rien. Finalement, un bateau à moteur plat qui avait l'air d'une espèce de bateau de pêche ralentit, et quelqu'un cria en italien : « Vous ne pouvez pas entrer ?

— Nous avons oublié les clefs ! » expliqua Marge gaiement.

Mais elle refusa de monter dans le bateau. Elle dit qu'elle attendrait sur les marches que Tom eût fait le tour et qu'il lui eût ouvert la porte de la rue. Tom lui ayant dit que cela pourrait prendre un quart d'heure ou plus, et qu'elle allait probablement attraper froid, elle consentit enfin à monter. L'Italien les mena jusqu'au débarcadère le plus proche, à l'escalier de l'église Santa Maria della Salute. Il ne voulut pas prendre d'argent, mais il accepta le reste du paquet de cigarettes américaines de Tom. Sans qu'il pût s'expliquer pourquoi, Tom eut plus peur cette nuit-là, en traversant San Spiridione avec Marge, que s'il avait été seul. Marge, bien entendu, ne fut absolument pas impressionnée par la rue, et ne cessa de parler tout le long du chemin.

25

Tom fut réveillé très tôt le lendemain matin par des coups frappés avec le heurtoir de sa porte. Il saisit sa robe de chambre et descendit. C'était un télégramme et Tom dut remonter en courant afin d'aller chercher un pourboire pour le télégraphiste. Il lut le télégramme debout dans le living-room glacé.

AI CHANGÉ D'AVIS. AIMERAIS VOUS VOIR. ARRIVE À 11 H 45.

H. Greenleaf.

Tom frissonna. Il essaya de se dire qu'il s'attendait à cette visite. Mais ce n'était pas vrai. Il la redoutait. Ou alors était-ce l'heure qui lui donnait cette sensation ? Le jour était à peine levé. Le living-room, baigné par une lumière grise, était affreux. Et si le télégramme avait porté – car les erreurs typographiques sont fréquentes en Italie – un R ou un D à la place du H, quelle impression cela aurait-il fait à Tom ?

Il remonta en courant et retourna dans son lit chaud pour essayer de dormir encore un peu. Il se demanda si Marge allait venir frapper à sa porte parce qu'elle avait entendu le heurtoir en bas, mais finalement il décida qu'elle n'avait pas été réveillée par le bruit. Il s'imagina ouvrant la porte à M. Greenleaf, lui serrant fermement la main, et il essaya d'imaginer les questions que M. Greenleaf lui poserait, mais il avait l'esprit fatigué et n'arrivait pas à se concentrer, ce qui le terrifia et le mit mal à l'aise. Il avait trop sommeil pour formuler des questions et des réponses bien précises, et il était trop tendu pour s'endormir. Il avait envie de faire du café et de réveiller Marge, pour avoir quelqu'un à qui parler, mais il ne pouvait supporter l'idée d'entrer dans cette pièce et de voir le linge et la ceinture à bas répandus partout, il ne *pouvait pas*.

Ce fut Marge qui le réveilla, et qui lui annonça qu'elle avait déjà fait du café en bas.

« Qu'en dites-vous, fit Tom avec un large sourire. J'ai reçu un télégramme de M. Greenleaf ce matin : il vient à midi.

— Pas possible ! Quand avez-vous reçu le télégramme ?

— Ce matin de bonne heure. À moins que je n'aie rêvé. »

Il chercha le télégramme. « Le voilà. »

Marge le lut. « Aimerais vous voir, dit-elle. Parfait. Ça lui fera du bien, j'espère. Vous descendez ou bien voulez-vous que je vous monte du café ?

— Je descends », dit Tom, en enfilant sa robe de chambre. Marge était déjà habillée : elle portait un pantalon et un sweater, un pantalon de toile noire, bien coupé et qui devait être fait sur mesure, se dit Tom, car il lui allait aussi bien qu'un pantalon pouvait aller à cette courge. Ils burent leur café jusqu'à dix heures, moment où Anna et Ugo arrivèrent avec du lait, des croissants et les journaux du matin. Ils se firent alors une autre cafetière de café, emportèrent un pot de lait chaud et allèrent s'installer dans le living-room. C'était un de ces matins où il n'y avait rien dans les journaux sur Dickie ou sur l'affaire Miles. Certains matins, c'était comme ça, et le soir il y avait quelque chose dans les journaux, même si ce n'était pas une information nouvelle, simplement pour rappeler aux gens que Dickie n'avait toujours pas été retrouvé et que le mystère du meurtre de Miles n'était toujours pas résolu.

Marge et Tom allèrent chercher M. Greenleaf à la gare à onze heures quarante-cinq. Il pleuvait de nouveau, et il y avait un vent si froid que la pluie était comme de la neige fondue sur leurs visages. Ils restèrent sous la verrière de la gare, et regardèrent les gens passer le portillon ; enfin ils virent M. Greenleaf, très digne et la figure couleur de cendre. Marge se précipita pour l'embrasser sur la joue, et il lui sourit.

« Bonjour, Tom, dit-il chaleureusement, en tendant la main. Comment allez-vous ?

— Très bien, monsieur. Et vous ? »

M. Greenleaf n'avait avec lui qu'une petite valise, mais c'était un porteur qui la tenait, et qui prit le *motoscafo* avec eux, bien que Tom eût dit qu'il pouvait facilement se charger lui-même de la valise. Tom proposa d'aller directement chez lui, mais M. Greenleaf voulut s'installer d'abord dans un hôtel. Il insista.

« Je viendrai dès que j'aurai rempli ma fiche. Je pensais descendre au Gritti. Est-ce que c'est près de chez vous ? demanda M. Greenleaf.

— Pas très, mais vous pouvez aller à pied jusqu'à San Marco et de là prendre une gondole pour traverser, dit Tom.

Si vous voulez seulement réserver une chambre, nous allons venir avec vous. J'ai pensé que nous pourrions déjeuner tous ensemble... à moins que vous ne préfériez voir Marge seule un moment. » Il était redevenu le Ripley discret et toujours prêt à s'effacer.

« Je suis venu principalement pour vous parler à vous, dit M. Greenleaf.

— Est-ce qu'il y a du nouveau ? » demanda Marge.

M. Greenleaf secoua la tête. Il lançait des regards nerveux, absents, par les vitres du *motoscafo*, comme si l'étrangeté de la ville l'obligeait à la regarder, mais en fait il n'enregistrait rien. Il n'avait pas répondu à la question de Tom à propos du déjeuner. Tom croisa les bras, prit une expression aimable, et n'essaya plus de parler. Le moteur du bateau faisait trop de vacarme, d'ailleurs. M. Greenleaf et Marge s'entretenaient de gens qu'ils connaissaient à Rome. Tom crut voir que Marge et M. Greenleaf s'entendaient très bien, quoique Marge eût dit qu'elle ne connaissait pas le père de Dickie avant de l'avoir rencontré à Rome.

Ils allèrent déjeuner dans un restaurant modeste situé entre le Gritti et le Rialto, et dont la spécialité était les crustacés, toujours présentés vivants sur un comptoir à l'intérieur. Sur l'un des plats, il y avait un assortiment de ces petits poulpes que Dickie aimait tant, et Tom dit à Marge, désignant le plat quand ils passèrent devant : « Dommage que Dickie ne soit pas là pour en profiter. »

Marge sourit gaiement. Elle était toujours de bonne humeur quand on était sur le point de manger.

M. Greenleaf parla un peu plus pendant le déjeuner, mais son expression demeurait figée, et il continuait à regarder autour de lui tout en parlant, comme s'il espérait voir Dickie arriver d'un instant à l'autre. Non, la police n'avait pas trouvé la moindre chose pouvant mériter le nom d'indice, dit-il, et il venait de se mettre d'accord avec un détective privé américain qui allait venir et essayer d'éclaircir le mystère.

Tom accueillit cette nouvelle avec gravité – lui, aussi, il devait soupçonner vaguement, ou nourrir l'illusion peut-être, que les détectives américains étaient meilleurs que les Italiens –, mais bientôt l'évidente futilité de la chose le frappa comme elle frappait apparemment Marge, dont le visage s'était allongé soudain et avait perdu son expression réjouie.

« C'est peut-être une très bonne idée, dit Tom.

— Est-ce que vous avez une haute opinion de la police italienne ? lui demanda M. Greenleaf.

— Ma foi... oui, en fait, répondit Tom. Ils ont aussi l'avantage de parler l'italien et de pouvoir aller partout et enquêter sur toutes sortes de suspects. Je suppose que l'homme que vous faites venir parle l'italien ?

— Je n'en sais vraiment rien. Je ne sais pas, dit M. Greenleaf, démonté, comme s'il se rendait compte subitement qu'il aurait dû exiger cela du détective, et qu'il n'en avait rien fait. Il s'appelle McCarron. On m'assure qu'il est très bien. »

Tom pensa que l'autre ne parlait probablement pas l'italien. « Quand est-ce qu'il arrive ?

— Demain ou après-demain. Je serai à Rome demain pour le voir, s'il est là. » M. Greenleaf avait terminé son *vitello alla parmigiana*. Il n'avait pas mangé beaucoup.

« Tom a une maison splendide ! » dit Marge, en attaquant son imposant baba au rhum.

Tom, qui avait envie de la foudroyer du regard, lui fit un petit sourire.

« L'interrogatoire en règle se passerait à la maison, se dit-il, probablement quand M. Greenleaf et lui seraient seuls. » Il savait que M. Greenleaf désirait lui parler en tête à tête, c'est pourquoi il proposa de prendre le café au restaurant avant que Marge puisse suggérer de le prendre à la maison. Marge aimait le café fait dans sa cafetière à lui. Malgré cela, elle resta une demi-heure dans le living-room avec eux quand ils furent rentrés. Tom se dit que Marge était incapable de sentir quoi que ce fût. Finalement, Tom fronça facétieusement les sourcils en la regardant et lui désigna l'escalier, et elle comprit l'allusion, se mit la main sur la bouche puis annonça qu'elle montait faire une petite sieste. Elle était d'une bonne humeur invincible, comme d'habitude, et pendant tout le déjeuner, elle avait parlé à M. Greenleaf comme si Dickie n'était *sûrement* pas mort, disant que M. Greenleaf ne devait pas se faire tant de soucis parce que c'était mauvais pour sa digestion. « Comme si elle espérait encore être un jour sa belle-fille », dit Tom.

M. Greenleaf se leva et se mit à arpenter la pièce, les mains dans les poches de sa veste, comme un directeur sur le point de dicter une lettre à sa sténo. Tom avait remarqué qu'il n'avait fait aucun commentaire sur la somptuosité de la maison, et que c'était à peine d'ailleurs s'il l'avait regardée.

« Eh bien, Tom, commença-t-il en soupirant, voilà une curieuse fin, n'est-ce pas ?

— Une fin ?

— Oui, vous, vous vivez en Europe maintenant, et Richard...

— Aucun d'entre nous n'a encore supposé qu'il était peut-être retourné aux États-Unis, dit Tom aimablement.

— Non. Ce ne serait pas possible. Les services d'immigration américains sont alertés. » M. Greenleaf continua à arpenter le plancher, sans regarder Tom. « À votre avis, franchement, où peut-il être ?

— Eh bien, monsieur, il pourrait se cacher quelque part en Italie... cela lui serait très facile à condition qu'il ne descende pas dans un hôtel où il serait obligé de remplir une fiche.

— Il y a donc des hôtels en Italie où l'on n'est pas obligé de remplir une fiche ?

— Non, pas officiellement. Mais quelqu'un qui connaît l'italien aussi bien que Dickie peut y arriver. En fait, s'il payait un petit aubergiste en Italie du Sud pour le faire se taire, il pourrait rester même si l'autre savait qu'il s'appelle Richard Greenleaf.

— Et à votre avis c'est peut-être ça qu'il fait ? » M. Greenleaf le regardait dans les yeux tout à coup, et Tom vit sur son visage cette expression pitoyable qu'il y avait vue la première fois qu'il l'avait rencontré.

« Non, je... c'est possible. C'est tout ce que je peux dire. » Il fit une pause. « Je suis désolé de vous le dire, M. Greenleaf, mais je pense qu'il y a une possibilité que Dickie soit mort. »

L'expression de M. Greenleaf ne changea pas. « À cause de cette dépression dont vous avez parlé à Rome ? Qu'est-ce qu'il vous a dit exactement ?

— C'était une question d'humeur générale. » Tom fronça les sourcils. « Cette histoire Miles l'avait visiblement secoué. Il est le genre d'hommes qui... Il déteste vraiment la publicité sous toutes ses formes, la violence sous toutes ses formes. » Tom s'humecta les lèvres. Le mal qu'il se donnait pour essayer de s'exprimer était sincère. « Il a dit que si quelque chose arrivait encore, il exploserait... ou qu'il ferait il ne savait pas quoi. J'ai eu l'impression aussi que, pour la première fois, sa peinture ne l'intéressait plus. Peut-être n'était-ce que provisoire, mais jusqu'alors j'avais toujours pensé que, quoi qu'il lui arrivât, Dickie pouvait toujours trouver refuge dans sa peinture.

— Est-ce qu'il prend vraiment sa peinture tellement au sérieux ?

— Oui », fit Tom d'un ton ferme.

M. Greenleaf, les mains derrière le dos, leva de nouveau les yeux vers le plafond. « Dommage que nous ne puissions pas trouver ce Di Massimo. Il saurait peut-être quelque chose. Si j'ai bien compris, Richard et lui devaient aller ensemble en Sicile.

— Je ne le savais pas », dit Tom. Il se dit que c'était Marge qui avait donné cette information à M. Greenleaf.

« Di Massimo a disparu, lui aussi, en admettant qu'il ait jamais existé. Je suis porté à croire que Richard l'a inventé pour essayer de me convaincre qu'il peignait. La police ne trouve pas de peintre du nom de Di Massimo sur ses... ses fiches d'identité ou je ne sais quoi.

— Moi, je ne l'ai jamais vu, dit Tom. Dickie m'en a parlé plusieurs fois. Je dois dire que je n'ai jamais douté de son identité... ou de sa réalité. » Il eut un petit rire.

« Vous disiez tout à l'heure que Richard avait parlé d'exploser "si quelque chose lui arrivait encore". Que lui était-il arrivé d'autre ?

— Eh bien, je ne le savais pas à ce moment-là, à Rome,

mais je crois que je sais maintenant ce qu'il a voulu dire. La police l'avait interrogé à propos du bateau coulé à San Remo. Ils vous l'ont dit ?

— Non.

— Ils ont trouvé un canot sabordé à San Remo. Il semble que ce bateau ait disparu le jour ou à peu près le jour où Dickie et moi étions là-bas, et où nous étions allés faire une promenade dans une embarcation du même genre. C'étaient de petits canots à moteur loués par des gens du pays. Quoi qu'il en soit, le bateau avait été sabordé, et il portait des taches que la police pensait être des taches de sang. Il se trouve qu'ils ont découvert le bateau juste après le meurtre de Miles, et qu'à la même époque ils ne pouvaient pas mettre la main sur *moi*, parce que je voyageais à travers le pays ; alors ils ont demandé à Dickie où j'étais. Je crois que, pendant un moment, Dickie a dû croire qu'ils le soupçonnaient de m'avoir assassiné, moi ! » Tom rit.

« Seigneur !

— Je ne sais cela que parce qu'un inspecteur m'a interrogé à ce sujet à Venise il y a quelques semaines. Il m'a dit qu'il avait déjà interrogé Dickie. Ce qu'il y a de curieux, c'est que je ne savais pas qu'on me recherchait – pas très sérieusement, mais quand même – avant de l'avoir lu dans un journal à Venise. Je suis allé à la police me présenter. » Tom continuait à sourire. Il avait décidé depuis des jours de raconter tout cela à M. Greenleaf, s'il le voyait, que celui-ci fût au courant ou non de l'incident du bateau de San Remo. Cela valait mieux que si M. Greenleaf l'apprenait par la police, et si on lui disait que Tom s'était trouvé à Rome avec Dickie à un moment où il aurait dû savoir que la police le recherchait. D'ailleurs, cela concordait avec ce qu'il avait dit de l'état de dépression où était Dickie à ce moment-là.

« Je ne comprends pas très bien toute cette histoire », dit M. Greenleaf. Il était assis sur le canapé et écoutait avec une grande attention.

« Cela n'a plus d'importance, puisque Dickie et moi sommes vivants tous les deux. Si j'en parle, c'est uniquement pour dire que Dickie savait que j'étais recherché par la police, parce que la police lui avait demandé où j'étais. Il ne savait peut-être pas exactement où j'étais la première fois que la police l'a interrogé, mais il savait en tout cas que j'étais toujours en Italie. Mais même quand je suis venu à Rome et que je l'ai vu, il ne l'a pas dit à la police. Il n'était pas d'humeur à leur rendre service. Je le sais parce qu'au moment même où Marge me parlait à l'hôtel à Rome, Dickie était sorti et parlait à la police. Il estimait que la police n'avait qu'à me trouver toute seule, qu'il n'allait pas dire où j'étais. »

M. Greenleaf secoua la tête avec une pointe d'impatience, en père qui était tout prêt à croire une chose pareille de Dickie.

« Je crois que c'est ce soir-là qu'il a dit que si quelque chose lui arrivait encore... Cela m'a un peu gêné à Venise. La police a probablement pensé que j'étais idiot de ne pas avoir su plus tôt qu'on me recherchait, mais il n'en reste pas moins que je ne le savais pas.

— Hm-m ! » fit M. Greenleaf d'un ton indifférent.

Tom se leva pour aller chercher du cognac.

« Je ne crois pas comme vous que Richard se soit suicidé, dit M. Greenleaf.

— Et Marge ne le croit pas non plus. J'ai simplement dit

que c'était possible. Je ne crois même pas que ce soit ce qui s'est passé en fait.

— Non ? Qu'est-il arrivé, à votre avis ?

— Je crois qu'il se cache, dit Tom. Puis-je vous offrir du cognac, monsieur ? J'imagine que vous devez trouver cette maison assez froide après l'Amérique ?

— Je dois avouer que oui. » M. Greenleaf accepta le verre.

« Vous savez, il pourrait être dans d'autres pays que l'Italie, dit Tom. Il pourrait être allé en Grèce, ou en France, ou n'importe où ailleurs, après être retourné à Naples ; car enfin, on n'a commencé à le rechercher que des jours et des jours plus tard.

— Je sais, je sais », dit M. Greenleaf d'un ton las.

26

Tom espérait que Marge oublierait l'invitation de l'antiquaire au Danieli, mais elle y pensait. M. Greenleaf était rentré à son hôtel vers quatre heures pour se reposer et, dès qu'il fut parti, Marge rappela à Tom qu'ils avaient un cocktail à cinq heures.

« Vous avez vraiment envie d'y aller ? dit Tom. Je ne me souviens même pas du nom de ce type.

— Maloof. M-a-l-o-o-f, dit Marge. J'irais bien. Nous ne sommes pas forcés de rester longtemps. »

C'était comme ça. Ce qui exaspérait Tom, c'était le spectacle qu'ils offraient tous les deux, l'un comme l'autre protagoniste de l'affaire Greenleaf, et aussi en vue qu'un couple d'acrobates sous les projecteurs du cirque. Il avait le sentiment, la certitude même, qu'ils n'étaient que deux noms, deux invités d'honneur sur lesquels M. Maloof avait été heureux de mettre le grappin, car il avait dû dire à tout le monde que Marge Sherwood et Tom Ripley seraient là aujourd'hui. Tom trouvait cela déplacé. Et Marge ne pouvait tout de même pas excuser sa frivolité en disant qu'elle ne s'inquiétait absolument pas de la disparition de Dickie ;

Tom avait même l'impression que Marge avalait un martini après l'autre dans ces cocktails, parce que cela ne lui coûtait rien : comme si elle ne pouvait pas avoir tout ce qu'elle voulait chez Tom, ou comme si elle ne savait pas qu'il lui en offrirait encore quelques-uns quand ils retrouveraient M. Greenleaf pour dîner.

Tom buvait son cocktail à petites gorgées et réussit à mettre toute la largeur du salon entre Marge et lui. Il était l'ami de Dickie Greenleaf, déclarait-il quand quelqu'un engageait la conversation en lui demandant s'il était très lié avec Dickie, mais il affirmait toujours qu'il connaissait assez peu Marge.

« Miss Sherwood est mon invitée, disait-il avec un sourire timide.

— Où est M. Greenleaf ? C'est dommage que vous ne l'ayez pas amené », dit M. Maloof, en s'approchant avec la grâce d'un éléphant, un Manhattan généreusement servi dans une coupe à champagne. Il arborait un costume de tweed à gros carreaux, le genre de tissu, se dit Tom, que les Anglais devaient fabriquer à contrecœur pour des Américains comme Rudy Maloof.

« Je crois que M. Greenleaf se repose, répondit Tom. Nous devons le retrouver dans la soirée pour dîner.

— Oh ! dit M. Maloof. Vous avez vu les journaux ce soir ? » Cette dernière question, posée d'un ton poli, avec un visage grave et solennel.

« Oui, je les ai vus », dit Tom.

M. Maloof hocha la tête sans rien dire de plus. Tom se demanda quelle nouvelle sans intérêt l'autre lui aurait annoncée s'il avait dit ne pas avoir encore lu les journaux. Les quotidiens du soir disaient que M. Greenleaf était arrivé à Venise et qu'il était descendu au Gritti. Il n'était pas question de détective américain arrivant à Rome aujourd'hui ou dans les jours à venir, et Tom commença à se poser des questions à propos de cette histoire de détective. C'était un peu comme les histoires que racontaient les gens, ou comme celles qu'il imaginait lui-même et qui ne reposaient jamais sur rien de réel, si bien que quinze jours plus tard il avait honte d'avoir même pu y croire. Ainsi quand il s'était imaginé à Mongibello que Marge et Dickie couchaient ensemble, ou qu'ils étaient sur le point de le faire. Ou bien quand en février il avait craint de courir à sa perte en continuant à jouer le rôle de Dickie Greenleaf et à signer les chèques. Cette histoire de falsification de signature s'était calmée, d'ailleurs. Aux dernières nouvelles, sept experts américains sur dix avaient déclaré qu'à leur avis la signature était bonne. Il aurait pu toucher d'autres chèques et continuer indéfiniment à incarner le personnage de Dickie Greenleaf s'il ne s'était pas laissé dominer par ses craintes sans fondement. Tom serra les dents. Il écoutait encore avec une fraction de son cerveau M. Maloof qui essayait de prendre un air sérieux et intelligent pour décrire son excursion aux îles de Murano et de Burano le matin même. Tom, le visage grave, écoutait tout en réfléchissant à ses propres problèmes. Peut-être devrait-il croire à cette histoire de détective sur le point d'arriver d'Amérique tant qu'il n'aurait pas la preuve du contraire, mais il n'allait pas se laisser affoler ni surtout trahir sa panique.

Tom répondit machinalement à une remarque de M. Maloof et celui-ci éclata d'un bon rire idiot et s'éloigna. Tom suivit d'un regard méprisant le large dos de son hôte qui se perdait dans la cohue, tout en se rendant compte qu'il avait été grossier, qu'il ne cessait pas d'être grossier et qu'il devrait se maîtriser un peu, car se conduire correctement, fût-ce avec ce ramassis d'antiquaires de trente-sixième ordre, de marchands de bric-à-brac et de collectionneurs de cendriers, faisait partie des devoirs d'un gentleman. Mais ils lui rappelaient trop les gens qui étaient venus lui dire adieu quand il s'était embarqué à New York : c'était pour cela qu'ils l'agaçaient tellement et qu'ils lui donnaient envie de s'enfuir en courant. C'était à cause de Marge, au fond, qu'il était là, uniquement à cause d'elle. Il lui en voulait. Tom but une gorgée de martini, leva les yeux vers le plafond et se dit que d'ici quelques mois, si jamais il se retrouvait avec des gens comme ceux-là, il serait sans doute capable de les supporter. Il avait fait des progrès depuis son départ de New York, et il en ferait encore d'autres. Les yeux au plafond, il se dit qu'il pourrait s'embarquer pour la Grèce, descendre l'Adriatique et aller jusqu'en Crète par la mer Ionienne. Voilà ce qu'il ferait cet été. En juin. *Juin*. Comme le mot était agréable et doux, comme il sentait la paresse et le soleil ! Mais sa rêverie ne dura que quelques secondes. Le brouhaha de la conversation, les voix râpeuses de ses compatriotes s'imposèrent de nouveau à ses oreilles et s'enfoncèrent comme des serres dans son dos, dans ses épaules. Machinalement, il se rapprocha de l'endroit où se tenait Marge. Il n'y avait que deux autres femmes dans la pièce, les horribles épouses de deux horribles industriels, et Marge, il fallait bien le reconnaître, était plus jolie qu'elles, mais sa voix, pensa-t-il, était plus désagréable encore.

La langue lui démangeait de l'envie qu'il avait de partir, mais comme un homme ne pouvait songer à donner le signal du départ, il rejoignit sans rien dire le groupe de

Marge, le visage souriant. Quelqu'un lui versa à boire. Marge parlait de Mongibello, de son livre, et les trois hommes aux tempes grises, au crâne chauve et au visage ravagé semblaient sous le charme.

Quand, quelques minutes plus tard, Marge parla de s'en aller, ils eurent toutes les peines du monde à se débarrasser de Maloof et de ses hôtes qui étaient un peu plus imbibés d'alcool maintenant et qui voulaient à tout prix les emmener tous dîner avec M. Greenleaf.

« C'est pour ça qu'on est à Venise… pour prendre du bon temps ! » répétait stupidement M. Maloof. Il en avait profité pour saisir Marge par la taille et pour la peloter un peu en essayant de la retenir ; Tom se dit que c'était une vraie chance qu'il n'eût pas encore dîné, car il aurait certainement tout rendu sur-le-champ. « Quel est le numéro de M. Greenleaf ? Téléphonons-lui ! » M. Maloof se dirigea d'un pas incertain vers le téléphone.

« Je crois que nous ferions mieux de filer ! souffla Tom à l'oreille de Marge. » Il la prit sans douceur par le coude et l'entraîna vers la porte, tous deux distribuant les saluts d'adieu au passage.

« Qu'est-ce qui se passe ? demanda Marge quand ils se retrouvèrent dans le corridor.

— Rien du tout. Il me semblait seulement que la soirée commençait à s'animer un peu trop », dit Tom, en se forçant à sourire. Marge était un peu éméchée, mais pas au point de ne pas s'apercevoir que Tom n'était pas comme d'habitude. Il transpirait. La sueur perlait sur son front et il l'épongea. « Ces gens-là me tuent, dit-il, à parler sans arrêt de Dickie, des gens que nous ne connaissons même pas et que je n'ai aucune envie de connaître. Ils me rendent malade.

— C'est drôle. Personne ne m'a parlé de Dickie, personne n'a même prononcé son nom devant moi. J'ai trouvé que c'était bien mieux qu'hier chez Peter. »

Tom ne répondit rien. C'était le genre de gens qu'il méprisait et pourquoi le dire à Marge qui appartenait au même milieu ?

Ils passèrent chercher M. Greenleaf à son hôtel. Il était encore tôt pour dîner, et ils allèrent prendre l'apéritif dans un café non loin du Gritti. Tom essaya de faire oublier sa sortie en se montrant aimable et brillant pendant le dîner. M. Greenleaf était de bonne humeur, car il venait de téléphoner à sa femme et l'avait trouvée moins abattue et en bien meilleure forme. Le docteur essayait depuis dix jours de nouvelles piqûres et elle semblait réagir mieux qu'à tous les traitements précédents.

Ce fut un dîner paisible. Tom raconta une bonne histoire qui fit rire Marge aux larmes. M. Greenleaf insista pour régler l'addition, puis il annonça qu'il allait rentrer à son hôtel, car il se sentait un peu fatigué. Comme il avait choisi soigneusement un plat de pâtes et s'était abstenu de prendre de la salade, Tom en conclut que M. Greenleaf souffrait peut-être de troubles intestinaux, le mal classique du touriste, et il aurait bien proposé un excellent médicament qu'on trouvait dans toutes les pharmacies, mais M. Greenleaf n'était pas le genre d'homme à qui on pouvait dire une chose comme ça, même s'ils s'étaient trouvés en tête à tête.

M. Greenleaf dit qu'il repartait le lendemain pour Rome, et Tom promit de lui téléphoner vers neuf heures du matin pour savoir quel train il prendrait. Marge rentrait à Rome avec M. Greenleaf et n'avait pas de préférence quant à l'heure du train. Ils revinrent à pied jusqu'au Gritti – M. Greenleaf, avec son visage sévère d'industriel sous son large feutre gris, semblable à un morceau de Madison Avenue marchant dans les ruelles étroites et zigzagantes – et ils se séparèrent.

« Je suis vraiment navré de n'avoir pu passer plus de temps avec vous, dit Tom.

— Moi aussi, mon garçon. Ce sera pour une autre fois », fit M. Greenleaf en lui tapotant affectueusement l'épaule.

Tom repartit avec Marge. Il était ravi : tout s'était admirablement passé. Marge bavardait gaiement, tout en étouffant de petits rires, car une bretelle de son soutien-gorge s'était cassée, et elle était obligée de le retenir d'une main, expliqua-t-elle. Tom pensait à la lettre qu'il avait reçue l'après-midi même de Bob Delancey ; à part une carte postale il y avait bien longtemps, c'était la première fois qu'il avait des nouvelles de Bob ; celui-ci lui disait que la police était venue interroger tous les locataires de la maison pour une histoire d'escroquerie aux impôts qui remontait à quelques mois déjà. Le coupable, expliquait-il, avait utilisé l'adresse de Bob pour se faire envoyer des chèques qu'il prenait tout bonnement en s'en emparant dès que le facteur distribuait le courrier. On avait également interrogé le facteur qui se souvenait du nom de George McAlpin qui figurait sur les lettres. Bob avait l'air de trouver tout cela assez amusant. Il décrivait les réactions de certains locataires quand la police les avait questionnés. Ce qui demeurait mystérieux, c'était l'identité de la personne qui s'emparait des lettres adressées à George McAlpin. « Voilà qui était rassurant », se dit Tom. Cette histoire en effet l'inquiétait vaguement, car il se doutait bien qu'un jour ou l'autre, il y aurait une enquête. Il était enchanté que l'affaire n'allât pas plus loin. Il ne voyait vraiment pas comment la police pourrait jamais faire le rapprochement entre Tom Ripley et George McAlpin. D'ailleurs, comme le faisait remarquer Bob, l'homme n'avait même pas essayé de toucher les chèques.

Il s'assit dans le living-room pour relire la lettre de Bob quand il fut rentré. Marge était montée préparer ses bagages et se coucher. Tom était fatigué aussi, mais il était si content à l'idée que le lendemain Marge et M. Greenleaf seraient partis qu'il serait bien resté éveillé toute la nuit. Il ôta ses chaussures pour pouvoir s'allonger sur le divan, mit un coussin sous sa tête et reprit la lecture de la lettre de Bob. « La police croit que c'est quelqu'un qui n'était pas de la maison qui passait prendre son courrier, car aucun des abrutis qui habitent l'immeuble n'a une tête d'escroc... » Cela lui faisait un drôle d'effet d'avoir des nouvelles des gens qu'il connaissait à New York, d'Ed et de Lorraine, cette fille idiote qui voulait se cacher dans le placard de sa cabine quand il s'était embarqué. C'était bizarre et pas du tout attirant. Quelle vie morne ils menaient, à traîner dans New York, à prendre le métro, avec pour toute distraction un verre de temps en temps dans un petit bistro miteux de la Troisième Avenue, la télévision, ou même s'ils avaient assez d'argent un bar de Madison Avenue ou un bon restaurant ; comme c'était monotone auprès de la plus humble *trattoria* de Venise, avec ses tables couvertes de salades vertes, ses plateaux de merveilleux fromages et ses serveurs empressés qui vous versaient le meilleur vin du monde ! « Je t'envie d'être tranquillement à Venise dans un vieux palais !

écrivait Bob. Te promènes-tu souvent en gondole ? Comment sont les filles ? Est-ce que tu deviens si cultivé que tu ne voudras même plus nous parler quand tu reviendras ? Combien de temps penses-tu rester d'ailleurs ? »

« Toujours », songea Tom. Il ne rentrerait peut-être jamais en Amérique. Ce n'était pas tant l'Europe elle-même qui le faisait penser ainsi que les soirées qu'il avait passées seul, à Rome ou ici. Des soirées passées tranquillement à regarder des cartes ou à feuilleter des guides allongé sur un divan. Des soirées passées à regarder sa garde-robe – les vêtements de Dickie et les siens –, à sentir les bagues de Dickie à ses doigts, entre ses paumes, et à caresser la valise en antilope qu'il avait achetée chez Gucci. Il l'avait frottée avec un produit anglais spécial pour le cuir, non que ce fût indispensable, car il en prenait grand soin, mais pour la protéger. Il adorait posséder non pas une foule de choses, mais quelques objets choisis dont il ne se séparait plus. Cela vous donnait du poids. Rien d'ostentatoire, mais des objets de qualité, qui lui rappelaient qu'il existait et lui faisaient pleinement savourer son existence. Ce n'était pas plus compliqué que cela. Et n'était-ce pas merveilleux ? Il existait. Il n'y avait pas tant de gens qui appréciaient comme lui la vie. On n'avait pas besoin d'argent pour ça, de beaucoup d'argent du moins, il fallait simplement se sentir en sécurité. Déjà avec Marc Preminger, il n'était pas loin du but. Il appréciait les possessions de Marc et c'était cela qui l'avait attiré, bien que tout cela ne fût pas à lui et qu'il eût été bien en peine de commencer à acquérir quoi que ce fût avec les quarante malheureux dollars qu'il gagnait par semaine. Il lui aurait fallu des années, même en faisant des économies terribles, pour acheter ce dont il avait envie. L'argent de

Dickie l'avait seulement poussé un peu plus loin sur la route qu'il suivait déjà. Cet argent lui donnait la possibilité de visiter la Grèce, de collectionner les poteries étrusques si l'envie l'en prenait (il venait justement de lire là-dessus un livre fort intéressant écrit par un Américain installé à Rome), ou de devenir membre de quelque association artistique et de lui faire des dons. Cela lui permettait, par exemple, de lire son Malraux aussi tard qu'il désirait, parce qu'il n'avait pas à aller travailler le lendemain matin. Il venait de s'acheter la *Psychologie de l'art* de Malraux, qu'il lisait avec beaucoup de plaisir en français, en s'aidant d'un dictionnaire. Il se dit qu'il pourrait peut-être faire un petit somme, puis lire encore un peu, quelle que fût l'heure. Malgré les *espressos*, il se sentait agréablement ensommeillé. La courbe du divan lui enveloppait les épaules comme un bras accueillant, mieux même qu'un bras. Il décida de passer la nuit là. C'était plus confortable que le divan d'en haut. Dans quelques minutes, il monterait se chercher une couverture.

« Tom ? »

Il ouvrit les yeux. Marge descendait l'escalier, pieds nus. Tom se dressa sur son séant. Elle tenait à la main le coffret de cuir où il rangeait sa bobine de fil.

« Je viens de trouver la bague et la chevalière de Dickie là-dedans, dit-elle, un peu haletante.

— Oh ! oui. Il me les avait données. Pour que je les lui garde. » Tom se leva.

« Quand ça ?

— À Rome, je crois bien. » Il recula d'un pas, heurta une de ses chaussures et la ramassa, heureux de se donner une contenance.

« Que voulait-il faire ? Pourquoi vous les a-t-il données ? »

« Elle avait dû chercher du fil pour raccommoder son soutien-gorge », se dit Tom. Pourquoi diable n'avait-il pas mis les bagues ailleurs, dans la doublure de la valise, par exemple ? « Je ne sais vraiment pas, reprit Tom. Une idée qu'il a eue comme ça. Vous savez comment il est. Il m'a dit que si jamais il lui arrivait quelque chose, il voulait me les laisser. »

Marge avait l'air stupéfait. « Où allait-il ?

— À Palerme. En Sicile. » Il tenait sa chaussure à deux mains, dans une position qui lui permettrait d'utiliser le talon comme une massue. Et il imagina aussitôt comment il s'y prendrait : il la frapperait avec la chaussure, puis la traînerait jusqu'à la porte de devant, et la jetterait dans le canal. Il raconterait qu'elle était tombée, qu'elle avait glissé sur la mousse, et elle était si bonne nageuse qu'il avait cru qu'elle s'en tirerait toute seule.

Marge avait les yeux fixés sur le coffret. « Alors il avait bien l'intention de se tuer.

— Oui... enfin, si vous voulez, les bagues... Bien sûr, ça paraît plus vraisemblable.

— Pourquoi n'en avez-vous jamais rien dit ?

— Je crois que j'avais complètement oublié. Je les ai rangées pour qu'elles ne se perdent pas, et je n'y ai plus pensé.

— Ou bien il s'est tué, ou bien il a changé d'identité... vous ne croyez pas ?

— Si. » Tom avait dit cela d'un ton triste et décidé.

« Vous feriez mieux d'en parler à M. Greenleaf.

— Oui, à M. Greenleaf et à la police.

— Maintenant, l'affaire est pratiquement réglée », dit Marge.

Tom tripotait la chaussure qu'il tenait toujours à la main comme si c'était une paire de gants, mais il la gardait quand même en position, car Marge le regardait d'un drôle d'air. Elle semblait réfléchir. Cherchait-elle à lui donner le change ? Savait-elle maintenant ?

« Je ne vois pas Dickie sans sa bague et sans sa chevalière », s'écria enfin Marge.

Et Tom comprit qu'elle n'avait pas deviné, que son esprit était à mille lieues de la solution.

Il se détendit, se laissa retomber sur le divan, et fit mine de s'affairer à remettre ses chaussures. « Non, acquiesça-t-il, machinalement.

— S'il n'était pas si tard, je téléphonerais tout de suite à M. Greenleaf. Mais il doit être couché, et je suis sûre qu'il ne fermerait pas l'œil de la nuit si je lui annonçais ça. »

Tom essaya d'entrer son pied dans la seconde chaussure. Même ses doigts étaient mous, sans force. Il chercha désespérément quelque chose à dire. « Je suis navré de ne pas en avoir parlé plus tôt, réussit-il enfin à articuler d'une voix de basse. Ça m'était complètement sorti de la tête...

— Il me semble que ce n'est plus guère la peine que M. Greenleaf fasse venir un détective privé, vous ne croyez pas ? » demanda-t-elle d'une voix mal assurée.

Tom la regarda. Elle était aux bords des larmes. « C'était la première fois, se dit-il, qu'elle s'avouait à elle-même que Dickie pouvait être mort, qu'il était sans doute mort. » Tom s'approcha d'elle lentement. « Je suis navré, Marge. Je suis navré au possible de ne pas vous avoir parlé plus tôt de cette histoire de bagues. » Il lui passa un bras autour des épaules. Il pouvait difficilement faire autrement, car elle s'appuyait sur lui. Il sentit son parfum. Sans doute le Stradivari. « C'est une des raisons qui m'ont fait croire qu'il s'était tué… ou en tout cas que c'était possible.

— Bien sûr », dit-elle d'une voix étouffée par les sanglots.

Elle ne pleurait pas vraiment, elle était seulement appuyée contre lui, la tête basse. « Comme quelqu'un qui vient d'apprendre un décès », se dit Tom. Et c'était exactement le cas.

« Un peu de cognac peut-être ? demanda-t-il tendrement.

— Non.

— Venez vous asseoir sur le divan », fit-il en la guidant.

Elle s'assit, et il traversa la pièce pour aller chercher le cognac. Il emplit deux verres à liqueur. Quand il se retourna, elle n'était plus là. Il eut juste le temps d'apercevoir le bas du peignoir de Marge et ses pieds nus disparaître en haut de l'escalier.

« Elle préférait sans doute être seule », songea-t-il. Il s'apprêtait à lui monter un verre de cognac, puis se ravisa. Le cognac ne lui ferait sans doute rien. Il savait ce qu'elle pouvait éprouver. Il rapporta solennellement les verres jusqu'au cabinet à liqueurs. Il s'était dit tout d'abord qu'il verserait dans la bouteille le contenu d'un seul verre, puis il versa les deux et remit la bouteille en place parmi les autres.

Il revint s'allonger sur le divan, une jambe pendant dans le vide, trop épuisé maintenant pour ôter ses chaussures. « Il était aussi fatigué qu'après avoir tué Freddie Miles, pensa-t-il soudain, ou qu'après avoir tué Dickie à San Remo. Il avait été bien près de recommencer ! » Il se souvint de la lucidité avec laquelle il s'était dit qu'il allait l'assommer à coups de chaussure, sans pourtant frapper trop fort pour ne pas déchirer la peau, la traîner à travers le vestibule jusque sur le perron sans rien allumer pour que personne ne les vît ; il se rappela l'histoire qu'il avait inventée en même temps : qu'elle avait dû glisser et que, persuadé qu'elle pourrait revenir à la nage, il n'avait pas plongé ni appelé au secours jusqu'au moment... Il avait même imaginé les termes exacts de sa conversation avec M. Greenleaf, bouleversé et abasourdi, et lui-même semblant tout aussi bouleversé, mais semblant seulement. Sous cette apparence d'émotion, il serait aussi calme, aussi sûr de lui qu'après le meurtre de Freddie, car son récit serait inattaquable. Comme l'histoire de San Remo. Ses histoires étaient bonnes parce qu'il les imaginait intensément, si intensément qu'il finissait par y croire.

Il entendit un instant sa voix dire : « ... J'étais là sur les marches en train de l'appeler, en me répétant qu'elle allait remonter à la surface d'une seconde à l'autre, qu'elle me faisait peut-être même une farce... Je ne pouvais pas *imaginer* qu'elle s'était blessée, elle était si gaie, si joyeuse un instant auparavant... » Il était tendu, crispé. On aurait dit qu'il avait un phonographe qui jouait dans sa tête, qu'un drame en miniature se jouait dans le living-room, dont il était incapable d'arrêter le déroulement. Il se voyait répondant à la police italienne, auprès de M. Greenleaf, devant les grandes portes donnant sur le canal. Il se voyait, il s'entendait s'expliquer avec feu. Et on le croyait.

Mais ce qui le terrifiait, ce n'était pas ce dialogue imaginaire, ni l'impression hallucinante qu'il avait effectivement fait tout cela (il savait bien que non), mais le souvenir qu'il gardait du moment où il était là, debout devant Marge, sa chaussure à la main, concevant tout cela avec une froide lucidité. Et le fait que deux fois déjà cela lui fût arrivé. Et ces deux fois-là, ce n'avait pas été imaginaire, c'était vrai. Il pouvait toujours dire qu'il n'avait pas voulu faire ça, il l'avait fait quand même. Il ne voulait pas être un meurtrier. Il arrivait parfois à oublier totalement qu'il avait tué. Mais à d'autres moments – comme maintenant – il était incapable d'oublier. Il avait sûrement oublié un instant ce soir, quand il songeait à ce que représentaient ces divers objets qu'il possédait et auxquels il tenait, quand il se disait qu'il aimait vivre en Europe.

Il se tourna sur le côté, reposant les pieds sur le divan. Il était en nage et il tremblait. Qu'est-ce qui lui arrivait donc ? Que s'était-il passé ? Allait-il lamentablement bafouiller le lendemain en voyant M. Greenleaf, allait-il tout d'un coup lui raconter que Marge était tombée dans le canal, qu'il avait appelé au secours, qu'il avait plongé sans la trouver ? Même avec Marge auprès d'eux, allait-il être pris de folie et raconter toute l'histoire en se trahissant comme un dément ?

Le lendemain, il lui faudrait affronter M. Greenleaf. Il lui faudrait répéter l'histoire qu'il avait racontée à Marge. Il devrait ajouter des détails pour la rendre plus plausible. Il commença à inventer. Son esprit se calma. Il imaginait une chambre d'hôtel à Rome, Dickie et lui étaient debout en train de discuter, et Dickie ôtait sa bague et sa chevalière et les lui tendait. Dickie disait : « Il vaudrait mieux que vous n'en parliez à personne... »

27

Le lendemain matin, à huit heures et demie, Marge appela M. Greenleaf pour lui demander quand ils pouvaient venir à son hôtel. Mais M. Greenleaf avait dû remarquer qu'elle était bouleversée. Tom entendit Marge qui commençait à lui raconter l'incident de la veille. Marge employait les mots mêmes dont avait usé Tom – de toute évidence elle l'avait cru –, mais Tom ne pouvait deviner comment M. Greenleaf réagissait, lui. Il craignait que cette nouvelle ne suffît justement à faire voir toute la vérité à M. Greenleaf : peut-être quand ils iraient le retrouver dans la matinée serait-il en compagnie de policiers prêts à arrêter Tom. Voilà qui compromettait sérieusement l'avantage qu'il y avait à ne pas se trouver là au moment où M. Greenleaf était mis au courant.

« Qu'est-ce qu'il a dit ? » demanda Tom quand Marge eut raccroché.

Marge s'assit pesamment sur une chaise à l'autre bout de la pièce. « Il a l'air du même avis que moi. Il m'a dit que tout donnait à penser que Dickie avait bien l'intention de se suicider. »

« Mais M. Greenleaf aurait un moment pour réfléchir avant leur arrivée », se dit Tom. « À quelle heure devons-nous y aller ? demanda-t-il.

— Je lui ai dit vers neuf heures et demie ou même avant. Dès que nous aurons pris le café. Et il est presque prêt. » Marge se leva et passa dans la cuisine. Elle était déjà habillée. Elle portait le tailleur de voyage qu'elle avait en arrivant.

Tom s'assit sur le bord du divan et desserra sa cravate. Il avait dormi là et Marge l'avait réveillé en descendant quelques minutes auparavant. Il se demandait comment il avait bien pu dormir toute la nuit dans cette pièce froide. Cela le gênait. Marge avait été très étonnée de le trouver là. Il avait des courbatures dans le cou, dans le dos et dans l'épaule droite. Il se sentait mal fichu. Il se leva brusquement. « Je monte me laver », cria-t-il à Marge.

Il jeta un coup d'œil dans sa chambre en haut et vit que Marge avait bouclé sa valise. Elle était posée par terre, au milieu du plancher. Tom espérait bien que M. Greenleaf et elle auraient encore le temps de prendre un des trains du matin. Sans doute serait-ce ce qu'ils feraient, car M. Greenleaf devait retrouver le détective américain à Rome aujourd'hui même.

Tom se déshabilla dans la chambre voisine de celle de Marge, puis passa dans la salle de bains et ouvrit la douche. Après s'être regardé dans la glace, il décida de se raser d'abord et il revint dans la chambre prendre son rasoir électrique qu'il avait enlevé, Dieu sait pourquoi, de la salle de bains depuis l'arrivée de Marge. En passant, il entendit la sonnerie du téléphone. Marge alla répondre. Tom se pencha sur la cage de l'escalier, l'oreille tendue.

« Oh ! parfait, dit-elle. Oh ! ça ne fait rien si... Oui, je vais lui dire... Entendu, nous allons nous dépêcher. Tom est en train de faire sa toilette... Oh ! moins d'une heure. À tout de suite. »

Il l'entendit qui montait l'escalier, et il recula, car il était complètement nu.

« Tom ! cria-t-elle. Le détective est arrivé d'Amérique. Il vient de téléphoner à M. Greenleaf de l'aéroport !

— Ah bon ! » répondit Tom. Et il repartit, furieux, vers la salle de bains. Il arrêta la douche et brancha son rasoir électrique dans la prise de courant. Et s'il avait été sous la douche ? Marge aurait appelé quand même, en s'imaginant qu'il pouvait l'entendre. Il avait hâte de la voir s'en aller, et il espérait qu'elle partirait ce matin. À moins que M. Greenleaf et elle ne décidassent de rester pour voir ce que lui voulait le détective. Tom savait que ce type était venu à Venise spécialement pour le voir, car sinon il aurait attendu M. Greenleaf à Rome. Tom se demandait si Marge s'en rendait compte. Sans doute que non. Cela demandait un minimum de déduction.

Tom passa un complet discret et une cravate unie, puis descendit boire une tasse de café avec Marge. Il avait pris sa douche aussi chaude qu'il avait pu le supporter, et il se sentait beaucoup mieux. Marge ne dit rien, sinon que la découverte de la bague et de la chevalière allait sans doute impressionner M. Greenleaf ainsi que le détective, et elle avait l'air de croire que ce dernier estimerait lui aussi que Dickie s'était suicidé. Tom espérait qu'elle disait vrai. Cela dépendrait du genre de type que serait le détective. Et de la première impression que lui, Tom, ferait au détective.

C'était encore un de ces matins gris et humides ; il ne pleuvait pas, mais il avait plu et sans doute cela recommencerait-il vers midi. Tom et Marge prirent la gondole jusqu'aux marches de Saint-Marc et de là allèrent à pied jusqu'au Gritti. Ils se firent annoncer à M. Greenleaf qui répondit que M. McCarron était là et qu'ils n'avaient qu'à monter.

Ce fut M. Greenleaf qui leur ouvrit la porte. « Bonjour », dit-il. Il serra paternellement le bras de Marge. « Tom... »

Tom entra derrière Marge. Le détective était debout devant la fenêtre ; c'était un petit homme trapu d'environ trente-cinq ans. Il avait le regard vif, et arborait un sourire aimable. « L'air modérément intelligent, modérément sans plus », se dit Tom.

« Je vous présente Alvin McCarron, dit M. Greenleaf. Miss Sherwood et M. Tom Ripley. »

Ils échangèrent des poignées de main.

Tom remarqua une serviette toute neuve sur le lit, autour de laquelle étaient étalés des papiers, des photos. McCarron le dévisageait.

« Vous êtes un ami de Richard, je crois ? demanda-t-il.

— Nous sommes tous les deux des amis de Richard », dit Tom.

Ils furent interrompus par M. Greenleaf qui fit s'asseoir tout le monde. C'était une belle chambre, au mobilier un peu lourd, avec des fenêtres qui donnaient sur le canal. Tom s'assit dans un fauteuil sans bras tapissé de rouge. McCarron s'installa sur le lit et se mit à feuilleter ses papiers. Il y avait diverses photocopies, observa Tom, sans doute des chèques de Dickie. Et aussi un certain nombre de photographies de Dickie.

« Avez-vous la bague et la chevalière ? demanda McCarron en se tournant vers Marge.

— Oui », dit Marge gravement, en se levant. Elle tira les bagues de son sac à main et les tendit à McCarron.

Celui-ci les montra à M. Greenleaf. « Ce sont bien ses bagues ? » demanda-t-il.

M. Greenleaf acquiesça après un bref coup d'œil ; Marge prit un air un peu vexé comme si elle s'apprêtait à dire : « Je connais ces bagues tout aussi bien que M. Greenleaf, et probablement mieux. » McCarron se tourna vers Tom. « Quand vous les a-t-il données ? demanda-t-il.

— À Rome. Pour autant que je me souvienne, aux environs du 3 février, juste quelques jours après le meurtre de Freddie Miles », répondit Tom.

Le détective fixait sur lui le regard scrutateur de ses yeux brun clair. Deux rides barraient son front au cuir tanné. Il avait des cheveux bruns un peu ondulés, coupés très court sur les côtés, avec une grosse boucle au-dessus du front, ce qui lui donnait un air assez gentil de collégien. « On ne pouvait rien dire d'une tête comme ça, songea Tom ; c'était un type habitué à contrôler ses expressions. » « Qu'a-t-il dit en vous les donnant ?

— Il m'a dit que si jamais il lui arrivait quelque chose il voulait que je les garde. Je lui ai demandé ce qu'il pensait qui pourrait lui arriver. Il m'a dit qu'il n'en savait rien, mais que c'était toujours possible. » Tom marqua délibérément une pause. « Il n'avait pas l'air plus déprimé qu'à d'autres moments où je discutais avec lui ; l'idée ne m'est donc même pas venue qu'il avait l'intention de se tuer. Je savais seulement qu'il s'apprêtait à partir.

— Pour aller où ? interrogea le détective.

— À Palerme », m'a-t-il dit. Tom regarda Marge. « Il a dû me les donner le jour où vous m'avez parlé à Rome... à l'Inghelterra. Ce jour-là, ou la veille. Vous rappelez-vous la date ?

— Le 2 février », dit Marge d'une voix éteinte.

McCarron prenait des notes. « Et ensuite ? demanda-t-il. Quelle heure était-il ? Avait-il bu ?

— Non. Il boit très peu. Je crois que c'était au début de l'après-midi. Il m'a dit que mieux valait que je ne parle de cette histoire à personne, et naturellement j'ai accepté. J'ai rangé les bagues et, comme je le disais à Miss Sherwood, je les avais complètement oubliées... sans doute parce que je m'étais tellement répété qu'il ne voulait pas que j'en parle. » Tom s'exprimait avec netteté, avec seulement quelques petites hésitations, comme c'était naturel étant données les circonstances, se dit-il.

« Qu'avez-vous fait des bagues ?

— Je les ai rangées dans un vieux coffret... une petite boîte où je mets mes vieux boutons. »

McCarron le contempla un moment sans rien dire et Tom en profita pour se préparer. De ce visage placide mais aux aguets, n'importe quoi pouvait sortir, une question brutale, la simple affirmation qu'il mentait. Tom s'efforçait de ne penser qu'aux faits qu'il venait d'énoncer, déterminé à défendre sa version jusqu'à la mort. Dans le silence, Tom entendait la respiration de Marge et une quinte de toux de M. Greenleaf le fit sursauter. M. Greenleaf avait l'air extraordinairement calme, on aurait dit presque qu'il s'ennuyait. Tom se demanda s'il avait fixé avec McCarron un plan d'attaque contre lui, s'appuyant sur l'histoire des bagues.

« Est-il le genre de garçon à vous prêter les bagues

quelque temps pour vous porter chance ? Avait-il jamais fait quelque chose comme ça ? interrogea McCarron.

— Non », dit Marge sans laisser à Tom le temps de répondre.

Tom commençait à se sentir plus à l'aise. Il voyait que McCarron ne savait trop que penser. « Il m'avait déjà prêté certaines choses avant cela, dit Tom. Il m'avait dit de prendre ses cravates ou ses vestes quand je voulais. Mais ce n'est évidemment pas la même chose que des bagues. »

Il s'était cru obligé de préciser ce point, car Marge savait certainement que Dickie l'avait surpris un jour dans un de ses complets.

« Je n'imagine pas Dickie sans ses bagues, dit Marge à McCarron. Il ôtait l'émeraude quand il se baignait, mais il la remettait tout de suite après. Cela faisait partie de son costume. C'est pourquoi je suis persuadée qu'il avait l'intention soit de se suicider, soit de changer d'identité. »

McCarron hocha la tête. « Avait-il à votre connaissance des ennemis ?

— Absolument aucun, répondit Tom. J'y ai déjà pensé.

— Vous ne voyez aucune raison pour laquelle il aurait pu vouloir se déguiser ou prendre une autre identité ? »

Tom répondit prudemment, tout en tournant son cou endolori : « C'est peut-être ce qui s'est passé... mais c'est pratiquement infaisable en Europe. Il lui aurait fallu un autre passeport. Pour pénétrer dans n'importe quel autre pays, il aurait eu besoin d'un passeport. Il lui en aurait fallu un même pour prendre une chambre dans un hôtel.

— Vous me disiez que ce n'était pas obligatoire, observa M. Greenleaf.

— Oui, dans les petits hôtels d'Italie. Il y a là une possibilité, évidemment. Mais après toute la publicité qu'on a faite autour de sa disparition, je ne vois pas comment il pourrait encore garder l'incognito, dit Tom. Quelqu'un aurait sûrement fini par le trahir.

— En tout cas, il est parti avec son passeport, dit McCarron, car il est entré en Sicile avec et est descendu dans un grand hôtel.

— Oui », dit Tom.

McCarron prit encore quelques notes, puis leva les yeux vers Tom. « Eh bien, M. Ripley, quelle est votre opinion, à vous ? »

« McCarron n'avait pas encore fini, songea Tom. McCarron le verrait sans doute seul, plus tard. » « Je crois bien que je suis de l'avis de Miss Sherwood : il me semble que Dickie s'est suicidé et tout donne à penser que c'était un geste prémédité. Je l'ai déjà dit à M. Greenleaf. »

McGarron regarda M. Greenleaf, mais celui-ci, sans rien dire, se contenta de tourner vers lui un visage interrogateur. Tom avait l'impression que McCarron avait tendance à croire lui aussi que Dickie était mort, et que c'était une perte de temps et d'argent que de s'être dérangé.

« Je voudrais seulement revenir sur certains points, reprit McCarron, en feuilletant ses papiers. La dernière fois qu'on a vu Richard c'est le 15 février, quand il a débarqué du bateau à Naples, en revenant de Palerme.

— C'est exact, dit M. Greenleaf. Un steward se souvient l'avoir vu.

— Mais pas trace de lui dans aucun hôtel après cela, et aucune nouvelle de lui depuis cette date. » McCarron se tourna vers Tom.

« Non », dit Tom.

Le détective se tourna alors vers Marge :

« Et quand l'avez-vous vu pour la dernière fois, Miss Shervood ?

— Le 23 novembre, quand il est parti pour San Remo, répondit aussitôt Marge.

— Vous vous trouviez alors à Mongibello ? » demanda McCarron. Il prononçait Mongibello avec un « g » dur, comme s'il n'avait aucune notion d'italien, ou du moins de prononciation italienne.

« Oui, fit Marge. Je l'ai manqué de très peu à Rome en février, mais la dernière fois que je l'ai vu, c'était à Mongibello. »

Cette bonne vieille Marge ! Tom éprouvait presque de l'affection pour elle… Malgré tout. « Il cherchait à éviter tout le monde à Rome, intervint Tom. C'est pourquoi, quand il m'a remis ses bagues, j'ai pensé qu'il envisageait peut-être de quitter tout ce qu'il avait connu, de s'installer dans une autre ville, de disparaître simplement pendant quelque temps.

— Pourquoi, à votre avis ? »

Tom parla du meurtre de son ami Freddie Miles et de l'effet que cela avait eu sur Dickie.

« Pensez-vous que Richard savait qui a tué Freddie Miles ?

— Non. Certainement pas. »

McCarron attendait l'avis de Marge.

« Non, dit Marge en secouant la tête.

— Réfléchissez une minute, dit McCarron à Tom. Croyez-vous que cela ait pu expliquer son comportement ? Croyez-vous qu'il se cache en ce moment pour éviter de répondre à la police ? »

Tom demeura quelques instants songeur. « Il ne m'a rien dit qui permette de le penser.

— Pensez-vous que Dickie avait peur de quelque chose ?

— Je ne vois pas de quoi », répondit Tom.

McCarron demanda à Tom si Dickie était très lié avec Freddie Miles, quels autres amis communs à Dickie et à Freddie il connaissait, s'il y avait entre eux des questions de dettes, des histoires de filles... « Je ne vois que Marge qui les connaissait tous les deux », répondit Tom. Marge protesta : elle n'était pas l'amie de Freddie, il n'avait donc pu y avoir de rivalité entre eux à cause d'elle. « Tom pouvait-il affirmer, reprit McCarron, qu'il était le meilleur ami de Dickie en Europe ?

— Je ne pense pas, répondit Tom. Je crois que sa meilleure amie, c'est Marge Sherwood. Je ne connais guère les amis de Dickie en Europe. »

McCarron scruta le visage de Tom. « Que pensez-vous de ces histoires de falsification de chèque ?

— S'agit-il de falsification ? Je croyais qu'on n'en était pas sûr.

— Je ne crois pas que les signatures soient fausses, dit Marge.

— Les avis semblent partagés, dit McCarron. Les experts ne pensent pas que la lettre qu'il a écrite à la banque de Naples soit un faux, ce qui peut seulement signifier que, s'il y a eu falsification à un moment quelconque, il cherche à couvrir quelqu'un. À supposer qu'il y ait bien eu falsification, voyez-vous quelqu'un qu'il pourrait essayer de couvrir ? »

Tom hésita un moment, et Marge dit : « Tel que je le

connais, je l'imagine mal essayant de protéger quelqu'un. Pourquoi le ferait-il d'ailleurs ? »

McCarron dévisageait toujours Tom, mais celui-ci n'aurait pu dire s'il doutait de sa sincérité ou s'il réfléchissait à ce qu'ils venaient de dire. « McCarron avait l'air d'un vendeur d'automobiles, se dit Tom, d'un vendeur de n'importe quoi même : l'air aimable, bonne présentation, intelligence moyenne, capable de discuter base-ball avec un homme ou de faire de stupides compliments à une femme. » Tom n'avait pas très bonne opinion de lui, mais quand même mieux valait ne pas sous-estimer son adversaire. Tom vit la petite bouche de McCarron s'ouvrir et il l'entendit dire : « Voudriez-vous descendre avec moi, M. Ripley, si vous disposez de quelques minutes encore ?

— Certainement, dit Tom en se levant.

— Nous ne serons pas longtemps », dit McCarron à M. Greenleaf et à Marge.

Tom se retourna sur le seuil, car M. Greenleaf s'était brusquement levé comme s'il allait dire quelque chose. Tom s'aperçut soudain qu'il pleuvait, que de minces rideaux de pluie frappaient les vitres. D'un coup d'œil il emportait une dernière image, hâtive, un peu brouillée : la silhouette de Marge, qui semblait tassée à l'autre bout de la chambre, M. Greenleaf qui s'avançait en tremblotant comme un gâteux. Mais ce qui comptait surtout, c'était la chambre confortable, la vue sur le canal – invisible maintenant à cause de la pluie – et qu'il ne reverrait peut-être jamais.

« Vous... vous revenez dans quelques minutes ? demandait M. Greenleaf.

— Oh ! oui », répondit McCarron avec l'assurance impersonnelle d'un bourreau.

Ils se dirigèrent vers l'ascenseur. « Était-ce comme ça que ça se passait ? se demanda Tom. Quelques mots échangés tranquillement dans le hall. Le temps de le remettre aux mains de la police italienne et puis McCarron remonterait dans la chambre comme il l'avait promis. » McCarron avait emporté avec lui deux papiers qu'il avait pris dans sa serviette. Tom contemplait une moulure ornementale auprès des boutons de l'ascenseur : un motif en forme d'œuf encadré par des points ovales, au nombre de quatre. « *Tâche de trouver quelque chose à dire, une remarque banale à propos de M. Greenleaf, par exemple* », se dit Tom. Il serrait les dents. Pourvu qu'il ne se mette pas à transpirer maintenant. Il ne transpirait pas, mais peut-être la sueur allait-elle perler sur son visage dès qu'ils seraient dans le hall. McCarron lui arrivait à peine à l'épaule. Tom se tourna vers lui au moment ou l'ascenseur s'arrêtait et dit avec un sourire forcé qui découvrait ses dents : « C'est la première fois que vous venez à Venise ?

— Oui », dit McCarron. Il traversait le hall. « Nous nous installons là ? » dit-il en désignant le bar. Son ton était poli.

« Très bien », fit Tom. Il n'y avait pas foule au bar, mais Tom ne voyait pourtant aucune table d'où personne ne pourrait les entendre. McCarron allait-il l'accuser dans un endroit pareil, en exposant tranquillement un fait après l'autre ? Il s'assit dans le fauteuil que lui désignait McCarron ; celui-ci s'installa, le dos au mur.

Un serveur s'approcha. « *Signori ?*

— Café, dit McCarron.

— *Cappuccino*, dit Tom. Voulez-vous un *cappuccino* ou un *espresso ?*

— Dans lequel y a-t-il du lait ? Dans le *cappuccino ?*

— Oui.
— Je vais en prendre un alors. »
Tom passa leurs commandes.
McCarron le regardait toujours, avec un sourire un peu en coin. Tom imagina trois ou quatre entrées en matière différentes. « Vous avez tué Richard, n'est-ce pas ? L'histoire des bagues est un peu difficile à admettre, vous ne trouvez pas ? » Ou bien : « Parlez-moi un peu de votre promenade en canot à San Remo, M. Ripley. » Ou tout simplement, en procédant par étapes : « Où étiez-vous le 15 février quand Richard a débarqué à Naples ?... Bon, mais où habitiez-vous alors ? Où habitiez-vous en janvier, par exemple ?... Pouvez-vous le prouver ? »

Mais McCarron ne disait rien du tout ; il se contentait pour le moment d'examiner ses mains dodues tout en souriant doucement. « On aurait dit, pensa Tom, que c'était si simple de tout débrouiller qu'il ne pouvait se décider à exprimer tout cela en mots. »

À une table voisine de la leur, quatre Italiens discutaient à tue-tête en riant comme des forcenés. Tom aurait voulu s'éloigner, mais il demeurait immobile dans son fauteuil.

Tom était tendu au point que son corps lui semblait tout entier en acier, et que la tension même l'incitait à braver l'adversaire. Il s'entendit demander d'une voix incroyablement calme : « Avez-vous eu le temps de parler au *tenente* Roverini quand vous êtes passé par Rome ? » et, tout en posant la question, il se rendit compte qu'il avait quand même un but en demandant cela : il voulait savoir si McCarron avait entendu parler de l'histoire du canot de San Remo.

« Non, je ne l'ai pas vu, dit McCarron. J'ai trouvé un message m'annonçant que M. Greenleaf serait à Rome aujourd'hui, mais je suis arrivé si tôt que j'ai pensé que je pourrais venir le chercher ici… et vous parler par la même occasion. » McCarron baissa le nez vers ses papiers. « Quel genre de garçon est Richard ? Comment le décririez-vous, moralement ? »

Était-ce ainsi qu'allait procéder McCarron ? Voulait-il recueillir encore d'autres petits indices d'après les termes que Tom choisirait pour décrire Dickie ? Ou bien recherchait-il seulement une opinion objective qu'il ne pouvait évidemment trouver auprès des parents de Dickie ? « Il voulait peindre, commença Tom, mais il savait qu'il ne serait jamais un très grand peintre. Il voulait avoir l'air de s'en moquer, il prétendait qu'il était parfaitement heureux et qu'il menait exactement le genre de vie qui lui plaisait en Europe. » Tom s'humecta les lèvres. « Mais je crois que cette existence commençait à le gâter. Comme vous le savez sans doute, son père désapprouvait sa conduite. Et Dickie s'était mis dans une situation assez embarrassante avec Marge.

— Comment cela ?

— Marge était amoureuse de lui, mais lui ne l'aimait pas, et malgré cela il la voyait beaucoup à Mongibello, elle espérait quand même… » Tom commençait à se sentir sur un terrain plus solide, mais il fit mine d'avoir du mal à s'exprimer. « Il n'en a jamais discuté avec moi. Il m'a toujours parlé en termes très élogieux de Marge. Il l'aimait bien, mais tout le monde pouvait voir – et Marge aussi – qu'il ne l'épouserait sûrement pas. Marge pourtant n'a jamais renoncé. Je crois que c'est la principale raison pour laquelle Dickie est parti de Mongibello. »

McCarron écouta patiemment. « Qu'entendez-vous en disant qu'elle n'a jamais renoncé ? Qu'a-t-elle fait ? »

Tom attendit que le serveur eût apporté les deux tasses mousseuses de *cappuccino* et laissé le ticket sous le sucrier. « Elle continuait à lui écrire, elle voulait le voir, mais en même temps, comme elle a beaucoup de tact, j'en suis sûr, elle s'efforçait de ne pas le déranger quand il avait envie d'être seul. Il m'a expliqué tout cela à Rome quand je l'ai vu. Il me disait après le meurtre de Miles qu'il n'était évidemment pas d'humeur à voir Marge ; il avait peur qu'elle ne vînt de Mongibello si elle apprenait tous les ennuis qu'il avait.

— Pourquoi, à votre avis, était-il nerveux après le meurtre de Miles ? » McCarron but une gorgée de café, eut une grimace parce qu'il le trouvait trop chaud ou pas assez sucré, et entreprit de le remuer avec sa cuiller.

Tom expliqua. Freddie et Dickie étaient très grands amis et Freddie avait été tué juste quelques minutes après avoir quitté ce dernier.

« Croyez-vous que Richard ait pu tuer Freddie ? demanda tranquillement McCarron.

— Non. Absolument pas.

— Pourquoi ?

— Parce qu'il n'avait aucune raison de le tuer... pas que je sache en tout cas.

— On dit généralement parce qu'il n'était pas du genre à tuer quelqu'un, commenta McCarron. Estimez-vous que Richard était capable de tuer ? »

Tom hésita, comme s'il cherchait avec ardeur la vérité. « Je n'y ai jamais réfléchi. Je ne sais pas comment sont les gens capables de tuer. Je l'ai déjà vu en colère...

— Quand cela ? »

Tom décrivit les deux jours à Rome durant lesquels, dit-il, Dickie était furieux ; il en avait assez d'être harcelé par la police et il avait fini par quitter son appartement pour éviter les coups de téléphone de ses amis et de parfaits inconnus. Tom ajouta que cet agacement avait aussi pour cause l'irritation qu'éprouvait Dickie à ne pas faire de progrès plus rapides en peinture. Il décrivit Dickie comme un jeune homme fier et entêté, qui redoutait son père et qui était donc décidé à aller à l'encontre des désirs de celui-ci ; un garçon assez lunatique, généreux avec les étrangers aussi bien qu'avec ses amis, mais sujet à des sautes d'humeur : tantôt extrêmement sociable et tantôt ours. Il conclut en disant que Dickie était un jeune homme très ordinaire qui aimait à se croire extraordinaire. « S'il s'est tué, conclut Tom, je crois que c'est parce qu'il a pris conscience de certaines lacunes, de certaines insuffisances dont il souffrait. Il m'est plus facile de l'imaginer se suicidant que tuant un de ses amis.

— Mais je ne suis pas si sûr qu'il n'ait pas tué Freddie Miles. Qu'en pensez-vous ? »

McCarron était parfaitement sincère. Tom en était convaincu. McCarron s'attendait même à le voir prendre la défense de Dickie puisque c'était son ami. Tom sentit que sa terreur commençait à se dissiper, mais très lentement, comme quelque chose qui fondrait peu à peu en lui. « Je n'en suis pas sûr, dit Tom, mais je ne peux pas croire qu'il ait fait ça.

— Je ne suis pas sûr non plus. Mais ça expliquerait bien des choses, vous ne trouvez pas ?

— Oui, dit Tom. Ça expliquerait tout.

— Enfin, dit McCarron avec un sourire optimiste, nous n'en sommes qu'au premier jour de travail. Je n'ai même pas encore vu le rapport de la police de Rome. J'aurai probablement encore besoin de vous voir après être allé à Rome. »

Tom le regarda avec ahurissement. C'était donc fini ! « Parlez-vous italien ? demanda-t-il.

— Non, pas très bien, mais je peux le lire. Je me débrouille mieux en français, mais je m'en tirerai », dit McCarron, comme si de toute façon cela n'avait pas grande importance.

« Or, se dit Tom, c'était très important. » Il ne voyait pas McCarron tirant de Roverini tout ce que celui-ci savait de l'affaire Greenleaf, par le truchement d'un interprète. Pas plus que McCarron ne pourrait aller bavarder avec des gens comme la propriétaire de Dickie à Rome. C'était très important. « J'ai vu Roverini ici, à Venise, il y a quelques semaines, reprit Tom. Dites-lui bien des choses de ma part.

— Je n'y manquerai pas. » McCarron termina son café. « Vous qui connaissez Dickie, où croyez-vous qu'il irait s'il voulait se cacher ? »

Tom se tortilla un peu sur son siège : « C'était vraiment pousser les choses un peu fort », se dit-il. « Ma foi, je sais que c'est l'Italie qu'il préfère. Je ne pense pas qu'il serait en France. Il aime bien la Grèce aussi. Et il parlait à un moment d'aller à Majorque. Il pourrait aussi être en Espagne.

— Je vois, fit McCarron, en soupirant.

— Vous repartez pour Rome aujourd'hui ? » McCarron eut un geste las. « J'imagine que oui, si je peux dormir un peu ici. Voilà deux jours que je n'ai pas couché dans un lit. »

Tom se dit que le détective tenait rudement bien le coup. « Je crois que M. Greenleaf se demandait quelles étaient les heures des trains. Il y en a deux le matin et sans doute plusieurs autres dans l'après-midi. Il comptait repartir aujourd'hui.

— C'est faisable, dit McCarron en s'emparant de l'addition. Je vous remercie beaucoup de votre concours, M. Ripley. J'ai votre adresse et votre numéro de téléphone, au cas où j'aurais besoin de vous revoir. »

Ils se levèrent.

« Vous permettez que je vous laisse pour dire au revoir à Marge et à M. Greenleaf ? »

McCarron permettait. Ils reprirent l'ascenseur. Tom dut se contenir pour ne pas siffloter. L'air de *Papa non vuole* lui trottait dans la tête.

Tom scruta longuement le visage de Marge quand ils entrèrent, y cherchant des signes d'hostilité. Mais elle avait seulement l'air un peu pitoyable. « On aurait dit une veuve de fraîche date », se dit-il.

« J'aimerais vous poser également quelques questions en particulier, Miss Sherwood, dit McCarron. Si vous permettez, ajouta-t-il en se tournant vers M. Greenleaf.

— Mais comment donc. J'allais justement descendre dans le hall acheter des journaux », dit M. Greenleaf.

Tom fit ses adieux à Marge et à M. Greenleaf, au cas où ils repartiraient aujourd'hui pour Rome sans qu'il les revît. Il ajouta à l'adresse de McCarron : « Je suis à votre entière disposition pour venir à Rome quand vous voudrez, si jamais vous aviez besoin de moi. Je compte rester ici jusqu'à la fin de mai, de toute façon.

— Nous serons certainement fixés d'ici là », déclara McCarron, avec son sourire assuré.

Tom descendit avec M. Greenleaf.

« Il m'a reposé les mêmes questions, lui dit Tom, et demandé aussi ce que je pensais de Richard.

— Et alors, que pensiez-vous ? » demanda M. Greenleaf d'un ton morne.

Tom savait que, suicide ou fuite, dans l'un comme dans l'autre cas la conduite de Dickie paraîtrait également répréhensible aux yeux de M. Greenleaf. « Je lui ai dit ce que je crois être la vérité, déclara-t-il, c'est-à-dire qu'il est capable de se cacher et capable aussi de se suicider. »

Sans faire de commentaire, M. Greenleaf se contenta de tapoter affectueusement le bras de Tom. « Au revoir, Tom.

— Au revoir, dit Tom. Donnez-moi de vos nouvelles. »

« Il restait dans les meilleurs termes avec M. Greenleaf », se dit-il. Et sans doute en irait-il de même avec Marge. Elle avait accepté la thèse du suicide et il savait que c'était désormais dans cette direction que s'orienteraient toutes ses pensées.

Tom passa tout l'après-midi chez lui, dans l'attente d'un coup de téléphone, au moins de McCarron, même s'il n'avait rien d'important à dire, mais rien ne vint. Il n'eut qu'un coup de fil de Titi, la comtesse, l'invitant à un cocktail dans l'après-midi. Tom accepta.

Pourquoi s'imaginer qu'il allait avoir des histoires à cause de Marge ? Elle ne lui avait jamais donné aucun mal. Le suicide était maintenant pour elle une idée fixe, et elle arrangerait toutes ses petites idées pour faire tout concorder.

28

Le lendemain McCarron appela Tom au téléphone de Rome : il voulait les noms de tous ceux que Dickie avait connus à Mongibello. C'était apparemment tout ce que McCarron voulait savoir, car il prit son temps pour inscrire les noms, et pour les comparer à ceux de la liste que lui avait donnée Marge. Marge lui avait déjà donné la plupart des noms, mais Tom les passa tous en revue, ainsi que les adresses si difficiles à énoncer : il cita Giorgio, bien sûr, Pietro, le gardien des bateaux, Maria, la tante de Fausto ; Tom ne savait pas le nom de famille de la tante Maria, mais il expliqua longuement à McCarron comment on allait chez elle ; il cita aussi Aldo, l'épicier, les Cecchi, et même le vieux Stevenson, le peintre reclus qui habitait juste en dehors du village et que Tom même n'avait jamais vu. Il fallut plusieurs minutes à Tom pour les nommer tous, et il faudrait probablement plusieurs jours à McCarron pour les interroger. Tom mentionna tout le monde, sauf le Signor Pucci, qui s'était occupé de la vente de la maison et du bateau de Dickie, et qui dirait certainement à McCarron, si celui-ci ne l'avait pas déjà appris de la bouche de Marge, que Tom Ripley était venu à Mongibello pour s'occuper des affaires de Dickie. Tom ne pensait pas que le fait que McCarron sût ou non qu'il s'était occupé des affaires de Dickie fût très grave, ni que cela changeât grand-chose. Quant aux gens comme Aldo, si McCarron arrivait à tirer quelque chose d'eux, tant mieux pour lui.

« Personne à Naples ? demanda McCarron.

— Pas que je sache.

— Et à Rome ?

— Je suis désolé, mais je ne l'ai jamais vu avec des amis à Rome.

— Vous n'avez jamais parlé à ce peintre... heu... Di Massimo ?

— Non. Je l'ai vu une fois, dit Tom, mais je ne lui ai jamais parlé.

— Comment est-il ?

— Eh bien, je l'ai juste vu au coin d'une rue. J'ai quitté Dickie parce qu'il allait le rejoindre, aussi je ne me suis pas beaucoup approché de lui. Il avait l'air de mesurer à peu près un mètre soixante-douze, et d'avoir une cinquantaine d'années, et il a des cheveux grisonnants... c'est à peu près tout ce que je me rappelle. Il semblait assez solidement bâti. Je me rappelle aussi qu'il portait un costume gris clair.

— Hm-m... bon », dit McCarron d'un ton absent, comme s'il inscrivait tout ce que Tom venait de lui dire. « Eh bien, je crois que c'est à peu près tout. Merci beaucoup, M. Ripley.

— De rien. Bonne chance. »

Tom attendit sans bouger de chez lui pendant plusieurs jours, comme l'aurait fait n'importe qui si les recherches faites pour retrouver un ami disparu étaient arrivées à leur point culminant. Il refusa deux ou trois invitations. Les journaux s'étaient repris d'intérêt pour la disparition de Dickie, inspirés par la présence en Italie d'un détective privé américain engagé par le père de Dickie. Lorsque les photographes de *l'Europeo* et de *Oggi* vinrent voir Tom pour prendre des photos de lui et de sa maison, il les congédia d'un ton ferme, et il alla même jusqu'à attraper par le coude un jeune homme qui insistait trop et à le pousser jusqu'à la porte à travers le living-room. Mais pendant cinq jours il ne se passa rien d'important : ni coups de téléphone ni lettres, pas même du *tenente* Roverini. Par moments Tom imaginait le pire, surtout au crépuscule, heure à laquelle il se sentait plus déprimé qu'à n'importe quelle autre du jour. Il imaginait Roverini et McCarron se rencontrant et développant la théorie suivant laquelle Dickie pouvait avoir disparu en novembre, il imaginait McCarron cherchant à savoir quand Tom avait acheté sa voiture, il l'imaginait s'engageant sur une nouvelle piste après avoir appris que Dickie n'était pas revenu après le voyage à San Remo et que Tom Ripley était venu pour s'occuper de liquider les affaires de Dickie. Il pensait et repensait à l'au revoir las et indifférent de M. Greenleaf le dernier matin à Venise, l'interprétait comme un au revoir hostile, et imaginait M. Greenleaf entrant dans une violente colère à Rome en voyant que tous les efforts pour retrouver Dickie étaient vains, et demandant soudain qu'une enquête approfondie fût faite sur Tom Ripley, ce chenapan qu'il avait envoyé en Europe avec son propre argent pour essayer de ramener son fils à la maison.

Mais tous les matins Tom redevenait optimiste. Il se disait qu'une chose lui était favorable, c'était que Marge ne doutait pas un instant que Dickie n'eût passé tous ces mois à bouder à Rome, et qu'elle avait sûrement gardé toutes ses lettres et les apporterait probablement toutes à McCarron. Et elles étaient excellentes, ces lettres. Tom était content de leur avoir accordé tant de réflexion. Marge constituait un atout plutôt qu'un danger. C'était vraiment une très bonne chose qu'il eût reposé sa chaussure le soir où elle avait trouvé les bagues.

Tous les matins, il regardait de la fenêtre de sa chambre à coucher le soleil se lever à travers les brumes hivernales, monter péniblement jusqu'au-dessus de la ville paisible, traversant enfin les brumes pour donner quelques heures de vrai soleil avant midi, et le calme commencement de chaque après-midi était comme une promesse de paix pour l'avenir. Les journées devenaient plus chaudes. Il y avait plus de lumière et moins de pluie. Le printemps était presque là, et un de ces matins, un matin plus beau que ceux-ci, Tom quitterait la maison et monterait à bord d'un bateau en partance pour la Grèce.

Le soir du sixième jour après le départ de M. Greenleaf et McCarron, Tom appela M. Greenleaf à Rome. M. Greenleaf n'avait rien à lui apprendre de nouveau, mais Tom ne s'attendait pas à ce qu'il y eût quelque chose. Marge était rentrée chez elle. « Tant que M. Greenleaf resterait en Italie, se dit Tom, la presse continuerait à publier chaque jour un bref article sur l'affaire. » Mais les journaux commençaient à manquer de nouvelles sensationnelles concernant l'affaire Greenleaf.

« Et comment va votre femme ?

— Pas mal. Mais je crois que tout cela est pénible pour elle, quand même. Je lui en ai encore parlé hier soir.

— Je suis désolé de savoir cela », dit Tom. Il se dit qu'il

devrait écrire une lettre gentille à Mme Greenleaf, juste un mot aimable pendant que son mari était absent et qu'elle était seule. Il regrettait de ne pas y avoir pensé plus tôt.

M. Greenleaf annonça qu'il allait partir à la fin de la semaine, *via* Paris, où la police française continuait elle aussi les recherches. McCarron l'accompagnerait, et, s'il n'y avait rien de nouveau à Paris, ils prendraient tous les deux le chemin du retour. « Il me paraît évident, à moi et à tout le monde, dit M. Greenleaf, qu'ou bien il est mort ou bien il se cache délibérément. Il n'y a pas un endroit dans le monde où on n'ait pas annoncé publiquement qu'il était recherché. À part en Russie, peut-être. Mon Dieu, il n'a jamais manifesté de sympathie pour l'URSS, par hasard ?

— La Russie ? Non, pas que je sache. »

M. Greenleaf avait l'air de penser que Dickie était mort, ou que, s'il ne l'était pas, il n'avait qu'à rester où il était. Durant la conversation téléphonique, ce il-n'avait-qu'à-rester-où-il-était paraissait même dominer dans les sentiments de M. Greenleaf.

Ce même soir, Tom se rendit chez Peter Smith-Kingsley. Peter avait quelques journaux anglais que lui avaient envoyés des amis, dont l'un avec la photo de Tom expulsant le photographe de *Oggi* de chez lui. Tom l'avait vue aussi dans les journaux italiens. Des photos de lui dans les rues de Venise et des photos de sa maison étaient parvenues également en Amérique. Bob et Cléo lui avaient tous les deux envoyé des photographies et des articles extraits de la presse new-yorkaise. Ils trouvaient tout cela très passionnant.

« J'en ai par-dessus la tête, dit Tom. Je ne reste ici que pour être poli et pour les aider si je peux. Si d'autres reporters essayent d'entrer chez moi, ils seront reçus à coups de fusil quand ils passeront la porte. » Il était vraiment agacé et dégoûté, et cela s'entendait dans sa voix.

« Je vous comprends très bien, dit Peter. Je rentre à la fin de mai, vous savez. Si vous voulez venir avec moi et habiter chez moi, en Irlande, vous serez plus que bienvenu. Je peux vous assurer que, là-bas, c'est mortellement tranquille. »

Tom le regarda. Peter lui avait parlé de son vieux château en Irlande et lui en avait montré des photos. Le souvenir de ses relations avec Dickie lui traversa l'esprit comme un cauchemar, comme un fantôme livide et maléfique. « C'était, se dit-il, parce que la même chose pouvait arriver avec Peter. » Peter, l'intègre, Peter, qui ne soupçonnait rien, le naïf, le généreux, le brave type – la seule différence, cette fois, c'était que lui, Tom, ne ressemblait pas assez à Peter. Mais un soir, au grand amusement de Peter, il avait pris l'accent anglais et avait imité le maniérisme de Peter et sa façon de pencher la tête d'un côté en parlant, et Peter avait trouvé cela d'une drôlerie irrésistible. Tom se disait maintenant qu'il n'aurait pas dû faire cela. Il en avait terriblement honte, de cette soirée, et du fait qu'il avait pensé, fût-ce un instant, que ce qui était arrivé avec Dickie pourrait arriver avec Peter.

« Merci, dit Tom. Je préfère rester seul encore un moment. Mon ami Dickie me manque, vous savez. Il me manque affreusement. » Il était au bord des larmes, soudain. Il se rappelait les sourires de Dickie le premier jour où ils avaient commencé à s'entendre, quand il avait avoué à Dickie qu'il était envoyé par son père. Il se rappelait leur premier voyage fou à Rome. Il se rappelait même avec affection cette demi-heure au bar du Carlton, à Cannes, quand Dickie s'était tu et qu'il avait eu l'air de s'ennuyer, mais après tout Dickie avait une raison de s'ennuyer : c'était Tom qui l'avait entraîné là, et Dickie n'aimait pas la Côte d'Azur. « Si seulement il avait fait ce voyage sans Dickie se dit Tom, si seulement il n'avait pas été si pressé et si avide, si seulement il ne s'était pas mépris si stupidement sur les relations qui existaient entre Dickie et Marge, ou s'il avait simplement attendu qu'ils se séparassent de leur propre gré, alors rien de tout cela ne serait arrivé, et il aurait pu vivre avec Dickie le reste de sa vie, voyager, vivre et s'amuser le reste de sa vie. Si seulement il n'avait pas mis les vêtements de Dickie ce jour-là... »

« Je vous comprends, mon vieux Tommie, je vous assure », dit Peter en lui tapotant l'épaule.

Tom le regarda à travers des larmes qui déformaient sa vision. Il s'imaginait retournant avec Dickie en Amérique pour les fêtes de Noël, sur un paquebot, il s'imaginait étant en aussi bons termes avec les parents de Dickie que si Dickie et lui avaient été frères. « Merci », dit Tom, avec une sorte de hoquet comme en ont les enfants lorsqu'ils pleurent.

« J'aurais même cru qu'il y avait en vous quelque chose d'anormal si vous ne vous étiez pas effondré comme vous venez de le faire », dit Peter d'un ton plein de sympathie.

29

Venise, 3 juin 19...

Cher M. Greenleaf,

En faisant ma valise hier, je suis tombé sur une enveloppe que Richard m'avait remise à Rome et dont j'avais je ne sais comment oublié l'existence. L'enveloppe portait la mention « À ne pas ouvrir avant juin », et il se trouve que nous sommes en juin. L'enveloppe contenait le testament de Richard, et il me laisse tout ce qu'il possède. Je suis aussi stupéfait par cette découverte que vous le serez probablement vous-même, et pourtant, d'après la façon même dont est rédigé le testament, Dickie semble avoir été en pleine possession de ses facultés quand il l'a écrit.

Je regrette seulement de ne plus avoir pensé à cette enveloppe, car cela nous aurait prouvé depuis bien longtemps que Dickie avait l'intention d'attenter à ses jours. Je l'avais rangée dans une poche de ma valise et l'avais oubliée là. Il me l'a donnée la dernière fois que je l'ai vu, à Rome, quand il m'avait paru si déprimé.

À la réflexion, je vous envoie ci-incluse une photocopie du testament pour que vous puissiez l'examiner vous-même. C'est le premier testament que j'aie jamais vu et j'ignore absolument quelles formalités j'ai à remplir. Que dois-je faire ?

Je vous prie de transmettre mes hommages à Mme Greenleaf, sachez bien que je suis de tout cœur avec vous et que je regrette d'avoir à vous adresser cette lettre. J'espère avoir bientôt de vos nouvelles. Ma prochaine adresse sera :

c/o American Express
Athènes
Grèce.

Bien à vous,

Tom Ripley.

« Bien sûr, c'était un peu jouer avec le feu », se dit Tom. Cela pouvait déclencher une nouvelle enquête à propos des signatures, aussi bien sur le testament que sur les chèques, une de ces enquêtes acharnées qu'entreprenaient les compagnies d'assurances et sans doute aussi les banques quand il s'agissait pour elles de sortir de l'argent de leurs poches. Mais tant pis. Il avait acheté son billet pour la Grèce au milieu de mai, le temps était de plus en plus beau, ce qui rendait Tom incapable de tenir en place. Il avait pris sa voiture au garage Fiat de Venise et il était allé jusqu'à Salzbourg par le Brenner, puis à Munich, et il était revenu par Trieste et Bologne ; partout il avait eu beau temps, sauf à Munich où il avait reçu une petite averse printanière en se promenant dans l'Englischer Garten ; il n'avait même pas essayé de se mettre à l'abri, il avait continué sa promenade, excité comme un enfant à l'idée que c'était la première pluie allemande qui tombait sur lui. Il n'avait à son nom que deux mille dollars, prélevés sur le compte en banque de Dickie et économisés sur ses chèques mensuels ; il n'avait pas osé en effet retirer davantage d'argent en trois mois seulement. Le risque même qu'il prenait en essayant de mettre le grappin sur tout ce que possédait Dickie, le danger de l'entreprise l'attirait irrésistiblement. Il s'ennuyait tant après les mornes semaines passées à Venise où chaque jour semblait mieux asseoir sa sécurité et souligner la monotonie de son existence. Roverini ne lui écrivait même plus. Alvin McCarron était rentré en Amérique (après avoir eu seulement avec Tom une dernière conversation téléphonique sans intérêt depuis Rome), et Tom supposait que le détective, comme M. Greenleaf, devait croire Dickie mort ou bien caché quelque part, ce qui rendait vaine toute recherche. Les journaux ne parlaient plus de Dickie, car ils n'avaient plus rien à en dire. Tom éprouvait une impression de vide, de vacance qui avait failli le rendre fou jusqu'au jour où il était parti en voiture pour Munich. Quand il revint à Venise pour faire ses bagages et fermer la maison avant de s'embarquer pour la Grèce, ce fut encore pire : il allait partir pour la Grèce, vers les îles des héros, lui, le petit Tom Ripley, timide et minable, avec un malheureux compte en banque de deux mille dollars, si bien qu'il lui faudrait pratiquement réfléchir deux fois avant même de s'acheter un livre sur l'art grec. C'était intolérable.

Il avait décidé à Venise de donner à ce voyage en Grèce un caractère héroïque. Il verrait les îles apparaître pour la première fois à ses yeux, non pas comme un misérable petit raté de Boston, mais comme un individu libre, courageux et fier. S'il débarquait dans les bras de la police au Pirée, il aurait au moins connu de bons jours, debout dans le vent à la proue d'un navire, tel Jason ou Ulysse traversant la mer couleur de vin pour rentrer au pays. Il avait donc écrit cette lettre à M. Greenleaf et l'avait postée trois jours avant de s'embarquer de Venise. M. Greenleaf ne la recevrait sans doute pas avant quatre ou cinq jours, si bien qu'il n'aurait pas le temps de le retenir à Venise en lui envoyant un télégramme pour lui faire manquer son bateau. D'ailleurs, cela ferait mieux, à tout point de vue, de paraître prendre la chose avec détachement et d'être impossible à toucher avant deux semaines ; Tom aurait l'air ainsi de si peu se soucier de savoir s'il aurait l'argent ou pas qu'il n'en avait pas renoncé pour autant à un petit voyage qu'il avait déjà projeté.

Deux jours avant de s'embarquer, il alla prendre le thé chez Titi della Latta-Cacciaguerra, la comtesse dont il avait fait la connaissance le jour où il s'était mis en quête d'une maison à Venise. La femme de chambre le fit entrer dans le salon, et Titi l'accueillit par la phrase qu'il n'avait pas entendue depuis des semaines : « *Ah, ciao Tomaso !* Avez-vous vu les journaux de midi ? On a retrouvé les valises de Dickie ! Et ses tableaux ! Ici, à l'American Express de Venise ! » Ses boucles d'oreilles d'or en tremblaient tant elle était agitée.

« *Comment ?* » Tom n'avait pas vu les journaux. Il était très occupé à faire ses bagages.

« Lisez ! Là ! Tous ses vêtements avaient été déposés seulement en février ! Expédiés de Naples. Il est peut-être à Venise même ! »

Tom lisait. La corde enroulée autour des toiles s'était dénouée, expliquait l'article, et en refaisant le paquet un employé avait aperçu la signature R. Greenleaf sur les toiles. Les mains de Tom se mirent à trembler si fort qu'il dut saisir le journal des deux côtés pour le tenir. L'article déclarait que la police examinait soigneusement les toiles, les valises et le contenu de celles-ci pour relever des empreintes.

« Il est peut-être vivant ! s'écria Titi.

— Je ne pense pas... je ne vois pas en quoi cela prouve qu'il est vivant. Il a très bien pu être tué ou s'être suicidé après avoir expédié les valises. Le fait que les bagages soient sous un autre nom... Fanshaw... » Il avait l'impression que la comtesse, qui était assise très raide au bord du divan et qui ne le quittait pas des yeux, était surprise de le voir si nerveux ; il se maîtrisa donc, rassembla tout son courage et reprit : « Vous comprenez ? On va rechercher s'il y a des empreintes. Ils ne feraient pas ça s'ils étaient sûrs que Dickie ait envoyé les valises lui-même. Pourquoi les déposer au nom de Fanshaw s'il comptait venir les reprendre lui-même ? Il y a même son passeport ; on a retrouvé son passeport dans sa valise.

— Peut-être se cache-t-il sous le nom de Fanshaw justement ! *Oh ! caro mio*, vous avez besoin d'une tasse de thé ! » Titi se leva. « *Giustina ! Il tè, per piacere, subito !* »

Tom se laissa retomber pesamment sur le divan, les mains toujours crispées sur le journal devant lui. Et le nœud autour du corps de Dickie ? Ce serait bien sa chance si celui-là se défaisait aussi maintenant !

« *Ah ! carissimo*, vous êtes si pessimiste, dit Titi, en lui caressant le genou. C'est une bonne nouvelle ! Supposez que toutes les empreintes soient les siennes ? Vous ne seriez pas content ? Imaginez que demain, en vous promenant dans une petite rue de Venise, vous vous trouviez nez à nez avec Dickie Greenleaf, *alias* Signor Fanshaw ! » Elle éclata de ce rire charmant et cristallin, qui, chez elle, était aussi naturel que le bruit même de son souffle.

« On dit ici que les valises contenaient toutes ses affaires : rasoir, brosse à dents, chaussures, manteau, absolument tout, dit Tom, en essayant de prendre un ton affligé pour dissimuler sa terreur. Il ne pourrait pas être vivant et avoir laissé tout cela. Le meurtrier a dû dépouiller son corps et ranger tous ses vêtements dans la valise parce que c'était le moyen le plus facile de s'en débarrasser. »

Cela fit réfléchir un instant Titi. Mais elle reprit bien vite : « Voulez-vous ne pas être si décourageant tant que l'on n'aura pas identifié les empreintes ? Voyons, vous devez partir demain pour faire un voyage d'agrément. *Ecco il tè !* »

« Pas le lendemain, se dit Tom, le surlendemain. » Cela donnait largement à Roverini le temps de se procurer ses empreintes et de les comparer avec celles qu'on aurait relevées sur les toiles et sur les valises. Il essaya de se rappeler s'il y avait des surfaces planes sur les toiles, sur les objets contenus dans les valises et sur lesquelles on pourrait relever des empreintes. Il n'y avait pas grand-chose, à l'exception du nécessaire de toilette, mais ils pourraient trouver suffisamment de fragments d'empreintes pour reconstituer, s'ils le voulaient, dix empreintes parfaitement nettes. La seule raison qu'il avait d'être optimiste, c'est qu'ils n'avaient pas encore ses empreintes, et qu'ils pourraient ne pas les demander, parce qu'il n'était pas encore considéré comme suspect. Mais s'ils s'étaient déjà procuré quelque part les empreintes de Dickie ? M. Greenleaf ne leur aurait-il pas envoyé les empreintes de Dickie d'Amérique, tout de suite, pour qu'ils pussent faire les vérifications nécessaires ? Il y avait un tas d'endroits où ils pouvaient trouver des empreintes de Dickie : sur des objets lui appartenant, en Amérique, dans la maison de Mongibello...

« *Tomaso !* Buvez votre thé ! lui dit Titi, en lui pressant de nouveau gentiment le genou.

— Merci.

— Vous verrez. En tout cas, c'est un pas en avant vers la vérité, vers ce qui s'est *réellement* passé. Mais voyons, puisque cela vous rend si malheureux, parlons d'autre chose. Où irez-vous après Athènes ? »

Il essaya de penser à la Grèce. Pour lui la Grèce était un pays doré, baignant dans l'or des armures de ses guerriers et dans celui de son célèbre soleil. Il voyait des statues de pierre aux visages calmes et puissants, comme les statues des femmes sur le portique de l'Erechtéion. Il ne voulait pas aller en Grèce avec la menace des empreintes de Venise suspendue au-dessus de sa tête. Cela l'avilirait. Il se sentirait aussi vil que le plus vil des rats qui couraient dans les ruisseaux d'Athènes, plus vil que le plus sale des mendiants qui l'accosteraient dans les rues de Salonique. Tom enfouit sa tête dans ses mains et pleura. C'en était fini de la Grèce, elle avait explosé comme un ballon doré.

Titi l'entoura de son bras ferme et rond. « *Tomaso*, courage ! Attendez d'avoir une raison de vous laisser abattre comme cela !

— Je ne comprends pas comment vous pouvez ne pas voir que c'est un mauvais signe ! dit Tom d'un ton désespéré. Vraiment pas. »

30

Le plus mauvais signe, c'était que Roverini, qui jusqu'alors l'accablait de messages fréquents et explicites, ne lui avait pas soufflé mot de la découverte des valises ni des toiles à Venise. Tom ne ferma pas l'œil de la nuit, puis il passa toute une journée à arpenter la maison de bas en haut, tout en s'efforçant de régler les mille petits problèmes que posait son départ, tels que payer les gages d'Anna et d'Ugo, payer les notes des fournisseurs. Tom s'attendait à tout instant à voir la police frapper à sa porte. Le contraste était presque insoutenable entre sa tranquille assurance de la semaine passée et son état d'appréhension actuel. Il était incapable de dormir, de manger, ni de rester tranquille. La compassion que lui manifestaient Anna et Ugo, et les coups de téléphone de ses amis lui demandant ce qu'il pensait de la découverte de la valise, tout cela était plus qu'il n'en pouvait supporter. Quelle ironie du sort aussi qu'il pût leur confier qu'il était bouleversé, désespéré même, et que cela leur parût tout à fait normal puisque tout maintenant donnait à penser que Dickie avait dû être assassiné. Tout le monde considérait en effet comme significatif que l'on eût retrouvé dans la valise toutes les affaires de Dickie, jusqu'à son peigne et son rasoir.

Il y avait aussi cette histoire de testament. M. Greenleaf allait le recevoir le surlendemain. Peut-être à ce moment saurait-on que les empreintes relevées sur la valise n'étaient pas celles de Dickie. Peut-être aurait-on alerté l'*Hellenes* par radio. Si l'on découvrait que le testament était faux aussi, ce serait la fin. On découvrirait tout naturellement les deux meurtres, c'était aussi sûr que deux et deux font quatre.

Quand il s'embarqua à bord de l'*Hellenes*, Tom était dans tous ses états. Il ne dormait plus, ne mangeait plus, se bourrait d'*espressos*, et ne tenait plus que par les nerfs. Il aurait bien voulu demander s'il y avait la radio à bord, mais il en était sûr. C'était un bateau de bonne taille, à trois ponts, transportant quarante-huit passagers. Tom s'effondra quelque cinq minutes après que le steward eut apporté ses bagages dans la cabine. Il se souvint être resté allongé à plat ventre sur sa couchette, un bras replié sous lui, trop épuisé pour changer de position ; quand il s'éveilla, le navire était en mer et voguait doucement, suivant un rythme pas désagréable qui donnait l'impression qu'il disposait de formidables réserves de puissance et que rien n'arrêterait sa marche. Tom se sentait mieux, à part le bras sur lequel il avait dormi qui était complètement engourdi et qui pendait comme un membre mort le long de son corps tandis qu'il traversait les coursives, si bien que force lui était de le tenir de l'autre main pour l'empêcher de ballotter. Sa montre marquait dix heures moins le quart, et la nuit était tombée.

Il aperçut une sorte de côte tout à fait à gauche, sans doute la côte yougoslave ; il distingua cinq ou six vagues petites lumières, et à part cela rien d'autre que le noir de la mer et le noir du ciel, si noir qu'on ne voyait même pas l'horizon. Il était seul sur le pont. Ils étaient tous en bas, en train de dîner sans doute. Il était ravi d'être seul. La circulation se rétablissait dans son bras. Il agrippa la proue là où la lisse dessinait un V étroit, et prit une profonde inspiration. Un courage neuf l'envahissait. Que ferait-il si le radio du bord recevait un message ordonnant l'arrestation de Tom Ripley ? Il resterait la tête bien droite, tout aussi bravement que maintenant. Ou bien il pourrait se précipiter par-dessus bord – ce qui pour lui serait le suprême acte de courage, en même temps que l'évasion définitive. Et puis après ? D'où il était, il entendait le faible *bip-bip-bip* qui venait du poste radio, dans les superstructures. Il n'avait pas peur. C'était comme ça. Il avait toujours espéré être dans cette disposition d'esprit quand il ferait route vers la Grèce. Contempler l'eau noire tout autour de lui sans avoir peur, c'était presque aussi bien que d'apercevoir les îles grecques à l'horizon. Dans la douce nuit de juin qui l'enveloppait, il était capable de reconstituer par l'imagination les petites îles, les collines d'Athènes parsemées de maisons, et l'Acropole.

Il y avait à bord une vieille Anglaise qui voyageait avec sa fille, elle-même âgée d'une quarantaine d'années, célibataire, et si abominablement nerveuse qu'elle était incapable de rester plus d'un quart d'heure à profiter du soleil sur le pont, sans se lever de son fauteuil en annonçant tout à coup qu'elle allait « faire un tour ». Sa mère, au contraire, était extrêmement calme et pondérée ; elle avait la jambe droite, qui avait été paralysée, un peu plus courte, si bien qu'elle devait porter un épais talon à sa chaussure droite et qu'elle ne pouvait marcher qu'avec l'aide d'une canne ;

c'était le genre de femme qui, à New York, aurait rendu Tom fou tant elle était lente et invariablement aimable, mais durant la traversée Tom passa des heures sur le pont avec elle, à lui parler et à l'écouter parler de sa vie en Angleterre et de la Grèce où elle n'était pas revenue depuis 1926. Il l'emmenait faire quelques pas sur le pont-promenade, elle s'appuyait sur le bras de Tom en s'excusant sans cesse du mal qu'elle lui donnait, mais manifestement ravie de ces attentions. Et la fille était de toute évidence ravie d'avoir trouvé quelqu'un qui la débarrassât un peu de sa mère.

« Peut-être Mme Cartwright avait-elle fait les quatre cents coups dans sa jeunesse, se dit Tom, peut-être était-elle responsable de toutes les névroses de sa fille, peut-être avait-elle accaparé celle-ci si bien qu'elle l'avait empêchée de se marier et de mener une vie normale, et peut-être méritait-elle plutôt d'être précipitée par-dessus bord que promenée sur le pont, mais qu'est-ce que cela pouvait bien faire ? Les gens étaient-ils toujours récompensés ou punis suivant leurs mérites ? Et lui-même ? » Il estimait qu'il avait eu une chance insensée de ne pas avoir été découvert après deux meurtres, qu'il avait eu de la chance depuis le moment où il avait pris l'identité de Dickie jusqu'à maintenant. Durant la première partie de sa vie, le sort avait été bien injuste, songea-t-il, mais les derniers mois avec Dickie et ensuite avaient largement compensé cela. Mais il allait lui arriver quelque chose en Grèce maintenant, c'était sûr, et ce ne pouvait être quelque chose d'aussi bien. Sa chance avait tenu trop longtemps. Mais à supposer qu'il se fît prendre pour cette histoire d'empreintes digitales et de testament, et qu'on l'envoyât à la chaise électrique, la mort dans ces conditions pourrait-elle être si pénible, la mort elle-même, à vingt-cinq ans, pourrait-elle être si tragique qu'il ne pût dire que les mois passés depuis novembre n'en valaient pas la peine ? Certainement pas.

La seule chose qu'il regrettait, c'était de ne pas avoir encore fait le tour du monde. Il aurait voulu connaître l'Australie. Et l'Inde. Le Japon aussi. Et puis il y avait l'Amérique du Sud. « Ce serait une plaisante façon de passer sa vie que d'admirer seulement les chefs-d'œuvre artistiques de tous ces pays », songea-t-il. Il avait appris beaucoup de choses en peinture, ne serait-ce qu'en s'essayant à copier les toiles médiocres de Dickie. Dans les musées de Paris et de Rome, il avait découvert des raisons de s'intéresser à la peinture qu'il n'avait jamais soupçonnées ou qui n'étaient peut-être pas encore en lui jadis. « Il n'avait pas envie de faire lui-même de la peinture, mais s'il avait de l'argent, se dit-il, son plus grand plaisir consisterait à collectionner les tableaux qui lui plaisaient et à aider de jeunes peintres de talent qui avaient besoin d'argent. »

Ainsi rêvait-il tout en se promenant sur le pont au bras de Mme Cartwright, et en écoutant ses monologues qui n'étaient pas toujours intéressants. Mme Cartwright le trouvait charmant. Bien avant leur arrivée en Grèce, elle lui répétait déjà plusieurs fois par jour combien il avait contribué à lui rendre la traversée agréable ; ils faisaient des projets pour se retrouver à tel hôtel en Crète le 2 juillet, la Crète étant le seul endroit où leurs itinéraires se croisaient. Mme Cartwright effectuait en effet un tour de Grèce en autocar. Tom acquiesçait à toutes ses propositions, bien qu'il s'attendît à ne jamais la revoir une fois qu'ils auraient débarqué. Il s'imaginait déjà appréhendé aussitôt et embarqué à bord d'un autre bateau, voire d'un avion, à destination de l'Italie. Aucun message radio n'était parvenu à bord le concernant – du moins à sa connaissance – mais l'en informeraient-ils nécessairement s'ils en recevaient un ? Le journal du navire, une petite feuille ronéotypée que chaque passager trouvait à sa place à la table du dîner, était entièrement consacré aux nouvelles de politique internationale et n'aurait pas mentionné l'affaire Greenleaf, même si un développement inattendu s'était produit. Durant les dix jours de traversée, Tom vécut dans une extraordinaire ambiance de mélancolie et de courage désintéressé. Il imaginait les incidents les plus étranges : la fille de Mme Cartwright tombait par-dessus bord et il plongeait pour la sauver. Ou bien il se précipitait dans les eaux bouillonnantes qui s'engouffraient par une brèche de la coque pour boucher le trou avec son corps. Il se sentait plein d'une force et d'une intrépidité surnaturelles.

Quand le navire arriva en vue de la côte grecque, Tom était sur le pont avec Mme Cartwright. Elle lui racontait comment le port du Pirée avait changé depuis la dernière fois qu'elle l'avait vu, et Tom ne s'intéressait absolument pas aux changements. Le Pirée existait, c'était tout ce qui comptait à ses yeux. Ce n'était pas un mirage, c'était une colline bien réelle, dont il pourrait fouler le sol, avec des maisons qu'il pourrait toucher... s'il allait jusque-là.

La police attendait sur le quai. Il vit quatre policiers plantés là, les bras croisés, qui regardaient le navire. Tom aida Mme Cartwright jusqu'à la dernière minute, l'accompagna jusqu'en bas de la passerelle de débarquement et lui fit ses adieux en souriant ainsi qu'à sa fille. Il devait attendre à la lettre R pour prendre ses bagages, et elles à la lettre C, et les deux Cartwright partaient aussitôt pour Athènes, à bord de leur car.

Sentant encore sur sa joue la trace tiède et légèrement humide du baiser qu'y avait planté Mme Cartwright, Tom tourna les talons et s'avança lentement vers les policiers. « Pas d'histoire, se dit-il, il allait simplement se présenter à eux. » Il y avait un grand kiosque à journaux derrière les policiers, et l'idée lui vint d'acheter un journal. Peut-être lui accorderait-on cette faveur. Les policiers, les bras toujours croisés, le regardaient s'approcher. Ils avaient un uniforme noir et des casquettes à visière noire. Tom esquissa un faible sourire. L'un des policiers porta la main à sa casquette et s'écarta. Mais les autres ne bougèrent pas. Tom se trouvait maintenant presque entre deux policiers, juste en face du kiosque, et les deux hommes regardaient toujours droit devant eux, sans lui prêter la moindre attention.

Tom considéra la multitude des journaux étalés devant lui, il se sentait faible, et la tête lui tournait. Sa main s'avança machinalement pour prendre un journal de Rome qu'il reconnaissait. Le journal était vieux de trois jours seulement. Il tira quelques lires de sa poche, s'apercevant soudain qu'il n'avait pas d'argent grec, mais le marchand de journaux accepta les lires tout comme s'il était en Italie et il lui rendit même la monnaie en lires.

« Je vais prendre également ceux-ci », dit Tom en italien, choisissant trois autres journaux italiens et l'édition de Paris du *Herald Tribune*. Il jeta un coup d'œil du côté des policiers. Ils ne le regardaient pas.

Puis il revint dans le hangar sur le quai où les passagers du navire attendaient leurs bagages. Il entendit

Mme Cartwright le saluer joyeusement au passage, mais il fit comme s'il n'avait pas entendu. Il s'arrêta sous le panneau marqué R et déplia le plus vieux des journaux italiens qui datait de quatre jours.

ON N'A RETROUVÉ PERSONNE RÉPONDANT AU NOM DE ROBERT S. FANSHAW QUI AVAIT DÉPOSÉ LES BAGAGES DE GREENLEAF À LA CONSIGNE DE L'AMERICAN EXPRESS.

annonçait de façon maladroite le gros titre en seconde page. Tom lut la longue colonne consacrée à l'enquête, mais seul le cinquième paragraphe l'intéressa :

La police a vérifié voici quelques jours que les empreintes relevées sur les valises et sur les toiles sont les mêmes que celles relevées dans l'appartement que Greenleaf a abandonné à Rome. On estime donc que c'est Greenleaf lui-même qui a déposé à la consigne les valises et les toiles...

Tom prit un autre journal. Même son de cloche :

... Étant donné que les empreintes relevées sur les articles contenus dans les valises sont identiques à celles que l'on a relevées dans l'appartement du Signor Greenleaf à Rome, la police a conclu que c'est le Signor Greenleaf lui-même qui a préparé et expédié les valises à Venise ; on suppose qu'il s'est suicidé, peut-être en se jetant à l'eau et sans aucun vêtement. Selon une autre hypothèse, il serait toujours vivant, sous le nom de Robert S. Fanshaw ou sous quelque autre fausse identité. Il est également possible que le Signor Greenleaf ait été assassiné après avoir préparé – peut-être sous la menace – ses bagages, dans le dessein justement de brouiller les pistes en s'arrangeant ainsi pour que ce soient ses propres empreintes qu'on retrouve sur les valises...

Quoi qu'il en soit, il est inutile de rechercher plus longtemps « Richard Greenleaf », car, même s'il est encore en vie, il n'a plus en sa possession son passeport au nom de Richard Greenleaf...

Tom en tremblait d'énervement. L'éclat du soleil au bord du toit lui faisait mal aux yeux. Il suivait machinalement le porteur qui s'était emparé de ses bagages jusqu'au comptoir de la douane, et, tout en regardant d'un œil vague le contenu de sa valise que l'inspecteur examinait hâtivement, il essaya de comprendre exactement la signification de la nouvelle. Cela voulait dire qu'on ne le soupçonnait absolument pas. Cela voulait dire que les empreintes avaient fait la preuve de son innocence. Non seulement il n'allait pas être arrêté ni condamné à mort, mais, bien mieux, aucun soupçon ne pesait sur lui. Il était libre. À moins que des difficultés ne surgissent à propos du testament.

Tom prit le car pour Athènes. Un de ses voisins de table était assis auprès de lui, mais il ne lui adressa pas la parole et sans doute aurait-il été même incapable de répondre si l'autre l'avait interpellé. Tom était sûr de trouver à l'American Express d'Athènes une lettre à propos du testament. M. Greenleaf aurait eu largement le temps de répondre. Peut-être avait-il déjà confié l'affaire à ses avocats, et peut-être Tom trouverait-il à Athènes une courtoise fin de non-recevoir d'un avocat, en attendant un message de la police américaine l'informant qu'il était inculpé de faux et usage de faux. Cette histoire de testament pouvait tout gâcher. Tom contempla par la fenêtre le paysage sauvage et desséché. Il n'enregistrait rien. Peut-être la police grecque l'attendait-elle déjà à l'American Express. Peut-être les quatre hommes qu'il avait vus sur le quai de débarquement n'étaient-ils pas des policiers mais des soldats.

Le car s'arrêta. Tom descendit, rassembla ses bagages et trouva un taxi.

« Voudriez-vous vous arrêter à l'American Express ? » demanda-t-il au chauffeur en italien. Mais sans doute le chauffeur comprit-il en tout cas les mots « American Express », car il démarra aussitôt. Tom se souvenait avoir dit la même chose au chauffeur de taxi à Rome, le jour de son départ pour Palerme. Comme il était sûr de lui ce jour-là, juste après avoir semé Marge à l'Inghelterra !

Il se redressa sur la banquette en apercevant le panonceau de l'American Express et chercha des yeux des policiers. Toujours en italien, il demanda au chauffeur d'attendre, et l'homme parut comprendre aussi ; il porta la main à sa casquette et se carra confortablement derrière le volant. Tout se passait trop bien, c'était généralement comme cela juste avant que tout saute. Tom parcourut des yeux le hall de l'American Express. Tout semblait normal. Peut-être dès qu'il allait mentionner son nom...

« Avez-vous du courrier au nom de Thomas Ripley ? demanda-t-il à voix basse en anglais.

— Ripley ? Voulez-vous épeler ? » fit l'employée.

Il épela.

Elle se retourna et prit quelques lettres dans un casier. Toujours rien d'anormal.

« Vous avez trois lettres », dit-elle en anglais, avec un sourire.

Une de M. Greenleaf. Une de Titi à Venise. Une de Cléo, qu'on avait fait suivre. Il ouvrit la lettre de M. Greenleaf.

9 juin 19...

Mon cher Tom,

J'ai bien reçu hier votre lettre du 3 juin. Elle ne nous a pas surpris, ma femme et moi, autant que vous auriez pu l'imaginer. Nous savions tous deux que Richard avait beaucoup d'affection pour vous, bien qu'il n'eût jamais pris la peine de nous le dire expressément dans aucune de ses lettres. Comme vous le faites remarquer, ce testament semble hélas ! indiquer que Richard s'est suicidé. C'est une conclusion à laquelle nous avons fini par nous résigner ; la seule autre possibilité étant que Richard ait pris un autre nom et, pour des raisons de lui seul connues, ait décidé d'abandonner sa famille.

Ma femme estime comme moi que, quoi qu'ait pu faire Richard, nous devons respecter ses volontés. En ce qui concerne le testament, vous avez donc mon appui sans réserve. J'ai remis une photocopie du document aux mains de mes avocats qui vous tiendront au courant de leurs démarches pour le transfert à votre nom de ce que possédait Richard.

Je vous remercie encore de votre aide lors de mon voyage en Europe. Ne manquez pas de nous donner de vos nouvelles.

Avec tous nos meilleurs vœux,

Herbert Greenleaf.

Était-ce une plaisanterie ? Mais c'était bien le papier à lettres des chantiers Burke-Greenleaf – du papier épais, légèrement granuleux, avec l'en-tête gravé – et, d'ailleurs, M. Greenleaf n'était pas homme à faire ce genre de plaisanterie, sûrement pas. Tom remonta dans le taxi qui l'attendait. Ce n'était pas une farce ! C'était bien à lui ! L'argent de Dickie, la liberté ! Et, comme tout le reste, c'était une double liberté, la sienne et celle de Dickie. Il pourrait avoir une maison en Europe et une autre en Amérique si cela lui faisait plaisir. Il pensa brusquement que l'argent provenant de la vente de la maison de Mongibello attendait toujours, et il se dit qu'il devrait sans doute l'envoyer aux Greenleaf, puisque Dickie avait vendu la maison avant de rédiger le testament. Il sourit en pensant à Mme Cartwright. Il lui offrirait une grosse boîte d'orchidées quand il la reverrait en Crète, en admettant qu'on trouvât des orchidées en Crète.

Il essaya d'imaginer ce que ce serait que de débarquer là-bas : la longue île, hérissée de cratères desséchés et déchiquetés, l'animation sur le quai au moment où le navire entrait au port, les petits porteurs avides de s'emparer de ses bagages et de toucher des pourboires, et l'argent ne lui manquerait pas pour en distribuer à droite et à gauche. Il imagina quatre silhouettes immobiles debout sur ce quai de Crète, les silhouettes de policiers qui l'attendraient, qui l'attendraient patiemment, les bras croisés. Il se crispa soudain et sa vision s'évanouit. Allait-il voir des policiers qui l'attendraient sur tous les quais où il débarquerait ? À Alexandrie ? À Istanbul ? À Bombay ? À Rio ? Bah ! pas la peine d'y penser. Il se carra sur la banquette. Inutile de gâcher son voyage en pensant à des policiers imaginaires. Même s'il y avait des policiers sur le quai, cela ne voudrait pas nécessairement dire...

« À *donda, a donda ?* demandait le chauffeur de taxi, essayant de parler italien.

— À l'hôtel, s'il vous plaît, dit Tom. *Il meglio albergo. Il meglio, il meglio !* »

Photocomposition CMB Graphic
44800 Saint-Herblain

Achevé d'imprimer par GGP Media GmbH, Pößneck
en février 2008
pour le compte de France Loisirs,
Paris

N° d'éditeur: 51307
Dépôt légal: septembre 2007

Imprimé en Allemagne